兇手就在字裡行間
THE APPEAL
JANICE HALLETT

a novel

珍妮絲・赫蕾特——著
李麗珉——譯

珊卓拉，請把這封信轉發給菲米
和夏綠蒂

奧路菲米・哈桑
夏綠蒂・哈洛德

親愛的二位，

　　誠如之前的討論，在閱讀附件資料之前，你們最好什麼都不知道。

　　請務必記住：

1. 只有一部分的電子郵件、簡訊和訊息得以復原，因此，這些通信紀錄並不完整。
2. 然而，這些大體上都是按照時間順序排列的。
3. 為了提供更多的背景訊息，我附上了各種額外的資料——例如簡報、社群媒體的活動和其他雜七雜八的東西。
4. 如果我想到其他任何值得關注的資訊，我會再發給你們。

看看你們有什麼想法。

RT

羅德瑞克・坦納，御用大律師
資深合夥人
坦納＆德威有限責任合夥公司

菲米
你收到了嗎？

夏綠蒂
剛收到。正在看。好多資料。哇。

菲米
我們需要專注，深入其中，找到清晰的視角。

夏綠蒂
但你看到了嗎？全都是電子郵件和訊息。我懷疑坦納為什麼不把背景告訴我們？我已經很好奇了。

菲米
也許他想讓我們了解這個案子的某些部分。我們不會知道所有發生的事情。我們只會拿到各種訊息的不同解讀，然後再將其檢視、分析，建構出具體的內容。

夏綠蒂
我要登出了。專心。下班後再聊？

菲米
好主意。我要開工了。

夏綠蒂
祝你閱讀愉快。

索尼婭・阿札里克柯醫生，內外全科醫學士（奈及利亞）2008，
英國皇家婦產科醫學文憑
無國界醫生
獵戶座大廈，3樓
喬里森街49號
布拉姆方丹2017
約翰尼斯堡
南非

2018年2月27日

敬啟者：

　　這是一封推薦信。莎曼莎・格林伍德於二〇一〇年九月至二〇一八年一月期間擔任無國界醫生的護士志工。她在農村地區協助產前和產後照顧、瘻管修復和性健康教育計畫，是婦女健康團隊中重要且受歡迎的一員。她是一位誠實、勤奮又有原則的女性，而且不畏表達自己的看法。

　　莎曼莎・格林伍德也在查德、南蘇丹和中非共和國從事過緊急醫療援助工作，協助處理由武裝衝突所導致的手術：取出子彈、截肢、眼球摘除和緊急傷口修復，其中大部分都是在備受挑戰的環境下進行的。關於她的醫學訓練和個人表現，我所聽到的都是讚譽之聲。

　　我竭誠推薦莎曼莎・格林伍德擔任護理和醫療協助職位。

　　謹啟，

索尼婭‧阿札里克柯醫生，內外全科醫學士（奈及利亞）
2008，英國皇家婦產科醫學文憑
無國界醫生專案協調員

無國界醫生是一個國際性的、獨立的醫療人道組織。我們根據需求提供援助，不分種族、宗教、性別或政治立場。我們的行動遵循醫療倫理，以及中立和公正的原則。
英國慈善團體註冊號碼1026588

來自：伊莎貝爾・貝克
主旨：抱歉！
日期：2018年3月26日 06:39
致：馬丁・海沃德

親愛的馬丁，

很抱歉打擾你。昨晚彩排時我無法和海倫講到話。可以煩請你幫我轉告她嗎？我工作上的一位新同事莎曼莎會在週六晚上來看演出。我希望她可以加入費爾維劇團。她從來沒有參加過戲劇演出，過去幾年她都在非洲各地，不過，她有一個丈夫，我們應該要趁著他們對這裡還不熟悉並且尚未交到朋友的時候，盡快和他們接觸！她人很好——是老人醫學科的一名護士，也要輪班工作，咬唷——她丈夫可能和她年齡相仿（三十幾歲），海倫一直在說我們需要男性，尤其是如果我們接下來要演出吾子吾弟[1]的話。我提這些只是為了萬一海倫在演出結束後要和他們交談，她就能全力推銷我們的活動和劇團。謝謝，馬丁。愛你的，伊莎

來自：馬丁・海沃德
主旨：回覆：抱歉！
日期：2018年3月26日 18:16
致：伊莎貝爾・貝克

我會的。祝好。

---

[1] 吾子吾弟（All My Sons）是劇作家亞瑟・米勒（Arthur Miller）於1947年創作的劇本，當年1月29日在紐約百老匯的皇冠劇場首演，演出了328場，贏得紐約劇評人圈內獎。曾於1948年改編為電影，並在1986年改拍成電視劇系列。

兇手就在字裡行間 | 007

來自：伊莎貝爾・貝克
主旨：隔天早上！
日期：2018年4月1日 10:45
致：馬丁・海沃德

親愛的馬丁，

　　唉！謝天謝地，終於結束了。我並非不喜歡扮演女僕伊蒂絲（我其實很喜歡），但在輪班工作之餘還得要排練和背台詞，就像試圖在同一個時間過著兩種生活一樣。總之，莎曼莎非常喜歡這次的演出！我想他們可能不常看戲劇演出，因為她問我這劇本是否是我們寫的。我告訴她這是諾爾・寇威爾的作品。海倫和莎曼莎以及她丈夫（凱爾？凱利？）談過了，如果有人能說服他們加入的話，那一定就是她了。海倫真的是一顆閃亮的星星！我所有的朋友都盛讚她。沒有人知道她如何能在領導費爾維劇團和經營葛蘭奇俱樂部之餘，還能抽出時間背那些台詞。她一定得到了你大力的支持，馬丁！幫我向佩姬和詹姆士問好。你們昨晚都太忙了，所以我沒有機會和你們說話。你們真是一個可愛的家庭！再次感謝你，希望莎曼莎和凱爾能成為費爾維劇團的成員，參加下一部劇目的演出。愛你的，伊莎

來自：馬丁・海沃德
主旨：回覆：隔天早上
日期：2018年4月1日 19:32
致：伊莎貝爾・貝克

　　謝謝。祝好。

來自：費爾維劇團行政部
主旨：吾子吾弟
日期：2018年4月2日 11:08
致：現任團員

親愛的各位，

在我們的歡樂精靈❷成功落幕之後，我們開始思考我們的下一檔製作。委員會決定演出亞瑟・米勒的吾子吾弟。由馬丁擔任導演，詹姆士協助。請注意各位需要為了這部戲而加強你們的美國口音。我們最喜歡挑戰了。

我們會在八日星期天和九日星期一於教堂大會堂舉辦試鏡。如果你們想帶任何具有潛力的新成員前來參加試鏡，儘管帶來。海倫會準備酒和馬鈴薯片讓大家在週日的試鏡結束之後享用。請大家讓新成員感到賓至如歸。另外，我可以要求父母在試鏡時把小小孩留在家裡嗎？馬丁和詹姆士需要專注，而我們無法指望小朋友能在兩個小時之內都乖乖地坐著不動。如果你們需要輪流試鏡的話──媽媽在一個晚上，爸爸在另一個晚上──這是可以安排的。

再次感謝你們每一個人讓歡樂精靈演出成功。我們期待八日再和你們所有人──以及更多的人──相見。

　　　費爾維劇團委員會

---

❷ 歡樂精靈（Blithe Spirit）是劇作家諾爾・寇威爾（Noël Coward）創作的一部喜劇。該劇於1941年在倫敦西區首演，演出了1997場，創下倫敦非音樂劇的新紀錄，並於1945年改編成電影。

來自：伊莎貝爾・貝克
主旨：今晚的試鏡！
日期：2018年4月8日 07:44
致：莎曼莎・格林伍德

你好，莎曼莎，

　　謝謝你昨天的幫忙。在缺乏人手的情況下，病房真是一場噩夢。我真不知道沒有你的話該怎麼辦。這裡也許不像非洲有那麼多獅子和老虎，但老人醫學科確實可能變得非常瘋狂！希望你這個週末可以好好補眠。

　　我等不及把你和凱爾介紹給劇團了。不要因為試鏡的氣氛而打退堂鼓。你不需要演出——反正資深成員向來都會拿到最好的角色——還有很多可做的事。你在演出那晚見到了海倫——她很出色，而且永遠都是女主角——不過，每個人真的都很友善，而且戲劇演出總是讓人很興奮。劇團有一種怡人的氛圍；我保證你們倆都會喜歡的。成為費爾維的一員救了我一命。真的。無論我怎麼推薦都不為過。愛你的，伊莎

來自：伊莎貝爾・貝克
主旨：吾子吾弟！
日期：2018年4月9日 23:02
致：馬丁・海沃德
抄送：詹姆士・海沃德

嗨，兩位，

　　很棒的試鏡！這個劇本真有趣。相當嚴肅，但你依然能理解。海倫把母親的台詞唸得那麼好。看到小波比到處跑來跑去真

令人開心。我不敢相信她已經兩歲了。佩姬看起來真美。完全看不出她已經有孩子了。不過,又有誰會想到海倫已經當祖母了?

　　我的朋友莎曼莎和凱爾會是劇團的寶貴資源。我不是專家,不過,對於從來沒有演過戲的人來說,他把兒子的台詞演繹得很好。我知道他們兩人都有點茫然,因為他們在非洲當了好幾年的志工。她曾經暗示過他們其實不太想離開,我想,要重新適應這裡的生活一定很艱難。這是我私下告訴你們的。我相信,如果他們能因為參與演出而覺得自己備受歡迎的話,那麼,這對他們來說真的會有很大的影響。總之,希望你們和海倫一切安好,期待在適當的時候聽到試鏡結果的宣布。愛你的,伊莎

來自:伊莎貝爾・貝克
主旨:有消息嗎?
日期:2018年4月16日 13:09
致:莎拉-珍・麥當納

嘿,SJ,

　　你有聽到關於演出的消息嗎?在試鏡之後,我發了郵件給馬丁和詹姆士,但是都沒有得到回覆,我不想再打擾他們。我猜,海倫會擔任母親的角色,不過,我很想知道我的朋友莎曼莎和凱爾是否有被選中扮演任何角色。愛你的,伊莎

來自:莎卡-珍・麥當納
主旨:回覆:有消息嗎?
日期:2018年4月16日 13:22
致:伊莎貝爾・貝克

海倫會是完美的凱特・凱勒。她的口音最棒，年齡也合適，更遑論她是我們劇團裡最具魅力的女演員。
　　莎拉－珍・麥當納

來自：伊莎貝爾・貝克
主旨：回覆：有消息嗎？
日期：2018年4月16日 13:34
致：莎拉－珍・麥當納

嗨，
　　當然！海倫是母親這個角色的最佳人選。我從來都沒有懷疑過她不適合。我只是想知道其他角色是否也已經選出來了？因為是我鼓勵莎曼莎和凱爾加入劇團的，現在，他們都很熱切，我不希望他們的熱情冷卻。如果他們兩人都能被分配到角色的話就太好了。你知道當你還是新人，而且誰也不認識的時候是什麼感覺。我不久之前也是這樣。所以，我只是想要照顧他們，如此而已。希望你和哈利一切都好。他長得好快！已經變成了一個令人喜愛的年輕人了。如果你聽到任何消息的話，務必讓我知道！愛你的，伊莎

來自：費爾維劇團行政部
主旨：角色人選名單——吾子吾弟
日期：2018年4月17日 17:38
致：現任團員

　　抱歉，海沃德家發生了一些事，不過在此不多贅述：附件是角色名單。排練日期目前尚未確定。請耐心等候。
　　祝好。

費爾維劇團
亞瑟·米勒之吾子吾弟

角色名單

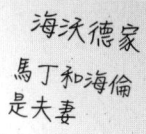

凱特·凱勒	海倫·格雷斯－海沃德
喬伊·凱勒	約翰·歐迪亞
吉姆·貝里斯醫生	凱文·麥當納
法蘭克·魯貝	凱爾·格林伍德
蘇·貝里斯	莎曼莎·格林伍德
莉迪亞·魯貝	佩姬·里斯維克
克里斯·凱勒	貝瑞·瓦佛德
伯特	哈利·麥當納
安·迪維	莎拉－珍·麥當納
喬治·迪維	尼克·瓦佛德

海沃德家
馬丁和海倫是夫妻

他們的兒子詹姆士娶了奧莉薇亞
*懷有雙胞胎

麥當納家
莎拉－珍.麥當納,娘家姓氏為迪爾林嫁給了

凱文·麥當納
他們的兒子是哈利（大約10歲？）

里斯維克家

他們的女兒佩姬嫁給了葛蘭.里斯維克

他們的孩子是波比.里斯維克
2歲

迪爾林家
凱洛.迪爾林：莎拉－珍的母親
瑪格麗特.迪爾林：莎拉－珍的外祖母

來自：蘿倫・莫爾登
主旨：抱歉，我親愛的！
日期：2018年4月17日 18:23
致：伊莎貝爾・貝克

哈囉，親愛的，

　　噢，你一定很失望。很遺憾你沒有被分配到任何角色。你把那個女僕演得那麼好，馬丁到底在想什麼？喬許和我昨天慶祝了我們的週年紀念日。我無法相信一年過得這麼快。我們如此相愛，這麼說真的很難為情。很抱歉，我不在你身邊。我已經變成了那種見色忘友的朋友了。問題是，舉辦這些懷舊俱樂部之夜真的很辛苦（我這個年紀還要通宵熬夜，咬唷），但也很有趣。你應該帶些朋友一起來的。我會試著給你友情價。現在，既然你不在下一部劇裡，那你就可以放鬆一下了。親親，蘿xx

---

來自：伊莎貝爾・貝克
主旨：回覆：抱歉，我親愛的！
日期：2018年4月17日 18:33
致：蘿倫・莫爾登

　　我不在意沒有被分派到任何角色。我可以幫忙其他人對詞，也許還可以做點後台的工作。很高興你過得很好。伊莎

來自：伊莎貝爾・貝克
主旨：耶！太棒了！
日期：2018年4月17日 18:39
致：莎曼莎・格林伍德

耶！恭喜！我為你們兩個感到很高興。別擔心在換班之間安排排練的事——我們會想出辦法的。我不知道凱爾也在聖安工作——不過，話說回來，我從來沒去過精神科。我們可以聚在一起，然後，我可以在午餐或者下班後幫你們對台詞。等到排練的時間表公布之後，你可以和蓋諾以及萊莉換班（萊莉有貸款要還，所以她向來都希望能加班；蓋諾的男友討厭他輪夜班，所以他會和你換日班）。你們將會擁有一段很開心的時光！愛你的，伊莎

來自：莎拉－珍・麥當納
主旨：排練時間表
日期：2018年4月20日 09:19
致：馬丁・海沃德

　　馬丁，我還沒有收到排練時間表。如果你已經發出來了，麻煩再發一次，因為我需要安排托兒的事宜等等。還有劇本的問題。我知道你希望我們全都用德雷克經典版，但那是最貴的一種，而且我不明白為什麼我們得自己掏錢，尤其是哈利還只是個小孩。

　　莎拉－珍・麥當納

來自：尼克・瓦佛德
主旨：排練時間表
日期：2018年4月20日 11:50
致：馬丁・海沃德

嘿,第一次排練是什麼時候?等不及要演出了。

PS 5比0,真是場災難。

來自:伊莎貝爾・貝克
主旨:抱歉!
日期:2018年4月21日 08:29
致:馬丁・海沃德

親愛的馬丁,
　　很抱歉打擾你,但莎曼莎、凱爾和我不知道吾子吾弟什麼時候要開始排練?自從角色名單公布至今已經兩個星期了。我到葛蘭奇俱樂部去看看海倫是否在那裡,但櫃檯那個波蘭女士說她已經有一陣子沒來了。希望一切都好。還有,我們都買了劇本(我自己也買了一本,這樣我就可以幫忙),他們都忙著在背台詞。說來有趣,當你唸出用那種口音寫的台詞時,那種口音自然就出現了。等不及要開始排練了。請代我問候海倫、佩姬、詹姆士和波比。愛你的,伊莎

來自:莎拉-珍・麥當納
主旨:排練時間表
日期:2018年4月21日 09:11
致:喬伊絲・瓦佛德

　　發生了什麼事,喬伊絲?馬丁和海倫在上班時有提到排練時間嗎?

來自：莎拉－珍・麥當納
主旨：排練時間表
日期：2018年4月21日 09:14
致：伊莎貝爾・貝克

　　你有收到排練時間表嗎？我需要做一些安排，但沒有日期，我什麼也沒辦法做。我發了郵件給喬伊絲，因為她每天都會見到海倫和馬丁。但她沒有回覆。

　　莎拉－珍・麥當納

來自：伊莎貝爾・貝克
主旨：回覆：排練時間表
日期：2018年4月21日 09:18
致：莎拉－珍・麥當納

嗨，SJ，

　　很高興收到你的來信。我也沒有收到排練時間表。不過，莎曼莎、凱爾和我已經自行開始背台詞了。口音比你想像的還要容易，所以不用擔心要如何才能把口音說對。莎曼莎真的很享受和我一起唸台詞。她以前從來沒有演出過，不過，她很有天賦。排練時間表的事很奇怪。海倫和馬丁都太忙了，我不想要打擾他們。哈利很期待第一次演出成人的角色嗎？你、凱文和哈利都在這部劇裡，這真是太好了。如果你想要見面練習台詞的話，就讓我知道。愛你的，伊莎

來自：莎拉－珍・麥當納
主旨：回覆：排練時間表
日期：2018年4月21日 09:20
致：伊莎貝爾・貝克

我不擔心口音的問題，我只擔心排練的日期。
莎拉－珍・麥當納

來自：貝瑞・瓦佛德
主旨：日期
日期：2018年4月21日 10:10
致：馬丁・海沃德

六、十四、二十七或三十一日需要排練嗎？前兩個日期是我的以色列格鬥術測驗日，其他日期則是要練習足球。謝謝，貝瑞

奧路菲米・哈桑
夏綠蒂・哈洛德

親愛的兩位，

　　我要求珊卓拉把涉入此案的關係人以及他們彼此之間的關係全都列出來。在你們爬梳相關的文件時，你們可能會發現這個關係表很有幫助。由於她製作這個文件似乎需要花點時間，所以我把她的初稿（見下方）先發給你們，裡面詳列了費爾維劇團的所有成員。後續會有更多資料提供。

　　RT

　　羅德瑞克・坦納，御用大律師
　　資深合夥人
　　坦納＆德威有限責任合夥公司

費爾維劇團

馬丁・海沃德,五十九歲,費爾維劇團主席暨葛蘭奇鄉村俱樂部聯名共有人

海倫・格雷斯－海沃德,六十二歲,費爾維劇團秘書暨葛蘭奇鄉村俱樂部聯名共有人

詹姆士・海沃德,三十六歲,他們的兒子
奧莉薇亞・海沃德,三十三歲,他的妻子

佩姬・里斯維克,三十三歲(娘家姓氏為海沃德),他們的女兒
葛蘭・里斯維克,三十一歲,她的丈夫
波比・里斯維克,兩歲,他們的女兒
汪汪,三歲,他們的狗

莎拉－珍・麥當納,三十四歲(娘家姓氏為迪爾林)
凱文・麥當納,三十七歲,她的丈夫
哈利・麥當納,十歲,他們的兒子

卡洛・迪爾林,六十一歲,莎拉－珍的母親
瑪格麗特・迪爾林,八十八歲,卡洛和雪莉的母親,莎拉－珍的外祖母
雪莉・迪爾林,六十三歲,卡洛的姊姊,莎拉－珍的姨媽

伊莎貝爾・貝克,二十九歲,聖安醫院老人醫學科護士

蘿倫・莫爾登，二十九歲，聖安醫院老人醫學科前護士
喬許，三十歲，她的男友
蘿倫的母親，約五十七歲

凱爾・格林伍德，三十四歲，聖安醫院精神科護士
莎曼莎・格林伍德，三十四歲，聖安醫院老人醫學科護士

喬伊絲・瓦佛德，六十三歲，費爾維劇團茶水員暨葛蘭奇的退休前台
尼克・瓦佛德，三十三歲，她的兒子
貝瑞・瓦佛德，二十八歲，她的兒子
哈里，六十二歲，喬伊絲的伴侶

約翰・歐迪亞，五十六歲，財務長

丹妮絲・麥爾坎，五十九歲，服裝暨化妝師
史蒂夫・麥爾坎，六十歲，她的丈夫
瑪莉安・佩恩，四十八歲，服裝暨化妝師
米克・佩恩，五十一歲，她的丈夫
凱倫・佩恩，二十六歲，他們的女兒

杰奇・馬許，二十三歲，正在旅行中

喬爾・哈立德，五十四歲，舞台設計師
希莉亞・哈立德，五十五歲，他的妻子
貝絲・哈立德，十六歲，他們的女兒

> **夏綠蒂**
> 我讀到貝瑞・瓦佛德的武術測驗了,除了有一齣劇在試鏡之外,真的沒有其他事發生。你讀到哪裡了?

> **菲米**
> 已經超過那個部分了。正在繼續往下看。

> **夏綠蒂**
> 我們需要讀吾子吾弟嗎?網路上有劇本。

> **菲米**
> 不用。不管這是什麼,都和劇本無關。

來自：馬丁・海沃德
主旨：波比
日期：2018年4月21日 14:47
致：現任團員

親愛的各位，

　　很抱歉沒有回覆你們的電話、簡訊、訊息和郵件。你們都知道的，海倫拒絕使用電子溝通的方法，所以就由我來發這封信。這件事很難說出口，不過事實就是：我們的外孫女波比被診斷出罹患了一種罕見的腦癌。我們感到非常的震驚和悲痛，這原本只是一個例行的檢查，卻突然出現了這樣的診斷結果。

　　容我向少數幾位不認識我們的新團員說明：佩姬是我們的女兒，她和她丈夫葛蘭育有剛滿兩歲的波比；詹姆士是我們的兒子。他的妻子奧莉薇亞目前懷了一對雙胞胎，這段過程也充滿了波折。

　　過去幾個星期，我們經歷了一連串的檢驗、掃描、會議、決定和淚水。然而，眼淚治癒不了癌症。如果可以就好了。醫生們正在擬定治療計畫，而佩姬和海倫則忙著尋找來自全球的各種方案和參考做法。毫無疑問地，海沃德家的女性都非常堅強。

　　我們曾經認真考慮過取消吾子吾弟的製作，甚至一度以為真的就要取消了。然而，在經過一段時間的適應之後——和癌症共存已經成為我們家的新狀態——我們決定要繼續製作這部戲劇。醫生向我們強調了維持家庭正常生活的重要性，並告誡我們不要讓診斷結果主宰我們的生活，因此……這部戲需要繼續進行下去。

　　不過，我會辭去導演一職。詹姆士將會擔任導演，而我會在情況容許之下協助他。佩姬當然不會再參與演出，但是——至少

目前來說——海倫會繼續飾演凱特・凱勒。這是一個很重要的角色，但海倫很幸運地擁有充沛的精力，並且比以往更希望能保持忙碌。無論何時，只要佩姬和葛蘭需要，她都會提供支持，因此，請將附件的排練時間表視為仍在調整中的版本。

　　謝謝各位的理解。此致，馬丁

來自：約翰・歐迪亞
主旨：回覆：波比
日期：2018 年 4 月 21 日 14:59
致：馬丁・海沃德

　　很遺憾聽到這個令人難過的消息。在這個艱難的時刻，我們的心與你們同在。

來自：莎拉－珍・麥當納
主旨：回覆：波比
日期：2018 年 4 月 21 日 15:08
致：馬丁・海沃德

　　親愛的海倫、馬丁和海沃德一家，我感到非常震驚。可憐的波比。我對你們深表同情。請代我向海倫與佩姬問好。告訴她們，如果需要任何幫助，無論是多麼微小的事，你們都知道怎麼聯絡我們。我還記得哈利從他的腳踏車上摔下來，導致嚴重腦震盪的這段經歷。那是我這輩子最糟糕的幾個小時，因此，我理解你們的感受。

　　莎拉－珍・麥當納

來自：丹妮絲・麥爾坎
主旨：回覆：波比
日期：2018年4月21日　15:15
致：馬丁・海沃德

　　很多年前，我的二堂兄長了一顆腦瘤。他們幫他動了手術，在他清醒的情況下鋸開他的顱骨，刮除了那顆腫瘤。手術後他一直都很好，明年就滿六十歲了。波比還那麼小，醫生們都很厲害，他們什麼都做得到。她會沒事的，你們不要擔心。上帝保佑你們，丹妮絲

來自：瑪莉安・佩恩
主旨：回覆：波比
日期：2018年4月21日　15:20
致：馬丁・海沃德

　　噢，馬丁，很遺憾聽到這個消息。請代我問候海倫和佩姬。我認識你們很久了，這就像我自己的家人生病了一樣。我的心意和禱告與你們同在，如果你們需要什麼，儘管開口。在這種時候，你會感到無助，不是嗎？然而，你們卻無能為力。你們只能相信醫生，知道她現在受到了最好的照顧，並且祈禱她能對抗病魔。如果小波比和她母親及外祖母一樣堅強的話，她絕對能夠戰勝的。我會在星期天到教堂點一根蠟燭。愛你們的，瑪莉安

來自：喬伊絲・瓦佛德
主旨：回覆：波比
日期：2018年4月21日 15:22
致：馬丁・海沃德

親愛的馬丁和海倫，

　　這星期接連傳來壞消息。我學生時代的朋友週日突然去世：享年六十三歲，死於心臟病發。週二的時候，哈里因為年度檢查被要求回診，我們不知道結果會如何。昨天，我親愛的鄰居告訴我她得了胰臟癌。現在小波比也生病了。生命可以如此殘酷。我們的心與你們同在，並且會為你們祈禱。喬伊絲、哈里和孩子們。

來自：杰奇・馬許
主旨：回覆：波比
日期：2018年4月21日 17:41
致：馬丁・海沃德

　　我正在馬拉喀什度假，但我想說，聽到波比的事讓我感到很震驚，我會祈禱她能很快復原。你們要保持樂觀，我知道她會好起來的。x

發自我的 Samsung Galaxy S9

哇！還被合約綁住？現在就轉到僅限SIM卡的方案，每月最多可以節省30英鎊。
訪問 www.vistadeals.com 使用代碼POW**優惠金額不一，依據適用的條款和條件而定

來自：伊莎貝爾・貝克
主旨：回覆：波比
日期：2018年4月21日 17:50
致：馬丁・海沃德

親愛的馬丁和海倫，

　　謝謝你們花時間讓我們所有人知道。很遺憾你們經歷了這樣的事。癌症是一條漫長的道路，但近年來治療的方法已經有所進步，所以，沒有理由認為波比無法戰勝病魔。她罹患的是什麼類型的腫瘤？她在聖安醫院嗎？你們知道我在那裡的老人醫學科工作，那個新來的女孩莎曼莎也是（凱爾在精神科），因此，我們會竭盡全力幫忙。愛你的，伊莎

來自：伊莎貝爾・貝克
主旨：簡短的建議
日期：2018年4月21日 17:56
致：詹姆士・海沃德

親愛的詹姆士，

　　很遺憾聽到關於波比的消息。那樣的診斷對整個家庭而言都很難受。希望你和奧莉薇亞（以及雙胞胎）都安好。這只是一個簡短的建議。由於佩姬不得不退出吾子吾弟，你們將得重新考慮飾演莉迪亞的人選。我只是想讓你知道，我一直都在幫忙莎曼莎和凱爾練習台詞，並且已經買了劇本。我的年齡和莉迪亞相符，我會很樂意擔任這個角色。愛你的，伊莎

來自：伊莎貝爾・貝克
主旨：耶！
日期：2018年4月21日 18:54
致：莎曼莎・格林伍德

嗨，莎曼莎，

　　聽到小波比的消息令人心痛。希望那是較為容易治療的一種腫瘤（我已經詢問過了）。詹姆士能在這種情況下挺身而出擔任導演真的很不容易，尤其他自己也有很多事要處理。他們是一個充滿愛的家庭。詹姆士還沒有回覆我關於莉迪亞這個角色的問題。我很想知道他是否已經做出決定，但他現在有太多更重要的事情需要考慮。我對於可能擔任這個角色一下子感到很興奮——一下子又覺得心情跌入谷底，因為可能性似乎很低。我覺得自己和貝絲或艾瑪競爭的勝算不大（海沃德家和貝絲的父母非常親近，而艾瑪又是佩姬最好的朋友），所以，我只能希望她們有其他的計畫。很遺憾我們今天無法見面——我們的休息時間錯開了，哎唷——愛你的，伊莎

來自：伊莎貝爾・貝克
主旨：抱歉！
日期：2018年4月21日 18:59
致：莎曼莎・格林伍德

　　抱歉，抱歉，我完全忘了我一開始為什麼要寫郵件給你了。我一直在思考你提到的事情——關於A組的工作態度。你是對的，他們的經驗不足，而她又不是全世界最好的管理者（這麼說還算客氣），但我向來都認為老人醫學科就是這樣。這裡是員工

「淪落之處」，而不是他們自願選擇的科別。和這個科的任何人談談，他們都會告訴你他們寧可做什麼。你無法改變這種狀況。我會避開那些難以相處的人，忽略所有的閒言閒語，把重心放在病人身上。你也可以這麼做——你會沒事的。愛你的，伊莎

來自：貝絲・哈立德
主旨：回覆：吾子吾弟
日期：2018年4月22日 13:09
致：詹姆士・海沃德
抄送：馬丁・海沃德

　　嗨，詹姆士，謝謝你邀請我擔任劇中的莉迪亞一角。但是很抱歉，我需要準備我的GCSE[3]考試。不過，還是很謝謝你，貝絲

來自：艾瑪・庫魯克斯
主旨：回覆：吾子吾弟
日期：2018年4月22日 13:49
致：詹姆斯・海沃德
抄送：馬丁・海沃德

　　很抱歉，但我無法接下佩姬在劇中的角色。我已經在葛蘭奇幫她代課，還得要照顧汪汪——他們不能把牠留在家裡，因為牠

---

[3] GCSE（General Certificate of Secondary Education，簡稱 GCSE）是中等教育普通證書，為國際認可的學力證明。於英格蘭、威爾斯以及北愛爾蘭等地區的中學修習兩年課程後取得。在過去，英國政府讓學生在學習完兩年的課程後才進行這項證書測驗。現在將證書測驗改成中學課程的一部分，並且以期末考試作為測驗的最終結果。

有引發感染的風險，而且，你知道的，牠是個小麻煩，雖然體型沒那麼小。總之，我現在無法全心投入。真的很抱歉，希望你可以找到其他人。上次扮演女僕的那個內向的女孩如何？艾瑪

來自：詹姆士・海沃德
主旨：吾子吾弟
日期：2018年4月22日 14:19
致：伊莎貝爾・貝克
抄送：馬丁・海沃德

　　親愛的伊莎，我想過「誰可以扮演莉迪亞」？你是我第一個想到的人。這個角色屬於你了。附上修改的排練時間表。期待與你合作，詹姆士

來自：伊莎貝爾・貝克
主旨：耶！
日期：2018年4月22日 14:22
致：莎曼莎・格林伍德

　　耶！我拿到那個角色了！詹姆士說，我在最初的試鏡中把台詞唸得很棒，所以，他第一個就想到了我。希望你對工作的感覺好一些了，畢竟，你現在有更多時間來適應了。能在老人醫學科再度擁有朋友的感覺真好。蘿倫和我曾經一起受訓，結果兩人都被分派到這裡來，不過，她去年離開了。希望你這星期的夜班平靜無事。我等不及要再和你聊聊了──向凱爾問好──告訴他，他最好小心點，現在我們是夫妻了（我是說在這部劇裡）！愛你的，伊莎

來自：克勞蒂亞・迪索薩
主旨：謝謝你
日期：2018年4月23日 10:03
致：莎曼莎・格林伍德

親愛的莎曼莎，

　　很高興昨天和你聊了你在聖安醫院第一個月的情況，以及各種關於非洲的事。很遺憾，我在十年前就已經錯過當人道志工的機會了，但我依然可以作夢……

　　我知道你希望這件事不要變得太正式，但你提出的問題非常嚴肅，我想要在此回應。以下是我的概述：

1. 員工之間缺乏良好的互動標準。
2. 員工對於老人家屬可能和病人一樣都需要照護和理解缺乏認知。你引用小兒科為例，認為小兒科在這方面的實踐最為理想。
3. 有一種恐嚇文化讓員工不敢提出上述的問題。
4. 「霸凌」事件涉及了一名特定的員工。

　　我們歡迎任何反饋的意見，並保證對舉報同事不當行為的人提供匿名保護。如果你希望就上述1-3點提出正式的投訴，我可以為你啟動官方渠道。

　　我在聖安醫院工作了十二年，我必須說，老人醫學科的員工流動率向來都很高。這是一個不熱門的領域，我們發現這裡很難吸引並且留住有經驗的同事。你說得很對，病患及其家屬應該得到更多互動的關懷，而小兒科在這方面確實做得很到位。也許，

兇手就在字裡行間　｜　031

相較於難纏的老年病患以及他們飽受壓力的中年家屬，我們的同事更容易和脆弱兒童的憂心家屬進行互動？

我們一直在改善員工互動。你會在員工休息室看到持續專業培訓的公告。此外，在接下來的六個月裡，我們會透過結構上的微調將照護小組分成更小的單位。希望屆時你能看到情況有所改善。

至於上述的第4點。聖安醫院對於霸凌採取零容忍的態度，我必須強調，這名同事可以隨時聯繫她的直屬經理或我的部門。我很理解她不想引發衝突，然而，被害者必須親自站出來，才能啟動正確的程序。

莎曼莎，再次感謝你和我聊天，我期待下個月在你的八週工作評鑑中再見到你。

此致，克勞蒂亞・迪索薩
人力資源部經理
聖安醫院

來自：伊莎貝爾・貝克
主旨：早安！
日期：2018年4月24日　05:19
致：莎曼莎・格林伍德

你好，莎曼莎，

希望昨晚病房區一切都好。我正要出門去老人醫學科，開始充滿活力的另一天。很遺憾你和凱爾錯過了排練。我們對第二幕進行了技術排練，所以有點混亂。私下告訴你，詹姆士不像他父

親那麼果決，所以，感覺上好像每個人都試著在導戲。不過，至少我第一次扮演了莉迪亞。可以在幾個小時內忘記一切的感覺真好。海沃德一家總是讓我感到驚奇。海倫真是個了不起的演員。她已經掌握了口音，你可以想像她所扮演的母親角色將會讓所有人驚豔。誰能想得到她的外孫女此刻生了重病，而她的女兒正憂心忡忡？你永遠無法知道人們內心正在經歷著什麼。我想了解更多關於波比的診斷結果，但至今都沒有機會。他們還沒有問過我任何醫療的問題，他們有問過你嗎？他們身邊一定有很多人向他們提供了意見和建議。我想，這和朋友老是對你訴說他們的症狀很不一樣。

　　稍後見。愛你的，伊莎

二〇一八年四月二十四日，莎拉－珍・麥當納和詹姆士・海沃德之間發送的訊息：

09:41　莎拉－珍・麥當納：
我知道我昨晚講話比較直白，但你確定那個內向的女孩是扮演莉迪亞的最佳人選嗎？給我幾天的時間，我會說服艾瑪。

09:48　詹姆士・海沃德：
有時候，選角不僅僅是關乎誰最適合。有時候，誰能從經驗中獲益最多才更重要。這是業餘的演出，不是皇家莎士比亞劇團。不要去找艾瑪談，伊莎貝爾表現得很好，應該給她一個機會。

二〇一八年四月二十四日，詹姆士・海沃德和伊莎貝爾・貝克之間發送的訊息：

09:50　詹姆士・海沃德：

不要因為別人的話而沮喪。我認為你在飾演莉迪亞上面表現得很好，而只有我的意見才算數。

09:51 伊莎貝爾・貝克：
噢，謝謝。這對我意義重大。昨晚我很想念莎曼莎。當她在場時，沒有人會對我說不好的話。我很喜歡演出——我會全力以赴，不讓你失望的！xx

---

來自：蘿倫・莫爾登
主旨：噢，不會吧！
日期：2018年4月24日 19:43
致：伊莎貝爾・貝克

　　哈囉，親愛的！喬許和我去了一趟葛蘭奇，談論租用它的可能性，結果海倫告訴了我們波比的事。你知道她有腦瘤嗎？你怎麼看？但願我沒有接受過任何醫學訓練，這樣我就可以和他們一樣感到積極和希望。最後，我還是裝作若無其事，但一開始聽到的時候，我的臉色真的都變了。他們的生活表面上看似光鮮，但是，在面對這種事情的時候，他們就和其他家庭一樣無助。我們在那裡的時候，佩姬帶著波比來了。他們剛去摩爾山讓她植入了希克曼導管❶。她雖然還昏昏沉沉的，但依然為我們唱了一首歌。真讓人心碎。總之，你好嗎，我親愛的？喬許的大學老朋友剛離婚。這週六來參加九〇年代之夜吧——我可以介紹你認識他……親親，蘿xxx

---

來自：伊莎貝爾・貝克
主旨：回覆：噢，不會吧！

日期：2018年4月24日 19:58
致：蘿倫・莫爾登

　　我們已經知道一陣子了。馬丁發了一封郵件給費爾維劇團的成員——也許你已經被從名單上刪除了，因為你太久沒參加排練了。詹姆士現在擔任這次的導演。佩姬不得不退出演出，因此，他要我接下她原本的角色。很抱歉，我週六值夜班，沒辦法參加。伊莎

來自：馬丁・海沃德
主旨：波比的消息
日期：2018年4月26日 12:45
致：現任團員

親愛的各位，

　　再次對未能回覆訊息和郵件致歉。海倫和我對我們所收到的各種關心、祈禱和幫助深表感謝。每一則訊息我們都看過、也很感激，但我們不可能一一回覆，因為我們正專注於給予波比、佩姬和葛蘭他們所需要的支持。我們希望你們可以理解。

　　在波比診斷結果出來之後的幾週裡，海倫和佩姬一直在搜尋全球各地關於髓母細胞瘤的研究。去年，美國麻薩諸塞州一家具有領導地位的癌症醫院測試了一項創新的藥物療法。在這些綜合測試中，有一款特定的藥物組合在治療波比這種罕見的癌症中展現出明顯的正面效果。這些令人振奮的結果顯示出，這種藥物的

---

❹ 希克曼導管（Hickman line）是一種植入人體的中央靜脈導管，為需要短期重複輸注藥物、血品、骨髓輸注及經常抽血之病人而設計。

治療成功率將遠遠超過英國目前用於治療腦癌的藥物。問題是，那個實驗階段已經結束，這款藥物要幾年之後才可能在英國上市，因為國民保健署引進新藥物的程序非常繁複。我們擔心這樣的延宕對波比來說會緩不濟急。因此，我們提議向該研究發展實驗室購買一次的療程。

我們得到了波比在摩爾山醫院的醫生支持，特別是無與倫比的腫瘤科顧問醫生提許・巴托瓦。巴托瓦醫生將從週一開始，幫波比進行傳統化療的初次療程，以便在我們募集所需的資金時，先讓她的腫瘤受到穩定的控制。接下來是令人屏息的消息……

這款美國的藥物組合需要大約二十五萬英鎊。這是一筆鉅額費用，但波比以極大的勇氣和幽默感面對她的疾病，我們無法想像要讓這筆錢成為治癒她的障礙。她的笑容照亮了我們的世界。即便在感覺不適的時候，她也總是笑臉迎人，不忘和護士與醫生開玩笑。她沒有因為那些不舒服的日子而放棄享受每一個美好日子裡的每一刻，那讓我們都從中學到了一課。

因此，我們可以做一些積極而有效的事。我們設立了一個群眾募資的網頁，希望你們能把這個連結分享給朋友、家人、同事和熟人。每個微小的動作都能有所幫助。需要把訊息印出來或者轉發出去的人，附件有一張傳單可供你們使用。我們不是那種輕易求助的人，但我們覺得這是我們虧欠波比的，如果能讓她恢復健康的話，我們會透過各種管道、抓住每一個機會這麼做。我們會永遠感激你們的支持。讓我們一起治癒波比。

致上我們的愛、謝意和感激，馬丁、佩姬、葛蘭、海倫和波比

支持「治療波比」的活動，請訪問 www.wefund.com/acureforpoppy，謝謝！

來自：莎拉－珍・麥當納
主旨：回覆：波比的消息
日期：2018 年 4 月 26 日 13:15
致：馬丁・海沃德

　　你知道我在哈利出生之前曾經做過募款工作。以下是我的建議：

1. 舉辦一項大型活動來啟動募款。正式服裝、食物、酒水、音樂、舞蹈、抽獎、拍賣。
2. 贊助活動。馬拉松、腳踏車騎行、極限運動、泥地賽跑、游泳、步行。如果有人報名參加這類活動，應該讓他們首先想到藉此為波比募款。
3. 鎖定高淨值人士和企業的募捐。我們可以一起集思廣益。
4. 社群媒體。分享、分享、分享。
5. 小型活動。在大型活動之間保持募款的動力。

　　我今天就可以開始進行啟動募款的活動，爭取一些幫助，聯絡本地媒體，並且盡快確定日期。這樣你們就可以專注於照顧波比了。

　　莎拉－珍・麥當納

來自：貝絲・哈立德
主旨：回覆：波比的消息
日期：2018 年 4 月 26 日 13:40
致：馬丁・海沃德

嗨，馬丁，我們在考試後會舉辦一場慈善烘焙大賽，並為波比募款。祝好運，貝絲

來自：喬伊絲・瓦佛德
主旨：回覆：波比的消息
日期：2018年4月26日 14:00
致：馬丁・海沃德

　　我不打算點擊任何連結。上次，我一點擊就中毒了。不過，我已經去建屋合作社❺提款要捐給波比了，我會在下次排練時交給海倫。祝福小波比，並祈求上帝能讓這些努力成為她的解方。
　　喬伊絲

來自：約翰・歐迪亞
主旨：回覆：波比的消息
日期：2018年4月26日 14:14
致：馬丁・海沃德

　　我們已經捐款了。約翰一家

來自：瑪莉安・佩恩
主旨：回覆：波比的消息
日期：2018年4月26日 14:20
致：馬丁・海沃德

親愛的馬丁和海倫，我剛在你們的慈善網頁上捐款了，我的家人也會在發薪日之後捐款。我會把你的郵件發送到我工作的地方，然後再發給足球俱樂部和健身房。米克會把傳單印出來，帶到酒吧去，而凱倫也已經詢問她的工作場所是否可以張貼傳單。他們通常很擅長處理這類的事情，過去甚至曾經為慈善活動提供對等捐款，因此，我們會幫你們領取一份表格。我們很快就能募集到那二十五萬英鎊，你們等著看好了。愛你們的，瑪莉安

來自：伊莎貝爾・貝克
主旨：你好！
日期：2018年4月26日 20:06
致：莎曼莎・格林伍德

你好，莎曼莎，

　　髓母細胞瘤——那不是什麼好消息。我起草了一封郵件要給馬丁，但寫了幾次都刪掉了。我努力要讓自己保持樂觀。希望他們已經找到治療的方法，但說真的，成功的機率有多大呢？不過，如果他們把注意力集中在募款上，他們會覺得自己有在做些什麼，不是嗎？這樣也好。而且，誰知道呢，也許這真的是治療上的突破。哇，二十五萬英鎊讓我們意識到自己有多麼幸運。我們很容易就忘記一切都是有代價的。一整盒的拜瑞妥昨天過期了，B組把它們全都丟了。真是浪費。你打算在午餐的時候背台詞嗎？我有空，你可以在休息時發訊息給我。愛你的，伊莎

---

❺ 建屋合作社（building society）是一種互助金融機構，主要業務包括儲蓄、住房信貸等。這種形式的金融機構現存於英國、澳洲和紐西蘭。在英國，建屋合作社和其他銀行一樣接受政府機構的金融監管和規範。

來自：艾莉莎・史卡圖斯卡醫生
主旨：回覆：一個罹患癌症的朋友
日期：2018年4月27日 08:10
致：莎曼莎・格林伍德

親愛的格林伍德女士，

　　我想，我記得在莫巴伊的醫療中心見過你，雖然那已經是六年前的事了。謝謝你的來信。對於你朋友的外孫女所經歷的事，我感到很遺憾。髓母細胞瘤通常都具攻擊性，並且很難治療。希望你提到的那款美國藥物能帶來積極的進展。不幸的是，我無法獲得更多相關資訊。美國的研究與開發通常由商業機構資助，為了保護該公司的財務利益，相關信息都會被保密。一旦這款藥物在美國市場推出，他們無疑會主動聯繫我們，不過，據我所知，新藥通過國民健保署的審批可能需要十年的時間。我無法得知這種新組合的藥物是否有效，也沒有聽說近年來有針對髓母細胞瘤的任何新療法出現。可以確定的是，摩爾山的療法應該是目前最新的。很抱歉我幫不上忙，不過，希望你的朋友募款順利，你的半馬也是。

　　謹啟，
　　艾莉莎・史卡圖斯卡醫生
　　腫瘤科專科醫生
　　愛丁堡大學醫院

來自：治療波比
主旨：波比的舞會
日期：2018 年 4 月 30 日 09:35
致：現任團員

誠摯邀請您參加波比的舞會
二〇一八年五月十九日星期六晚上七點
所有收益都將捐給「治療波比」

　　「治療波比」是一項募款活動，旨在籌集二十五萬英鎊，以便讓兩歲的波比・里斯維克能夠接受來自美國的創新藥物治療她罕見的腦癌。為了啟動這項群眾集資活動，我們將於 5 月 19 日舉辦一場正式的舞會。這場充滿樂趣和魅力的活動不容錯過！

　　賓客可以在葛蘭奇鄉村俱樂部的地平線廳享用一頓三道菜的美食，搭配紅魔鬼酒莊精選的葡萄酒，還能在糖果洞穴品嚐各式美味甜點，此外，我們提供免費的照相亭，讓大家可以為這個夜晚留下值得一輩子珍藏的記憶。唐尼・蘇奇洛和他的樂隊將為我們帶來精采的音樂表演，而 Radio 4 深夜節目 Blindfold 的明星主持人卡麥隆・希爾佛德將會主持豪華的抽獎和名人拍賣活動。

　　入場門票每張八十英鎊。如需進一步資訊，請點擊以下連結或聯繫活動協調員莎拉－珍・麥當納。

支持「治療波比」的活動，請訪問 www.wefund.com/acureforpoppy，謝謝！

來自：約翰・歐迪亞
主旨：回覆：波比的舞會
日期：2018年4月30日 09:37
致：治療波比

　　我們剛好不在。約翰一家

來自：丹妮絲・麥爾坎
主旨：回覆：波比的舞會
日期：2018年4月30日 10:26
致：治療波比

　　史蒂夫不能喝智利酒，我們也不會吃甜點。這樣門票會便宜多少？

來自：馬丁・海沃德
主旨：回覆：一則建議
日期：2018年4月30日 19:15
致：莎曼莎・格林伍德

　　謝謝你的想法和建議。事實上，我們確實考慮過發起活動來加速藥物的批准過程，但經過權衡之後，我們認為我們沒有那麼多時間，募款購買藥品可能是對波比而言最快、最有效率的方法。募款活動得到的反響讓我們深受感動，並衷心感謝每一位支持者。祝你跑步訓練順利。此致，馬丁

來自：伊莎貝爾・貝克
主旨：你好！
日期：2018年5月1日 07:32
致：莎曼莎・格林伍德

　　嗨，莎曼莎，我很享受昨晚的排練。能有朋友在場感覺好多了。貝瑞和尼克的美國口音糟透了，你不覺得嗎？我知道我的口音時好時壞，但我正在努力改善。只有海倫完全掌握了美國口音，不過，她原本就很擅長各種口音。你和凱爾也拿捏得很不錯。我看到你在休息時和海倫交談。是關於劇本的事嗎？如果你有任何問題，可以問我，我會幫你搞清楚——這樣就不會打擾她了。你和凱爾已經買了舞會的門票嗎？當我看到票價八十英鎊的時候，我還以為是打字錯誤呢。也許今天下午換班碰面時再聊。愛你的，伊莎

來自：伊莎貝爾・貝克
主旨：抱歉！
日期：2018年5月1日 07:35
致：莎曼莎・格林伍德

　　抱歉，忘了在上一封郵件裡提起——我正在考慮開始跑步。你去訓練的時候，我可以和你一起去嗎？我還沒辦法參加半馬，但也許我可以先從五公里開始練習？總之，如果可以一起慢跑就太好了，那會比我獨自坐在員工休息室要好得多。愛你的，伊莎

來自：喬伊絲・瓦佛德
主旨：小波比
日期：2018年5月2日 09:24
致：莎拉－珍・麥當納

　　好消息，莎拉－珍！瑪莉安從Sainsbury's❻拿了一份表格給我。你只需要填入你募到的款項，他們就會支付你同等的金額。他們真的會付──她們家凱倫去年參加「為生命而跑」時就是這樣。如此一來，你現在只需要募到十二萬五千英鎊，剩下的部分他們會支付。波比很快就能度過難關，恢復健康了！

來自：莎拉－珍・麥當納
主旨：回覆：小波比
日期：2018年5月2日 09:28
致：喬伊絲・瓦佛德

　　不，他們不會的，喬伊絲。他們只會對有登記註冊的慈善機構提供這種資助，而且前提是有他們的員工參加了該項活動。波比的募款活動並不一樣，它是群眾募資活動。我也相信他們的資助金額是有上限的，所以，即便是登記註冊的慈善單位，他們也不會支付十二萬五千英鎊。

　　莎拉－珍・麥當納

來自：馬丁・海沃德
主旨：謝謝你，但是……

044 | The Appeal

日期：2018年5月2日 23:19
致：莎曼莎・格林伍德

　　海倫告訴我，你希望了解更多關於那家美國藥廠的情況，以便對藥物批准過程施加一點壓力。請放心，我們得到了摩爾山醫院腫瘤科醫生的支持，他正在代表我們和美國方面接洽。我們希望能專注在資金籌募，並避免冒險讓美國方面變得不願意把藥賣給我們──即便這樣的機率很小。不過，非常感謝你，莎曼莎，我們真的很感激你考慮到整體情況。此致，馬丁

來自：提許・巴托瓦醫生
主旨：回覆：
日期：2018年5月3日 16:40
致：莎曼莎・格林伍德

　　我無法討論你所提及的任何問題。病患的治療是高度保密的。我相信，以你的醫學背景，你會理解這一點的。

　　提許・巴托瓦醫生，
　　碩士、博士、英國皇家內科醫學院會員
　　腫瘤科顧問醫生
　　摩爾山醫院

❻ Sainsbury's是英國第二大連鎖超市公司，佔約16%的英國市場份額。其總部位於倫敦霍爾本的霍本圓環。該公司也經營財產及銀行業務。

來自：喬伊絲・瓦佛德
主旨：回覆：小波比
日期：2018年5月3日 17:00
致：莎拉－珍・麥當納

　　如果一個為了挽救兩歲小女孩性命而舉辦的慈善活動都得不到重視，那我真不知道什麼才值得重視。等我見到海倫的時候，我會把表格給她。

來自：坦雅・史崔克蘭德
主旨：回覆：哈囉，老朋友
日期：2018年5月3日 18:09
致：凱爾・格林伍德

　　嘿，凱爾！很高興收到你的消息。你回到英國了？我還以為你永遠不會回來呢。我們一定得聚一聚，回憶一下無國界醫生的日子。莎曼莎現在好嗎？是啊，我在克亞米公司從事研發工作，換一種說法就是：一個沒有病人的醫生。這種工作和以前確實不一樣。

　　很遺憾聽到你朋友孩子的事。不過，我無法正式推薦他們使用一種未經批准的藥物。一款新的組合藥物需要那麼長的時間才能投入使用是有原因的：記得賽得膠囊嗎……不過，即使撇開那些擔憂不談，理論上，任何人都可以提出一種新奇藥物給國民健保署——像推銷員一樣做出不切實際的承諾。如果我們不經過我們自己的試驗，我們怎麼知道這種新藥是否比我們現有的藥物更有效、更無效，還是效果相當呢？我們可能會浪費好幾百萬。這個階段所涉及的資金是你無法想像的。

　　雖然這麼說，然而，如果我的孩子罹患髓母細胞瘤，只要這

個世界上有可用的藥物，不管那種藥在哪裡，即便治癒的機率很低，我也會像你的朋友那麼做。我會贊助莎曼莎的跑步——把連結發到我上方的個人郵箱——讓我們盡快見面吧。

　　祝一切順利，坦雅

來自：提許・巴托瓦醫生
主旨：回覆：
日期：2018 年 5 月 3 日 21:57
致：莎曼莎・格林伍德

注意

　　我很高興你的問題並非針對某個特定病人的治療，也理解你只是想要幫助一個朋友。然而，我認為這些問題不妥，因此不會再進一步和你聯繫——除非是為了通知聖安醫院你離開班基的真正原因。

　　提許・巴托瓦醫生，
　　碩士、博士、英國皇家內科醫學院會員
　　腫瘤科顧問醫生
　　摩爾山醫院

來自：伊莎貝爾・貝克
主旨：哭哭！
日期：2018 年 5 月 4 日 11:44
致：莎曼莎・格林伍德

　　你好，莎曼莎，蓋諾說你今天打電話來請病假。我帶了我的慢跑褲和跑鞋……噢，好吧，等你回來上班時，我們再一起去跑

步好了。希望你沒有病得太嚴重。至少你一整天都可以背台詞了⋯⋯今天是我在這裡最糟糕的一天：「那個人」今天當班、A組今天負責輪值、蓋諾心情又不好了。三重打擊。下次排練的時候，瑪莉安會來幫我們量尺寸做服裝。我等不及了！一旦穿上角色的裝扮，你真的會覺得自己融入了那個角色。我喜歡我在歡樂精靈中的女僕戲服。希望你很快就能好起來。愛你的，伊莎

來自：莎拉－珍・麥當納
主旨：治療波比——最新募款進度
日期：2018年5月5日　08:30
致：馬丁・海沃德

　　截至目前為止的募款金額：七萬四千英鎊——這只是群眾募資網頁上收到的部分。讓我知道你從線下收到了多少，這樣我才能提供準確的總數。舞會的最新狀況：門票已經售出65%。凱文已經在他所屬的共濟會中徵求到宣傳這個活動的許可，這可能會帶來很大的影響——為什麼需要徵求許可，我不知道，可能因為我只是個女人。關於支出、銷售和利潤的詳細資料，請見附件的試算表。

　　社群媒體：在我們上傳波比去年野餐時的照片以及她和佩姬與海倫在兒童化療室門口的合照之後，捐款出現了急遽的增加。如果你有其他照片可供我們這樣使用，請發給我。這是一個視覺化的世界，影像的力量遠勝於文字。

　　別人知會我的一些小型／其他活動：
　　獅子會每月舉辦的機智問答之夜和抽獎活動
　　洛克伍德流浪者足球隊的慈善足球賽

聖理查教堂的下午茶和蛋糕義賣
貝絲・哈立德的烘焙比賽
哈利・麥當納將參加海盜島游泳活動來募款
莎曼莎・格林伍德將參加半馬來募款
貝瑞・瓦佛德的艾維斯烹飪馬拉松（？）
迪爾林家將參加穿越南丘自行車活動來募款

　　很不幸地，這些活動能帶來的收入很少，而我們需要籌募的資金數目卻很大，所以，我們必須把我們不認識的那些高淨值人士和企業列為目標。你已經看到你的朋友和同事對於這次募款活動的積極響應。相信我，有一些非常富有的人正在尋找消除內心罪惡感的方式，我們只是需要接觸到他們而已。

　　莎拉－珍・麥當納

來自：蘿倫・莫爾登
主旨：明天見？
日期：2018年5月18日　07:06
致：伊莎貝爾・貝克

哈囉，親愛的！
　　你會去參加波比的舞會嗎？他們會拍賣一件裱框起來的洛克伍德流浪者的簽名襯衫，而爸爸的生日就快到了。我在TK Maxx❼遇到了蓋諾。你為什麼不申請轉調到其他科別呢，伊莎？那個地方讓人很不舒服。人們來來去去的，但他們都是同一種

---

❼ TK Maxx是美國服裝暨家居用品公司TJX Companies的子公司，其第一家商店於1994年在英國開業。

人：不友善、愛支配、工於心計。我離開後開心多了。週六見。
親親，蘿xx

來自：希拉蕊‧穆爾維
主旨：轉調申請 09/7345620/HM
日期：2018年5月18日 09:06
致：伊莎貝爾‧貝克

親愛的貝克女士，
　　關於你申請調離老人醫學科的事宜，由於你的紀律觀察期還剩下九個月，因此你無法申請轉調。你可以在觀察期結束之後，聯繫你平時的人力資源部經理。

　　此致，
　　希拉蕊‧穆爾維
　　人力資源部經理（育嬰假期間代理）
　　聖安醫院

來自：伊莎貝爾‧貝克
主旨：回覆：明天見？
日期：2018年5月18日 10:11
致：蘿倫‧莫爾登

　　謝謝你，不過，我現在在這裡有了一位朋友。她也加入了費爾維劇團，我們很親近。這讓一切都不同了。伊莎

來自：克勞蒂亞・迪索薩
主旨：謝謝你
日期：2018年5月18日 10:33
致：莎曼莎・格林伍德

親愛的莎曼莎，

　　很高興今天再次和你見面。我很高興你覺得安定多了，沒錯，我也希望即將進行的重組能改善病患的照護。像你這樣的護士將有助於提升老人醫學科的聲譽，擺脫過去「專門接收表現不佳的員工」的名聲。我不希望失去你。

　　很遺憾聽到你朋友外孫女的消息。誠如我所說的，我不認識巴托瓦醫生，不過，我在我們的資料庫中很快地查詢了一下，然後發現她不只是摩爾山的顧問醫生，還經營自己的私人診所。她擔任多個委員會的成員，並且在國際發展部門主持海外志工顧問委員會。她怎麼會有時間幫病人看病呢？

　　說真的，聽起來那個小女孩應該得到了最好的照顧。你真是個貼心的朋友，會想到要查詢她的顧問醫生背景。病人很幸運，因為他們不了解醫學專業人士之間的差異有多大。

　　我很遺憾聽到你的另一個朋友不願意通報同事之間的問題。她是否並不了解他們的行為是一種霸凌？聽起來，她似乎因為被其他同事排斥而更加依賴你、向你尋求更大的慰藉。你可以帶她參加一些活動嗎？介紹她認識一些新朋友。我們經常說老年人遭到孤立，但孤獨感可以發生在任何年齡，而且原因很多。

　　我很想去看梅莉・史翠普的新片。我們可以趕在電影下檔之前去看。這個星期四發郵件到這個（我私人的）郵箱，我們可以在週末的時候選個場次。謝謝。克勞蒂亞 x

來自：奈吉爾‧克勞利
主旨：預約演出 19/05/18
日期：2018年5月18日　11:34
致：莎拉－珍‧麥當納

　　關於明天的事。我們三點會到場，五點進行音響檢查。除了六名樂團成員和我自己之外，我們還有兩名工作人員和一名場務。我告訴他們現場會提供食物（八個人什麼都吃，另外一個不吃豬肉，一個吃素）。他們很樂意在休息室吃飯。

　　友善提醒，我們還需要：

- 一箱300ml的Evian礦泉水（至少四十八瓶）
- 一個熨斗和一個熨燙板（最好各兩個）
- 小零食——小熊軟糖或其他軟糖。不要薯片或乾的零食。

　　附上發票。今天下午五點前付清全額。

　　祝好，奈吉爾

來自：莎拉－珍‧麥當納
主旨：回覆：預約演出　19/05/18
日期：2018年5月18日　11:37
致：奈吉爾‧克勞利

親愛的奈吉爾，

　　當我一開始聯繫你的時候，我就已經明確表示這是一場慈善活動，因此，收到你全額費用的發票讓我感到非常驚訝。

　　「治療波比」是一個群眾募資活動，旨在為一名最近被診斷出罹患罕見腦癌的兩歲小女孩購買救命藥物。她心碎的父母特別

要求我預約你的時間，因為小波比非常喜歡你的音樂。我知道她母親佩姬在她接受化療時總是播放你的CD，因為那是唯一能讓她暫時忘記痛苦的東西。活動開始之前，公報會在現場拍攝波比的照片，我知道他們希望能有一張她和唐尼・蘇奇洛的合照，以便用在他們的網站和印刷媒體。這將會為你帶來很好的宣傳。她的父母需要籌募到驚人的二十五萬英鎊，因此，我們正在進行全國性的募款活動。在這種特殊情況下，每一分錢都至關重要，因此，我懇請你重新考慮你的收費，並將其減少到只收取基本開銷，這也是我們最初討論時，我對於預約你來演出的理解。期待你的回覆。

莎拉－珍・麥當納

PS 附件是可憐的小波比即將接受第一次化療時的照片。

來自：奈吉爾・克勞利
主旨：回覆：預約演出 19/05/18
日期：2018年5月18日 11:46
致：莎拉－珍・麥當納

那孩子的事讓人很難過，但我不能要求我的團隊無償工作。他們都是有家庭要養的專業音樂人。我絕對不會同意只收取基本開銷的演出──唐尼・蘇奇洛已經很多年沒有做過這種事了。不過，我也不是個不近人情的人。如果你改變心意的話，我可以免除取消費用，並且不會對此感到不快。祝好，奈吉爾

兇手就在字裡行間 | 053

來自：莎拉－珍・麥當納
主旨：回覆：預約演出 19/05/18
日期：2018年5月18日 11:48
致：奈吉爾・克勞利

　　奈吉爾，這不是普通的預約。小波比正在快速地失去她的視力，而他們希望她能在失明之前享受這個獨特夜晚的演出。小波比愛上了CD封面上穿著閃亮粉紅色西裝的唐尼，我們都迫切希望她能在陷入黑暗之前見到他本人。這筆資金根本負擔不起你們的全額費用──真的不能。拜託你，奈吉爾，能請你破例一次嗎？就這一次。為了小波比。

　　莎拉－珍・麥當納

來自：莎拉－珍・麥當納
主旨：回覆：預約演出 19/05/18
日期：2018年5月18日 12:20
致：奈吉爾・克勞利

　　你有收到我上一封郵件嗎？因為我並未收到你的回覆。如果我們失去我們的樂團，整個活動都將受到波及。請讓我知道。拜託你。等待你的回覆。

　　莎拉－珍・麥當納

來自：喬伊絲・瓦佛德
主旨：回覆：小波比
日期：2018年5月18日 12:21
致：莎拉－珍・麥當納

054 | The Appeal

我把Sainsbury's的表格交給海倫了，她說她相信他們會支付那十二萬五千英鎊。我告訴她，你說他們不會。她說值得一試。我說，我也這麼想。你覺得呢？

來自：莎拉－珍・麥當納
主旨：回覆：小波比
日期：2018年5月18日 12:22
致：喬伊絲・瓦佛德

　　天哪，喬伊絲，那張表格你愛怎麼做就怎麼做吧——Sainsbury's絕對不會付十二萬五千英鎊給波比的募款活動。

　　莎拉－珍・麥當納

來自：奈吉爾・克勞利
主旨：回覆：預約演出 19/05/18
日期：2018年5月18日 12:25
致：莎拉－珍・麥當納

　　聽著，我通常不會同意這種事，這麼做會給我帶來很多麻煩，不過，好吧，只此一次，只因為那個女孩就要失明了。我的兩個兒子都有視覺障礙，我知道音樂對他們來說有多麼重要。我們明天下午三點見吧。

　　祝好，奈吉爾

兇手就在字裡行間　｜　055

來自：莎拉－珍・麥當納
主旨：回覆：預約演出 19/05/18
日期：2018年5月18日 12:26
致：奈吉爾・克勞利

　　謝謝你，謝謝你，謝謝你，奈吉爾。你不知道這代表了什麼。小波比終於能見到她的英雄了，這會讓她高興死了。如果唐尼那件閃亮的粉紅色西裝還在的話，我知道，她會很想看到的。在此感謝你，還有，請代小波比和她的家人向整個樂團致謝。
　　莎拉－珍・麥當納

來自：莎拉－珍・麥當納
主旨：唐尼・蘇奇洛
日期：2018年5月18日 12:32
致：馬丁・海沃德
抄送：佩姬・海沃德

　　噢，我的天哪，我做了什麼？為了取悅唐尼・蘇奇洛，我剛撒了一個漫天大謊。他想要收取全額的演出費（五位數），儘管幾週前他在電話裡同意只收取基本開銷。我能怎麼辦？我慌了。消息都已經發布了，每個人都期待他的出現，而我在二十四小時之內根本找不到另一個大樂團——而且只願收取基本開銷就好。抱歉，馬丁，抱歉，佩姬，我只好對他說，波比是他的大粉絲，而且在做化療的時候都會聽他的音樂。我甚至說，她愛上了他那件亮晶晶的粉紅色西裝，所以，他將會特別穿那件衣服出現。
　　莎拉－珍・麥當納

來自：佩姬・里斯維克
主旨：回覆：唐尼・蘇奇洛
日期：2018年5月18日 12:43
致：莎拉－珍・麥當納
抄送：馬丁・海沃德

　　噢，莎拉－珍，你的郵件真的讓我笑到哭了。我把它唸給媽媽聽，我們一定是歇斯底里還是怎麼了，因為我們兩人大概有十分鐘的時間都笑到無法自制（波比昨天又做了一次化療，因此，我們一整夜都沒睡，現在已經累壞了）。說真的，我差點笑到尿褲子！你真是太可憐了，竟然遇到那麼尷尬的處境！我相信波比會很喜歡唐尼・蘇奇洛，特別是他那件閃亮的粉紅色西裝。如果你能把他的CD送過來，我們會先播放給她聽，這樣她就可以熟悉一下他的幾首歌曲。謝謝你逗得我們發笑！佩姬 x

---

來自：莎拉－珍・麥當納
主旨：回覆：唐尼・蘇奇洛
日期：2018年5月18日 12:51
致：馬丁・海沃德
抄送：佩姬・里斯維克

　　只怕我說的謊還不只如此。他不肯退讓的態度讓我預見了一個空蕩蕩的舞台和安靜無聲的舞廳……所以，我告訴他波比正在失去視力，而那場活動是為了讓她在失明之前能夠有個美好的夜晚。結果，這竟然說服了他，讓他同意不收取演出費用，可是，我在想什麼呢？噢，我的天，真對不起。現在，我們要怎麼辦？

　　莎拉－珍・麥當納

來自：馬丁‧海沃德
主旨：回覆：唐尼‧蘇奇洛
日期：2018年5月18日 13:28
致：莎拉－珍‧麥當納
抄送：佩姬‧里斯維克

　　莎拉－珍，你徹底打敗了我妻子和女兒。她們正在捧腹大笑。海倫得要找出她的泛得林吸入器，我已經好幾年沒有看到她用那個東西了。我不知道為什麼可憐的波比快要瞎了會這麼好笑，雖然，在化療可能造成的副作用裡，失明的機率遠比一個兩歲大的孩子成為一個搖擺樂團的頭號粉絲要大得多。說真的，就算不撒謊來說服人們付出，情況也已經夠糟的了。不過，我們理解你的處境以及你不得不這麼做的原因。當波比得到新的治療並因此改善時，一切就都值得了。此致，馬丁

來自：莎拉－珍‧麥當納
主旨：回覆：唐尼‧蘇奇洛
日期：2018年5月18日 13:38
致：馬丁‧海沃德
抄送：佩姬‧里斯維克

　　我有一個計畫。我會告訴他不要在這場活動中提起失去視力的事，因為波比的家人不想公開。反正，他自己也不是誠實的典範。他的名字不叫唐尼‧蘇奇洛，而是奈吉爾‧克勞利。他甚至不是義大利人。

　　莎拉－珍‧麥當納

來自：雪莉・迪爾林
主旨：波比的舞會
日期：2018年5月18日 14:02
致：馬丁・海沃德
抄送：莎拉－珍・麥當納

　　親愛的馬丁，我知道你們都在忙治療波比的事和舞會的安排——所以，若非此事至關重要，我是不會打擾你的。我們家預訂了六張門票，但我們很擔心我們那桌的其他四個位子會是誰。我們不想坐在瓦佛德家的男孩（他們太吵了）或者佩恩一家（她讓我們抓狂，而他喝醉時很無聊）附近。我們希望能和你、海倫、莎拉－珍以及凱文同桌。請確認一下，好讓我們安心。謝謝你，雪莉

二〇一八年五月十八日，莎拉－珍・麥當納發給卡洛・迪爾林的訊息：

14:05　莎拉－珍：
媽，你和雪莉姨媽談談吧。她想要坐到主桌，但那是不可能的。

來自：伊莎貝爾・貝克
主旨：一個小問題
日期：2018年5月18日 15:43
致：莎拉－珍・麥當納

　　嗨，SJ，很抱歉打擾你，不過，莎曼莎和我正在討論波比舞會上的座位安排。拜託、拜託、拜託，我們可以坐在一起嗎？我

希望幾個月後能參加一場五公里的馬拉松比賽，並且會試著為波比的資金尋求贊助。莎曼莎也正在準備她的半馬。還有，稍早，我不小心聽到莎曼莎在和凱爾講電話——他們在討論波比的腫瘤科醫生是否會參加舞會。你可以告訴我她會不會來嗎，這樣莎曼莎就不用再問你了？我會轉告她，因為我會比任何人更早見到她。愛你的，伊莎

來自：莎拉—珍・麥當納
主旨：回覆：幾個小問題
日期：2018年5月18日 15:50
致：伊莎貝爾・貝克

好的。另外，她的腫瘤科醫生會到。

來自：伊莎貝爾・貝克
主旨：耶！
日期：2018年5月18日 15:59
致：莎曼莎・格林伍德

耶！我們晚餐時可以坐在一起了。真是鬆了一口氣！我還以為我得要和迪爾林奶奶坐在一起呢。我幫你問了關於醫生的事，沒錯，她會到場。你該不會想要從聖安醫院跳槽到摩爾山醫院吧？我受訓的時候曾經在那裡的腫瘤科待過。老實說，我覺得那裡很讓人沮喪。老人醫學科的一個好處就是，至少這裡的每個病患都很長壽，他們大部分都還沒有因為罹患其他疾病而去世。

在我忘記之前，我想先警告你關於我的老朋友蘿倫，你可能

會在舞會上見到她。我會盡量讓她不要接近你,但萬一我做不到的話⋯⋯她表面上看似友善,但我建議你不要和她過於親近。她就是那個離開護士工作轉而去幫她男友籌辦派對的人——這麼說你就明白了。明晚見。愛你的,伊莎

來自:阿拉斯代爾・海恩斯
主旨:提前提醒
日期:2018年5月18日 16:09
致:提許・巴托瓦

嗨,提許,

　　希望你一切順利而且忙碌如昔。你會想要知道這個:有人遞交了一份「利益衝突」的文件到我位於英國醫學會的辦公室——不要問我是誰,那是匿名的——文件中指稱你和一個慈善活動有關,該活動旨在為「使用未經許可的藥物進行私人治療」進行募款。我們需要一週的時間來處理這件事,最多不會超過一週,因此,我在此友善且非正式地提醒你,在我們做出任何決定之前,主動和他們斷絕聯繫,並且逐步整理你的關係網絡。這件事就當作你不是從我這裡聽來的⋯⋯艾力克斯

PS 我們天主教海外發展基金會的老成員得團結一致,對嗎?

來自:提許・巴托瓦
主旨:緊急
日期:2018年5月18日 16:19
致:馬丁・海沃德

親愛的馬丁，

　　很抱歉，我必須退出在「治療波比」活動中的醫學顧問角色。請相信，我個人依然會全力以赴地爭取波比的救命藥物，然而，由於我在醫學協會和委員會中擔任了眾多其他角色和職務，因此，我發現參與這類慈善活動可能會被視為有利益衝突。雖然實際上並不存在利益衝突，但對這些人來說，規則就是規則。很抱歉我讓你失望了，因為我原本很期待明天在你的募款活動上發言。請放心，我對幫波比募款活動的承諾並沒有受到影響，我也會持續和我在波士頓的聯繫人保持密切的聯絡。我知道你們已經籌得將近八萬英鎊──繼續保持這樣的好成績。一旦我們達到一半的目標，我就可以開始安排那些小藥瓶的運送。祝一切順利，

提許

來自：提許・巴托瓦醫生
主旨：緊急
日期：2018年5月18日　16:25
致：治療波比

不得將此郵件作為影響發件人權益之用：

　　我要求你們將我的名字從所有「治療波比」的相關宣傳資料和通訊紀錄上移除。無論從哪一方面來說，我都和這個活動沒有關聯，也從來不曾有過。我無法應你們的要求在你們的募款活動上發表演說。

提許‧巴托瓦醫生，
碩士、博士、英國皇家內科醫學院會員
腫瘤科顧問醫生
摩爾山醫院

二○一八年五月十八日，莎拉－珍‧麥當納和馬丁‧海沃德之間發送的訊息：

16:29 莎拉－珍：
你的醫生退出了。這雖然比不上唐尼‧蘇奇洛威脅要取消演出那麼危急，但時間表和流程都已經定好了。可以請海倫代為發表演說嗎？

16:45 馬丁‧海沃德：
當然可以，海倫會很樂意的。

來自：詹姆士‧海沃德
主旨：吾子吾弟
日期：2018 年 5 月 19 日 00:04
致：伊莎貝爾‧貝克

　　親愛的伊莎，很抱歉，我們在排練時沒有說上話。你依然很享受演出嗎？你向來都很安靜，所以，我覺得我需要確認一下你是否沒事。最近發生了很多事，我必須確保這齣戲能順利進行，如果因此而忽略了你或其他新成員，我在此致歉。我從來都不想參與此事。一開始，我試著勸他們不要這麼做。但我母親是為了費爾維劇團而活的，光是每週能幾度看到她在舞台上回到昔日的模樣就值得了。但願佩姬能找到方法忘記目前的煩惱，但她就是

無法放下。我父親就像暴風雨中的磐石。現在,我們之中最快樂的人就是波比了,她會在化療的過程中唱歌,然後帶著燦爛的笑容回家來。這就是所謂童年的天真吧。詹姆士

來自:伊莎貝爾・貝克
主旨:回覆:吾子吾弟
日期:2018年5月19日 07:17
致:詹姆士・海沃德

　　親愛的詹姆士,噢,你能想到我真是貼心。我很高興參加這次的演出。這個角色比我在歡樂精靈中的戲分更重,但我正在努力做好。很遺憾你正處在如此艱鉅的時期。今天,我搭公車經過葛蘭奇時,看到了為今晚波比的舞會進行宣傳的橫幅。莎拉－珍在這麼短的時間裡籌辦這個活動,她的表現實在太好了。而且很快就募集到了那麼多資金──每個人都很支持你們。你們很快就能湊齊治療波比的費用,所有的困難也會過去的。期待晚點在舞會上和你聊。愛你的,伊莎

來自:詹姆士・海沃德
主旨:回覆:吾子吾弟
日期:2018年5月19日 17:26
致:伊莎貝爾・貝克

　　奧莉薇亞和我不會參加,詹姆士

二〇一八年五月十九日，伊莎貝爾・貝克發給莎曼莎・格林伍德和凱爾・格林伍德的訊息：

18:04　伊莎貝爾・貝克：
為了確保我們會坐在一起，我很早就到葛蘭奇了。他們還在佈置，所以要求我在外面等。你們不會相信的，但他們有一個像醫院污物間一樣大的壁龕，裡面擺滿各種糖果隨你挑選。瓶裝可樂、蛇形軟糖、水果糖、氣泡草莓糖、棒棒糖……全都是免費的。所以，你最好帶個大袋子來。我只有一個隨身的小包，而且已經裝滿了。我想你應該沒有一個大一點的手提袋可以帶來借我吧？我會很感激的。稍後見 xxx

18:16　伊莎貝爾・貝克：
唐尼・蘇奇洛剛經過我旁邊！閃亮的粉紅色西裝，白色的毛邊和雙色的布羅克鞋──不過他在抽捲菸，我相信他的頭髮染過了，但依然……海沃德一家正在裡面拍照，以供本地的新聞網站使用。我看到波比和佩姬與葛蘭在一起。她真是一個小鬥士，如果你不知道的話，很難相信她生病了。她還沒有開始掉髮，這讓情況好很多。你們出發了嗎？期待帶你們去看那個隨意挑選的糖果區。喬伊絲剛才還在這裡。她一定得到了什麼內線消息，因為她帶了兩個手提袋來。待會兒見 xxx

18:20　伊莎貝爾・貝克：
不會吧。我正在看整個座位表，但完全沒看到那個醫生的名字。不過，我們全都坐在一起，太好了！馬上就能見到你們了 xxx

波比的舞會
「治療波比」
正式啟動

歡迎蒞臨這個充滿歡樂的夜晚。在我們一起為兩歲的波比・里斯維克籌募救命治療資金的同時,請盡情享受一個由佳餚、美酒、音樂和舞蹈共譜的精采夜晚。

7 p.m.	由BBC Radio 4的卡麥隆・希爾佛德歡迎大家蒞臨葛蘭奇
7:10 p.m.	第一道菜——羊乳酪無花果沙拉
7:45 p.m.	主菜——馬里蘭炸雞
8:30 p.m.	提許・巴托瓦醫生致詞,摩爾山醫院腫瘤科顧問醫生
8:45 p.m.	甜點——椰棗太妃糖蛋糕
9:15 p.m.	由卡麥隆・希爾佛德主持慈善拍賣,隨後進行抽獎
10 p.m.	唐尼・蘇奇洛的大搖擺樂團在地平線廳演出
1 a.m.	活動結束

史黛拉・康沃爾的弦樂四重奏
將全程陪伴您度過晚餐的時光

二〇一八年五月十九日，莎拉－珍・麥當納和凱文・麥當納之間發送的訊息：

21:50 莎拉－珍・麥當納：
我和艾瑪在廚房，太妃糖漿出了問題。上甜點的時間有點耽誤了。請到酒吧旁邊看看那個矮個子，他似乎在從手提箱裡兜售什麼，告訴我他到底在幹嘛。

22:16 凱文：
他和樂團是一夥的，他在賣CD。

22:17 莎拉－珍：
這不在合約裡。這是正式舞會，不是什麼酒吧演出。你怎麼處理的？

22:18 凱文：
我買了一張CD，打算在車上聽。

二〇一八年五月二十日發布於洛克伍德公報線上版的一則報導，後於五月二十八日刊登於印刷版：

為癌症藥物募款二十五萬英鎊

一個家庭發起了一項二十五萬英鎊的募款活動，旨在為可能挽救他們兩歲女兒性命的藥物募集資金。波比·里斯維克上個月被診斷出罹患第二期的髓母細胞瘤。這種罕見的腦癌生存率通常很低，然而，美國的臨床試驗報告顯示，一種新藥物能夠縮小這種攻擊性的腫瘤。這項募款活動於週六晚上在洛克伍德上城區的葛蘭奇鄉村俱樂部以晚宴的形式啟動，樂團團長暨當地名人唐尼·蘇奇洛（圖為唐尼與波比和佩姬·里斯維克，以及里斯維克家的友人艾瑪·庫魯克斯合影）也協助推廣此次募款活動。波比的母親佩姬表示，「這款藥幾年之內都無法在這裡取得，但波比現在就需要這種救命的藥物。這是一筆鉅款，但我們會竭盡所能給她這個機會。我們什麼都願意做。」捐款請造訪 www.wefund.com/acureforpoppy

二〇一八年五月二十日,莎拉－珍‧麥當納和貝瑞‧瓦佛德之間發送的訊息:

09:02 貝瑞:
你記得我打到誰嗎?

09:05 莎拉－珍‧麥當納:
你哥哥尼克。

09:08 貝瑞:
謝天謝地。

來自:瑪莉安‧佩恩
主旨:謝謝你
日期:2018年5月20日 12:09
致:馬丁‧海沃德

　　真是美好的一晚,馬丁。你把舞會辦得非常成功,其他的事情也是,但讓我們所有人感動落淚的是海倫的演說。當她談到兒童癌症病房時,我的凱倫哭到淚眼汪汪,就連——雖然他不會承認——尼克都流淚了。每個人都深受啟發。享用一頓美好的晚餐和幾杯酒固然很愉快,但海倫提醒了我們,我們為什麼在那裡的真正原因。我們希望並且祈禱這次的活動為波比籌募到她所需要的資金。致上我們的愛,瑪莉安一家

來自:伊莎貝爾‧貝克
主旨:最棒的一晚!

兇手就在字裡行間 | 069

日期：2018年5月20日 12:18
致：莎曼莎‧格林伍德

　　我的頭！我知道不應該把紅酒和白酒混著喝，但我不知道把酒和蛇形軟糖混在一起竟然會讓我嚴重宿醉。非常謝謝你幫我帶了一個袋子，而且是那麼可愛的袋子。袋子的裝飾很漂亮。那是非洲風格嗎？你確定你不介意我把袋子留下來？我打算用它來裝排練的東西。它正好裝得下我的劇本、皮包和水瓶──等我把那些糖果拿出來之後就放得下了。我還不敢把袋子打開……光是想到裡面的味道就讓我作嘔。你們兩個好嗎？我現在的感覺就像生了重病一樣，但天哪，我每一刻都非常享受！這是我人生中最棒的夜晚之一。絕對沒有誇張。我從來沒有像那樣跳過舞。唐尼‧蘇奇洛真是太棒了。和他說話的感覺如何？我原本很想買一張他的簽名CD，但我的錢都花在門票上了。謝謝你們讓我搭便車回家。如果不是你們，我可能得等很久才叫得到計程車，因為瓦佛德家的男孩看似就要在門廊再度打起來了。

　　莎拉－珍有說那個醫生為什麼沒有來嗎？誠如他們所說的，她可能在待命中，但我懷疑她是否只是出於同情才答應出席，但卻在最後一分鐘取消了，因為她一開始就不打算來。不管怎麼說，海倫的演說比任何醫生能說的話要感人許多（喵）。

　　希望他們已經籌到了那筆錢。現場有那麼多看似商務型的醉鬼，所以募齊資金的可能性很高。誰會想到一件洛克伍德流浪者簽名的足球衣能賣到八百英鎊！我的前友人蘿倫──我曾經警告過你的那個──想為她父親買下那件球衣，但她落標了。還好我讓她整晚都遠離了你們，真令人鬆了一口氣！稍後，我會整理一下照相亭的照片，然後挑幾張給你們。這樣，我們就能擁有這晚

的一些回憶了。從那些隨意取用的糖果、免費的相片和凱爾藏在他外套底下偷偷帶走的那瓶酒來看，我想，我們可以說我們每個人的八十英鎊都值回票價了。很高興能在工作之外見到你，並且對凱爾有了多一點的了解。我們應該更常一起出來聚會。我打算今天都待在床上，我們明天工作時見了。愛你的，伊莎 xx

二〇一八年五月二十日，喬伊絲・瓦佛德和莎拉－珍・麥當納之間發送的訊息：

12:20　喬伊絲：
昨晚，我把一件淡紫色的開襟衫留在我的椅子上了。麻煩你盡快去看一下。

12:24　莎拉－珍・麥當納
如果衣服在那裡的話，它週一的時候還會在那裡。

12:29　喬伊絲
但我已經不在葛蘭奇工作了。我已經退休了，SJ。他們原本打算解雇瑪格達，但她是個帶著兩個兒子的單親媽媽，所以我想，算了，我已經六十三歲了，是時候休息了──換我的兒子們來照顧我吧。
你今天有空時，隨時去幫我取回那件開襟衫吧。

來自：莎拉－珍・麥當納
主旨：回覆：預約演出 19/05/18
日期：2018 年 5 月 20 日 13:00
致：奈吉爾・克勞利

　　奈吉爾，我昨晚沒有和你談過，但我知道你的一名工作人員

兇手就在字裡行間　│　071

在兜售CD。我仔細查看了我們往來的所有電子郵件，裡面完全沒有討論過商品銷售的問題，因此，我很確定這不在我們的協議範圍內。我有兩點異議。第一：從手提箱兜售商品讓一場時尚的正式舞會顯得既廉價又不專業。第二：在這種活動中購買商品的人會以為他們的錢是捐給了當晚的慈善活動，但事實並非如此。這可能會被視為詐騙。當然了，如果我完全誤解了情況，而你販賣那些商品其實是為了支持「治療波比」的話，那又另當別論。如果真的是這樣，請讓我知道你籌募到了多少錢，以及我們何時可以期待收到這筆捐款。

莎拉－珍‧麥當納

來自：奈吉爾‧克勞利
主旨：回覆：預約演出 19/05/18
日期：2018年5月20日 14:56
致：莎拉－珍‧麥當納

那是我父親。我負責在CD上簽名——他負責銷售。我們在所有的演出中都會販售商品，不管活動的性質為何。那是樂團成員重要的收入來源——尤其是當他們沒有收到正常的演出費用時，這筆收入就更重要了。我自己不覺得這有什麼問題，但如果你不滿意的話，以後就不要再預約我們的演出。祝好，奈吉爾

來自：馬丁‧海沃德
主旨：謝謝你
日期：2018年5月20日 15:44
致：莎拉－珍‧麥當納

親愛的莎拉－珍，

　　我能說什麼呢？我代表海沃德家和里斯維克家，感謝你昨晚卓越的表現。我們自己絕對無法舉辦這樣的活動，此外，知道還有那麼多人支持我們，讓我們整個家族感到不那麼孤單──簡單地說。像我們這樣親密的家族，癌症的診斷卻並不一定會讓我們更團結，這點也許會讓人感到驚訝。總會有人承諾支持，但也總會有人避而遠之。我們現在明白了誰是我們的朋友──誰又不是。昨晚讓我們所有人都深受感動。

　　我們都為海倫深感驕傲。我知道我絕對無法如此流暢地談及波比的情況。而她甚至沒有準備講稿。一切都發自她的內心。無論是在台上還是台下，她都是我們的女主角。再次謝謝你，莎拉－珍。等到適當的時候，我們再談籌募到的款額，但我希望你今天可以好好休息，並且享受一下你所達成的壯舉。此致，馬丁

來自：莎拉－珍・麥當納
主旨：回覆：謝謝你
日期：2018年5月20日 16:18
致：馬丁・海沃德

親愛的馬丁，

　　我很高興我能幫得上忙，並且擁有這樣的技能、經驗和人脈。我並不是說「治療波比」不需要一個募款委員會，不過，我們可以等到下週我的頭腦清醒一點、眼睛不再覺得像是被砂紙磨到那麼刺痛時再討論這個問題。

　　你會想要知道這個好消息，波比的舞會昨晚籌集到八萬九千七百五十英鎊的利潤，這真是令人振奮。最大的優勢是你們擁有葛蘭奇，而那裡的人對你們又相當尊敬。我得承認，廚房的狀況

有時候確實有點緊張，但兩位主廚和所有的服務人員都全力以赴，並且都慷慨地奉獻了他們的時間和專業。這類活動最主要的花費通常是場地租金和餐飲，所以要感謝他們，讓我們的募款金額超出了預期。

大部分的供應商若非免除了他們的費用，就是只收取基本開銷。那個糖果洞穴和照相亭是我一個大學時代的老朋友免費提供的。那些酒也是免費的，因為那個供應商正在競標凱文公司的一個大合約。

我很生氣唐尼·蘇奇洛為了他自己的利潤在現場販售CD。當我建議他把那些錢捐給募款活動時，他基本上只是把我的話當耳邊風。我們可以對他施壓，指稱我們的賓客以為他們付給他的錢是捐給募款活動的，所以，嚴格來說，他的行為算是詐騙——讓我知道你怎麼想。這件事唯一的好處是激發了我一個想法：為波比的募款活動創造一系列的商品。隨著募款活動的持續進行，我們需要變得更富於創意。同樣地，讓我們再討論吧。

我期待接下來幾天會有更多的捐款進來，我會隨時告知你最新的狀況。我們的郵件地址設置了自動回覆，這樣，我們就不需要一再重複地回答基本問題。請告訴我你在線下收到了多少捐款，這樣我才能更新試算表。

莎拉－珍·麥當納

二○一八年五月二十日，莎拉－珍·麥當納和艾瑪·庫魯克斯之間發送的訊息：

16:47 莎拉－珍：
謝謝你昨晚的幫忙，非常感謝。我不怪任何人，只能說菜品太多了。腎上腺素過度分泌。我整夜沒睡，現在感覺很糟糕，但能為募款活動

帶來如此巨大的利潤,一切都很值得。再次感謝你。

16:59 艾瑪:
我很樂意幫忙。等我回到家時,汪汪只咬壞了一個抱枕。這就是業報。

來自:伊莎貝爾・貝克
主旨:回覆:吾子吾弟
日期:2018年5月20日 17:14
致:詹姆士・海沃德

你好,詹姆士,
　　很抱歉,我昨晚離開前沒有看到你的訊息,直到今天在床上賴了一整天之後,現在才開始檢查我的電子郵件!你錯過了波比舞會的精采之夜,真是太可惜了。不過,奧莉薇亞的情況確實比較辛苦,此外,波比拍完照之後也需要有人照顧。我的朋友莎曼莎和凱爾昨晚玩得很開心。他們很喜歡那個隨意取用的糖果區。我希望有人記得幫你拿一袋糖果。我今天都在床上為下週的排練背台詞。到時候見。愛你的,伊莎 xxx

---

來自:佩姬・里斯維克
主旨:謝謝你
日期:2018年5月20日 17:29
致:貝絲・哈立德

　　親愛的貝絲,謝謝你昨晚照顧波比。直到最後一刻,我都在猶豫是否應該待在家裡,但舞會真的很完美,我很高興我能到場見證大家齊心協力幫助波比。希望你爸媽今天沒有嚴重宿醉。愛你的,佩姬 x

兇手就在字裡行間 | 075

來自：貝絲・哈立德
主旨：回覆：謝謝你
日期：2018年5月20日 17:49
致：佩姬・里斯維克

　　波比很乖。她大約九點半就睡著了，我一直在複習功課，直到葛蘭在一點半時送我回家。媽媽和爸爸還沒起床，看來他們一定玩得很開心。貝絲

來自：馬丁・海沃德
主旨：回覆：謝謝你
日期：2018年5月20日 17:58
致：莎拉－珍・麥當納

親愛的莎拉－珍，

　　我建議我們把唐尼・蘇奇洛的問題忘了吧，儘管這令人沮喪。我們不要讓那些奉獻時間和精力幫助波比的人留下不好的印象。請容許我提醒你，葛蘭奇必須對「治療波比」開立租借場地和餐飲的發票。我們嚴格的稅務會計會對任何負成本的活動提出警告。此致，馬丁

二〇一八年五月二十日，莎拉－珍・麥當納和馬丁・海沃德之間發送的訊息：

18:05 莎拉－珍：
當然。開給募款活動的發票金額請寫一英鎊。我想這樣就可以避免引

起問題了。

18:12 馬丁・海沃德
發票金額是兩萬英鎊。

> £74,000 +
> £89,750
> = £163,750
> – £20,000
> = £143,750

來自：蘿倫・莫爾登
主旨：真高興見到你！
日期：2018年5月20日 18:30
致：伊莎貝爾・貝克

哈囉，親愛的！真是個精采的夜晚，經過這麼長一段時間之後再見到你實在是太好了。你穿那件洋裝看起來真漂亮。你也變瘦了，好棒。和你跳舞的那個人是誰呀，女士？有什麼新消息嗎？很遺憾沒能認識你的新朋友莎曼莎——她是那位穿藍色衣服的嗎？她看起來很友善。我對那件足球衣感到很失望，但它居然賣到了八百五十英鎊！現場一定有不少有錢人。海倫的演說……她很誠摯，又善於表達，但你可以看到佩姬在哭，而可憐的馬丁一直在努力保持鎮定。但願他們現在已經籌足了資金。我們一定要盡快聚一聚，喝杯咖啡、聊聊天。親親，蘿xx

---

來自：伊莎貝爾・貝克
主旨：回覆：真高興見到你！
日期：208年5月20日 18:37
致：蘿倫・莫爾登

謝謝。和我跳舞的人是凱爾，莎曼莎的丈夫，因為她的半馬訓練讓她足底筋膜炎發作，所以，沒什麼特別的消息。我想，每

個人都很享受這次的活動,他們一定募到了不少錢。我目前的工作很忙,還有戲劇的事,也許過陣子再說吧。

來自:傑奇・馬許
主旨:回覆:波比
日期:2018 年 5 月 20 日 20:19
致:治療波比

　　□□□□□□□□□□我在網頁上捐款給波比的募款活動,但在捐款完成前網頁就消失了>應該是五歐元,如果他們收取了五十歐元,請讓我知道。蹦蹦,讓我們一起打敗癌症。傑奇

發自我的 Samsung Galaxy S9

في عشيق إذا كان الأمركذلك ثم زيارة www.f*ckbuddy.com رجل وامرأة هل ترغب
أو كليهما لن تندم على ذلك فقط زيارة www.f*ckbuddy.com

來自:克里斯・威金森
主旨:捐款
日期:2018 年 5 月 20 日 21:13
致:治療波比

親愛的「治療波比」成員,

　　我妻子和我昨晚被海倫・格雷斯-海沃德的演說深深打動。我們想要捐五百英鎊給「波比募款活動」以紀念我們的女兒。

　　貝琳達出生於一九七三年,她是一個非常快樂、充滿活力又

有藝術天分的小女孩。她是獨生女,因此擁有我們全部的關注,而我們也是她的全部。不幸的是,我們曾經以為的幸福生活——而且當時也不夠珍惜——並沒有維持太久。在她五歲生日之後不久,我們注意到貝琳達說話變得遲緩,手部動作也變得不協調。最終,她被診斷出罹患了無法手術的纖維狀瀰漫性星形細胞瘤,那是一種緩慢生長的腦瘤。那個詞成為了我們的噩夢。雖然「緩慢生長」聽起來似乎比「攻擊性」好一點,但實際上卻意味著她會緩慢地步向死亡。這對她和我們而言都是一段極為痛苦的經歷。在接下來的幾年中,她經歷了各種治療。我們嘗試過傳統療法和另類療法,但遺憾的是,貝琳達在一九八九年十六歲的時候過世了。

讓一個人活到才剛理解自己永遠也無法體驗到完整人生的年齡就死去,這是一件很殘酷的事。她已經去世了很多年,她離開這個世界的日子,已經比她活在世上的時間還要長。然而,對我們來說,時間在那個時候就停止了。從那個時候開始,再也沒有什麼對我們意義重大的事。她的未來被剝奪了,我們的也是。那股痛苦和悲傷在我們心中留下了永遠的傷痕。即便我們的外甥和外甥女在貝琳達死後才出生,他們也受到了這個悲劇的影響。這股衝擊的餘波一直留在了我們家族裡,一代傳過一代。那就是悲劇遺留下來的產物。

從那個時候開始,「你們有小孩嗎」這個問題就一直是我們的夢魘。我們沒有適合的答案。如果我們說「沒有」,那我們就完全否定了她的存在,然後,很快地,我們就會陷入關於沒有孩子的對話裡,但我們對此卻一無所知。如果我們說「有,但我們的女兒死了」,那就會對任何提出這個問題的人造成尷尬。在任何巨大的災難中,尋求一絲一毫的正能量都是人類的天性。這麼

多年來,很多人都安慰我們說,我們很「幸運」能有「認識她的榮幸」,那比「從來都不認識她要好多了」。我只能點點頭以示回應。那不是一個問題,而那也不是我的回答。

　　貝琳達死後不久,她的學校為了紀念她而種了一棵小樹苗,並且在旁邊豎立了一個漂亮的紀念牌匾。但最近我們發現它們在幾年前全都被移除了,因為要蓋新的教室。當時,他們沒有想到要告訴我們,而學校裡也沒有人知道那棵樹和那塊牌匾後來怎麼樣了。我們也很震驚地發現到,現在,學校裡完全沒有人記得我們的女兒。我們考慮過在山丘上捐設一張長椅,如此一來,我們死後,她依然可以留在人們的記憶裡,但週六的活動讓我們發現,紀念貝琳達最好的方法,就是幫助另一個小女孩,讓她能擁有貝琳達永遠都無法擁有的生存機會。

　　請告訴我應該把支票寄到哪裡。我們也會附上我們的愛、希望和一生的祝福,送給波比、她的家人和治療她的醫生們——希望他們無須承受我們所經歷過的痛苦。

　　克里斯和瑪莉恩・威金森

來自:治療波比
主旨:〔自動回覆〕回覆:捐款
日期:2018年5月20日 21:13

親愛的捐款人,

　　請將支票受款人填為馬丁・海沃德,並寄到以下地址,或者交給葛蘭奇鄉村俱樂部的前台。我們非常感謝您的捐款。

　　治療波比

來自：莎拉−珍・麥當納
主旨：郵件
日期：2018 年 5 月 20 日 21:31
致：馬丁・海沃德

請參閱以下轉發的郵件。你也許會想先坐下來再往下讀⋯⋯

2018 年 5 月 20 日 21:27 克萊夫・韓德勒寫道：

親愛的麥當納女士，
　　為了支援「治療波比」，我參加了昨晚的募款舞會，我想要說，波比的故事以及她的朋友和家人為了尋求治療方法所做的奉獻深深地感動了我。當我們能夠將硬體送入太空並創造整個虛擬世界時，我實在難以相信波比所需的藥物雖然已經存在卻無法取得。在這種情況下，所有其他的進步都顯得沒有意義。
　　無論你們已經籌募到了多少金額，我都希望能捐款，幫忙補足你們所需的二十五萬英鎊，但前提是我需要保持匿名。這個郵箱帳號是個假名。
　　然而，我之前從未進行過這類捐款，因此，我需要尋求財務建議，以確保不會讓我的家庭（或我的公司）在無意中承擔大額稅款或其他意外的法律責任。請耐心等待，我會在確定付款程序後再與你們聯繫。
　　謹此，克萊夫・韓德勒

來自：馬丁・海沃德
主旨：回覆：郵件
日期：2018年5月20日 21:49
致：莎拉－珍・麥當納

  我說不出話來了。這真是非常慷慨。你知道這可能是誰嗎？如果你不介意的話，我們能否先保密——至少在收到這筆款項之前？以防萬一最後沒有收到這筆款項。我不希望再度燃起希望之後又讓它破碎。最近這幾週，我們已經受夠了這樣的情況。此致

來自：莎拉－珍・麥當納
主旨：回覆：郵件
日期：2018年5月20日 22:06
致：馬丁・海沃德

  好主意。功虧一簣的例子太多了。我問過凱文有可能是誰（別擔心，他不會說出去的）。他提到太空旅行和虛擬世界，再加上從未進行過企業捐款，這些事實暗示他可能是一位年輕的企業家。我想要保持冷靜和實際。如果這真的是一份慷慨的捐獻，那麼，「治療波比」的目標就完成了。我們可以確保波比能得到她所需的治療，並且走上康復之路。我不相信運氣，但這件事可能會改變我的看法。

  莎拉－珍・麥當納

PS 網站和舞會的收益讓我們的籌款金額達到將近十七萬英鎊——請讓我知道你在線下收到的金額，這樣我才能提供準確的數字。我們已經籌募到超過一半的金額了。

來自：馬丁・海沃德
主旨：重要
日期：2018年5月20日 22:15
致：提許・巴托瓦

親愛的巴托瓦醫生，
　　很遺憾你昨天無法參加波比的舞會。活動非常成功，我們現在已經籌集到十二萬五千英鎊可以作為頭款了。我預計不久之後就可以籌到餘款。請讓我知道接下來該如何進行？此致，馬丁

來自：提許・巴托瓦
主旨：回覆：重要
日期：2018年5月20日 22:22
致：馬丁・海沃德

　　親愛的馬丁，這真是個好消息。一旦我收到這筆資金，我會立刻透過我的私人診所下單。請將十二萬五千英鎊轉帳到我的公司帳戶，詳細資訊如下。再次對錯過這次活動表示歉意。提許

來自：伊莎貝爾・貝克
主旨：七零八碎的小事！
日期：2018年5月21日 13:02
致：莎曼莎・格林伍德

　　我現在在屋頂花園。我尚未從週六晚上的活動回神過來，此刻，我正在享受這裡的平靜與美景。我不知道為什麼越來越多人

不到這裡來午餐。我現在全神貫注於明天第一次不拿劇本的排練。我一直在思考你說的話，我相信唐尼・蘇奇洛一定是誤會了關於波比即將失明的事。你知道那些外行人常常會誤解情況。我猜，她的視神經可能有惡性轉移的腫瘤，或者有其他不相關的疾病，但我不知道有任何兒童化療會導致失明的情況。你知道嗎？總之，海沃德家在其他事情上都那麼公開，為什麼這件事卻要保密？下班後一起慢跑時再見吧。我從來沒想過我會這麼期待運動，不過我等不及了。愛你的，伊莎 xxx

來自：佩姬・里斯維克
主旨：假髮
日期：2018年5月21日 14:30
致：小公主信託基金

　　親愛的溫蒂，謝謝你在電話中的溝通。我只是想確認一下：這頂假髮是給我二十九個月大的女兒波比。她正在接受為期八週的化療，而她的頭髮似乎已經開始變少了。我希望她能盡快習慣戴假髮。期待收到你們合作的髮廊名單。只怕我無法支付任何費用。再次感謝你。

來自：克勞蒂亞・迪索薩
主旨：哈囉
日期：2018年5月21日 14:50
致：莎曼薩・格林伍德

親愛的莎曼莎，

　　希望你度過了一個美好的週末，也享受了參加那場大型慈善活動的時光。我在週六晚上想到了你，不知道那場活動是否進行得很順利。能夠有一個目標必定能帶來很大的激勵，就像昔日那種募款活動一樣——當年，每家醫院的主要入口都掛著一個大型溫度計來顯示募款進度……某種程度上，金錢是可以量化的，但很多其他的事物卻不行。我的一個好朋友在摩爾山的病人聯絡處工作，所以，我可以詢問她關於你朋友的小女兒可能正在接受的化療事宜。她不會對個別病人發表意見，但她對藥物有所了解。如果那孩子真的會失明的話，那就太可怕了。生命並不公平。我們要不要在本週找一天一起午餐？讓我知道你那個黏人的朋友什麼時候不在——我不想在病房區引起更多麻煩。克 x

---

來自：詹姆士·海沃德
主旨：今晚的排練
日期：2018 年 5 月 21 日　15:00
致：吾子吾弟的演員與工作人員

親愛的各位，

　　善意地提醒大家，今晚的排練將嚴格遵守「放下劇本」的規則。不要把你的劇本藏在報紙裡（貝瑞），也不要把台詞寫在佈景上（尼克）。那會讓我們在這齣劇逐漸成形之際看起來像是在退步，然而，任何有過演出經驗的人都知道，這是將製作推向下一個階段的必經步驟。我父親偷偷打賭，當排練進行到某個程度時，至少會有一名演員會拿起劇本。我和他賭你們全都不會這麼做。別讓他賭贏了。今晚見。詹姆士

2018年5月21日，馬丁・海沃德發給詹姆士・海沃德的訊息：

15:10 馬丁・海沃德：
你在說什麼？我可沒有賭過什麼。你為什麼要說這麼愚蠢的話？

來自：卡洛・迪爾林
主旨：你！
日期：2018年5月21日 13:20
致：莎拉－珍・麥當納

　　那場晚餐舞會籌募到波比需要的全部資金了嗎？看起來他們賺了不少錢。現場確實有不少現金。基本上，你是一個人承辦了整場活動，莎拉－珍。我希望海沃德家有支付你酬勞。我知道這是善舉，但你有自己的家庭和家人。我和其他人一樣都很愛海倫與馬丁，但如果哈利生病的話，他們也會為你做同樣的事嗎？也許你現在可以好好休息一下，讓他們接手後續的募款工作。媽媽

來自：莎拉－珍・麥當納
主旨：回覆：你！
日期：2018年5月21日 13:32
致：卡洛・迪爾林

　　我當然沒有收取酬勞，媽。這是群眾募資活動。海沃德家忙著照顧波比。詹姆士和奧莉薇亞的雙胞胎也快要出生了。總之，我不敢說得太早，但那個募款活動可能已經達成目標了。

　　莎拉－珍・麥當納

來自：馬丁・海沃德
主旨：最新消息
日期：2018年5月21日 18:23
致：現任團員

親愛的各位，

　　我的每一封信似乎都以致歉作為開場，這次的致歉是因為拖了這麼久才再度向各位報告最新的狀況——也是為了沒有回覆你們的電子郵件、訊息和簡訊而致歉。我知道海倫在排練時會讓你們其中一些人知道最新的狀況，不過，那些並未直接參與這齣劇的人可能就不太了解了……

　　首先要說的是。波比剛剛在摩爾山醫院完成了她的第三次化療。前兩次化療後，她只需要躺在床上休息一天，但這次她的狀況卻很不妙。更糟的是，她開始掉髮了。當然，這原本就在預期之中，也代表藥物正在發揮作用。然而，正如你們可以理解或想像的，這也顯示出她的狀況很嚴重。我們家正在進入一個困難的階段，如果我們在接下來的幾週裡表現得不像平時的我們，我也要在此先向各位致歉（又道歉了）。

　　在這整個過程中，有一件事讓我們得以繼續往前走——除了小波比本人之外——那就是來自朋友們的支持。我謹代表海沃德家和里斯維克家，向所有協助舉辦和／或參加最近這場慈善舞會的人致謝。我很高興、也很謙卑地向各位報告，這次活動的結果讓我們募集到了足夠的資金，可以向美國的製造商下首次的訂單。雖然這筆資金超出了我們原本的預期，但仍然還不夠。現在訂單已經下了，我們還需要在接下來的十二週內再募集二十萬英鎊。因此，我們的募款活動將繼續快速推進。

莎拉－珍成功地啟動了募款活動，但我們相信，接下來最有效的行動是成立一個募款委員會，以便更均衡地推廣和分擔工作。因此，如果你們每週有幾個小時的空檔可以參與募款活動的話，請讓我們知道。莎拉－珍將繼續擔任活動的協調人，她已經對下個階段充滿了創意的想法。

　　費爾維劇團委員會已經同意捐出我們即將上演的戲劇吾子吾弟的收入，其他團員也有一些即將舉行的活動，包括莎曼莎的半馬和貝絲的慈善烘焙比賽。對於我們身邊這些善良又慷慨的人，我們無法用言語來表達我們的感激之情。此致，馬丁

來自：莎拉－珍・麥當納
主旨：籌募到的錢？
日期：2018年5月21日 18:26
致：馬丁・海沃德

　　我目前籌募到的金額，扣除開銷，是十四萬三千七百五十英鎊。目前還需要的金額是十萬六千兩百五十英鎊，線下籌募到的金額還未計算進去（請告訴我數字，以便我將其加到最後的總數裡）⋯⋯你的郵件說我們還需要二十萬英鎊──是否有我未了解的開支？我尚未收到韓德勒先生的消息，但如果他再發來郵件，我們需要提供一個準確的數字給他。

　　莎拉－珍・麥當納

來自：馬丁・海沃德
主旨：回覆：籌募到的錢？
日期：2018年5月21日 18:33

致：莎拉－珍‧麥當納

今晚排練前我會先和你談一談。此致

來自：瑪莉安‧佩恩
主旨：回覆：最新消息
日期：2018年5月21日 18:44
致：馬丁‧海沃德

把我們納入委員會，馬丁。在此同時，我們全都在為波比祈禱。凱倫正在利物浦參加她的告別單身派對，她在那裡的天主教堂為波比點了一根蠟燭。米克也向聖貝勒格靈[8]求助，我們都在盡我們所能。

我想私下和你談另一件事。米克說我不應該這麼做，因為這是個人的選擇，但我還是想說一下。我認識一位女士，她為她的兒子組織了一趟前往露德[9]的旅行。她帶回了幾個裝了聖水的小瓶子，目前還有剩下。我知道你們不是天主教徒，但露德的治療力量是無條件的。你可以把聖水滴到波比的果汁裡。沒有人需要知道。如果你對此有興趣的話，請隨時告訴我。如果不需要的話，至少我提過建議了。致上我們的愛，瑪莉安和米克

---

[8] 聖貝勒格靈（St Peregrine, 1260-1345）是義大利聖人。由於他本身也是癌症患者，因此，長久以來被癌症病人和重病患者視為守護神。
[9] 露德聖母朝聖地（Lourdes）位於法國露德，是天主教會敬禮露德聖母的一個朝聖之地，佔地51公頃，涵蓋了馬撒比耶石洞、流出露德聖水的泉流、露德醫學委員會辦公室，以及若干教堂和宗教聖殿等朝聖點。

來自：伊莎貝爾・貝克
主旨：擁抱！
日期：2018年5月21日 19:28
致：莎曼莎・格林伍德

你好，莎曼莎，

　　謝謝你今天的幫忙。我都已經忘記工作可以這麼有趣了！我們應該要求他們讓我們更常在一起工作。耶！今晚就要放下劇本了……我有點緊張，但也有點躍躍欲試。我知道我們在半小時後就會見面，但我只是希望你和凱爾能好好享受今晚，不要擔心太多。在歡樂精靈排練到這個階段時，我曾經面臨過巨大的信心危機。我覺得自己讓整個劇團失望了，而其他人似乎並不理解，即便他們知道那是我第一次演戲。當時，是詹姆士把我拉到一邊，告訴我每個人都有這樣的感覺，只是沒有人表現出來而已。也許那就是他們討厭有人把那種恐懼表現出來的原因——如果大家都不說出來，他們就可以假裝一切都很好。

　　你會到募款委員會擔任志工嗎？我不確定我自己能幫上什麼忙，但如果你加入的話，我就加入。再過不久，我們就能知道我們花在背台詞上的那些時間是否值得了……如果你感到不安，就發簡訊給我。我現在只是坐在外面等馬丁來開會堂的門，所以，不用擔心你會打擾到我。稍後見。愛你的，伊莎 xxx

---

來自：班・泰勒
主旨：抱歉
日期：2018年5月22日 08:29
致：葛蘭・里斯維克

親愛的葛蘭，

　　我很遺憾聽到你女兒的事，並且希望她能早日康復。我知道你正忙於家裡的事，所以我就不拐彎抹角了。很遺憾，就我們上週在會議裡討論過的情況，羅賓森生態環保公司無法和你續簽合約。很抱歉這個消息來得不是時候，但我相信你能理解我們必須優先考量我們的固定員工和公司整體的最大利益。然而，如果未來有任何變化，我們會再與你聯繫。

　　此致，
　　班・泰勒
　　羅賓森生態環保有限公司首席執行長

來自：莉迪亞・德雷克
主旨：募款
日期：2018年5月22日 08:41
致：馬丁・海沃德

親愛的海沃德先生，

　　我的一位非常要好的朋友艾瑪・庫魯克斯把你的電子郵件地址給了我。我相信我可以幫助你籌募到治療你外孫女所需的資金。我最近才剛幫一個住在布拉德福德的家庭於九天內籌得六萬英鎊，他們需要這筆錢在札幌進行質子束治療。我的策略非常有效，結合了傳統的募款方式以及股票交易和其他的資本投資。我會在我們見面時詳細說明。只要你方便，我隨時都有空。

　　此致，
　　莉迪亞・德雷克

二〇一八年五月二十二日,莎拉－珍‧麥當納發給馬丁‧海沃德的訊息:

09:01 莎拉－珍:
我剛和艾瑪聊過。她從來都沒聽過莉迪亞‧德雷克這個人。請不要理會並刪除那封郵件。

來自:伊莎貝爾‧貝克
主旨:不用擔心
日期:2018年5月22日 13:00
致:莎拉－珍‧麥當納

嘿,SJ,

　　昨晚排練時我沒有機會和你交談,但我想讓你放心,大家都理解你還沒來得及背台詞。你一直超級忙碌,我相信要你和凱文及哈利坐下來背台詞簡直就是不可能的事。現在舞會已經結束,有了募款委員會的支持,你就能有更多時間專注於演出。如果你需要有人幫忙你背台詞,我會很樂意和你一起練習。我有一個對我來說很有效的方法。提到委員會,我想,我已經說服我的朋友莎曼莎以及凱爾來當志工了。你知道的,我們三個人在聖安醫院輪班工作,那意味著當其他人在上班時,我們可以為募款活動貢獻出時間。我們的合作默契很好,也許你可以把我們當作委員會裡的一個小組。一支特遣部隊!哈利扮演伯特時表現得非常出色。他已經把台詞背得一字不差了,你可以看出他與生俱來的天賦。簡直就是他父親的翻版!希望你不介意我這樣發郵件給你,我只是希望你不要因為昨天的排練感到沮喪。愛你的,伊莎

來自：莎拉－珍・麥當納
主旨：回覆：不用擔心
日期：2018年5月22日 13:07
致：伊莎貝爾・貝克

　　我有很多時間可以背台詞。關鍵是表演的品質。
　　莎拉－珍・麥當納

來自：莎拉－珍・麥當納
主旨：抱歉
日期：2018年5月22日 13:34
致：詹姆士・海沃德

　　我是昨晚表現最差的一個，這點我心知肚明。過去一個月，我是真的沒有時間拿起劇本。而且，在排練開始之前，我和你父親匆匆見了一面，那讓我更加分心⋯⋯無庸置疑地，我這個星期會專心背台詞，所以，昨晚的情況不會再發生。
　　莎拉－珍・麥當納

來自：詹姆士・海沃德
主旨：回覆：抱歉
日期：2018年5月22日 13:50
致：莎拉－珍・麥當納

親愛的莎拉－珍，
　　當你主辦了一場超乎所有人想像、令人驚豔的活動時，你當

兇手就在字裡行間 | 093

然沒有時間背台詞，這點我並不驚訝。到現在為止，我仍然不斷聽到有人談論那晚的盛況——從隨意取用的糖果區到籌募的金額——所以，我很樂意不追究你沒有背好台詞的事。希望我爸爸沒有為難你。他承受到很大的壓力，現在的他完全不像平時的他，你應該可以理解。如果你想要找人幫忙你練習台詞，我知道伊莎在演出歡樂精靈時使用過一個很好的方法。詹姆士

來自：莎拉－珍・麥當納
主旨：回覆：抱歉
日期：2018年5月22日 13:55
致：詹姆士・海沃德

　　天哪，千萬不要。當我專注的時候，我可以輕鬆地背好台詞。你父親在處理波比募款活動的財務數據上遇到了一些困難——雖然我能理解他想要密切參與募款的過程。這不是什麼大問題，因為我可以把數字計算出來並更新給他，但也許未來他可以把財務更新的工作交給我來處理就好。謝謝你的稱讚。隨著時間的推移，那場舞會的效果就像滾雪球（！）一樣。自從哈利出生以後，我已經退出了這個圈子，也忘了策劃大型活動時會面臨什麼問題。很可惜你和奧莉薇亞不克前來，但每個人都理解你們的處境。你們兩個能幫忙照顧波比真的很善良。我就覺得自己無法照顧得了一個病重的孩子。奧莉薇亞真的很適合當母親。

　　莎拉－珍・麥當納

來自：詹姆士・海沃德
主旨：回覆：抱歉
日期：2018年5月22日 13:59
致：莎拉－珍・麥當納

　　關於爸爸的事很抱歉。壓力讓他變得語無倫次又暴躁。至於奧莉薇亞，她表現得很出色，而波比也沒有造成任何麻煩。詹姆士

來自：伊莎貝爾・貝克
主旨：你好！
日期：2018年5月22日 14:00
致：莎曼莎・格林伍德

你好，莎曼莎！

　　恭喜我們三個通過昨晚的排練，我們只有幾個地方需要提示而已（你我各有兩個，凱爾有三個）。我無法相信比起去年此時，生活變得這麼美好。我為莎拉－珍感到難過，她一個字都背不出來，而且顯然不願意再拿起她的劇本。她比貝瑞和尼克（他們向來都是最後背好台詞的人）還要糟糕。我發了一封簡短的郵件給她讓她安心，我能感覺到她很感激。為了要讓她好過一點，我提到我們都願意到委員會當志工。她建議我們組成我們自己的任務小組，根據我們的輪班時間來募款。那是個好主意：你覺得怎麼樣？我可以聽到「那個人」在員工休息室裡，所以我最好趕快離開。下午一點三十分穿著我們的跑步服見面吧。愛你的，伊莎

來自：莎拉－珍・麥當納
主旨：克萊夫・韓德勒
日期：2018年5月30日 09:29
致：馬丁・海沃德

親愛的馬丁，請參見以下的好消息！

2018年5月29日 23:11 克萊夫・韓德勒寫道：

親愛的麥當納女士，

繼我上一封郵件之後，我一直在尋找如何將你們所需的餘款合法地捐贈給你們，同時又可以將稅務的影響降到最低。在查詢過多個資訊來源之後，我了解到最好的方法就是透過我的公司直接將款項轉匯給美國的藥廠。我可以透過一家位於開曼群島的控股公司來處理這筆付款。請讓我知道以下的細節：

1. 你們需要的確切金額。
2. 藥廠的總公司地址和聯繫人。
3. 波比藥物訂單的詳細資訊。

一旦我拿到這些資訊，我大約需要一週的時間將資金轉入美國的支付系統。希望這個時間表對波比的健康狀況不會造成問題。

此致，克萊夫・韓德勒

來自：馬丁・海沃德
主旨：回覆：克萊夫・韓德勒

日期：2018年5月30日 09:50
致：莎拉－珍・麥當納

　　確實是好消息……目前來說。還是那句話，讓我們先別說出去，直到那筆款確實匯到，那些藥品也寄到我們手上為止。我會讓你知道那筆資金是否匯到以及何時匯到。此致

來自：提許・巴托瓦
主旨：回覆：克萊夫・韓德勒
日期：2018年5月30日 10:05
致：馬丁・海沃德

親愛的馬丁，

　　關於韓德勒先生要求的資訊，請把他的詳細資料發給我，我會直接和他聯繫。你對他的提議保持懷疑的態度，直到那筆款確實匯到，這是很明智的做法。這些活動常常吸引一些空想家、夢想家和想要尋求關注的人，更遑論詐騙犯了。在此同時，請繼續努力募款。提許

來自：提許・巴托瓦
主旨：波比・里斯維克
日期：2018年5月30日 10:43
致：克萊夫・韓德勒

親愛的韓德勒先生，

　　我了解你主動提出要支付波比・里斯維克治療腦瘤尚缺的資金。這真是個好消息。我的公司正在代表這家人和美國的藥廠聯

繫，並且可以確認以下的付款細節，金額為二十萬英鎊或二十八萬美元。請使用電匯方式，將這筆款項透過以下的國際銀行帳戶號碼與銀行識別碼存入我的帳戶。這將會付清藥品的費用，波比可以在藥品寄到之後立刻開始治療。如果你需要進一步的資訊，請隨時與我聯繫。

　　此致，
　　提許・巴托瓦醫生
　　總經理
　　雲彩之王股份有限公司

來自：克萊夫・韓德勒
主旨：回覆：波比・里斯維克
日期：2018年5月30日 13:19
致：提許・巴托瓦醫生

親愛的巴托瓦醫生，

　　看來似乎有點誤會。我必須直接把錢匯給美國藥廠，以便讓我的公司和那個女孩的家庭所需承擔的稅款降到最低。你提供的資訊是你名下的一個海外私人投資帳戶。一旦我收到正確的資訊，我會指示我的會計師進行這筆付款。

　　此致，克萊夫・韓德勒

來自：提許・巴托瓦
主旨：回覆：波比・里斯維克
日期：2018年5月30日 13:30
致：克萊夫・韓德勒

　　這是我將用來代表波比訂購那款藥品的帳戶。我向來都是透過我在英國的私人診所付款給美國。這是相當合法的，你也不會受到英國稅務海關總署的處罰。我已經用這種方式轉帳過很多次了。我相信你也了解，我不便透露更多的資訊，特別是我並不清楚你的真實姓名或你公司的詳細情況。

來自：克萊夫・韓德勒
主旨：回覆：波比・里斯維克
日期：2018年5月30日 13:34
致：提許・巴托瓦醫生

　　和很多慈善捐款人一樣，對我而言，保持匿名是很重要的。這和英國稅務海關總署無關。我只是希望在我認為合適的時候進行慈善捐款，我並不想成為那些急於求助或者心懷不軌者的目標。你我都知道，這種交易方式並非「完全合法」，這是一個漏洞，但我願意為了更大的善行而鑽這個漏洞。現在，我主動提供二十萬英鎊的捐款，好讓一個小女孩可以順利地購買她所需要的救命藥物。我希望能知道製造這些藥物的公司名稱和地址，以便我可以直接付款給他們。希望你能提供基本資訊，這只是一個簡單的要求而已。

來自：提許・巴托瓦
主旨：回覆：波比・里斯維克
日期：2018年5月30日 13:40
致：克萊夫・韓德勒

　　我謹代表海沃德家，感謝你表達願意捐款的慷慨之舉。等你告訴我你的身分之後，我可能會比較方便和你討論這家公司的詳細訊息。我可以向你保證，我絕對不會向任何人透露你的身分。這也是對基本資訊的一個簡單要求。如果你堅持不透露，我會認為你並非真的想要捐款，而且：你已經給這個重病兒童的家庭帶來了虛假的希望。

來自：克萊夫・韓德勒
主旨：回覆：波比・里斯維克
日期：2018年5月30日 13:42
致：提許・巴托瓦醫生

　　如果你堅持不透露我要求的詳細資料，我會認為：既沒有這家美國藥廠，也沒有救命的藥物，你告訴海沃德家的一切也都不是真的。

菲米
你讀到哪裡了?

夏綠蒂
波比的舞會。你呢?

菲米
韓德勒指控巴托瓦欺騙海沃德家

夏綠蒂
這是真的,對嗎?

菲米
是的。我懷疑這是正在進行中的案子。

夏綠蒂
啊!深呼吸。放輕鬆。

菲米
嘿,真實才好。我們可以帶來改變。

夏綠蒂
太多問題了。

菲米
我們只需要問對問題。

夏綠蒂
我現在就有一個問題要問你:發現任何壞人了嗎?

菲米
巴托瓦有點可疑。

夏綠蒂
海沃德家是很聰明的生意人,他們相信她。

菲米
他們不得不相信——波比的性命在她手裡。

夏綠蒂
韓德勒已經調查過她了。但他是對的嗎?伊莎真的很煩。她是迷戀上莎曼莎了嗎?

菲米
她很努力想要表現得很友善,但她是社會底層的人,經常遭到忽視或者不被重視。

夏綠蒂
我想知道莎曼莎對伊莎的真正想法。我們只看到了伊莎說她們是朋友。

菲米
我們就像透過別人的眼睛在看事情。

夏綠蒂
莎曼莎和凱爾。在衝突區工作了八年之後,回到這裡對他們來說一定是一種文化衝擊。這有可能引發問題嗎?

菲米
也許吧。如果我們知道所謂的問題是什麼。

夏綠蒂
我喜歡這個社群團結在一起募款的感覺。

菲米
但他們很封閉。既壓抑又愛批評別人——而且他們不喜歡陌生人。

夏綠蒂
我覺得莎曼莎和凱爾很想融入。他們全心投入工作、加入劇團，積極地參與募款活動等等。

菲米
還有一件事我們不知道，那就是他們為什麼離開他們在非洲的志工職務。為什麼他們現在回來了？

來自：提許・巴托瓦
主旨：回覆：克萊夫・韓德勒
日期：2018年5月30日 17:10
致：馬丁・海沃德

親愛的馬丁，

　　很抱歉我得告訴你，韓德勒先生的提議實在好到不像真的。他要求的資訊越來越敏感——記住，我們甚至不知道他是誰——當我拒絕向一個完全陌生的人透露我覺得不宜透露的詳情時，他便以此為由，撤回了他「好心」的提議，並提出了一連串毫無根據的指控。這不是我第一次遇到這種浪費時間的人，我也不明白為什麼有人要玩弄那些生活已經一團混亂的人。不過，打從一開始，你就很聰明、也很敏感地對他抱持懷疑。我建議你完全封鎖他，或者至少在他再次聯繫你的時候不要理他。很抱歉我沒能帶來更好的消息。提許

二〇一八年五月三十日，馬丁・海沃德和詹姆士・海沃德之間發送的訊息：

17:15　馬丁・海沃德：
緊急家庭會議：下午六點三十分在家召開

17:16　詹姆士・海沃德：
我正在幫瓦佛德家進行今晚的台詞排練。儘管我自己有很多事要處理，你仍然希望我為了媽媽接手導演的工作，我正在按照你的要求做。明天再說吧。

17:17　馬丁・海沃德：

詹姆士，我們誰都不能置身事外。佩姬整天都在醫院，因為波比在發燒，可能是化療的排斥作用。如果她都能來，你也可以。

17:18 詹姆士・海沃德：
難以置信。

17:19 馬丁・海沃德：
你難道不知道我們正在經歷什麼嗎？光是一直心懷感恩就已經讓人筋疲力盡了。

來自：伊莎貝爾・貝克
主旨：你好！
日期：2018年5月31日 07:07
致：莎曼莎・格林伍德

你好，莎曼莎，

　　昨晚的台詞排練很成功。這些練習真的很有幫助，你不覺得嗎？我知道，詹姆士在提出這個建議時，他想到的是尼克、貝瑞和莎拉－珍，不過，讓所有演員在正式的排練與排練之間專心練習台詞確實有所助益。很可惜並非所有人都能到場，特別是凱爾——因為他要輪班，哎唷。不過，至少沒有海倫在場，我們都可以更專注在自己身上，你知道我的意思吧。她太耀眼了，只要她在場，其他人就會顯得黯然失色。我可能有點胡言亂語了。我很驚訝詹姆士遲到了。他似乎有點心不在焉。我懷疑是不是因為奧莉薇亞又出問題了（她在第一孕期時曾經有過妊娠毒血症的徵兆，此後，她的蛋白質濃度一直很不穩定。他們在倫敦的一家私人診所做了體外受精）。不過，馬丁說他們一家都不像平時的他們。我等不及要在週日的半馬比賽中為你加油了。說到這個，我

會在午餐的時候和你在Costa碰面,一起去慢跑。在那之前,我會在老人醫學科享受另一個愉快的早晨。愛你的,伊莎xxx

來自:伊莎貝爾‧貝克
主旨:你在哪裡?
日期:2018年5月31日 13:26
致:莎曼莎‧格林伍德

  嗨,莎曼莎,我不知道你在哪兒。我像平時一樣在Costa旁邊等你,但你沒有出現,所以我就換回了衣服,獨自坐在員工休息室裡。希望你沒事。愛你的,伊莎

來自:克勞蒂亞‧迪索薩
主旨:謝謝
日期:2018年5月31日 14:04
致:莎曼莎‧格林伍德

親愛的莎曼莎,

  真是愉快的午餐。陽光也出現了,真棒。你是對的,經常去「橘園」用餐確實太貴了,不過偶爾為之也無妨。我又幫你追問了尤娜,她說化療會引起很高的眼部毒性,長期來說會影響視力。至於是否能在技術上稱之為「即將失明」,她就不太確定了。尤娜說,如果你朋友的外孫女才剛開始接受化療,這家人確實有可能會過度關注他們最害怕的副作用——長期化療可能影響視力。誰會想當父母呢?如果不是因為喝醉了忘記避孕才生下兩個孩子的話,我是絕對不會冒這個險的——尤其是在看到孩子可

能出什麼問題之後。不過,還是要再次謝謝你讓我度過一段愉快的時光,我們週日見。克 x

來自:蘿倫・莫爾登
主旨:你好!
日期:2018年5月31日 18:45
致:伊莎貝爾・貝克

　　哈囉,親愛的!喬許這週會到布雷肯的一場研討會發表演說,所以只要你有空,我們隨時可以見面。你什麼時候有空午餐?我可以在Costa或者橘園和你碰面。我相信走進聖安醫院會讓我感到一陣寒意,但為了見面聊聊也值得。我不敢相信你竟然還在老人醫學科。你太優秀了,不適合待在那裡,你也比那裡的人好太多了。費爾維劇團有什麼新八卦?我媽媽到摩爾山醫院探望一個朋友(肝癌第四期,不妙),結果在那裡的化療區遇到海倫和佩姬。海倫說她希望能有好消息。她是什麼意思?希望那表示他們已經募集到了所有的錢。你知道他們正在葛蘭奇蓋一座游泳池嗎?海倫說,在波比生病之前,他們就已經預訂好那些工人,現在已經無法取消了。期待見面再聊。

　　蘿 x

來自:伊莎貝爾・貝克
主旨:回覆:你好!
日期:2018年5月31日 18:53
致:蘿倫・莫爾登

我知道關於波比的消息,但那太過敏感,所以我不能說。我這週都很忙:慢跑、排練,還有參加幫波比募款的委員會。也許幾個月後再見面吧。伊莎

來自:蘿倫・莫爾登
主旨:回覆:你好!
日期:2018年5月31日 18:59
致:伊莎貝爾・貝克

　　是好消息嗎?請不要告訴我是壞消息。噢,我的天,癌細胞擴散了嗎?請告訴我,伊莎。如果你不說的話,我可能會不小心說錯話而讓別人感到尷尬。我不會告訴任何人的。快說,你知道你可以信任我。我從來沒有告訴過別人我們那次輸液造成的意外,對吧?拜託啦⋯⋯蘿 x

來自:伊莎貝爾・貝克
主旨:回覆:你好!
如期:2018年5月31日 19:04
致:蘿倫・莫爾登

　　波比就要失明了。這是她在摩爾山醫院接受化療造成的。這也是我們需要盡快為她的美國藥物籌募到資金的另一個理由。她的家人對此很低調,以免大家對待波比的方式會有所不同。我想,目前只有我和莎曼莎知道這件事,所以不要說出去。誰都不能說。伊莎

來自：馬丁・海沃德
主旨：回覆：半馬
日期：2018年5月31日 19:33
致：莎曼莎・格林伍德

　　關於你的半馬贊助真是個好消息。謝謝你，莎曼莎。我們全家都非常感激。祝你最後的準備順利。很可惜，我們不能去幫你加油，但我們會在心裡支持你。請不要特意從那麼遠的地方過來。你可以在下次排練的時候和詹姆士聊聊。此致，馬丁

二〇一八年五月三十一日，馬丁・海沃德和詹姆士・海沃德之間發送的訊息：

19:34 馬丁・海沃德：
我收到那個新來的女孩莎曼莎發來的一封郵件。她想要「私下談某件事」，並且提議要到我們家來。你知道是什麼事嗎？我不希望她來這裡。我已經叫她今晚去找你。

19:36 詹姆士・海沃德：
她是護士，所以可能是關於波比的醫療問題。謝謝你，老爸，我在排練時已經忙得不可開交了。

來自：伊莎貝爾・貝克
主旨：你好！
日期：2018年6月1日 14:20
致：莎曼莎・格林伍德

嗨，莎曼莎，你會來排練嗎？萊莉說你午餐之後就因病回家了。我告訴她其實是午餐前，因為你錯過了我們的慢跑練習，甚至也沒有發簡訊，所以，我知道情況一定很糟糕。我真的很擔心，希望你沒事。沒有你在，排練就不再一樣了，所以，希望你早點康復。我也很期待週日的半馬比賽。我打算給你一個驚喜。希望這麼說不會破壞驚喜。我可以和凱爾站在一起嗎？我不認識那裡的其他人，如果他以前看過半馬比賽，他會知道該站在哪裡。好了，我要在今晚的排練前先複習台詞了──我不能掉以輕心！愛你的，伊莎 xxx

來自：馬丁・海沃德
主旨：
日期：2018年6月1日 16:18
致：詹姆士・海沃德

　　我的天啊！莎曼莎在毫無預警的情況下到家裡來。我才剛把她送走。你能相信嗎？當她直接問我我們已經付了多少錢給提許・巴托瓦時，我驚慌失措地想要把門關上，讓她留在走廊裡（你媽媽正在增建區講電話）。我告訴她我們付了十二萬五千英鎊──這是總費用的一半，作為訂單的頭款。她的臉色瞬間發白，隨後說她認為提許所說的藥物是個謊言，說提許想要偷取那筆錢，並且可能會繼續施行傳統化療，卻告訴我們那是實驗組合。我知道這個莎曼莎本能上並不信任權威，因為她曾經發過一封郵件給我，提到要遊說國會加速藥物的審查，但她現在這種說法實在太疑神疑鬼了。我只希望她還沒有告訴任何人。因為那可能會破壞我們的募款活動，尤其是我們現在正需要加速募款。

噢，她還向我保證波比不太可能會失明，那可能只是提許為了讓我們繼續募款才這麼說的。你怎麼想？我應該怎麼做？

來自：詹姆士・海沃德
主旨：回覆：
日期：2018年6月1日 16:20
致：馬丁・海沃德

　　她「認為」提許在說謊？她有證據嗎？別忘了，她只是個護士。你對她說了什麼？你告訴媽媽了嗎？

來自：馬丁・海沃德
主旨：回覆：
日期：2018年6月1日 16:23
致：詹姆士・海沃德

　　那是我的第一個問題。她沒有提出任何證據，只是說她「本能地知道」。我們不能讓她到處去說這些事。但如果她說了呢？先是那個大金主的事落空了，現在又是這個。我不知道該怎麼辦或者該求助於誰。其他的事我也感到很抱歉。我知道你的感受，但我們需要你站在我們這一邊。你能過來嗎？不要對媽媽提起此事；她仍然以為那筆錢是克萊夫・韓德勒支付的。

來自：詹姆士・海沃德
主旨：回覆：

日期：2018年6月1日　16:31
致：馬丁・海沃德

　　爸，不要驚慌。我相信一切都沒事的。我會在排練的時候和莎曼莎談一談，請她在我們調查此事的時候，把她的陰謀論藏在心裡就好。你信任提許，不是嗎？如果莎曼莎沒有證據，那麼，她只是誤解了一些事，然後將結果誇大了。至於失明的問題，我知道那個說法從何而來——是那個莎拉－珍預約演出的樂團歌手說的。這無關緊要。要求提許出示訂單的文件給你看，這樣就可以釐清問題了。這也許是個好主意，以防再有任何人質疑募款的事。為了安全起見，在我們能夠證明那些錢確實用在了我們原本設定的用途上之前，不要再付她任何錢。我會在排練之前來一趟，但不能久留。別擔心。

來自：詹姆士・海沃德
主旨：哈囉
日期：2018年6月1日　16:35
致：伊莎貝爾・貝克

　　親愛的伊莎！我最會背台詞的演員，你好嗎？有個簡單的問題想問你：你和莎曼莎一起工作，對嗎——她是個什麼樣的人？她剛來不久，但卻慷慨地為我們參加半馬比賽……我們正在籌組這個募款委員會，希望它能成為一支有凝聚力的隊伍。我不想在不夠了解她之前就邀請她做更多的志工工作，例如，她工作上是否很忙，或者是否計畫長期留在這裡，因為他們以前曾經在海外工作。請不要告訴她我問過你……我不希望誇大這件事。今晚見，詹姆士

來自：伊莎貝爾・貝克
主旨：回覆：哈囉
日期：208年6月1日 16:59
致：詹姆士・海沃德

　　嗨，詹姆士！你一定會通靈，我正在讀我的台詞呢。沒問題，我知道你希望找最有效率的人加入委員會，而莎曼莎和我是最好的朋友，所以問我就對了！她人很好，善良、有趣，而且對病人很體貼。在老人醫學科裡，我們的病人都已經到了生命的末期，所以，我們必須小心不要對他們投入過多的感情。我們有些同事因為小心過頭，結果對病人不夠關心。莎曼莎就拿捏得恰到好處。她甚至和所有的員工都相處得很好，如果你在那裡工作過的話，你就會知道這是多麼不容易！我注意到人們很在乎她說的話。在工作上，當我提到某些事可以改進時，我要麼就是被忽視，要麼就是遭到反駁。「噢，伊莎又在抱怨了。」但如果是莎曼莎說的，大家就會聽進去，問題也會得到解決。她不常談論非洲的事，但他們一定很喜歡非洲，才會在那裡待那麼久。相比之下，這裡的生活可能顯得非常枯燥。莎曼莎是那種一旦下定決心，就沒有什麼做不到的人。我知道她會成為募款委員會的優秀成員。也許莎曼莎可以領導一個包括凱爾和我在內的委員會分支──我們可以組成我們自己的小隊！莎拉－珍似乎對這個想法很感興趣。如果你還需要了解其他的事，儘管開口。現在，我要回去練習今晚的第二幕了。愛你的，伊莎

來自：馬丁・海沃德
主旨：委員會的想法
日期：2018年6月1日 17:36
致：莎拉－珍・麥當納
抄送：詹姆士・海沃德

  關於募款委員會，我們是否可以只挑選我們非常了解的人？在克萊夫・韓德勒的事件之後，我發現我們的態度也許過於開放了，特別是涉及金錢的部分。我們應該要確保每一個為募款工作的人都是值得信賴的。我們必須更加小心。此致

來自：莎拉－珍・麥當納
主旨：回覆：委員會的想法
日期：2018年6月1日 17:43
致：馬丁・海沃德
抄送：詹姆士・海沃德

  大部分的人都很誠實，而且說話算話，但那些不誠實的人卻會讓人留下更深刻的印象。等到下一階段的募款開始之後，我們會很快就忘記韓先生的事。對我而言，我希望委員會的成員不是那些雖然深具同情心和好意、但卻無法有效完成工作的朋友。我們需要實幹的人。我們需要那些能夠全心投入每一項任務、全力支持我們募款活動的人。我列出了一份名單如下：
  艾瑪・庫魯克斯、凱文・麥當納、希莉亞和喬爾・哈立德、凱倫・佩恩、莎曼莎和凱爾・格林伍德。如果其他人也樂意幫忙，當然也沒問題，但我認為這七位核心成員會認真地把事情做好。

  莎拉－珍・麥當納

來自：馬丁・海沃德
主旨：回覆：委員會的想法
日期：2018年6月1日 17:45
致：莎拉－珍・麥當納
抄送：詹姆士・海沃德

　　不要莎曼莎或凱爾。

來自：詹姆士・海沃德
主旨：回覆：委員會的想法
日期：2018年6月1日 17:50
致：莎拉－珍・麥當納
抄送：馬丁・海沃德

　　名單沒問題，莎拉－珍，只要沒有莎曼莎和凱爾就好。

來自：莎拉－珍・麥當納
主旨：回覆：委員會的想法
日期：2018年6月1日 17:54
致：馬丁・海沃德
抄送：詹姆士・海沃德

　　為什麼不要？我知道他們是新人，但他們似乎很誠實又能幹。兩位都是護士──是很實際、親力親為的人。要我說的話，他們唯一的缺點就是擺脫不了那個超級黏人的女孩。

來自：詹姆士‧海沃德
主旨：回覆：委員會的想法
日期：2018年6月1日　17:55
致：馬丁‧海沃德

　　不要回覆，爸，交給我來處理。

來自：詹姆士‧海沃德
主旨：回覆：委員會的想法
日期：2018年6月1日　18:01
致：莎拉－珍‧麥當納

　　私下告訴你，克萊夫‧韓德勒的事情讓我爸深受打擊。我知道，我們一開始就說這件事可能有貓膩，但人總是不由自主地會抱有期待。他很在乎這件事，我覺得他懷疑韓先生是我們認識的某個人——嫉妒我們、沒來由地想要惡搞我們。所以，他才希望我們的事情僅限於我們社交圈裡的人知道。波比生病的事情——甚至包括募款活動本身——都讓我們處於非常脆弱的處境。我們無法掌控，突然之間，我們所擁有的一切和我們做過的事都不再重要了。有些人會本能地利用我們目前的弱勢，而我覺得我們已經遇到了這種狀況。我不知道，這很難解釋。我喜歡莎曼莎和凱爾，如果他們能被納入委員會的話，我會很高興，但那會讓爸爸感到不安，而他目前是我們家的支柱。詹姆士

來自：莎拉－珍‧麥當納
主旨：回覆：委員會的想法
日期：2018年6月1日　18:06

致：詹姆士・海沃德

　　好吧。我沒問題。讓我們丟下韓德勒先生的事，繼續往前看吧。我們還有事情要做，並且還要募款。我建議今晚就宣布委員會名單，然後在本週稍後召開我們的第一次會議。
　　莎拉－珍・麥當納

來自：伊莎貝爾・貝克
主旨：還好嗎？
日期：2018年6月2日 01:09
致：莎曼莎・格林伍德

　　很抱歉大半夜發訊息給你，但也許碰巧你還沒睡，我只是想問你是否還好？當你昨晚出現在排練上的時候，我著實鬆了一口氣。費爾維劇團就像工作場合一樣：當你在的時候，每個人都對我好很多。詹姆士把你帶到一邊，告訴你關於委員會的決定，他能這麼做真的很好。你似乎真的很失望，但請不要這樣。我並沒有真的期待我們會被選上，希望你也沒有抱太大的期望。海沃德家認識那些人很多年了，所以，這就像幫一齣劇選角一樣：全看你認識誰而定。接下來這個星期我會很想念你──我輪到早班，哎唷──不過，我真的很期待週日的比賽！凱爾真好心，讓我和他站在一起；別忘了，我有個驚喜要給你⋯⋯又來了，我又破壞了這個驚喜！晚安⋯⋯愛你的，伊莎 xxx

---

來自：詹姆士・海沃德
主旨：莎曼莎

兇手就在字裡行間　｜　117

日期：2018年6月2日　05:22
致：馬丁・海沃德

　　我昨晚和莎曼莎談過了，她已經冷靜下來了。我向她保證我已經再三確認過一切，新的藥物組合絕無可能不是提許說的那樣。她似乎對我的說法很滿意。我向她施壓，要她告訴我她是否已經把這個毫無根據的懷疑告訴了誰，所幸，她只告訴了凱爾。我也強調，他們不應該把這種事告訴任何人，因為我們非常需要募集到目前尚缺的資金。她同意了，儘管有些失落。所以，爸，這次的恐慌結束了。莎拉－珍對於接下來的募款充滿幹勁，但我警告她波比的狀況已經開始惡化，所以，我們可能很快就會感到疲憊。她很高興能主持委員會——我會要求她把每次會議的紀錄發給我們，以便我們跟進，但這麼做的重點在於讓我們退居第二線，由他們來處理募款的事。讓我們團結起來，彼此支持。我們一定要珍惜美好的時光，這樣未來才會有美好的回憶。詹姆士

來自：馬丁・海沃德
主旨：回覆：莎曼莎
日期：2018年6月2日　06:59
致：詹姆士・海沃德

　　我知道你的意思。謝謝你。

來自：馬丁・海沃德
主旨：我的外孫女
日期：2018年6月2日　07:37

致：克萊夫・韓德勒

親愛的韓德勒先生，

　　關於我們要為我們的外孫女波比的救命藥物籌募到二十五萬英鎊的事，你最近和我們的活動協調人珍－莎拉・麥當納聯繫過，也和提許・巴托瓦醫生聯繫了。我知道那些談判已經破裂。

　　首先，我要毫無保留地對巴托瓦醫生可能引起的任何不悅表示歉意。就像許多醫生一樣，她既博學又聰明，但她的人際交往技巧可能有所欠缺。她也許有些直率和固執，但她非常受尊敬，我知道她是全心全意在為波比著想。我們家對她寄予了很高的信任，而那樣的信任是經過深思熟慮的。其次，這點我甚至還沒有告訴過我最親近的家人，如果波比要得到她的救命藥方治療，這筆費用將會遠超過二十五萬英鎊。雖然那個數字很龐大，但也只夠支付一期新藥組合的費用。如果證明有效的話，我們至少需要四期的治療。但我們已經快沒有時間了。

　　這封郵件的目的是希望你能重新考慮撤回那個善舉的決定。我不知道你是否為人父或者為人祖父，如果是的話，你或許能體會無助地看著你所愛的人受苦是什麼感覺。如果波比不能康復的話，她的未來就被剝奪了，我們的也是。那份痛苦和悲傷將在我們心裡留下永遠的傷痕。那股餘波也會一直留在我們的家族裡，一代傳過一代。那就是悲劇遺留下來的產物。

　　如果我能做任何事來讓你改變心意的話，請務必讓我知道。我會很樂意提供你所需要的任何資訊，並且親自和你聯繫——如果你希望的話，你也可以保持匿名。再次感謝你對我家人的關心，以及你那個提議所代表的無限慷慨與善意。

　　此致，馬丁・海沃德

來自：自動郵件處理系統 克萊夫・韓德勒
主旨：回覆：我的外孫女
日期：2018年6月2日 07:38
致：馬丁・海沃德

〔發送失敗通知〕很抱歉，我們無法傳送你的訊息。地址未知。

來自：詹姆士・海沃德
主旨：委員會會議
日期：2018年6月2日 11:28
致：伊莎貝爾・貝克

  親愛的伊莎，你的台詞背得太好了，我實在無法挑剔。現在，你已經放下了劇本，並且正在理解莉迪亞這個角色，用你自己的方式來詮釋她。你在吾子吾弟上的努力值得驕傲，更別說你還幫忙莎曼莎和凱爾安頓下來。還有一件事，由於奧莉薇亞懷孕、媽媽和爸爸致力於支持波比、佩姬和葛蘭，因此，海沃德家和里斯維克家將無法參加莎拉－珍組織的委員會會議。所以，我已經問過她是否可以讓你充當記錄員。這樣可以嗎？第一次會議訂於本週二晚上七點。我相信會議的地點在莎拉－珍的家，但我會請她和你確認所有的細節。詹姆士

來自：伊莎貝爾・貝克
主旨：回覆：委員會會議
日期：2018年6月2日 11:35
致：詹姆士・海沃德

哇！我非常樂意當委員會會議的記錄員！非常感謝你，詹姆士。為了讓莎曼莎和凱爾適應這裡，我付出了非常多的努力，看到他們的表現越來越好，這一切都很值得。我想，他們對於沒有被納入募款委員會有點失望，但我向他們保證那不是針對他們個人所做出的決定。莎曼莎的半馬比賽在這週日。我正在做一個巨大的橫幅幫她加油（別告訴她——這是個驚喜）。再次由衷地感謝你！請代我向奧莉薇亞和她肚子裡的雙胞胎問好！伊莎 xxx

來自：伊莎貝爾・貝克
主旨：好耶！
日期：2018年6月2日 11:37
致：莎曼莎・格林伍德

耶！詹姆士剛剛發郵件給我，他說我在這齣戲裡的表現很好，並問我能否當委員會會議的記錄員！我成為費爾維劇團的成員才剛滿一年呢！很遺憾你不能參加，但如果有機會可以讓你加入的話，我一定會幫你的。誠如我所說的，關鍵在於你認識誰！耶！我興奮到都跳起舞來了！有件事我不太明白：我不想問詹姆士，以免他認為我有點傻，你知道「記錄員」是什麼意思嗎？我猜這可能是要我記錄會議的時間，所以我準備戴上我的好手錶。耶！愛你的，伊莎 xxx

來自：莎拉－珍・麥當納
主旨：委員會會議
日期：2018年6月2日 13:55
致：伊莎貝爾・貝克

週二晚上七點在我家。帶上筆記本和筆。

來自：瑪莉安・佩恩
主旨：波比
日期：2018年6月3日 14:56
致：馬丁・海沃德

　　親愛的馬丁，我剛聽到這個非常悲傷的消息，我想向你保證，儘管你們現在面臨困境，但失明並不會阻礙一個人過上充實幸福的生活。我娘家那邊有個阿姨天生就是全盲。她上了大學，在一家馬匹保險公司上班，嫁給了一個蘇格蘭人，在六十九歲時因為腦溢血去世。波比還這麼小，這意味著她不會記得曾經有視力的日子，她的其他感官將會彌補視力的不足。身體是個神奇的禮物。我們都在為你們祈禱，馬丁，另外，關於露德聖水的事，如果你改變心意的話，隨時讓我知道。致上我全部的愛，瑪莉安

來自：丹妮絲・麥爾坎
主旨：可憐的小波比
日期：2018年6月3日 15:30
致：馬丁・海沃德

　　親愛的馬丁和海倫，你們受到的折磨真是太多了。可憐的波比。我在倫敦工作的時候，每天都會在地鐵裡看到一位盲人。我會看到他用點字的方式在閱讀，並帶著他的導盲犬搭乘手扶梯。我不清楚他的職業是什麼，但他一定有一份工作。馬丁，你一定要申請殘障人士的藍色徽章。申請過程很漫長，還要滿足很多條

件，但在週六的市區，藍色徽章就會帶來很大的方便。上帝保佑你們，丹妮絲

來自：約翰・歐迪亞
主旨：
日期：2018年6月3日 18:05
致：馬丁・海沃德……

　　正在清理媽媽的東西，我們發現了一箱有聲書。價格可以討論。

來自：莎拉－珍・麥當納
主旨：該死的唐尼・蘇奇洛！
日期：2018年6月3日 18:36
致：馬丁・海沃德

　　該死的蘇奇洛！我不知道他告訴了誰，這也不重要，因為波比失明的謠言已經傳開了。請不要為此擔心，也不用浪費寶貴的時間去澄清這件事。我會在本週末即將更新的第一次委員會通知中提供一些確定的訊息。我只能為當初編造這個故事而致歉。好消息是，委員會會議將在週二如期召開。我希望的成員都已經上任了──而且還有更多人加入。詹姆士要那個不起眼的女孩來做會議紀錄，如果她奇蹟般地達成了任務，那我就會把紀錄轉發給你們。我也會自己做筆記，以防萬一。在此同時，凱文正在尋找T恤和鑰匙圈的供應商，他會在適當的時候讓你知道我們需要從帳戶中提取多少費用。

　　莎拉－珍・麥當納

來自：葛蘭・里斯維克
主旨：錢
日期：2018年6月3日 19:00
致：馬丁・海沃德

　　你看到募款網頁了嗎？金額在一夜之間增加了四千多英鎊，全都是那些以為波比就要失明的人捐的款。當他們看到我們還在從事正常活動時會不會懷疑？我們不希望任何人在如此慷慨地支持我們之後覺得自己被騙了。

來自：馬丁・海沃德
主旨：回覆：該死的唐尼・蘇奇洛！
日期：2018年6月3日 20:09
致：莎拉－珍・麥當納

　　是啊，蘇奇洛的謠言讓我們得到了很多的回應。看來，我們有很多朋友都認識一些過著幸福快樂生活的盲人。雖然波比目前還沒有視力受損的問題，但她正在接受的這種傳統化療確實會在視力上引發長期的副作用，所以，儘管謠言有點過度誇大，但也不是完全沒有根據。她能夠越早停止使用這些令人擔心的藥物，轉而開始使用新的藥物組合，這種副作用的風險就會越快降低。也許你可以在你的委員會更新通知中加入這個說明？此致

來自：馬丁・海沃德
主旨：回覆：募款

日期：2018年6月3日 20:34
致：莉迪亞・德雷克

親愛的德雷克，

　　很感謝你的郵件。我對你的策略很感興趣。我看到你住在倫敦——我可以和你在那裡見面。下週一你方便嗎，六月十一日？

　　此致，馬丁・海沃德

來自：伊莎貝爾・貝克
主旨：今晚！
日期：2018年6月5日 09:51
致：莎拉－珍・麥當納

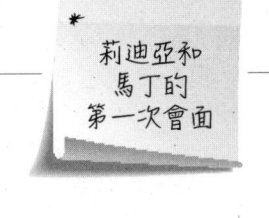

> 莉迪亞和馬丁的第一次會面

　　你好，SJ，很抱歉打擾你，我只是想讓你知道，我已經為今晚的委員會會議做好充分的準備了。莎曼莎向我解釋過當記錄員要涵蓋哪些工作，所以我會帶上我所需要的一切：一本適合的筆記本和筆、一個小鉛筆盒和一個可以收納所有東西的塑膠文件夾。如果你還需要我帶什麼的話，請讓我知道，因為我回家時會再次經過Paperchase[10]。非常感謝你給我這個機會幫助波比。能夠派上用場的感覺真的很好。愛你的，伊莎 xxx

　　PS 如果你需要有人幫忙泡茶或協助我做記錄，我知道莎曼莎會很樂意參與。你只要說一聲就可以了！

---

[10] Paperchase是英國知名的連鎖文具店，成立於英國，後擴展至愛爾蘭、丹麥、法國、德國、美國和中東。

來自：阿拉斯代爾・海恩斯
主旨：
日期：2018年6月5日 11:40
致：提許・巴托瓦

　　嗨，提許，聽著，我們需要對此進行全面調查。我們收到了一份專業印刷的活動流程表，該活動名為「波比的舞會」，是一項贊助性質的慈善活動，上面很清楚地將你列為演講人。我已經宣稱你我認識，並將此案轉交給了一名同事。很抱歉，我無能為力。艾力克斯

來自：提許・巴托瓦
主旨：回覆：
日期：2018年6月5日 13:14
致：阿拉斯代爾・海恩斯

　　親愛的艾力克斯，很抱歉讓你處於這種困境。他們在未經我同意的情況下，就把我列為活動的演講人。當我得知此事時，我立刻告訴他們我不會發表演說，而我甚至也沒有出席。這些人是你在私人執業時一定會遇到的那種人：白人特權的縮影。他們認為這個世界必須為了他們的孩子獲得治療而停止轉動。他們沒有意識到，沒有人會像他們一樣為他們自己的家人付出。如果他們曾經看過我們的情況，他們就會對自己擁有的特權心懷感激，他們不僅將這些特權視為理所當然，甚至在沒有意識到自己對這個世界無足輕重之下，還要求擁有那些特權。如果他們出售自己的資產，就能夠負擔得起這些藥物，然而，支付醫療費用的想法讓

他們感覺受到冒犯,並且希望別人為此買單。為了要拯救孩子,我必須和這樣的人打交道。另一方面,我知道是誰把這份文件寄給你們的:某個具有私心的人。謝謝你的支持,艾力克斯,並且再次對此表示歉意。提許

來自:提許‧巴托瓦
主旨:問題
日期:2018年6月5日 13:33
致:馬丁‧海沃德

　　我有一個簡單且私密的問題,馬丁。你認識聖安醫院一名叫做莎曼莎‧格林伍德的護士。她有沒有碰巧提到過我?

來自:馬丁‧海沃德
主旨:回覆:問題
日期:2018年6月5日 14:46
致:提許‧巴托瓦

　　有。她最近加入了我們的劇團。我不想為此打擾你。長話短說,她懷疑你在波比募款活動中的角色。她暗示你在欺騙我們。她為了支持募款正在參加一項半馬比賽,所以,她的出發點是好的,但她對權威抱持質疑的態度,而且比起單純的事實,她更願意相信誇大的陰謀論。我們已經開始和她保持距離。你完全不需要擔心她。此致

兇手就在字裡行間 ｜ 127

來自：提許・巴托瓦
主旨：回覆：問題
日期：2018年6月5日 14:51
致：馬丁・海沃德

　　我的懷疑果然正確。她是個麻煩製造者，而且企圖要向英國醫學會舉報我。雖然她所指控的全都是無稽之談，但他們不得不進行調查。他們不會找到任何疑點的。只不過讓人感到很煩而已。提許

來自：提許・巴托瓦
主旨：
日期：2018年6月5日 15:00
致：莎曼莎・格林伍德

　　你想要報復我，這種行為既幼稚又無效。等他們知道你的企圖時，你所說的每一句話，他們都不會理睬。這就是做出不實指控的結果。

來自：伊莎貝爾・貝克
主旨：噢，我的天哪！
日期：2018年6月5日 23:18
致：莎曼莎・格林伍德

　　你好，莎曼莎！很抱歉，如果這封郵件吵醒了你，但我剛從委員會會議回來，我真的興奮到無法自已。大家說話的速度都好快──比我記下來的速度快多了──希望我能記得一些來不及寫

下來的內容。我做了好多筆記，以至於我的新筆記本已經被填滿一半了。我已經下載了一個範本，現在，我得要把所有的內容鍵入電腦，並且逐條編列。你知道做會議紀錄的責任有多大嗎？詹姆士和莎拉－珍這麼信任我讓我很感動。希望我不會搞砸了。你介意在我把會議紀錄發出去之前先看一眼，以確認我做的是否正確嗎？我會很感激的。現在，我得啟動我的老電腦——光是等它更新就要花很長一段時間，而且一定會當機好幾次——然後才能開始整理會議紀錄。我得在五點鐘起床，所以我真的應該上床睡覺了，但我知道我一定睡不著。很遺憾你不能參加會議。我沒有機會發言，所幸，做會議紀錄更重要的是聽而非說，所以這很適合我。我已經告訴莎拉－珍，你以後可以來協助我；我已經播下這顆種子，現在就只等它發芽了。我需要放鬆一下。謝謝你的幫忙，莎曼莎，你真是我的好朋友。愛你的，伊莎 xxx

---

來自：阿尼・巴蘭柯爾
主旨：一切還好嗎？
日期：2018年6月5日 23:22
致：凱爾・格林伍德

*阿尼，第一封郵件，注意凱爾從非洲回來後換了新的郵箱地址

　　一切還好嗎？聽說你回來了，我從譚雅那裡拿到了你的新郵箱地址。你現在住在哪裡，老兄？我現在住在我媽家，但我們相處不來，希望我能盡快搬出去。我有一陣子無法工作，所以現在的情況還不明朗。你知道我回來後不再當護士了嗎？是啊，我在雷丁附近的一家醫院工作過，但卻和誰都處不來。你有發現嗎？這裡的人好像都很心胸狹窄。我開始覺得，每個人——對，每個人——都應該花一年的時間到叢林裡的診所當志工，當他們需要

在叢林裡花三個小時才等得到救護車的時候再來抱怨吧。我在「冒險旅行社」找到一份工作，負責帶背包客到柬埔寨和越南。今年年初時，我告訴他們我不想再做這種工作了。我也不知道為什麼，真的。這份工作給我的感覺和我一開始當護士的感覺不一樣。沒有熱情。我去非洲是為了想要帶來改變。改變這個世界。但那並沒有發生。反而是非洲改變了我。我不再是過去的我，而現在，我不知道自己是誰。很抱歉對你吐苦水，老兄，但我常常想到你們。莎曼莎好嗎？她遇到的那個麻煩後來怎麼樣了？她最終有上法庭嗎？代我問候她。阿尼

來自：伊莎貝爾・貝克
主旨：會議紀錄！
日期：2018年6月6日 05:57
致：莎拉－珍・麥當納

你好，SJ！很高興昨晚見到你、凱文和哈利。你家裝潢得真漂亮，就像雜誌一樣，我不知道那是什麼花草茶，但嚐起來感覺很健康。你信任我來做會議紀錄（附件），讓我感覺很榮幸。我希望這份紀錄能準確反映出會議的內容，但我有時會跟不上會議的速度，所以不得不編造一些內容來填補。總之，不用擔心，如果我遺漏掉什麼的話，請隨時讓我知道，我可以補上。還有一件事，莎拉－珍，我注意到你在一本素色的螺旋裝訂筆記本上做筆記。你喜歡有圖案的筆記本嗎？Paperchase有一些設計非常漂亮的筆記本。希望你週日能來看莎曼莎的半馬比賽，如果不能來，我們就下次排練見。祝哈利的游泳比賽順利。愛你的，伊莎 xxx

「治療波比」委員會會議紀錄，記錄人伊莎貝爾・貝克

日期：二〇一八年六月五日
時間：7:33 p.m.
地點：莎拉－珍・麥當納家

出席者：伊莎貝爾・貝克、莎拉－珍・麥當納和凱文・麥當納、艾瑪・庫魯克斯、希莉亞和喬爾・哈立德、凱倫・佩恩

不克前來者：無，但我想如果海沃德家和里斯維克家能來的話，他們一定會出席，另外，我知道莎曼莎和凱爾・格林伍德會很樂意參加。

前次會議回顧：由於這是第一次會議，我們沒有之前的會議紀錄可供回顧。我會把這裡留白。這樣可以嗎，莎拉－珍？

討論議題：

1. 截至目前的募款

　　莎拉－珍提到波比的舞會，以及這場活動募集到了將近九萬英鎊。這筆款項加上目前收到的所有捐款，意味著馬丁已經支付了波比藥物的第一筆費用，這是一個好消息！我們現在所要做的就是籌集剩餘的款項。

2. 計畫中的活動

　　下一次的募款活動是莎曼莎週日的半馬比賽。這點在會議中

沒有被提及，我也不想打斷任何人，但我非常希望她能獲得好的反響。她已經達到原本設定目標的115%。週日我會在終點線為她加油，並且已經製作了一條橫幅，希望凱爾能幫忙把它展開。

會議中提到了其他幾項活動，但因為每個人都在說話，所以我有點跟不上。哈利明天會和他的游泳俱樂部一起參加游泳活動。希莉亞公司的某個人會從蘭茲角騎腳踏車到約翰歐格羅茨。貝瑞會參加一個名為艾維斯烹飪馬拉松的吃東西比賽，但似乎沒有人相信這能募到錢。

3. 商品

莎拉－珍提出了一個很棒的點子，要推出一系列的商品：T恤、徽章、筆和鑰匙圈。她一定很有信心委員會會批准這個計畫，因為她和凱文已經製作了樣品，也找到了合作廠商。他們還選定了這次活動的標誌，說句實話，我覺得那像是小孩畫的毛茛花，而且花瓣上還沾了血。莎拉－珍向我們展示了一件T恤，結果現場陷入了一片震驚的沉默。問題是，她這麼辛苦地付出，我想沒有人想批評她，所以，大家都說T恤看起來很不錯。不過，我很好奇：捐款的人是否意識到他們的部分捐款被用來製作商品，而非直接用於波比的藥物？

4. 創意―腦力激盪

這部分是我的筆記技巧不足之處。每個人都有話要說，他們提出了一些想法，然後以驚人的速度進行討論和排除。我認為以下的紀錄大致上是正確的：

(1) 凱倫將幫她公司的同事舉辦一個賽馬之夜。很顯然地，這個活動包括使用舊的賽馬錄影帶讓人們進行賭博。這種活

動我完全不感興趣。根據凱文的說法,「這種活動是賺錢的好機會」,如果你「提高酒吧的飲料價格,你就可以加倍獲利,因為喝酒和賭博的習慣通常是密切相關的」。

(2) 艾瑪想要在仲夏夜舉辦一場月光瑜伽馬拉松。她認為這會非常受歡迎,因為恰逢滿月。有趣的是,精神病的發作有時也與滿月相吻合——急診室的任何人都知道。

(3) 希莉亞說,她會發起一場吾子吾弟的募款活動。雖然,票房的利潤已經歸入募款所得,但她認為在演出當晚販售商品、帶著捐款箱在觀眾席之間走動、散發宣傳群眾募資網站連結的傳單,可以將觀眾對募款活動的支持最大化。

(4) 抽獎。莎拉-珍希望舉辦一場持續數週的抽獎活動,以便每個人都有足夠的時間去銷售大量的抽獎券。我們將會被分配一定數量的抽獎券來賣給朋友。希望我可以被豁免,因為我全部的朋友都是費爾維劇團的成員,而他們也都有自己的抽獎券要賣。當SJ說每張抽獎券的價格為十英鎊時,我差點從哈利的懶骨頭上摔下來。

5. 其他事項

莎拉-珍說,馬丁很訝異每個人都知道了關於波比視力的問題,因為馬丁家沒有告訴過任何人。她向我們保證,波比還沒有失明,但那確實有可能發生。我不想打擾大家,但我從未聽說過化療會導致失明。如果波比的視力在這個階段正在惡化,我會建議他們對她的視神經進行MRI檢查。她的醫生也許已經掌握了這個情況。

希莉亞表示,支持這個家庭的不僅僅是募款所得,還有實際的幫助。她列出一張很長的清單,上面都是她和喬爾正在義務幫

忙葛蘭奇的事情。波比每週一和週四都要進行化療，所以，葛蘭奇在那兩天總是需要額外的幫忙，因為海倫需要帶她到摩爾山醫院。葛蘭奇顯然即將進行很多建築工程，加上一些長期以來的活動，以及日常的課程和餐飲服務。艾瑪則幫忙照顧里斯維克家的狗，並且額外加班工作。我覺得有點內疚，但我在醫院的輪班讓我知道自己無法再做其他事情，就算有報酬也做不到，何況並沒有報酬，所以我什麼都沒說。

接下來幾週，莎拉－珍會把她個人的重點放在提高這個活動的社群媒體曝光率。她正在聯繫全國的新聞網站和頻道，但很顯然地，因為有太多人都在為海外醫療募款，所以，波比的故事並沒有太大的新聞價值。我們在英國已經有最好的免費醫療了，不是嗎？我認為，在面對嚴重疾病時，家屬會感到相當無助，而募款讓他們覺得自己有努力在幫忙做些什麼。

莎拉－珍問我們是否認識可能捐更多款的富人。如果認識就好了。她聽說曾經有一名富商幫類似波比這樣的募款活動支付過全額的醫療費用。我倒是不認識這麼有錢的人，咬唷。

6. 下次會議

莎拉－珍把下次會議安排在兩週之後。我需要確認我的輪班安排，並且買一本有分行隔線的筆記本，而非空白頁面的筆記本。

會議紀錄結束

來自：莎拉－珍・麥當納
主旨：回覆：會議紀錄！
日期：2018年6月6日 09:09
致：伊莎貝爾・貝克

收到。我有空的時候會看。

來自：莎拉－珍・麥當納
主旨：委員會會議
日期：2018年6月6日 10:14
致：詹姆士・海沃德
抄送：馬丁・海沃德

親愛的詹姆士和馬丁，

請查收昨晚委員會會議的結果。那個無趣的女孩發來了她的會議紀錄，但當我看到那份文件的長度時，我完全失去了閱讀的興趣，所以沒有仔細看。你們不需要知道所有的細節。簡而言之，我們達成了共識，並且正在努力籌集剩餘的款項。提到這個，馬丁，請你確認已經募到的確切金額和所需費用。這是我經常被問到的問題，也是我唯一無法回答的問題。人們喜歡有一個確切的數字作為目標。

「治療波比」委員會會議，二〇一八年六月五日

1. 接下來幾週將有許多募款活動。
2. 系列商品已經設計、批准，並訂購完成；抽獎券也是——我需要一張支票來支付費用。

3. 社群媒體和全國媒體宣傳正在進行中。

4. 下次會議將於兩週後召開。

來自：卡勒姆‧麥克戴德
主旨：葛蘭奇
日期：2018年6月6日 10:23
致：馬丁‧海沃德

親愛的馬丁，

　　如你所知，那些小伙子週五已經開始工作了。喬諾說地基的進展很順利。今早，我和派特‧懷特談過。他提到一項工程的爭議。雖然那是你和他之間的事，但我需要你確保這和我們正在興建中的泳池小屋無關。這個世界很小，你應該了解我們不會承接有爭議的工程。卡勒姆

來自：馬丁‧海沃德
主旨：回覆：葛蘭奇
日期：2018年6月6日 11:58
致：卡勒姆‧麥克戴德

親愛的卡勒姆，

　　關於懷特家的問題，去年他們在我們的高爾夫球場周圍安裝的圍籬不符合標準，所以我們扣押了工程款（那些圍籬已經開始彎曲了，你自己可以去看看）。我們當時收到的報價是使用水泥地基和水泥柱——他們卻用了木柱，而且沒有地基。我們要求全部重做，懷特拒絕了，雖然已經有律師介入，但至今仍然僵持不

下,不過,我可以向你保證,這與我們正在興建的泳池小屋無關。此致,馬丁‧海沃德

來自:喬伊絲‧瓦佛德
主旨:
日期:2018年6月9日 09:34
致:馬丁‧海沃德

　　好吧,如果沒有人認為我家貝瑞的艾維斯烹飪圍裙值得做成商品的話,那麼他可以把這筆錢捐作其他用途。喬伊絲

二○一八年六月九日,凱文‧麥當納發給莎拉－珍‧麥當納的訊息:

09:52 凱文:
我有麻煩了。那不是一朵毛茛花。那是威爾斯罌粟花。你記得我要那個小伙子畫一朵大膽又有型的罌粟花,但我們說紅色會讓人聯想到戰爭嗎?我上 Google 查了一下,威爾斯罌粟花是黃色的。然後,我突發奇想,一隻駐足在黃色花瓣上的瓢蟲應該可以增添一抹迷人的色彩。我把這個想法勾勒下來給他作為參考。那只是一個小紅點,拜託!我怎麼會知道那個懶惰的傢伙竟然掃描我的草圖,然後複製到T恤和徽章上?如果我們重新設計,他一定會再收取一次費用。一朵流血的花?他們都這麼想嗎?

09:59 凱文:
我們就說是波比畫的。

兇手就在字裡行間 | 137

來自：莎拉－珍・麥當納
主旨：什麼！？
日期：2018年6月9日 10:14
致：伊莎貝爾・貝克

　　你把你的委員會會議紀錄發給了費爾維劇團的所有成員！沒有人告訴你要這麼做。那份紀錄裡有一堆我們在會議中根本沒有提過的廢話。而且，裡面都是你的意見。那不是會議紀錄的目的。沒有人在乎你的想法。
　　莎拉－珍・麥當納

來自：伊莎貝爾・貝克
主旨：回覆：什麼！？
日期：2018年6月9日 10:29
致：莎拉－珍・麥當納

　　你好，SJ！我主動這麼做是因為文件裡包含了莎曼莎明天半馬的詳細情況。別擔心，我已經把我為她準備特別驚喜的部分刪掉了！她已經達到她設定目標的115%了，但這次的募款活動是為了波比，所以，我希望能確保每個人都有機會捐款。你們能信任我來做會議紀錄讓我感到非常自豪，因此我想讓每個人都知道！想一想，我原本可以單獨發郵件告知大家關於半馬的事，但我覺得那樣不太合適。現在，按照我的做法，每個人都能收到會議紀錄以及贊助莎曼莎的提醒。哈利的游泳比賽怎麼樣了？愛你的，伊莎 xxx

來自：莎拉－珍・麥當納
主旨：抱歉
日期：2018年6月9日 10:30
致：詹姆士・海沃德

　　抱歉，詹姆士，你將會收到一份昨晚會議的非正式紀錄。請不用理會。那裡面全都是無稽之談，其中一半甚至根本沒有討論過。也請轉告你父親和佩姬忽略這份紀錄。我會在今天發出我自己的更新版本。我想，如果你媽媽可以發一份鼓舞募款團隊的訊息會很有幫助——她還是沒有手機和電子郵件嗎？

來自：詹姆士・海沃德
主旨：回覆：抱歉
日期：2018年6月9日 10:42
致：莎拉－珍・麥當納

　　是的，媽媽的溝通方式依舊堅持留在二十世紀。波比對她上次的化療產生了某種反應，所以她們今天又回摩爾山醫院去了，你可以打佩姬的手機——寧可早打而不要晚，這樣她們就不會正好在看診中。那些會議紀錄確實讓我笑了出來。伊莎貝爾真是匹黑馬。我向來都認為她不只是表面上看起來的那樣。說真的，我認為佩姬和爸爸都還沒看過那份文件。奧莉薇亞和我正要出發去聖安醫院，因為她整夜都很不舒服。謝謝你，莎拉－珍，我真的不知道沒有你我們該怎麼辦。詹姆士

來自：伊莎貝爾・貝克
主旨：只剩22小時！
日期：2018年6月9日　10:45
致：莎曼莎・格林伍德

　　早安！只剩下二十二個小時了！我希望你不會太擔心。如果你想要聊聊，我一整天都有空，隨時打給我就好。真可惜我們住得不夠近，不然我就可以過來看你。我按照你的建議把會議紀錄發給了每個人──當他們看到你的賽事就在明天時，他們可能會群起贊助你。莎拉－珍很高興，因為這樣她就不需要自己發給他們了。過去一個小時，我一直在刷新募款頁面。還沒有看到新的贊助。不過時間還早。如果有更多捐款進來，我會發簡訊通知你。凱爾是不是和我一樣很期待觀看比賽？我的包包已經收拾好了──週日早上我會再把冰箱裡的維他命奶昔放進去，我已經設定好手機提醒我這件事，所以我一切都準備好了。謝謝你來接我。我會在街角外的那面牆等你，這樣你就不用下車了。週日早上七點三十分見。愛你的，伊莎 xxx

來自：治療波比
主旨：募款最新狀況
日期：2018年6月9日 11:21
致：郵寄名單中的所有人

「治療波比」募款最新狀況
這份最新報告取代了昨晚誤發的非正式會議紀錄

親愛的朋友們，

　　謝謝你們的持續支持。我們很高興告訴大家，募款委員會現在已經成立，接下來幾週有許多計畫中的活動。如果你們能夠協助任何活動，或者希望在你們的學校或工作場所銷售商品和／或摸彩券，請隨時讓我們知道。

為波比打扮得體
　　為自己買一件「治療波比」的T恤，讓你在募款時更引人注目。這些吸睛的服裝上印有波比親自設計的小標誌，以及非常重要的群眾募資網址，是一個提升公眾對募款活動認知的好機會。如果你想訂購募款服裝，請填寫以下的表格。

贊助消息
- 哈利・麥當納昨天和海獺游泳俱樂部成功地游到了海盜島——然後又游回來。
- 莎曼莎・格林伍德將於週日參加洛克伍德半馬比賽。
- 蓋文・赫提下個月會從蘭茲角騎腳踏車到約翰歐格羅茨。
- 貝瑞・瓦佛德將會舉辦一場艾維斯烹飪馬拉松，這不僅能籌募資金，還會提高膽固醇。

- 貝絲・哈立德和她的朋友將舉辦對抗癌症的烘焙大賽，並銷售她們的精美蛋糕。
- 點擊募款連結即可捐款。如果你們計畫舉行一場大型活動，並希望能為我們募得贊助，那麼，你們將會獲得一份歡迎禮包，內含T恤、筆和鑰匙圈，並且能透過我們募款活動的郵寄名單獲得宣傳。請隨時告訴我們！

盛大的抽獎活動

為了波比舉辦的盛大抽獎活動將於下週展開，獎品包括葛蘭奇一個月的會籍、一堂高爾夫球課程、一箱香檳和雙人巴黎週末假期。抽獎券每本十張，每張價格為十英鎊。我們鼓勵大家在接下來的四週內，每個人至少能銷售五本。抽獎將在費爾維劇團下一齣製作吾子吾弟的最後一場演出當晚舉行，並希望由BBC Radio 4的卡麥隆・希爾佛德來進行抽獎。

最後……

來自海倫・格雷斯－海沃德的訊息：「親愛的朋友們，這個星期稍早的時候，波比坐在我的腿上，當時，連接在她胸口的管子正在把一種有毒的化學藥物注入她體內，她說：『外婆，我好快樂。』我問她為什麼快樂，她說：『太陽。』那一刻，我的心臟猛跳了一下。只有我們最親近的朋友和家人才知道，很多年前，我那漂亮俊俏的小兒子在四歲時死於腦膜炎。當然，波比說的是『太陽』，而非『兒子』❶，但有時候，我依然感覺到他的靈魂與我同在，而那就是其中的一次。在我這一生中，我一直希望我的女兒佩姬無須經歷我多年前所經歷的痛苦，然而，我們還是來到了這一步。可憐的波比。她的化療副作用已經開始顯現，再

過不了多久,我們的小天使那頭美麗的頭髮就會掉光了。我們也面臨到她的視力可能會受到影響的事實——這讓她依然還看得見的每一天變得彌足珍貴。我們很幸運能被一群懂得友誼真義的朋友圍繞。除了『謝謝』,我還能說什麼?」

你收到這封郵件是因為你曾經支持「治療波比」的活動,或表示有興趣加入我們的郵寄名單。如果你不希望再收到這些更新的訊息,請點擊這裡。

⓫ 英文的太陽(sun)與兒子(son)同音。

來自：瑪莉安・佩恩
主旨：海倫
日期：2018年6月9日 14:21
致：卡洛・迪爾林

　　你知道海沃德家曾經失去過一個兒子嗎？當米克和我剛搬到這裡的時候，我們的凱倫剛出生，詹姆士當時正在學步，而佩姬還在襁褓之中。我記得佩姬早期身體很孱弱，先是氣喘，然後又有胃部的問題。可憐的海倫，她一定很擔心那個小男孩發生的事會再度發生在佩姬身上。所幸，佩姬健康地長大了。沒有人提到過另一個孩子，但那是不同的年代，當時，人們不會談論這種事，不是嗎？可憐的小傢伙。瑪莉安

來自：卡洛・迪爾林
主旨：回覆：海倫
日期：2018年6月9日 14:59
致：瑪莉安・佩恩

　　我不知道，不過我並不驚訝。海倫在認識馬丁之前曾經結過婚。她提到過好幾次。他們當時一定還很年輕，現在，我懷疑那是奉子成婚。如果那個孩子死了，難怪那段婚姻維持不下去。海倫很值得稱讚，因為她並沒有因此沉溺於過去，反而勇往向前，並且給了佩姬和詹姆士她那個小兒子從未擁有過的幸福生活。那個時代不僅不同，甚至可以說更好。沒有人在社群媒體上哭訴，或者上電視說要控告醫院。人們只是抬起頭來繼續生活。因為那不是別人的問題或別人應該負責的事。這才是應有的態度。卡洛

來自：杰奇・馬許
主旨：回覆：募款最新狀況
日期：2018年6月9日 15:13
致：治療波比

　　剛降落在印尼。悶熱的大雨！轟隆隆！希望波比好多了 x

發送自我的 Samsung Galaxy S9
注意了，真皮的皮包、皮夾、皮鞋，全都只要10美元，絕無假貨。今天就點擊 www.xclbargain.com 了解更多

來自：約翰・歐迪亞
主旨：回覆：募款最新狀況
日期：2018年6月9日 17:00
致：治療波比

　　抽獎券是每張一英鎊還是每本十英鎊？你寫的是每張十英鎊，這不可能吧。

來自：伊莎貝爾・貝克
主旨：要不了多久了！
日期：2018年6月9日 13:00
致：莎曼莎・格林伍德

　　你好，莎曼莎！只剩下二十個小時了！想想看，明天此時我們就在慶祝了。我在洛克伍德半馬的網頁上找到了你的名字。你知道你的賽號上有一個晶片能提供你精確的比賽時間嗎？我已經

註冊了電子郵件通知,這樣當你完成比賽時,我可以立即確認你的實際時間。可惜我們明天沒辦法拿到毛茛T恤,莎拉－珍說那些T恤要到下週才能製作好,哎唷。我不知道你是否符合獲得免費禮包的資格,雖然你的活動到時候已經結束了?你千萬不要自己提起。我會以委員會會議紀錄人的角色去和莎拉－珍談談,看看能否為你爭取到。雖然你也許不會在非募款的場合穿那件T恤,不過拿來當睡衣也不錯。哎呀!我有一個主意!一旦籌到足夠的款項──應該很快了──每個人手上都將有一堆他們不會再穿的T恤。我們可以把這些衣服捐到非洲嗎?我知道了!我們可以收集不要的T恤,一起送到非洲。我們可以順便度個小假。你可以帶我到處參觀,讓我們從一個地方到另一個地方,我會負責處理相關的事。你覺得怎麼樣?可憐的海倫。我不知道她曾經失去過一個小兒子。腦膜炎。真可怕。你是否曾經想過,為什麼有些家庭一輩子都遭逢悲劇,而其他家庭卻過得順風順水?好了,祝你有個愉快的一天,我們明早七點三十分見。愛你的,伊莎xxx

PS 我會帶一個大袋子。裡面裝了要給你的驚喜。你只要假裝沒看見就好!

來自：IPS 馬拉松計時公司
主旨：洛克伍德半馬比賽結果
日期：2018 年 6 月 10 日　12:23
致：莎曼莎・格林伍德

你完成了由迪恩・費茲派翠克汽車贊助的
洛克伍德半馬比賽，成績為

1 小時 55 分鐘 31 秒

這是你的官方晶片計時，可能與獨立計時裝置的結果有所不同。

來自：克勞蒂亞・迪索薩
主旨：幹得好
日期：2018 年 6 月 10 日　18:46
致：莎曼莎・格林伍德

親愛的莎曼莎，

　　很高興今天見到你和凱爾。當你跑過終點線的時候，你看起來一派放鬆的模樣，能在兩小時內跑完一定讓你感到很興奮吧。這是一個了不起的成績，尤其是你已經好幾年沒有認真跑步了。那麼，下次會挑戰二十六・二哩的全馬嗎？

　　當我們在等你跑到終點線的時候，我和凱爾聊了一下。誰會想得到他的家人和我的家人都來自於同一個愛爾蘭城鎮？他很平易近人，而且非常有趣！我必須說，你們兩個能那樣幫助你們的朋友阿尼真的很好。他什麼時候會到？我相信，在經歷了非洲那麼緊張的生活之後，要找到一個正常的新生活真的很不容易，就像凱爾所言，精神科的工作人員可能是最後意識到自己精神健康

出問題的人。他打算待多久？如果他是 Band 4[1]等級的話⋯⋯在聖安醫院和摩爾山醫院一直都有各種機會，包括彈性工作和產假替代職務。這些有限制性的、壓力低的工作，可以幫助他重新適應工作環境。也許我可以留意一下這些機會？我會和凱爾保持聯繫。或者，我可以推薦一個好的人力仲介公司。不過，這一切都得等他準備好了再說。

最後，莎曼莎：你帶來的那個女孩到底是誰？凱爾介紹她說是你工作上的朋友，所以，我猜她就是你提到過的那個人。如果眼神能致人於死的話，那我的葬禮估計隨時都可以舉行。她全程都無視於我的存在。在「貓與城堡」酒吧的時候，當你們兩個去吧檯時，我試著要和她聊天──結果每個問題都只得到非常簡短的回答。我問她那個大袋子裡裝了什麼；她低聲地說「沒什麼」，然後在我們離開的時候，我看到她把袋子丟進外面的垃圾桶。我為她感到難過，但她會淪為工作場所被霸凌的對象也不足為奇，因為她完全不願意和別人互動。有些人身上就是有滿滿的「受害者」特質。

再次謝謝你讓我度過了一個愉快的週日，並祝你跑步後的肌肉恢復計畫順利。也許有一天我會跟你一起跑步⋯⋯我是瞎說的。你表現得很棒，下週見。克 x

---

來自：丹尼爾・巴托瓦
主旨：
日期：2018 年 6 月 10 日　18:59
致：提許・巴托瓦

爸媽還好嗎？我一直想要找機會回去看他們，但卻抽不出時

間。讓你繼續負擔所有的費用真的沒問題嗎？我雖然人在遠方，但我可以感受到你一肩扛起了這些責任，提許，我非常感激。前陣子，我收到拉維的訊息，但他總是試圖要讓我感到內疚，這讓我無法回覆他。

　　班基這裡已經恢復正常了。另一輪伊波拉的恐慌沒有造成損傷，但我們的婦科和兒科仍然人滿為患。自聖誕節以來，這一帶的軍人變少了，有時你會覺得一切都很平靜，但隨後我們就收到來自鄰近地區的大量傷患，讓我們再次面對到現實。有幾個好消息：女性割禮遊說團體為我們的巡迴診所提供了另一年的資金贊助，有可能還會延長到兩年。這證明我們的名聲已經度過了最糟的時期。我很想邀請你來，但現在這裡還不夠穩定。讓我知道爸媽的狀況。丹

來自：提許・巴托瓦
主旨：回覆：
日期：2018年6月10日　19:23
致：丹尼爾・巴托瓦

　　很高興收到你的消息，並且知道你很平安。爸媽很好，附上照片。但願你能親自看到這個家。它位於一個美麗的環境裡，裝潢很有英國的風格——媽媽很喜歡！如果你不仔細看的話，你會以為那是一間水療度假飯店。他們有一座水療池，一位營養師和

---

❶ 在英國醫療系統中，Band 4是指國民保健署（NHS）中的一個薪資等級。Band 4是一個中等等級的薪資帶，適用於那些需要一定專業知識和技術的職位。這個等級的職位通常要求有相應的資格和經驗，薪資相對較高。

大片精心打理的花園。媽媽和爸爸一起住在他們自己的套房，並且有二十四小時的照護。這讓人很安心。工作人員都很優秀。爸爸現在的狀況變得更糟，他們理解媽媽可能感到很寂寞，因此，當爸爸接受照顧的時候，他們會幫助媽媽與其他住戶互動。這裡被視為英國最好、也是最貴的地方並非沒有道理，但每一分錢都很值得。

　　丹，不要感到內疚。你在那裡有工作要做。爸媽知道，他們也讚賞這樣的你，我也一樣。如果爸爸沒有被迫離開烏干達，他也會做你現在正在做的事。只不過他遇見了媽媽，生下了我們三個──所以，他的生命就走上了不同的方向──但你每天都在實現他的夢想，你要記住這點。拉維要怎麼想都無所謂，但他每星期會去探望爸媽兩次，那遠比我能抽出來的時間還要多，所以，我們也不要對他過於苛責。保持聯繫。提許。

轉錄自從伊莎貝爾‧貝克的公寓裡發現的一本手寫筆記本內容：

親愛的莎曼莎，

　　這是自從你到聖安醫院之後，我第一次寫我的藍皮書。我上次翻開這本藍皮書是在二月的時候，當時，該死的法蘭西斯在下班後帶大家去喝酒慶祝生日，但卻沒有邀請我。我現在不該再重讀那段紀錄。我應該把一切寫下來，然後翻頁，把藍皮書的鬆緊帶套上，這樣，這段往事就算結束了。只不過我想看看，從那時候起，我已經進步了多少──或者以為我已經進步了多少。我當然不可能又回到那裡了吧？誰是克勞蒂亞？誰是克勞蒂亞？誰是克勞蒂亞？誰是克勞蒂亞？誰是克勞蒂亞？凱爾說她是你工作上的朋友。好吧，我是你工作上的朋友。如果她是你的朋友，你為什麼沒有對我提過她？當凱爾介紹我的時候，她用那種自信又不屑的語氣說：「噢，是啊，莎曼莎和我提過你。」你對她說了什麼？說我們是最好的朋友嗎？說我們密不可分嗎？說我們有那麼多的共通點，以至於我們就像秘密的姐妹嗎？說我們正計畫要一起去非洲，不需要其他人同行嗎？

　　我了解克勞蒂亞那種人。她會鑽進你的生活，然後逐步排擠掉你真正的朋友，讓她自己成為唯一剩下來的那一個；就像在麻雀窩裡的布穀雛鳥一樣。她會孤立你，讓你遠離所有關心你的人，最終，你會變得依賴她，這樣，她就會感到自己很強大，那就是她想要的。

　　你瞧，這就是我不應該做的。我不應該讓我的思緒過早預期到可能會發生的事。我不會回到二月那個時候的我。當我寫完這段紀錄之後，我會翻頁，套上鬆緊帶，把藍皮書放在我拿不到的地方，然後表現得好像你根本沒有傷害過我。我會成為你更好的

朋友，比我認識克勞蒂亞之前還要好，然後確保你能看到她的真面目。我非常喜歡現在的生活，莎曼莎，如果你不再是我的朋友，我就不想活了。

伊莎

來自：伊莎貝爾・貝克
主旨：莎曼莎！
日期：2018年6月10日 19:40
致：莎拉－珍・麥當納

　　嗨，SJ，好消息！莎曼莎今早以僅僅一小時五十五分三十一秒的成績跑完了她的半馬。她為波比籌募到了五百七十五英鎊，這真是太棒了！她真是太善良了，尤其是她才剛來到這裡，對我們還不夠熟悉。你說毛茛T恤的商品還沒有到貨，但等它們送來的時候，你覺得讓莎曼莎獲得一個免費的募款禮包是不是個好主意？這樣會很貼心，而且可能會讓她未來更樂意參與更多的募款工作。如果你能先告訴我而不是直接告訴莎曼莎的話，那就太好了。謝謝，SJ！愛你的，伊莎 xxxx

---

來自：伊莎貝爾・貝克
主旨：耶！
日期：2018年6月10日 19:48
致：莎曼莎・格林伍德

　　你好，莎曼莎！我為我最好的朋友感到非常驕傲。能成為她的訓練支援專員真是榮幸。你今早覺得痠疼嗎？我猜應該沒有，因為我讀到過，長跑後的第二天通常會比第一天更糟，因為乳酸會在肌肉中堆積。藍莓和石榴顯然有助於舒緩肌肉。別擔心，我明天上班途中會去Tesco──你可以相信我，我會照顧你的！再次謝謝你來接我。我原本計畫了一個驚喜，但沒有機會揭露。沒關係。總有下一次的機會。
　　我見到了克勞蒂亞，她似乎非常友善。她對凱爾很親切（有

些女人會那樣——她們和男人的互動比和女人好），所以，我們在等你越過終點線的時候，他們聊得很開心。我自己沒有機會和她交談，儘管她還有兩個孩子，但她放棄星期天的休息來看你比賽，看來她的家庭生活一定很不幸福。你有沒有注意到她在我們吃飯前說自己快餓死了，但卻只點了一份配菜沙拉，然後又說自己「吃得很多」？我懷疑她是否有飲食失調的問題。這種情況在她那樣的女人身上很常見。

　　我已經發了郵件給莎拉－珍，相信她會同意補發一個免費的募款禮包給你。我提出了充分的理由，就連莎拉－珍也無法對我們募集到了五百七十五英鎊提出異議。我會讓你知道她的回覆。再次恭喜你完成了半馬，我們明天上班時再聊。我們輪班的時間不同，哎唷，但至少我們可以在排練時見面！愛你的，伊莎 xxx

---

來自：莉迪亞・德雷克
主旨：今天
日期：2018年6月11日　13:40
致：馬丁・海沃德

親愛的馬丁，

　　很高興今天見到你，並討論了你外孫女的募款事宜。請查收附件中的預估，這是基於我們討論的初步投資計畫所做的預測。如你所見，我預計在大約四週內達到你的目標，但這取決於你是否願意投入資金，以及本週末之前是否能轉入首筆資金，最好能再早一點。我會和你保持聯繫。

　　此致，莉迪亞・德雷克

來自：馬丁・海沃德
主旨：今天
日期：2018年6月11日　13:46
致：莉迪亞・德雷克

親愛的莉迪亞，

　　我也很高興見到你。正如我們所討論的，我已經將首筆資金轉帳給你了，期待盡快收到獲利所得。

　　此致，馬丁・海沃德

來自：伊莎貝爾・貝克
主旨：波比
日期：2018年6月11日　13:53
致：蘿倫・莫爾登

　　你在聖安醫院工作時，曾經和人力資源部一個名叫克勞蒂亞的女人交談過嗎？深色頭髮、眼窩深陷，看起來像個骷髏一樣。她一直纏著莎曼莎，很惹人厭。莎曼莎跑出了好成績，但她卻在比賽後跟到了酒吧，毀了莎曼莎的半馬日。我真為她難過。說來好笑，有些人就是不知道自己不被需要。我不是一個喜歡和別人起衝突的人，但如果情況惡化，我就得要站出來說些什麼了──出於我對莎曼莎的忠誠。你也知道，我一直都很重視我的友誼。

來自：蘿倫‧莫爾登
主旨：回覆：波比
日期：2018年6月11日 14:03
致：伊莎貝爾‧貝克

哈囉，親愛的！

　　是啊，我和克勞蒂亞進行過幾次工作評鑑。她真的很糟糕。冷漠。沒有效率。不太友善。莎曼莎真可憐。還好她有你照顧她。喬許不在的時候，你要不要和我聚聚？讓我知道，甜心。親親，蘿xxx

---

來自：莎拉－珍‧麥當納
主旨：回覆：莎曼莎！
日期：2018年6月11日 15:47
致：伊莎貝爾‧貝克

　　那是威爾斯罌粟花，不是毛茛，還有，我們的計畫是銷售這些商品，不是免費送出。

　　莎拉－珍‧麥當納

來自：伊莎貝爾‧貝克
主旨：回覆：莎曼莎！
日期：2018年6月11日 15:52
致：莎拉－珍‧麥當納

　　你好，SJ，你說得沒錯！莎曼莎的募款禮包我會自掏腰包幫她付錢。請不要告訴她是我買的，你只要今晚排練時把東西給

她,就像是你送的一樣。等她上台時,我會在休息室把錢付給你。我知道她會很高興的。她也許會想要為波比參加更多的募款活動。這筆錢花得很值得。愛你的,伊莎 xxx

來自:提許・巴托瓦
主旨:警告
日期:2018年6月11日 18:11
致:丹尼爾・巴托瓦

　　我想在上一封郵件裡提一件事,但又不希望你在擔心爸媽之餘還要多一份憂慮。經過再三思考,我決定還是應該告訴你,以免你從其他地方聽到——莎曼莎・格林伍德又出現了。她在這裡的大型綜合醫院找到了工作。我不知道那是不是巧合,但她顯然是來找我麻煩的,並且至少已經嘗試過兩次——對英國醫學會和我私人的病患。我想讓你知道我已經做好了準備,並且也會保護你免於受到她的傷害。我們握有真相,而真相是強大的。謊言是脆弱的,而她擁有的盡是謊言。自己保重。提許

> **夏綠蒂**
> 你清楚募集到了多少錢嗎？這很重要嗎？我們的時間不多，我不想浪費時間在討論不重要的事情上。

> **菲米**
> 我試著要算出一個總數，但做不到。我們別擔心這個了。如果很重要的話，坦納會告訴我們的。

> **夏綠蒂**
> 好吧。沒有人問那些錢到哪裡去了，甚至他們彼此之間也沒有人問起。

> **菲米**
> 海沃德家是最有影響力的核心家族。其他人的社會地位都仰賴「融入」他們的圈子。

> **夏綠蒂**
> 一種心照不宣的社會階級。真是令人厭惡。

> **菲米**
> 馬丁顯然在利用募款來增加自己的現金流。挪用了他生病外孫女的募款資金。那張兩萬英鎊的發票。這個社群的人並不知道這件事。

> **夏綠蒂**
> 我不是在諷刺，也不是在找藉口，但他們期望什麼呢？群眾募資是建立在信任的基礎上。你永遠無法真正知道那些現金的去向。我們都曾經支持過朋友的募款活動，但從未過問細節。

菲米
還有，馬丁聯絡了克萊夫‧韓德勒，儘管他已經被告知那是在浪費時間。那是因為他急需要錢，還是因為他不相信提許‧巴托瓦？莎曼莎對巴托瓦存有疑慮，我認為她的觀點值得重視，因為那是局外人的看法。

夏綠蒂
莎曼莎有可能因為他們在非洲的過節而失去判斷力，不管那個過節是什麼。

菲米
是啊。但身為家中有病童的富裕家族，海沃德家確實很脆弱，而脆弱正好給了詐騙者可乘之機。這件事還有其他的脆弱點嗎？

夏綠蒂
人們對癌症的恐懼、對一個孩子即將死亡的恐懼。如果你捐錢的話，彷彿就可以擋住這些詛咒……害怕失去核心家族的好感，擔心被排擠在社交圈之外？有些募款活動彼此之間確實帶有競爭的味道，不是嗎？

菲米
當詐騙者面對到那些不受這種社交壓力影響的人時，會發生什麼事？一個局外人。一個能讓詐騙者在控制別人時感受到威脅的人？

> **夏綠蒂**
> 你認為詐騙是這個案子的驅動因素?

> **菲米**
> 我強烈懷疑它是。

> **夏綠蒂**
> 那伊莎又怎麼解釋?她接觸不到資金,沒有明顯的財務憂慮,也沒有權力或影響力——完全和詐騙者的特質相反。不過她確實有奇怪之處。那本藍皮書,你覺得那是什麼?

> **菲米**
> 一種情緒日記?有趣的是,她在二月時放棄了這本藍皮書,那大概是莎曼莎加入老人醫學科的時候。當她看到莎曼莎和克勞蒂亞親近時,她又重新翻出了藍皮書。她彷彿需要把注意力專注在某一個人身上,如果那個人讓她失望了,她就會重新拿出這本藍皮書。

> **夏綠蒂**
> 專注還是迷戀?

二〇一八年六月十二日，貝瑞・瓦佛德發給瑪格達・庫查的訊息：

07:09　貝瑞：
我進不了大門。街上停車的規定是什麼？我已經被扣九分了。

二〇一八年六月十二日，詹姆士・海沃德和馬丁・海沃德之間發送的訊息：

07:15　詹姆士：
我在去看奧莉薇亞的路上，停車場裡都是起重機和卡車，沒地方可以停車。

07:18　馬丁：
是啊，建築工人在那裡。他們需要停車場來放置設備，但他們之前曾經被嚴格要求要顧及會員。瑪格達和貝瑞會處理這個問題。

07:22　詹姆士：
他們需要那麼多挖土機嗎？我正在開車，所以用語音發送這個訊息。如果他們這樣使用停車場沒問題的話，那就這樣吧。

來自：貝瑞・瓦佛德
主旨：嘿
日期：2018年6月12日　07:23
致：馬丁・海沃德

　　嗨，老闆，那些工人不讓我們進去。你可以盡快過來嗎？那個人說他只願意和你談，他全身都是愛爾蘭拳擊的刺青。

來自：瑪莉安・佩恩
主旨：葛蘭奇
日期：2018年6月12日 07:24
致：喬伊絲・瓦佛德

　　葛蘭奇發生了什麼事，喬伊絲？米克說現場看起來像瘋狂麥斯®裡的場景。你知道是怎麼回事嗎？

來自：喬伊絲・瓦佛德
主旨：回覆：葛蘭奇
日期：2018年6月12日 07:35
致：瑪莉安・佩恩

　　我知道。那是一部關於很多舊吉普車和坦克的電影。不是我們感興趣的那種。你不會相信的，瑪莉安。我這輩子從來沒有看過這種場面。貝瑞發了一張他用手機拍的照片。如果我知道要怎麼附檔的話，我一定會附在這封郵件裡。工人圍堵了停車場，不讓任何人進出，直到他們拿到工資為止。我告訴我家貝瑞，叫他去告訴那些人馬丁的外孫女病得很嚴重，但貝瑞說那個人對波比不感興趣，除非她有他那輛露營車的鑰匙。海沃德家已經遭遇到這麼多困難了，怎麼還有人會這樣對待他們？真是太可恥了。

來自：瑪莉安・佩恩
主旨：回覆：葛蘭奇
日期：2018年6月12日 07:36
致：喬伊絲・瓦佛德

保重，喬伊絲。不要捲入其中。

來自：喬伊絲‧瓦佛德
主旨：回覆：葛蘭奇
日期：2018年6月12日 07:37
致：瑪莉恩‧佩恩

我不會的。我正在過去的路上。

來自：卡勒姆‧麥克戴德
主旨：收到付款
日期：2018年6月12日 11:23
致：馬丁‧海沃德

親愛的馬丁，

　　附件是你的發票。很抱歉今早讓你的員工感到不悅，但當客戶有訴訟的紀錄時，我們就必須保護我們自己的利益，確保他們不會違約。喬諾和工人們現在已經全力投入到工程的下一階段了。還有，關於懷特家在高爾夫球場周圍安裝的圍籬，你說得沒錯，那些圍籬撐不了五分鐘。卡勒姆

---

❸ 瘋狂麥斯（Mad Max）是1979年推出的一系列末日科幻動作片，第2、3、4集於1981年、1985年與2015年陸續上映。該系列的末日幻想對大眾文化帶來了持續已久的影響。

兇手就在字裡行間　｜　163

來自：伊莎貝爾・貝克
主旨：你好！
日期：2018年6月12日 13:14
致：詹姆士・海沃德

　　你好，詹姆士，希望奧莉薇亞和雙胞胎都好。莎曼莎、凱爾和我真的很期待這齣劇。我真不敢相信時間過得這麼快，而且這一切很快就會結束了。問題是，如果今年也像去年一樣的話，那麼，費爾維劇團要到九月才會再相聚。那意味著我們將有三個月沒有排練，真讓人失望。我知道你和奧莉薇亞接下來幾週會很忙，但也許你父母會願意舉辦一些戲劇之夜，我們可以在戲劇之夜表演或者做點練習（就像我們在佩姬的戲劇老師朋友來參加歡樂精靈排練時那樣）。我知道我們三個很樂意在暑假期間做點什麼。你也知道，我喜歡提前做計畫。請代我向奧莉薇亞和雙胞胎問好。伊莎 xxx

---

來自：詹姆士・海沃德
主旨：回覆：你好！
日期：2018年6月12日 15:47
致：伊莎貝爾・貝克

　　親愛的伊莎，很不幸地，奧莉薇亞因為蛋白質濃度過高和胎盤疑似有問題而再次回到了聖安醫院。她很可能需要住院，直到孩子出生為止。情況不太好，但我們也只能做好準備。戲劇課的提議很不錯，但我想不到誰能組織這樣的活動。媽媽已經為爸爸的生日安排了一個驚喜的夏威夷假期——不要告訴任何人，他還以為他們要去博斯庫姆。你可以自己舉辦一個戲劇之夜？佩姬有

很多劇本可以借給你。挑幾場戲，找幾個人分別扮演不同的角色——那位戲劇老師就是這麼做的。詹姆士

來自：馬丁・海沃德
主旨：工人
日期：2018年6月12日 19:42
致：詹姆士・海沃德

　　不要告訴你媽媽，但我得提前全額支付那些工人。你今早看到的是他們試圖逼我們付錢的做法，只怕這個方法很有效。我應該要報警，但當時我只想到要把那些車子弄出停車場，讓工人回去工作。我沒有料到會發生這種事。我們以前也和卡勒姆合作過，他是一個正派的人，也是一個好工人。現在回想起來，我不應該告訴他我們對懷特家採取法律行動的事。所以，工人們比原訂的時間提前幾週拿到了工錢，但我如何能再次相信卡勒姆？他隨時可能要求更多的錢。為什麼一切都跟錢有關？此致

來自：詹姆士・海沃德
主旨：回覆：工人
日期：2018年6月12日 19:47
致：馬丁・海沃德

　　天哪，不要把警察牽扯進來。你已經解決了問題，那就忘掉這件事吧。不是所有的事都和錢有關。聖安醫院把奧莉薇亞留在那裡，也許要待到雙胞胎出生。他們懷疑她的胎盤開始衰退了。今晚能請你主持排練嗎，爸爸？他們已經不看劇本了，現在應該

專注在第二幕。媽媽知道時間表的。詹姆士

來自：馬丁・海沃德
主旨：回覆：工人
日期：2018年6月12日 19:56
致：詹姆士・海沃德

　　沒問題。希望他們都沒事。事實上，那也和錢有關。我記得我在原本就已經非常昂貴的費用上又額外支付了一大筆錢，為的就是獲取那些應該能存活下來、而且不會引發這些麻煩的胚胎。我記得一切就是從那裡開始的。

來自：馬丁・海沃德
主旨：回覆：工人
日期：2018年6月12日 19:57
致：詹姆士・海沃德

　　我不是那個意思，不要誤解。

來自：丹尼爾・巴托瓦
主旨：回覆：警告
日期：2018年6月12日 20:00
致：提許・巴托瓦

　　嗨，提許，上游的電廠發生洪災，我們的通訊剛剛才恢復。我對她現在針對你感到憤怒。這些人的動機是什麼？告訴聖安醫

院，讓他們擺脫掉她。不要忍受她的霸凌。丹

來自：提許・巴托瓦
主旨：回覆：警告
日期：2018年6月12日 21:03
致：丹尼爾・巴托瓦

　　她知道我只要打個響指，她就會立刻消失——但我寧可讓她留在我看得見的地方——至少目前如此。她不是唯一一個懷有惡意的人。提許

來自：伊莎貝爾・貝克
主旨：想法！
日期：2018年6月13日 11:51
致：莎曼莎・格林伍德

　　你好，莎曼莎，我和佩提女士正在放射線科排隊。她還沒醒來。情況看起來不太好。我在無意中聽到凱爾提到他從非洲來的朋友——你們真好心，還邀請他留下來。也許他會想加入費爾維劇團？演出只剩三週了，應該會有很多小事可以讓他參與。我會問問馬丁。由於我們對你的半馬太過興奮，所以忽略了台詞的排練，而今晚就要練習第二幕了，天哪！我們要不要在午餐時間到屋頂花園去練習我們的場次，就只有你和我？然後，明天我們可以重新開始慢跑。如果我們從現在開始到演出之前，每天午餐時間都交替進行慢跑和台詞排練，我們就能在心靈和身體之間取得完美的平衡，為即將來到的演出週做好準備。你們從未參加過演

出，所以，我等不及讓你們體驗這種感覺了！要在醫院的輪班中找出時間排練確實很困難，而且隨時可能會有突發狀況，但當你在演出結束後聽到觀眾的掌聲、看到他們走上前來讚美你的表現時，一切就都值得了……兩點三十分在電梯旁見。愛你的，伊莎
xxx

來自：莎拉－珍・麥當納
主旨：商品
日期：2018年6月13日 12:00
致：馬丁・海沃德

  親愛的馬丁，波比的商品剛剛送抵。快遞把商品堆放在我們的辦公室，但這些東西不能一直放在這裡——你在葛蘭奇有地方可以存放這些商品嗎？等我把其他人想要在他們工作場所販售的部分分配出去之後，大約還會剩下六十箱。凱文會搬一些到他的共濟會——我們迫切需要鼓勵高淨值的個人做出實質的捐款。今晚請帶上募款支票本，因為我已經自己先墊款給商品公司了。莎曼莎・格林伍德在她的半馬中籌募到五百多英鎊。顯然有很多人認識並且信任她。我很樂意讓她在未來加入委員會。

  莎拉－珍・麥當納

來自：伊莎貝爾・貝克
主旨：想法！
日期：2018年6月13日 13:05
致：莎曼莎・格林伍德

你好，莎曼莎！你之前沒有提到你午餐有約了⋯⋯但沒關係，我會自己練習台詞。我知道如果我待在員工休息室的話，沒有人會跟我說話。我們明天再開始進行我們的慢跑／排練計畫。祝你看牙醫順利。希望你不需要補牙。愛你的，伊莎 xxx

---

來自：提許・巴托瓦
主旨：小藥瓶
日期：2018 年 6 月 13 日　13:16
致：馬丁・海沃德

親愛的馬丁，

　　藥物組合已經調配並封裝完畢，隨時準備好要運送到英國。我現在只需要剩餘的十二萬五千英鎊來啟動出口程序。小藥瓶的內容物在兩個月內會氧化，所以我建議盡早付款，以避免在海關遇到延誤。當你準備好要轉帳時，請通知我——帳戶信息與之前相同，詳情如下。祝好，提許

二〇一八年六月十三日，馬丁・海沃德和提許・巴托瓦之間發送的訊息：

13:24 馬丁：
我們可以把下一筆支付款推遲幾週嗎？現金流的問題。我們得要投入資金在商品和其他募款過程中沒有預見到的開支。我相信現金流會重新恢復的。

13:30 提許：
你現在能付多少？

13:33　馬丁：
完全付不出來。我現在一點錢都沒有。

13:36　提許：
我有點困惑。我們需要見面。

草稿箱：
來自：伊莎貝爾・貝克
主旨：
日期：2018年6月13日　14:27
致：莎曼莎・格林伍德

　　我在屋頂花園吃了午餐，然後自己一個人讀了劇本。我的角色不重，所以我花了一點時間眺望欄杆外的風景。從這裡能看到那麼遠，真是令人驚訝：甚至可以看到橘園的露台。我吃了三個從報攤買來的馬芬，結果感覺不舒服，所以就回家了。我討厭克勞蒂亞，我討厭我自己，我討厭

二〇一八年六月十三日，凱文・麥當納和莎拉－珍・麥當納之間發送的訊息：

16:18　凱文：
下午我和科林・布拉許在一起。他是科技業的。資金雄厚。你可以Google他，他很有趣。他的雙胞胎弟弟三歲時因腦癌去世。他可能就是我們需要的人。

16:27　莎拉－珍：

幹得好。要讓他感受到這件事的急迫性。我會親自和他見面，如果需要的話。先不要對海沃德家提起——我們不希望再出現另一起韓德勒門事件。確保你準時去接哈利——他的老師必須在五點整離開。

來自：阿尼・巴蘭柯爾
主旨：一如往昔
日期：2018年6月13日 16:30
致：凱爾・格林伍德

　　哈囉，老兄。我訂了火車票，應該會在六點前到你家。如果你們不在的話，我就在外面等。真的很感激你，凱爾，還有莎曼莎。我不會待太久；只不過我和媽媽處不太來，她讓我很受不了，你知道家人是什麼樣子的。莎曼莎對於談及發生在班基的事反應還好嗎，或者我應該避免提及那些事？我不想掀起那些昔日的創傷。如果她不想提及也沒關係。放下過去，繼續往前進，人生太短暫了。晚點見，老兄。

來自：克勞蒂亞・迪索薩
主旨：謝謝
日期：2018年6月13日 16:37
致：莎曼莎・格林伍德

親愛的莎曼莎，
　　謝謝你出乎意料地邀請我到橘園享受一頓愉快的午餐。我已經查過了，你說得對，我可以幫有興趣轉調到其他科別的員工舉辦不同科別的見習日活動。我以前沒有這麼做過。我覺得大家可

能並不清楚他們能到不同科別見習。伊莎貝爾對腫瘤科有興趣嗎，或者你只是迫不及待想要擺脫她？無論如何，我可以聯繫我在摩爾山醫院人力資源部的朋友，看看他怎麼說。是否一定得是星期四？再次謝謝你的午餐，希望凱爾的朋友平安抵達。克 x

來自：伊莎貝爾・貝克
主旨：身心都很不舒服
日期：2018年6月13日　16:46
致：莎曼莎・格林伍德

　　我很不舒服，所以提早回家了。今天午餐的時候沒能見到你讓我很沮喪。非常沮喪。也許，如果我們有一起吃午餐的話，我會覺得好一點。老人醫學科裡幾乎沒有人和我交談，所以當你不在的時候，我就只能獨自一個人。這讓我很難過。明天我會待在床上背我的台詞。請告訴我，我們週五可以一起吃午餐。如果我有什麼可以期待的事情，那會讓我覺得生活值得過下去。我們約在橘園怎麼樣？伊莎 x

來自：莎拉－珍・麥當納
主旨：波比・里斯維克
日期：2018年6月14日　15:23
致：科林・布拉許

　　親愛的科林，很感謝你今天和我見面，並且討論了捐款給波比・里斯維克募款活動的可能性。像這樣的大額捐款將會對一個年輕的生命帶來很大的不同。你很了解這種疾病對病人的家屬造

成的影響。誠如我們所討論的,之前有一個潛在的捐款人被發現其實是一個詐騙者,這件事讓這個家庭受到了很大的打擊。我當然可以把那些郵件轉發給你,看看你的IT人員是否能追蹤到那個人是誰。我相信當時並沒有發生實際的犯罪行為,但如果那是這個家庭認識的某個人,至少他們可以保持警覺,並且在未來避開這個人。在此同時,如果你需要進一步的資訊協助你做出最後的決定,請隨時聯繫我。此致,

　　莎拉-珍・麥當納

來自:克勞蒂亞・迪索薩
主旨:雜事
日期:2018年6月14日　16:11
致:莎曼莎・格林伍德

親愛的莎曼莎,

　　我一直在研究這個工作見習日的安排,結果發現了一個問題。你和伊莎貝爾・貝克很熟嗎?你知道她目前正處於紀律觀察期,並且在去年申請調換科別時已經被拒絕了嗎?我和她的員工代表談過,但基於保密原則,對方不能透露更多訊息。看來在幾個月之內安排她調職是不可能的。希望你不會太失望。克 x

來自:克勞蒂亞・迪索薩
主旨:回覆:雜事
日期:2018年6月14日　16:31
致:莎曼莎・格林伍德

好吧，我可以和尤娜直接談談，看看她或者其他同事是否可以幫伊莎貝爾做個簡單的導覽，但我不能保證一定是在週一或週四。請把她的郵箱地址發給我，這樣他們可以直接聯繫她。為什麼這麼急？她真的那麼讓人難以忍受嗎？克 x

---

來自：伊莎貝爾・貝克
主旨：回覆：哈囉
日期：2018年6月14日 14:48
致：莎曼莎・格林伍德

你好，莎曼莎！太棒了！你當然可以來！我會很高興見到你！那會讓我覺得好過多了，謝謝你！你一定感受到了我上封郵件中的情緒。我最近一直覺得很低落。謝謝你的支持。天哪，我可以讓你參觀我的小公寓。這裡很溫馨。如果你能在一個小時後過來，我就有時間可以吸塵、整理乾淨，然後去商店買點餅乾。耶！我已經覺得好多了！伊莎 xxxxxx

---

來自：佩姬・里斯維克
主旨：波比
日期：2018年6月14日 14:59
致：提許・巴托瓦醫生

親愛的提許，波比這週四要進行另一次的化療，但媽媽和我很擔心，因為她還沒有開始掉髮。這是否意味著化療沒有發揮作用？有些癌症病童甚至連睫毛或眉毛都掉光了。我想，大家都預期罹患癌症的孩子會變成光頭。但她卻沒有，這似乎有點奇怪。

我們從小公主信託基金得到了一頂假髮，但她現在還不能戴，所以我買了一些迪士尼的頭巾作為替代。她戴上頭巾的樣子真是太可愛了——附上照片。佩姬 x

來自：提許・巴托瓦
主旨：回覆：波比
日期：2018年6月14日 16:18
致：佩姬・里斯維克

　　掉髮並不是這種特定化療常見的副作用。這點無須擔心。你最好把心力集中在新藥物組合的募款上，那才是目前你運用精力的最佳方式。

來自：伊莎貝爾・貝克
主旨：你好！
日期：2018年6月14日 19:02
致：莎曼莎・格林伍德

　　非常感謝你來讓我的心情好起來——我這輩子從來都沒有感到這麼開心過！你是我有史以來最好的朋友。我在此完全原諒你去看牙醫的謊言。沒有人像你這樣關心我，為我做這樣的事。克勞蒂亞有說她會親自和「那個人」談嗎？她會說是「其他員工」注意到那個人對我不好，所以舉報了她嗎？那樣，那個人就不會知道是我舉報的。我自己不方便說什麼。那個人可以在瞬間扭轉事實，把我變成壞人。每個人都自動站在她那一邊。正因為有你在這裡工作，這幾個月我才沒有自殺。因為當你為我挺身而出

時，一切都不一樣了。人們開始關注這種情況。我好高興啊！我無法相信你為我這麼做！哇！我因為開心而跳起舞來了！

　　你考慮等「那個人」離開後申請她的職位嗎？我們工作的默契這麼好，我們是一支優秀的隊伍，而你也會是一位很棒的病房經理。我將會在你底下工作——想像一下！這就像是在為我們一起送T恤去非洲所做的彩排。到時候你會是統帥，而我則是你的副手。我希望阿尼能很快地安頓下來。如果你的公寓擠不下三個人，你隨時都可以到我這裡來。我會睡在沙發上，你可以睡我的床。我不是在開玩笑——那會是我的榮幸！謝謝你成為我這麼好的朋友。我真幸運能擁有你！愛你的，伊莎 xxx

---

來自：克莉絲汀・巴蘭柯爾
主旨：阿諾
日期：2018年6月14日 19:56
致：凱爾・格林伍德

親愛的格林伍德先生，

　　我們未曾見面，我是阿尼的母親。我在他的舊電腦上發現了你的郵箱地址，因為一個鄰居幫忙修好了那台電腦。阿尼告訴我，他將會和你住一段時間。我很希望這是真的，但不幸的是，最近我無法相信他所說的話。如果你是他在中非共和國認識的一名精神科護士，我希望並且祈禱你可以幫助我兒子。

　　我相信，他在擔任無國界醫生的志工期間是他最快樂的時光，他經常表示希望可以回到那裡——他回來之後開始出現問題：他發現要適應回來的生活非常困難。過去幾個月裡，他的精神健康每況愈下，而我一直得不到社工的幫助，即便當他的行為

變得激進時也沒有人提供協助。如果你了解我兒子的話,他很擅長掩飾他真實的精神狀況,甚至還曾經在越南工作過一陣子。很不幸地,他就是在那裡開始使用海洛因的。我希望你知道他正在使用類鴉片藥物自我治療,並且急需專業的幫助。我希望你能為他提供他所需要的醫學支持。不管需要什麼,請務必那麼去做。我的詳細聯絡方式如下。

此致,
克莉絲汀‧巴蘭柯爾

來自:自動郵件處理系統 凱爾‧格林伍德
主旨:回覆:阿諾
日期:2018年6月14日 19:57
致:克莉絲汀‧巴蘭柯爾

〔發送失敗通知〕很抱歉,我們無法傳送你的訊息。地址未知。

來自：費爾維劇團行政部
主旨：吾子吾弟
日期：2018年6月15日 10:47
致：現任團員

親愛的各位，

　　光陰如箭！吾子吾弟的排練已經進入最後階段，這從演員們昏昏欲睡的眼神就能看出來。現在，我們每週排練三次，每次都不看劇本，從頭到尾排練整齣劇。這些辛勤的努力不會白費。如果我們能連續三晚座無虛席的話，那麼，每一個熬夜和疲憊的技術排練都將是值得的。因此，只有一個詞最重要：門票！

　　門票每張十英鎊。所有的收益都將捐給波比的募款活動。你們的觀眾不僅能享受到一晚經典的美國戲劇，還能感受到他們的支持對辛苦的費爾維劇團全體成員所發起的這項慈善活動具有重大意義。

　　因此，邀請你們的朋友、家人、鄰居和同事盡快購票。線上售票的連結如下，至於那些偏好與真人互動的人，希莉亞·哈立德會像往常一樣負責售票處。她的聯繫電話也列在下面。

　　同時，一如既往地，我們需要所有人在演出當晚提供協助。酒吧需要服務人員、節目單需要販售、茶水需要準備、椅子和坡道也需要在每場演出開始和結束時架設和撤離。喬爾將負責協調前台工作，所以，即便你們無法參加演出，抽出一、兩個小時來幫忙這些雜事仍會對我們有所助益。

　　最後，我們要提醒各位，這次的演出相當特別，因為我們將為波比販售商品，我們會非常感激你們對銷售所提供的任何幫助。

　　期待在七月五、六、七日或之前見到各位。

費爾維劇團委員會

來自：伊莎貝爾・貝克
主旨：回覆：吾子吾弟
日期：2018年6月15日　18:44
致：喬爾・哈立德

親愛的喬爾，

　　很抱歉打擾你。排練的時候我沒有機會和你交談，但在所有的工作都被搶光之前，我想知道是否有任何事是莎曼莎和凱爾的朋友阿尼能做的？他會和他們住一陣子，當他們忙於這齣劇的時候，他可能會感到無聊。我還沒有見過他，所以不確定他是否適合搬運坡道或者販售節目單，不過，私下告訴你，他從非洲回來後情緒一直有些低落。他們希望能讓他融入本地的社群——我很希望能幫他們幫助他！讓我知道你覺得他能做什麼，我會把詳情告訴他們。祝貝絲的烘焙比賽好運。我不想破壞我的節食計畫，所以這次我就跳過了，但我相信她的蛋糕一定會賣得很好。愛你的，伊莎 x

---

來自：馬丁・海沃德
主旨：回覆：商品
日期：2018年6月15日　19:00
致：莎拉－珍・麥當納

親愛的莎拉－珍，

　　謝謝你處理商品的事。我把一些箱子存放在家裡的擴建區，

然後把剩餘的載到葛蘭奇，勉強塞了進去。瑪格達把無法放進員工休息室的部分放在前台展示。希望能夠很快賣掉。

　　你可能已經聽說奧莉薇亞回到醫院了，也許會待到雙胞胎出生為止，所以，在演出之前，我會和詹姆士共同擔任導演。雖然這樣的安排不甚理想，但最近似乎沒有什麼是理想的。這讓我想到，我需要發一封鼓舞士氣的郵件給演員和工作人員。還有很多事要做。很抱歉昨晚忘了帶支票本。

　　波比的第一劑藥物組合已經調製完成，正在等待運送，只要我們再籌募到剩餘的十二萬五千英鎊，那批藥物就可以發送了。我一直在和一名專為慈善基金籌集資金的投資銀行家合作。她對前景非常樂觀，但我們至少還要等一個月，才能知道這個渠道籌集到了多少錢。希望能彌補假期間募款活動減少所帶來的損失。此致，馬丁

來自：莎拉－珍・麥當納
主旨：回覆：商品
日期：2018年6月15日　19:03
致：馬丁・海沃德

　　馬丁，你已經把錢付給那個自稱是艾瑪朋友的女人了嗎？根據我的保守估算，我們目前籌集到的金額將近二十萬英鎊，還剩下大約五萬英鎊需要募集。請告訴我你沒有把任何錢付給她。

　　莎拉－珍・麥當納

來自：馬丁・海沃德
主旨：回覆：商品
日期：2018年6月15日 19:09
致：莎拉－珍・麥當納

  我們在她位於上泰晤士街的辦公室見面，她的經歷讓我感到印象深刻。你也會喜歡她的，莎拉－珍。她既聰明又專注，同時充滿創意；能跳脫框架思考。我自己曾經在金融區工作過，所以我知道那種人，套句你的話，他們會「把事情搞定」。這整個募款活動的問題在於，雖然人們有最好的意圖，但僅靠贊助步行和販賣司康籌募到的錢非常有限。波比的募款目標是一筆巨大的數字，為了籌集到這筆鉅款，你必須投資於更有效率的方案。此致

來自：莎拉－珍・麥當納
主旨：回覆：商品
日期：2018年6月15日 19:11
致：馬丁・海沃德

  你付了多少錢給她？

來自：馬丁・海沃德
主旨：回覆：商品
提起：2018年6月15日 19:17
致：莎拉－珍・麥當納

  只付了八萬英鎊。不是全部的募款所得。這筆投資能在四週內募集到一百萬。即便沒有達到預期的全額，依然能帶來可觀的收益。我已經看過數據了，真的令人印象深刻。此致

二〇一八年六月十五日，莎拉－珍・麥當納和凱文・麥當納之間發送的訊息：

19:34 莎拉－珍：
糟了！馬丁把波比募款所得中的八萬英鎊，給了一個在金融區有辦公室和一套快速致富方案的女人。她假裝認識艾瑪（可能是從我們啟動募款活動的報導中看到艾瑪的名字），她說她曾經為全球病童募集了數百萬英鎊。她告訴馬丁，這筆八萬英鎊能在一夜之間變成一百萬。真是個可怕的掠食者，簡直就像鯊魚一樣。馬丁在想什麼？波比根本不需要那麼多錢！一想到我們當初是多麼辛苦才籌募到那筆現金時，我真的要氣炸了！

19:49 凱文：
他失去理智了，SJ。你去找詹姆士、佩姬、海倫或其他人，讓他們接管那筆資金，或者說服馬丁把錢交給你掌控。他們的醫生呢──她可以幫忙嗎？我們幾乎就要達到目標了：我們告訴科林・布拉許捐出五萬英鎊來購買藥物，治癒波比，募款活動就結束了──我們不能突然追加八萬英鎊。我馬上就要去參加晚餐會了。你和詹姆士談談吧。

19:54 莎拉－珍：
奧莉薇亞因為某些問題正在醫院，所以，詹姆士已經忙得不可開交了。佩姬和海倫都忙著照顧波比。那個醫生什麼也不會知道。關於這個女人的事，我應該報警嗎？

來自：澤琪・班哲明
主旨：參觀
日期：2018年6月18日 14:24
致：伊莎・貝克

親愛的伊莎貝爾，

　　我了解到你將於本週四來訪，進行簡單的部門參觀。請於早上十點鐘到門診部入口的總櫃檯報到。我會盡快與你在那裡見面。如你所知，摩爾山醫院擁有一個規模宏大的腫瘤科部門，包括住院部和門診部，以及專門的放射科、兒科、青年科、血癌科、急症評估科和骨髓移植單位。我會盡量帶你參觀所有的單位，但仍需視到時候的具體狀況。期待與你見面並帶你參觀。

　　此致，
　　澤琪・班哲明
　　摩爾山醫院腫瘤科病房經理

來自：伊莎・貝克
主旨：回覆：參觀
日期：2018年6月18日 15:53
致：澤琪・班哲明

***
「伊莎」的參觀

親愛的澤琪，

　　謝謝你的郵件。我也很期待週四和你見面，並參觀腫瘤科。感謝你在這麼短的時間內安排這次參觀。

　　此致，
　　伊莎・貝克

來自：凱文・麥當納
主旨：慈善活動
日期：2018年6月18日 16:06
致：莉迪亞・德雷克

親愛的德雷克女士，

　　我是康乃爾物流公司的首席執行長。我了解到你是一位專注於慈善領域的基金經理。我們公司有興趣捐款十萬英鎊用於慈善事業，不知道我們是否能見面討論此事。

　　此致，
　　凱文・麥當納

來自：莉迪亞・德雷克
主旨：回覆：慈善
日期：2018年6月18日 16:25
致：凱文・麥當納

親愛的麥當納先生，

　　謝謝你的郵件。我僅和需要為私人醫療籌集資金的家庭合作，目前並沒有合適的機會。

　　此致，
　　莉迪亞・德雷克

來自：馬丁‧海沃德
主旨：回覆：商品
日期：2018年6月18日 17:17
致：莎拉－珍‧麥當納

親愛的莎拉－珍，

　　我應該早點告訴你這件事。只不過我還沒有告訴海倫，所以先告訴你似乎不太合適。她現在知道了。二十五萬英鎊不是波比新療法的總費用。她至少須要四劑這種新的藥物組合——大約是一年的療程。這是一個令人震驚的數字，遠超過任何人能夠籌募到的款額。這就是為什麼我想要嘗試莉迪亞‧德雷克那種更具利潤、但風險也更高的作法。關於這件事，請暫時不要告訴任何人。我希望先把這齣劇演完。要讓排練不受影響地持續下去對我們來說確實很頭痛，但這對海倫意義重大，也在很多方面給了我們一個家庭之外的重心。我們先把這齣劇演完吧。我需要發一封激勵人心的郵件給劇團。詹姆士現在也沒有空。此致，馬丁

二〇一八年六月十八日，莎拉－珍‧麥當納和凱文‧麥當納之間發送的訊息：

17:24 莎拉－珍：
你看看馬丁的郵件。這說明了很多事。

17:42 凱文：
一百萬購買幾個小瓶子的藥水？我選錯行了。現在，我們要怎麼對布拉許說？「抱歉，我們還需要七十五萬。」馬丁為什麼不讓海倫知道實情？那個女人一定是住在一個永遠以她為中心的仙境裡。至於莉迪亞‧德雷克……我用十萬英鎊作為誘餌，但她拒絕了。我不明白。海

沃德家可曾想過他們可以賣掉葛蘭奇？

17:51 莎拉－珍：
真令人氣餒，但他們顯然沒有好好思考過。我們不知道那家人的財務狀況怎麼了。就我們所知，他們可以把葛蘭奇拿去貸款。海倫在感情上可能很脆弱……我不知道她有一個已經去世的兒子。媽媽也不知道，而她已經認識他們很多年了。誰知道還有些什麼事。我們就專注在這齣劇和販售商品上面吧，我代墊商品的錢都還沒收回來呢。在那之後，我們就可以說服馬丁交出募款金額的掌控權。一步一步來吧。我們先拿到第一批藥給波比。我希望保持樂觀，但實際上它有可能無效，那就不需要再繼續購買藥劑了。別忘了哈利今晚的比賽。

17:57 凱文：
趁沒有人聽到，我想說的是：那是我們演過最令人沮喪的一齣劇。那齣劇怎麼可能讓任何人覺得好過一點？我沒有忘了今晚的比賽。

來自：澤琪·班哲明
主旨：參觀
日期：2018年6月22日 13:39
致：克勞蒂亞·迪索薩

　　嗨，克勞蒂亞，我想就今天帶伊莎貝爾參觀的事給你一些反饋。只怕這次的參觀和我們原本的計畫有所出入。也許你可以解釋一下。

　　我帶她參觀了幾個單位，從急症評估科開始，然後是血液科。到那時為止，她的狀況都還不錯，很健談，也很感興趣，但到兒科的時候就開始出現問題了。她說她需要上廁所，所以，當她去樓梯間的廁所時，我就在樓梯口等她。她去了很久。我以為她可能肚子不舒服又覺得不好意思，因此沒有對她的消失太大驚

小怪。後來,我在無意中發現她根本沒有去上廁所,而是回到兒科的化療部門,詢問關於特定病人的問題。我對此感到非常不安,因為那裡的工作人員曾經看到她和我在一起(她還穿著聖安醫院的制服),所以未加多想地就把她要求的資料給她。後來,她獨自在中央資料系統中操作了整整十分鐘──理論上,任何敏感資料都有密碼保護──那個系統裡儲存了員工和病人的紀錄。你曾經提到她的紀律觀察期就要結束了:她有可能會用那些資料做什麼嗎?

我想,未來如果你有其他員工希望參觀我們的部門,你也應該親自陪同。澤琪

來自:克勞蒂亞・迪索薩
主旨:回覆:參觀
日期:2018年6月22日 14:10
致:澤琪・班哲明

親愛的澤琪,非常抱歉你和伊莎貝爾出了點問題。我剛和莎曼莎通過電話,你完全不需要擔心。伊莎貝爾有一個親密的朋友,她的女兒正在你的部門接受化療。我知道這是事實,因為莎曼莎曾經多次提到過這件事。他們正在為此募款。總之,伊莎貝爾對這個診斷非常在意,就像醫療人員在面對自己或親人的疾病時一樣。莎曼莎說,伊莎貝爾只是想了解關於那個女孩治療計畫的一般資訊,並且對貴部門及所有工作人員印象深刻。請向大家保證一切都沒事。她的紀律觀察期和濫用資料或者任何相關的問題無關。我一直覺得她有點冷漠,但莎曼莎每天都和她一起工作,因此比我更了解她。她對伊莎貝爾的護士專業能力非常肯

定——我知道我們可以相信她的判斷。我很抱歉給你帶來這個麻煩，澤琪，當然，未來我會親自監督其他的參觀。克勞蒂亞

來自：克勞蒂亞・迪索薩
主旨：謝謝
日期：2018年6月22日 14:14
致：莎曼莎・格林伍德

　　嗨，莎曼莎，謝謝你。我已經向澤琪保證，伊莎貝爾只是一個非常關心朋友的人。我們希望她能給人留下好印象，不是嗎？澤琪說在那之前情況都還不錯，所以，我們只能祈求好運了。我可以想像伊莎貝爾傻乎乎地到處亂逛。一旦她的紀律觀察期結束，我可以幫她推介其他職位；你可以說你也打算調動，但奇蹟般地，始終沒有適合你的工作出現。這樣做有點狡猾，但這麼做是為了達到目的。等她在那邊安頓下來之後，她就會找到其他人依附，而你也終於可以擺脫她。我想要一張你們週五晚上的演出門票。麥克已經同意留在家照顧孩子。小小的勝利。克 x

---

來自：伊莎貝爾・貝克
主旨：你好！
日期：2018年6月23日 05:45
致：莎曼莎・格林伍德

　　耶！熬夜排練後的早起！你好嗎？我覺得自己好像累到快死了。你昨晚有感受到一種氛圍嗎？莎拉－珍對馬丁的態度似乎有點不對勁。有可能是緊張吧。莎拉－珍是那種想要掌控一切的

人。不過,海倫很棒,你不覺得嗎?她以細膩的情感和堅定的信念演繹了一位悲傷的母親。當然啦,現在我們知道她有個人的經歷,自然能理解她的演出何以如此動人。然而,她依然是一位非常出色的女演員。

　　雖然你的半馬已經結束了,但莎拉-珍還是給了你一個免費的募款商品禮包,她真的很體貼,不是嗎?這顯示出海沃德家對你的喜愛和尊敬。

　　我已經拿到了我的那疊抽獎券,以防我在工作時會遇到可以賣票的對象。不過,我沒有自信。如果我能負擔得起,我會自己全部買下來,以免承認自己賣不掉。你打算怎麼處理你的抽獎券?

　　你們的第一齣劇就要上演了,你們兩個感覺如何?我在歡樂精靈上演之前非常緊張。幸運的是,每個人的感覺都一樣,所以,我們都能互相支持。如果你或凱爾在接下來的幾週裡因為焦慮而睡不著的話,你們隨時可以發訊息給我,我們可以「聊天」——無論多晚都沒關係。我整夜都會開著手機,以防你們聯繫我。我昨天原本希望能見到阿尼,但如果他身體不適,那他最好早點休息。自從你的半馬結束之後,你就一直沒有再跑步了。我們要不要盡快再開始我們的午餐慢跑?我今天會想你的。愛你的,伊莎 xxx

---

來自:伊莎貝爾・貝克
主旨:你好!
日期:2018年6月23日 05:52
致:詹姆士・海沃德

嗨，詹姆士，這封郵件只是想知道奧莉薇亞和雙胞胎的情況如何。大家都很掛念你們，也在為你們祈禱。還有，你有考量過下一齣劇可能是什麼嗎？因為吾子吾弟相當嚴肅，也許我們可以選一齣稍微輕鬆一點的……門德姆劇團演出艾倫·艾克伯恩的混亂⑭時，我看到過他們的宣傳橫幅。那齣劇有很多小角色——如此一來，我們這些經驗較少的人或者像阿尼這樣的新成員就都能參與演出。讓我知道你的想法。如果需要的話，我可以從亞馬遜訂購劇本，直接寄送給你……愛你的，伊莎 xxx

---

來自：伊莎貝爾·貝克
主旨：你好！
日期：2018年6月23日 10:47
致：莎曼莎·格林伍德

你好，莎曼莎，抱歉再次打擾你。希望你很享受你的休息日。你知道克勞蒂亞是否已經和「那個人」談過了？我們剛舉行了住院和出院的會議，「她」還是一如既往地令人討厭。「她」整個早上都沒有離開過——克勞蒂亞會在下班後還是上班時和「她」談呢？我真的希望她會履行承諾，而不是只為了讓你高興才說要和「她」談，但實際上卻根本無意這麼做……我覺得克勞蒂亞是個取悅別人的人，所以就算她沒有找「她」談，我也不會驚訝。為了以防萬一，也許你可以和人力資源部的其他人提一下？我真的很想念你。蓋諾的心情又不好了，哎唷，還有，本週是萊莉的最後一週，所以她有點心不在焉。但願你今天可以來上班。我不喜歡我們的輪班時間不一致。也許等萊莉離開之後。你可以請「那個人」調整班表，讓我們可以一直在一起工作。我們

是這麼棒的團隊,這麼做對這個科別只有好處。今天午餐時間,我會再去屋頂花園讀我的劇本。雖然我記得我的台詞,但如果我不每天都練習的話,我就會覺得自己已經忘記了。回家的時候,我也許會去產科看看奧莉薇亞是否需要聊天。她一定覺得很寂寞,因為所有的注意力都集中在佩姬和波比身上。我會帶上那個索馬利家庭上週送我的Maltesers巧克力。我很乖,一直沒有吃掉。我不知道他們是否已經籌募到足夠的款項可以購買藥物了?某種程度上,我希望他們需要更久的時間。因為一旦波比接受了新的藥物治療,就沒有其他出路了。如果藥物無效的話,就沒別的辦法了。我奶奶曾經說:「抱著希望在旅徒中前進,比抵達終點更好。」愛你的,伊莎

來自:拉維・巴托瓦
主旨:供你參考
日期:2018年6月23日 11:31
致:提許・巴托瓦

  我幫爸爸聘請了一名固定的晚班護士。那個紅頭髮的經理說,因為爸爸讓媽媽整夜無法入睡,所以媽媽的健康受到了影響。我們可以為媽媽安排一個單獨的房間,但那樣爸爸就得一個人住,而他討厭那樣。拉維

---

❹ 混亂(Confusions)是英國當代最重要的劇作家之一艾倫.艾克伯恩(Alan Ayckbourn, 1939—)的作品。這套五部相互關聯的獨幕喜劇以激烈又帶有尖銳基調的方式,講述了人類的怪癖和孤獨的普遍困境;1974年於英格蘭北約克夏的斯卡布羅首演。

來自：提許‧巴托瓦
主旨：
日期：2018年6月23日 11:53
致：馬丁‧海沃德

　　馬丁，那些小藥瓶還在波士頓，在你完成付款之前無法取得。如果再拖下去的話，我擔心波比的健康可能會惡化。我了解你的處境，但你可以申請貸款來支付剩餘的款項嗎？提許

來自：馬丁‧海沃德
主旨：治療波比
日期：2018年6月23日 12:42
致：郵寄名單中的所有人

親愛的各位，

　　我知道你們已經很久沒有收到波比健康狀況的最新消息，對此我深感抱歉。度日如年就是我們現在的感覺。有參與吾子吾弟的朋友們就知道，我們的媳婦奧莉薇亞現在也因為雙胞胎懷孕併發症而住院了，所以，我已經接替了詹姆士的導演工作。但至少我能和我妻子共度一些寶貴的時光，儘管她得戴著假髮、操著美國口音說話。

　　你們不知道的是，幾週以前，我們家遭逢了一次郵件騙局的重大打擊。那位先生說他會全額支付波比救命藥物的費用，雖然我們知道要謹慎以對，但依然不由自主地寄予了很大的希望。但隨著時間過去，我們並沒有收到任何款項，這才意識到他浪費了我們的時間，而這還是最好的狀況，至於最壞的情況則是我們遇

上了騙子。當他察覺到我們識破他的時候,他就消失了。很難相信世界上有這樣的人,但就是有。不幸的是,在我們發現這是一場殘酷的惡作劇之前,我們已經向美國訂購了藥物。由於我們尚未籌募到剩餘的款項,所以那些藥物仍然滯留在美國。在此同時,波比只能繼續接受已經導致掉髮和失明的傳統化療。

很幸運地,我們並不孤單。令人讚佩的莎拉-珍·麥當納和她無畏的募款委員會持續在推動波比的募款活動。我知道抽獎券很熱銷,還有其他的募款活動也計畫在夏天舉行。這些都很棒,但卻依然不夠。在九月之前,我們還需要額外的二十萬英鎊──在此請大家慷慨解囊,呼籲你們的朋友和家人竭盡所能,幫忙救救我們美麗的小外孫女。此致,馬丁

來自:喬伊絲·瓦佛德
主旨:回覆:治療波比
日期:2018年6月23日 13:15
致:馬丁·海沃德

真是太卑鄙了!如果我知道是誰的話,我一定會把他們的詐騙郵件公諸於世。難怪你們這幾週都愁眉苦臉的──當然,除了海倫;那女人是個聖人。我一直都這麼說。我已經在我的健走俱樂部販售抽獎券了,我知道尼克前幾天也帶了一些去踢足球,因為隔天我在他的運動包裡發現被運動飲料浸濕的抽獎券。我把它們晾乾並熨平了,所以他明天會再帶去賣。我一直想告訴莎拉-珍,如果抽獎券便宜一點,我們可能就可以賣出更多。喬伊絲

來自：瑪莉安・佩恩
主旨：回覆：治療波比
日期：2018年6月23日 13:17
致：馬丁・海沃德

  米克說，如果你們發現是誰試圖詐騙你們的話，不用去報警。直接告訴他就行。瑪莉安

PS 我仍然可以幫你拿一些露德聖水，你只需要讓我知道即可。

來自：丹妮絲・麥爾坎
主旨：回覆：治療波比
日期：2018年6月23日 13:22
致：馬丁・海沃德

  上帝保佑你和海倫。無論如何我都會買一張抽獎券的。丹妮絲

來自：伊莎貝爾・貝克
主旨：你好
日期：2018年6月23日 13:06
致：凱爾・格林伍德

  嗨，凱爾！我不知道你今天要工作。我現在在西區的屋頂花園——我可以看到你坐在橘園高級的桌子旁邊：抬頭看向你的右邊，你應該能看到我在欄杆上探出來的小頭——你在等誰？如果你是一個人，又想在最後一分鐘練習台詞的話，我就在這裡，只

有一杯奶昔和能量棒和我作伴。我相信他們可以把你的午餐換成外帶。總之，如果不能過來也沒關係，不過我會很高興見到你的。莎曼莎不上班的時候，我真的很想念她。愛你的，伊莎xxx

來自：伊莎貝爾・貝克
主旨：你好！
日期：2018年6月23日 13:24
致：莎曼莎・格林伍德

　　你好，莎曼莎！你絕對想不到誰和我在一起──凱爾！別擔心，我會照顧他的，我們正在練習台詞，就像盡職的費爾維劇團成員一樣。我看到他獨自一個人在橘園──就像我獨自一個人在屋頂花園一樣。人們說沒有所謂的巧合；我注定要看到他，並把他拖上來這裡練習台詞。你真的要去參加艾瑪的仲夏夜瑜伽馬拉松嗎？我從來沒做過瑜伽，因為看起來太難了，但如果你們兩個都要去的話，我會考慮一下。很遺憾聽到阿尼的身體依然不適。如果他考慮重回護士工作，我們知道老人醫學科現在有空缺，因為萊莉要離開了⋯⋯我並不是希望萊莉離開，只不過如果我們三個能在一起工作的話，我們就能組成我們自己的小隊伍，那會讓日子更好過一些。我真的很期待見到他。我還是讓你回去享受你的休假吧。愛你的，伊莎

來自：伊莎貝爾・貝克
主旨：你好！
日期：2018年6月23日 14:02
致：莎曼莎・格林伍德

很抱歉再次打擾你，但當我們要離開的時候，我看到克勞蒂亞一個人在橘園吃飯。一個沒有朋友的人真是丟臉，你不認為如此嗎？愛你的，伊莎

來自：魯伯特・阿拉代斯
主旨：發票到期
日期：2018年6月23日 15:18
致：馬丁・海沃德

應該已經
持續一陣
子了？

親愛的馬丁，

根據我們之前的聯繫，你的三個月付款寬限期已經過了，現在需要支付全額。附上我們的發票。在此同時，懷特家的律師再次提交了那個爭議工程的發票和最終催款函。情況是：你所積欠的總款現在已經超過了工程本身的價值。如果你繼續拒絕付款，懷特家可能（我相信他們一定會）會將此案升級，而案子拖得越久，花費就越高。我以老朋友的身分建議你：放下自尊，付清兩張發票，結束這個案子。圍籬的修復可以等到日後再處理。

如果你希望我們採取進一步的措施，我們需要你付清所有未付款項——因為之前那張帳單，我們已經給過你一段寬限期了——並且需要預付這個案子繼續訴訟的費用。我無法建議你繼續訴訟，但決定權在你。

此致，
魯伯特・阿拉代斯，法學碩士
阿拉代斯暨格林有限責任合夥公司合夥人

來自：馬丁・海沃德
主旨：回覆：發票到期
日期：2018年6月23日 16:00
致：魯伯特・阿拉代斯

親愛的魯伯特，

　　我們所有的錢都已經用於我外孫女的癌症治療。我無意為懷特家糟糕的工程品質和欺騙行為付款。他們要把我們告上法院實在太可惡了。我會從其他地方找出錢來支付你的帳單。請採取一切必要的措施，讓這個案子在對我們有利的情況下獲得解決。此致，馬丁

來自：艾瑪・庫魯克斯
主旨：汪汪
日期：2018年6月25日 14:35
致：莎拉－珍・麥當納

　　我不想讓佩姬或海沃德家擔心，但汪汪已經連續幾天有些異樣了。昏昏欲睡、食慾不振。牠還會喝水，所以可能只是因為天氣變暖的關係。我已經唸了治療的咒語，並發送白光給牠，但情況仍無改善。你知道他們的獸醫是誰嗎？我相信牠應該沒事，但我會帶牠去檢查，然後等個一、兩週，當波比和奧莉薇亞的狀況不那麼緊張時再告訴他們。請送一些額外的抽獎券到我家來，我會在我的冥想課上幫忙販售。你會來參加瑜伽馬拉松嗎？艾瑪

來自：莎拉－珍‧麥當納
主旨：回覆：汪汪
日期：2018年6月25日 14:41
致：艾瑪‧庫魯克斯

　　試試聖海倫路的爪子診所，艾瑪，很感謝你幫忙推銷抽獎券。我已經給了劇團的演員和工作人員每人各三本抽獎券，但不是每個人都有廣泛的朋友圈——委婉地說——我相信有些抽獎券會因為賣不掉而被退回來。我們會提供獎品給那些銷售成績最好的人，但目前為止，賣得最好的是凱文，這實在有點尷尬。是啊，我們都會去瑜伽馬拉松。如果哈利年紀夠大的話，他也會來的——不是為了做瑜伽，而是想晚點睡。

　　莎拉－珍‧麥當納

二○一八年六月二十五日，莎拉－珍‧麥當納和凱文‧麥當納之間發送的訊息：

14:44 莎拉－珍：
別忘了週六晚上艾瑪的瑜伽馬拉松。那是為了波比辦的活動，所以不要開玩笑。你得在七點前把哈利送到葛蕾塔家。媽媽和外婆都會去，所以她們不能幫忙照顧哈利。

14:50 凱文：
我去不了：打完高爾夫後要去賽門家聚會。你帶哈利一起去。我在他這個年紀時，如果有機會看到穿萊卡褲的女性，我一定會高興到跳起來。

來自：莎拉－珍・麥當納
主旨：抽獎活動等等
日期：2018年6月25日 15:54
致：「治療波比」委員會

親愛的各位，

感謝大家持續的努力。我們的下一個大型募款計畫是抽獎活動，所以，讓我們全力以赴來推銷抽獎券。卡麥隆・希爾佛德會在演出的最後一晚（請見下表）抽出幸運得主，所以我們沒有太多時間了。抽獎券每張十英鎊，或每本一百英鎊，請在推銷時特別強調這個善舉和豐厚的獎品。

本週六，二〇一八年六月三十日，是艾瑪・庫魯克斯舉辦仲夏瑜伽馬拉松的日子，日落之後，參加者可以在葛蘭奇的草坪上享受一個充滿禪意的傍晚，讓你們的身心靈得到平衡。艾瑪將從晚上七點開始授課直到午夜，中間會有多次的休息時間，大家可以享用現場提供的花草茶和有機的小點心。門票每張十英鎊。如果委員會所有成員都能出席，即使只能待上一個小時也會很棒。

我建議在演出週（七月二日）的星期一召開另一次的委員會會議，以分派演出那幾晚的募款工作。我們之中有幾個人需要參與演出，所以，了解誰負責前台工作、如何吸引觀眾注意到募款活動，並確保波比的救命藥物可以盡早送達，這些事項就變得非常重要。

莎拉－珍・麥當納，募款活動協調人

來自：喬伊絲・瓦佛德
主旨：回覆：抽獎活動等等
日期：2018年6月25日 16:03
致：莎拉－珍・麥當納

親愛的莎拉－珍，你有注意到，如果抽獎券便宜一點的話，我們可能會賣出更多嗎？每張抽獎券十英鎊實在太貴了。我們俱樂部的抽獎券一組五張才賣一英鎊。

來自：莎拉－珍・麥當納
主旨：回覆：抽獎活動等等
日期：2018年6月25日 16:04
致：喬伊絲・瓦佛德

謝謝你的回應，但我們需要二十五萬英鎊，而不是二・五英鎊。

莎拉－珍・麥當納

來自：伊莎貝爾・貝克
主旨：你好！
日期：2018年6月25日 16:34
致：莎曼莎・格林伍德

你好，莎曼莎！我剛收到莎拉－珍發給募款委員會的群組郵件。下週一會有另一場會議。他們一定希望我再幫忙做會議紀錄──不然的話，我怎麼會在收件人名單上？我是在探望奧莉薇亞和詹姆士的時候收到的。我幫你問候了他們。他們似乎認為奧

莉薇亞很快就能出院回家，因為她只有輕微的胎盤早剝，而且已經不再出血了。不過私下告訴你，我偷瞄了一眼她的病歷，她正在服用地塞米松[15]，所以，他們顯然打算在接下來幾天幫她催生，而不會讓她回家。我沒有提這件事。她已經三十一週了，所以應該不會有事。希望一切順利，詹姆士也能有空參加最後幾次的排練。馬丁是一位很棒的導演，但現在的他並非平時的那個他。

你覺得阿尼會在演出前康復嗎？我已經提到過他可以幫忙，但那是在凱爾說他的狀況比你們兩個預期的更糟之前。我依然沒有注意到「那個人」的行為有什麼改變。你可以提醒一下克勞蒂亞嗎？我相信她還沒有和「她」談過。我很會看人，我一直覺得克勞蒂亞是個雙面人。愛你的，伊莎 xxx

---

來自：阿尼・巴蘭柯爾
主旨：媽媽
日期：2018 年 6 月 25 日 17:00
致：凱爾・格林伍德

我在恐慌中醒來。下週是我媽媽的生日，我需要為她準備一份禮物。我的提款卡在皮夾裡，而皮夾又被我忘在家裡了。莎曼莎出去了。她整天都不在。家裡有現金可以借我嗎？只要媽媽把皮夾寄來，我立刻就會還你。我不想開口借錢，但她對我一直很好，我應該要送她一份好的禮物。阿尼

---

[15] 地塞米松（Dexamethasone）是一種人工合成的皮質類固醇，可用於治療氣喘、蕁麻疹、灼傷、風濕性關節炎、支氣管氣喘、皮膚炎、荷爾蒙或免疫系統缺陷等。

來自：阿尼・巴蘭柯爾
主旨：回覆：媽媽
日期：2018年6月25日 17:12
致：凱爾・格林伍德

　　謝謝，老兄。事後我會把卡片放回去，並且把密碼從我的記憶裡抹去。你救了我一命。我欠你一次。我能拿走備用鑰匙嗎？

來自：克勞蒂亞・迪索薩
主旨：抽獎券
日期：2018年6月26日 10:36
致：莎曼莎・格林伍德

　　嗨，莎曼莎，希望你的休息日過得很愉快。我想買兩張抽獎券，我會在我們下次見面時把錢給你。真心希望我不會抽中高爾夫球課的獎品。我還在考慮瑜伽馬拉松。麥克同意要照顧孩子，讓我能去看演出──在他願意對這種事妥協的情況下，我不想冒險要求更多。我稍後會把幾個職缺轉發給伊莎貝爾。我應該用你給我的那個郵件地址，還是我們資料庫裡的那個？這兩個職缺都在摩爾山醫院，並且都在她的調職限制期滿之後才開始。當她提到這些職缺的時候，你記得要表現出非常熱情的樣子。克 x

來自：安德莉雅・莫利
主旨：昨天
日期：2018年6月26日 10:46
致：莎曼莎・格林伍德

202　｜　The Appeal

親愛的莎曼莎，

　　很高興昨天和你見面。我了解你正在尋找的資訊非常敏感，而且你的預算也有限，但我能知道得越詳細，就越有助於我找到你所需要的資訊。 我可以建議把「海倫・格雷斯」視為名字和中間名，而不是名字和姓氏嗎？當作姓氏會讓地方當局在查詢時更加困難，因為死亡紀錄通常以姓氏來搜尋會更加可靠。

　　儘管如此，如果我能更了解你的需求，我還是很樂意進一步協助你。我的費用請見附件。期待你的回應，如果你希望擴大搜尋範圍的話。

　　此致，
　　安德莉雅・莫利
　　系譜暨檔案資料專家

＊搞什麼鬼？
為什麼要找
系譜專家？

來自：詹姆士・海沃德
轉推：謝謝你
日期：2018年6月26日　11:49
致：伊莎貝爾・貝克

　　親愛的伊莎，很高興昨天下午見到你。謝謝你來看我們，並且幫我們打氣。誰能想到在壓力中等待會這麼無聊呢？我一邊打字，一邊不停地吃著那些Maltesers巧克力。也謝謝你給的那本混亂的劇本。稍早，當奧莉薇亞打盹的時候，我很快地翻閱了一下。這齣劇的演員很多。我不確定我們是否有足夠的男演員。而且，除非我們把背景定在一九七〇年代，否則可能會顯得過時。

兇手就在字裡行間　｜　203

這裡面沒有女主角。所以媽媽不會喜歡。我會把它給爸爸看，但目前看來他們可能不會接受。關於奧莉薇亞是否能回家的事，我們至今還沒有消息。她說她感覺好多了，但她仍然在打點滴……我想我可能無法出席週一的委員會會議，因此就麻煩你做會議紀錄並回報。好好享受瑜伽馬拉松，並祝最後的排練順利。詹姆士

來自：艾瑪・庫魯克斯
主旨：汪汪
日期：2018年6月26日 12:04
致：馬丁・海沃德

　　我不知道該怎麼告訴你這件事，但汪汪需要做緊急腹部手術。牠沒有食慾，和平時判若兩樣。我以為那只是因為天氣熱的關係。獸醫說牠的小腸有一個「很大的阻塞物」。可能是牠吃下了什麼東西，也可能是腫瘤。不管怎樣，情況都很嚴重。我不想讓佩姬和葛蘭擔心，但我很焦慮。我以為我做的一切都是正確的……

來自：馬丁・海沃德
主旨：回覆：汪汪
日期：2018年6月26日 12:08
致：艾瑪・庫魯克斯

　　喔，天哪。牠在哪裡？我現在就過來帶牠去人民動物醫院。

來自：馬丁・海沃德
主旨：回覆：汪汪
日期：2018年6月26日 12:29
致：艾瑪・庫魯克斯

艾瑪？你在哪裡？一切都還好嗎？你在爪子嗎？

來自：艾瑪・庫魯克斯
主旨：回覆：汪汪
日期：2018年6月26日 12:36
致：馬丁・海沃德

　　抱歉，馬丁，我剛和診所的一位女性員工在一起。我在等候室的時候恐慌發作，所以她教了我一種新的呼吸技巧。我現在好多了。她說，我們不需要擔心汪汪。牠正在接受手術，我們無能為力，只能相信牠會受到很好的照顧。他們團隊的資深外科醫生正在幫牠手術。據說他是這種手術的專家，我們很幸運，他今天剛好在這裡。我把這視為是宇宙站在我們這一邊的證據。我不知道要怎麼告訴佩姬。我寧可等到可以說「汪汪已經脫離險境，正在康復中」的時候再告訴她。但這麼做的風險是，如果情況不順利的話，壞消息會帶給她更大的打擊。天佑我們不會發生這樣的事。你很清楚波比現在的情況，那麼，現在告訴佩姬汪汪的事合適嗎？艾瑪 x

來自：馬丁・海沃德
主旨：回覆：汪汪
日期：2018年6月26日 12:42
致：艾瑪・庫魯克斯

  不合適。我在路上。

來自：艾瑪・庫魯克斯
主旨：回覆：汪汪
日期：2018年6月26日 12:50
致：馬丁・海沃德

  你有汪汪的保險詳細資料嗎？目前的費用是四千英鎊，他們已經在問誰會支付這筆費用了。艾瑪 x

來自：伊莎貝爾・貝克
轉推：回覆：謝謝你
日期：2018年6月26日 13:16
致：詹姆士・海沃德

  嗨，詹姆士，很高興在這種情況下看到奧莉薇亞一切安好。希望她可以獲准回家，不過即使不能，聖安醫院的產科也是個不錯的地方。我這麼說並非只是因為我在聖安醫院工作——我可就絕對不會推薦老人醫學科，但那又是另一個故事了。你錯過了一個令人興奮的週末！瑜伽馬拉松、週日盛大的彩排以及委員會會議。放棄混亂這齣劇真是可惜，但還有很多劇本也有不少小角色，適合像莎曼莎、凱爾和我這樣經驗較少的演員。我一直在網

上搜尋,並且開始把資料記在我的委員會會議紀錄本上。等一切都平靜下來之後,我會告訴你哪些劇本看起來最合適。我非常期待瑜伽馬拉松!我之前從未正式學過瑜伽,但莎曼莎有經驗,所以,我們會把瑜伽墊擺在一起,她會幫我指出我做錯的地方。有這樣的朋友真是太好了。我也很期待見到阿尼,他的名字已經列在了演出之夜的協助人員名單上。私下告訴你,他最近有點沮喪。如果有人想要找點事情來讓自己分散注意力的話,我絕對會推薦費爾維劇團。代我問候奧莉薇亞和雙胞胎,伊莎 xxx

來自:莎拉－珍・麥當納
主旨:瑜伽馬拉松的最後準備工作
日期:2018年6月26日 14:00
致:艾瑪・庫魯克斯

  你還需要我幫週六的活動準備些什麼嗎?我已經告知瑪格達我認為你需要的東西,但如果你還有其他需求,等你到的時候儘管提出來。她是波蘭人,做事非常有效率——她已經讓工人把他們的發電機挪到後面了。雖然我們希望募集到最多的資金,但由於草坪的面積有限,我們可不想讓大家擠成一團。如果最終來的人數很多,你會考慮把瑜伽馬拉松改到地平線廳嗎?

  莎拉－珍・麥當納

來自：艾瑪‧庫魯克斯
主旨：回覆：瑜伽馬拉松的最後準備工作
日期：2018年6月26日 14:09
致：莎拉－珍‧麥當納

　　噢，SJ，我現在的狀況很糟糕。汪汪需要進行重大的小腸手術。我祈禱那是腫瘤，而不是牠吃下的什麼東西。請不要說我害死了他們的家犬，尤其是在他們正經歷重重難關的時候。可憐的汪汪還在加護病房。我讓馬丁支付了一筆鉅額帳單。這真是令人備感壓力的一天。現在，我甚至無法思考瑜伽馬拉松的事。我需要讓自己重新集中精神，否則，我根本無法專心。艾瑪 x

---

二〇一八年六月二十六日，莎拉－珍‧麥當納和凱文‧麥當納之間發送的訊息：

14:12 莎拉－珍：
最新消息：汪汪不知道吃了什麼不該吃的東西，因此需要動手術。艾瑪壓力太大，無法主持瑜伽馬拉松。搞什麼鬼？她已經幫了這麼多忙，我也不能對她太苛責。

14:20 凱文：
你可以接手瑜伽馬拉松。這不會太困難。我的意思是，拜託，佩姬和葛蘭的孩子身患絕症。他們可以再養另一隻狗就好了。

來自：莎拉－珍‧麥當納
主旨：回覆：瑜伽馬拉松的最後準備工作
日期：2018年6月26日 14:22
致：艾瑪‧庫魯克斯

噢，艾瑪，你的感覺一定糟透了。不過，狗狗的復原力很強。汪汪年紀還小，牠很快就會痊癒了。你有三天的時間恢復狀態，我相信你能在這之前重新集中精神。汪汪會沒事的。記住，佩姬和葛蘭有更多其他的事要擔心，他們只會很感激最終有你陪伴汪汪。

　　莎拉－珍‧麥當納

來自：艾瑪‧庫魯克斯
主旨：回覆：瑜伽馬拉松的最後準備工作
日期：2018年6月26日 14:23
致：莎拉－珍‧麥當納

　　最終？噢，我的天哪，你聽到了什麼？牠死了嗎？

來自：莎拉－珍‧麥當納
主旨：回覆：瑜伽馬拉松的最後準備工作
日期：2018年6月26日 14:25
致：艾瑪‧庫魯克斯

　　不！不是的，我什麼也沒聽到。我的意思是「到頭來」。汪汪會沒事的，艾瑪，沒有必要取消瑜伽馬拉松。我能做什麼──任何事──來讓你感覺好一些嗎？

　　莎拉－珍‧麥當納

來自：伊莎貝爾・貝克
主旨：回覆：摩爾山的內部網頁
日期：2018年6月26日 16:25
致：克勞蒂亞・迪索薩

　　親愛的克勞蒂亞，謝謝你發給我摩爾山醫院人力資源部的內部網頁連結。上週的參觀很愉快，但我還沒準備好要離開聖安醫院，所以，請不要再發送任何工作機會給我。伊莎

來自：伊莎貝爾・貝克
主旨：你好！
日期：2018年6月26日 16:54
致：莎曼莎・格林伍德

　　你好，莎曼莎，你猜我剛才在TK Maxx撿到了什麼便宜？一個瑜伽墊！原價十五・九九英鎊，現在只要四・九九。它的包裝被撕破了，而且還有點髒，但我已經擦過了，並且把它掛在我的浴缸上面。你有自己的瑜伽墊嗎？如果沒有的話，這個可以給你，我明天會再去看看他們是否還有其他的。我很高興你會來參加。如果只有我一個人的話，我會覺得很不自在。我們可以把墊子擺在一起，這樣你就可以教我怎麼做。凱爾可以照顧阿尼，而你可以照顧我！謝謝你打算週六順道載我去葛蘭奇。我很高興接受你的提議。我終於能見到阿尼了！瑜伽對他的憂鬱症會有幫助，但我建議他參加戲劇演出來讓自己真正地轉移注意力。我可以在週一的委員會上幫他多說幾句話。愛你的，伊莎 xxx

來自：克勞蒂亞・迪索薩
主旨：唉……
日期：2018年6月26日 16:55
致：莎曼莎・格林伍德

　　災難！伊莎貝爾不想調動。你被她纏住了。我在想，澤琪是否在她去參觀摩爾山醫院時讓她感到了失望。我聽說她有時候可能很冷漠。如果我們先暫緩幾個星期，再讓她見見我的朋友尤娜，她可能會覺得自己比較受到歡迎，對於在那裡工作也會抱持更正面的看法。在此同時，也許你可以暗示她你有多麼想要轉調到那裡……你可以看出我尚未放棄希望——我不希望你整天都得要躲避一條水蛭。那種人就像能量吸血鬼。迷戀比霸凌更具潛在的危害性。我要對瑜伽馬拉松保持正面的態度，並且決定參加。麥克還沒有同意要留在家裡，但如果我表現出一副既成事實的樣子……你下週午餐的時間有空嗎？克 x

---

來自：克勞迪亞・迪索薩
主旨：回覆：唉……
日期：2018年6月26日 17:04
致：莎曼莎・格林伍德

　　噢，你真可憐！如果你感冒的話，那就絕對不應該去做瑜伽！不要覺得內疚。我還沒完全決定要參加，而且就算我決定了，也還有麥克那關要過。如果你下週身體好些了就告訴我，我們可以在橘園碰面，享用他們美味的沙拉。希望你下週五演出時會好一些。我幾乎不去看戲劇演出。說實話，我覺得舞台劇很無聊，容易分心。但如果你在台上的話，我就不會覺得無聊了。我

保證！希望你很快康復，別整個週末都在咳嗽和打噴嚏！克 x

來自：葛蘭・里斯維克
主旨：寵物保險
日期：2018年6月26日 17:30
致：馬丁・海沃德

　　不要告訴佩姬。她現在在化療兒童的野餐活動上（這不是正式名稱——反正是醫院舉辦的活動），和波比在一起。海倫要我給你我們的寵物保險詳細資料，我說我會的，但事實上，我只保了頭幾個月。那實在太貴了。每個月還要多一筆支出。他們有說多少錢嗎？如果超過一百英鎊，那就告訴他們讓牠安樂死。我會告訴佩姬說牠無法被救活。考慮到牠的食物費用，加上我們給艾瑪的照顧費，這樣做會是最好的選擇。我們現在無法負擔這些費用。我昨天的面試沒有成功，但至少他們當場就告訴我了。謝謝你幫忙處理此事，馬丁，真的很感激。

來自：馬丁・海沃德
主旨：回覆：寵物保險
日期：2018年6月26日 17:57
致：葛蘭・里斯維克

　　那個阻塞物是合成纖維、木屑、保麗龍珠子和一個毗濕奴形狀的抱枕套混合而成的鈣化物。他們還發現了一隻塑膠小恐龍、一個高爾夫球座和一枚硬幣，我請他們在帳單上扣除掉這枚硬幣的價值。但他們拒絕了，因為那是一枚歐元，他們不收外幣。汪

汪現在在加護病房，昏昏沉沉且毫無悔意。我已經把費用付給他們了。馬丁

來自：艾瑪・庫魯克斯
主旨：回覆：汪汪
日期：2018年6月26日 18:46
致：莎拉－珍・麥當納

　　汪汪活下來了！我好高興。感謝馬丁，他知道我很擔心，所以在從獸醫那裡回程的途中特別繞道來看我。這不是我們的錯。汪汪只是有腸道阻塞之類的問題。真是鬆了一口氣！我們週六晚上六點在葛蘭奇見。艾瑪 x

---

來自：蘿倫・莫爾登
主旨：你好！
日期：2018年6月28日 06:29
致：伊莎貝爾・貝克

　　哈囉，親愛的！又過了好一段時間，你好嗎？有什麼新消息或八卦？媽媽說你們的戲劇就快上演了。我們希望能回去看，但我們的事情太多，也許只能祝你們演出順利。排練進行得怎麼樣？我知道你會令大家刮目相看的！波比好嗎？媽媽說他們還在募款，甚至還遇到一個騙子說要支付全部費用。她很驚訝居然有人會做這種事，但在聖安醫院工作過之後，我並不感到訝異。請告訴我你已經往前邁進了，伊莎。你不應該只是為了你的朋友而留在那裡。我知道你很喜歡和她一起工作，你甚至不願意考慮這

件事：但她對你的感覺可能和你對她不一樣，而且她隨時可能會離開。我不知道自己什麼時候會去那裡，但如果我去的話，我們可以見面。我會讓你知道我何時有空。這段時間如果有任何新消息，記得告訴我。親親，蘿 x

來自：伊莎貝爾・貝克
主旨：回覆：你好！
日期：2018年6月28日 06:44
致：蘿倫・莫爾登

　　莎曼莎的感覺和我完全一樣。我們可能是姐妹。她不像你和我那樣。她不像我們會容忍「那個人」。她已經和人力資源部的克勞蒂亞談過了，她們會私下確保「那個人」要麼被調職，要麼自己離開。不管怎樣，「那個人」很快就會離開了。雖然還沒發生，但我觀察到莎曼莎不會輕易放過任何事情。她會繼續努力，而大家也會聽她的話。總之，我們計畫一起去非洲分送 T 恤。這是莎曼莎的主意。她說我們合作得很好，很適合這樣的旅行。這需要花點時間計畫，所以我們目前不太關心工作的事。我不知道我什麼時候有空可以你見面。伊莎

來自：莎拉－珍・麥當納
主旨：明天的瑜伽馬拉松
日期：2018年6月29日 09:32
致：馬丁・海沃德

　　馬丁，海倫同意在瑜伽馬拉松開始時說幾句話。能請她提到

抽獎活動，並告訴大家抽獎券可以在葛蘭奇的櫃檯以及任何委員會成員（他們都會在不同的時間出席）那裡購得嗎？我已經在排練時和她提過此事，但我希望你能持續提醒她。在演出之前，這是我們主要的募款來源，所以，我非常希望它能成功。我們現在已經達到了一個飽和點，每個認識我們的人都已經捐過款了。這麼說吧，我們需要不斷重塑募款活動的吸引力。我不敢期待你和莉迪亞‧德雷克的合作。你知道我對此有些保留，但我很樂意被證明我錯了。期待明天在草坪上見到你，一起感受禪意的平靜。

莎拉－珍‧麥當納

來自：馬丁‧海沃德
主旨：回覆：明天的瑜伽馬拉松
日期：2018年6月29日 10:18
致：莎拉－珍‧麥當納

  我已經適時提醒海倫了。佩姬、葛蘭、波比和我都希望能在活動開始時出席，即便我們不能留到最後。此致，馬丁

二〇一八年六月二十九日，莎拉－珍‧麥當納和凱文‧麥當納之間發送的訊息：

10:22 莎拉－珍：
馬丁仍然對我不滿，但如果這樣能讓他不再把募款所得拿去做賭注的話，那就讓他不滿吧。哈利週日必須從板球場直接去排練，明白了嗎？

10:30 凱文：
親愛的凱文，麻煩你在你唯一的休假日早起，帶我們不喜歡運動的兒子去打板球，在他練習的兩個小時裡盯著他在那片寬廣的草地上活動，然後不要上廁所也不要吃飯，直接開車送他去參加一整天的排練。非常感謝你。愛你的妻子

10:32 莎拉－珍：
你知道我就是這個意思。

來自：佩姬・里斯維克
主旨：波比
日期：2018年6月29日 10:49
致：提許・巴托瓦醫生

　　親愛的提許，很高興在泰迪熊野餐會上見到你。謝謝你邀請我們。你能到場的意義十分重大。我知道所有的父母都很高興見到你。波比度過了一段愉快的時光。自從這件事發生以來，她的社交生活就減縮了，因此，能看到她和其他孩子以一種正常的方式互動，而不用一直躺在醫院的病床上，真的令人感到欣慰。那裡還有兩個小女孩：米莉和卡洛琳，兩人都和波比同齡，也都在進行她們第一期的化療。波比的體型比她們大兩倍。這正常嗎？我的意思是，儘管波比經歷了這些，但她依然在正常地發育和成長。我還是很擔心她正在服用的藥物是否有效。我想，我只是需要進一步的保證。再次感謝你，提許，佩姬 x

來自：提許・巴托瓦
主旨：回覆：波比
日期：2018年6月29日 12:01
致：佩姬・里斯維克

　　親愛的佩姬，我無法對其他病患所接受的治療或他們對治療的反應做出評論。如果能讓你安心的話，你們週一到醫院來的時候，我可以幫波比做個簡單的檢查。提許・巴托瓦醫生

來自：提許・巴托瓦
主旨：丹
日期：2018年6月29日 14:37
致：拉維・巴托瓦

　　丹有聯繫你嗎？我發了郵件和簡訊──都沒有回覆。從六月十二日之後就音訊全無。我們沒有聽說那裡又發生戰事了，但我們怎麼會聽說呢？沒有人會報告這些事。這麼長時間沒有收到他的消息很不尋常。我在考慮是否要聯繫外交暨聯邦事務部，但我記得他希望盡量對當局保持低調。每到夜晚，我就忍不住想到他。你有聽到任何消息嗎？提許

來自：拉維・巴托瓦
主旨：回覆：丹
日期：2018年6月29日 15:01
致：提許・巴托瓦

　　丹對我們有多關心，我就會對他有多關心。當他的家人在自

兇手就在字裡行間 ｜ 217

謀生路的時候，他卻在地球另一端幫助陌生人。我們對爸媽付出這麼多，卻被他們視為理所當然，你對此從來都不生氣嗎？他在十五年裡幾乎沒有寄過卡片給他們，但他們卻把他當作寶。沒有，我沒有收到他的消息，如果他消失了的話，那可能是因為他看到了艾登菲爾德最新的發票。拉維

PS 還有，不要讓我再提起其他的事。如果你要花時間和金錢幫他收拾爛攤子的話，那是你的事。

PPS 如果你真的希望他聯繫你，就不要再每個月寄生活費給他，還要對我假裝沒有這回事。

PPPS 還有，如果你想要知道為什麼他要和你保持聯繫，而不是和爸媽聯繫的話，可以參考上面那點的內容。

來自：提許·巴托瓦
主旨：回覆：丹
日期：2018年6月29日 15:25
致：拉維·巴托瓦

　　不管你對他有什麼看法，他都是我們的小弟，而且，他正在做著很重要的工作，如果我們可以的話，我們都會這麼做的。萬一發生了什麼事……我甚至不敢去想。所謂「其他的事」是一個渴望引人注意的騙子所編造的，我會證明的。如果你聽到任何消息就讓我知道。

來自：阿尼・巴蘭柯爾
主旨：我在哪裡，老兄
日期：2018年6月30日 17:53
致：凱爾・格林伍德

　　我困在洛克里波斯了，我從來沒有聽過這個地方。雖然天色還未全黑，但今天已經沒有火車了。這種鄉下地方確實和都市不一樣。我想要趕回去參加莎曼莎的瑜伽活動，但看來是不可能了。阿尼

來自：阿尼・巴蘭柯爾
主旨：回覆：我在哪裡，老兄？
日期：2018年6月30日 18:11
致：凱爾・格林伍德

　　謝謝你，老兄。你不需要這麼做的，不過，你真的很體貼。待會見。

來自：伊莎貝爾・貝克
主旨：回覆：搭便車去參加瑜伽
日期：2018年6月30日 18:12
致：莎曼莎・格林伍德

　　你好！沒問題，我會搭公車去你那裡，這樣凱爾就可以去接阿尼。我只是正在YouTube上看瑜伽影片，聽一位大師談論能量流的問題。阿尼能在洛克里波斯有朋友真是太幸運了！那裡有很多大房子。想想看，下週此時，我們已經演出完兩場，只剩下

兇手就在字裡行間 ｜ 219

最後一晚了！等不及要看到你的公寓了！從街景上看起來很漂亮，但我注意到那些照片是三年前拍的，所以你當時還沒有住在那裡。等演出結束後，我們就可以開始計畫我們的旅行了。每次我拿起我的排練袋，就會想到你和我們的非洲之旅，然後內心就會有點激動。我們去非洲的時候，我一定會帶著這個袋子。我想，我們可能需要發起另一場募捐活動來收集舊T恤。如果大家還在為波比募款的話，那可能會有些尷尬，但我相信他們很快就能達到目標，到時我們就可以開始我們的募捐。不管怎樣，我們都會先收集T恤，而不是現金。我希望凱爾和阿尼能及時回來參加瑜伽馬拉松。如果來不及，我們就得自己去葛蘭奇。如果我們真的得自己去，你也不用擔心──我知道怎麼搭公車。待會見！愛你的，伊莎 xxxx

仲夏瑜伽馬拉松

二〇一八年六月三十日　星期六
晚上七點～午夜
地點：葛蘭奇

加入艾瑪・庫魯克斯的行列
在漸虧的凸月下
享受充滿能量的因果重生之夜

疏通靈性的管道
表達深深的感激
喚醒內心的平靜

每人十英鎊（不設優惠）

現場提供有機茶點販售

所有收益都將用於「治療波比」

來自：佩姬・里斯維克
主旨：波比
日期：2018年6月30日 19:40
致：葛蘭・里斯維克

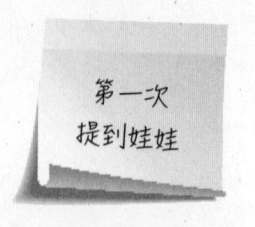

第一次提到娃娃

　　我已經把波比那個嚇人的巫毒娃娃拿走了。它讓我毛骨悚然，但主要是因為它是毛髮和髒布或者其他什麼東西做成的，而她的免疫系統不應該暴露在細菌之下。我不知道是誰給了她那個東西，但如果有人問起的話，就告訴他們她很喜歡、愛不釋手之類的。xx

---

二〇一八年六月三十日，凱文・麥當納和莎拉－珍・麥當納之間發送的訊息：

21:23 凱文：
我和賽門及其他人在一起。今晚會熬夜了。抱歉。好消息。科林答應捐五萬英鎊！當我還在那裡的時候，他就已經指示他的助理去轉帳了，所以他真的履行了承諾。不過，你不會相信誰是克萊夫・韓德勒。曾經是。是還是曾經是？希望瑜伽活動順利。晚點聊，我得走了——我在廁所裡。

21:35 莎拉－珍：
叫計程車回家。哈利明早九點得去打板球。瑜伽簡直是一場惡夢。該死！

二〇一八年六月三十日，莎拉－珍・麥當納和瑪格達・庫查之間發送的訊息：

21:35 莎拉－珍：
還有乾淨的毛巾嗎？

21:36 瑪格達：
沒有。那已經是全部了。明天洗衣店才會送來。有一袋髒毛巾。你要嗎？

21:37 莎拉－珍：
什麼都行。只要可以擋住那個味道就好。

二〇一八年六月三十日，艾瑪・庫魯克斯和莎拉－珍・麥當納之間發送的訊息：

21:39 艾瑪：
我知道他說不要打給救護車，但你覺得我們應該要打嗎？那一拳真的很重。他可能因為失去意識而，呃，失禁了。

21:44 莎拉－珍：
和他一起的那三個人全都是護士，所以他們應該知道怎麼處理。我們先看看他在這段休息時間結束之後的狀況。艾瑪，你真是了不起。謝謝你繼續主持並且控制了課程的秩序。至少，喬伊絲在貝瑞揍其他人之前已經先把他帶出去了。等他清醒後，我希望他會買一整本的抽獎券。

來自：喬伊絲・瓦佛德
主旨：我家貝瑞
日期：2018年6月30日 22:43
致：莎拉－珍・麥當納

事情是那傢伙挑起的。他發誓他已經給了我一張十英鎊的鈔票，正在等我找錢。但他根本沒有付款！這招老掉牙了，不過我也不年輕了，所以我告訴他他沒有付錢。他擺出一副打架的姿勢，如果不是那張桌子擋在我們之間，我真不敢想像他會做出什麼事。我家貝瑞只是去和他說句話，但那個人會武術，而且不知道自己的力氣有多大。真是卑鄙的傢伙，竟然想偷慈善活動的錢。我想他是那幾個護士的朋友。總之，我家貝瑞對打擾瑜伽活動感到很抱歉，並且希望大家都沒事。喬伊絲

來自：莎拉－珍・麥當納
主旨：回覆：我家貝瑞
日期：2018年7月1日 08:44
致：喬伊絲・瓦佛德

　　我告訴喬伊絲・瓦佛德。我說我用口述的，因為我正在開車送哈利去打板球。我不知道發生了什麼事，但那真的是一團混亂。當人們在電影裡捏自己的時候，他們看起來似乎不會痛。哈利！注意你的用詞。幸運的是，我們從來都沒有說過那是諾曼。我不知道那個人是誰，也不知道他現在怎麼樣了。貝瑞應該意識到那可能涉及小動物問題。我會查出更多打鼾的事。發送。現在發送。不要吵，哈利，我可以搞定。發送！

來自 KrystalCleer 的另一則免持電話語音轉文字訊息──保證高達90%的正確率

224　｜　The Appeal

來自：喬伊斯・瓦佛德
主旨：回覆：我家貝瑞
日期：2018年7月1日 08:50
致：莎拉－珍・麥當納

我剛收到從你郵箱地址發來的一則奇怪的訊息，莎拉－珍。那是病毒嗎？還是你把什麼東西掉在你的鍵盤上了？

2018年7月1日，凱文・麥當納和莎拉－珍・麥當納之間發送的訊息：

08:53 凱文：
我不舒服。不是感冒。比感冒更嚴重。馬丁對科林的五萬英鎊感到開心嗎？我想他可能會想要在本地的報紙上發布一則新聞。

09:05 莎拉－珍：
謝謝你直到早上七點才回來。 這正是我今早需要的。我正在一排四輪驅動車的隊伍裡，等著把車開進停車場。哈利已經下車去會所和其他人會面了。警察封鎖了一棟背對著綠地的房子，所以一次只有一輛車能開進去。

09:07 莎拉－珍：
我沒有告訴馬丁關於科林的事，因為我們瑜伽場地的中央發生了一場大亂鬥。我沒有親眼看到，但貝瑞因為凱爾的朋友對喬伊絲說了什麼而發火，並且找他對質。馬丁不知道為什麼也捲入其中，也許只是剛好走過去，結果讓狀況變得更糟，接著大家就看到貝瑞把那個人打倒了，到處都是血。

09:09 莎拉－珍：
那還不是最糟的。那個人失禁了。媽媽和凱爾聊過，她說，根據凱爾的說法，這是正常反應（你每天都會學到新知識）。艾瑪繼續帶領大

家做拜日式,但氣味變得越來越嚴重。葛蘭奇的毛巾都用光了。希莉亞‧哈立德吐了,因為她有糞便恐懼症,又叫做恐便症。那個人不停地罵人,嚷嚷著說不要去醫院。幸運的是,凱爾、莎曼莎和那個呆頭呆腦的女孩最終把他拖走了。真是一場災難。我們甚至沒有募集到多少錢。此外,哈利現在想要放棄板球,改學瑜伽。我馬上就能開進停車場了,謝天謝地。

09:12 凱文:
哇!真希望我當時在場。是花草茶出了問題,還是那個人來參加瑜伽馬拉松的時候就已經喝醉了?

來自:莎拉—珍‧麥當納
主旨:昨晚
日期:2018年7月1日 09:31
致:馬丁‧海沃德

親愛的馬丁,

　　瑜伽馬拉松比預期的更熱鬧,不過有個好消息:我們收到了科林‧布拉許的五萬英鎊捐款了!他經營一家科技公司,也是凱文共濟會的朋友。那筆錢應該在今早進了募款帳戶,如果我理解沒錯的話,第一劑藥物現在可以從美國發送過來了。請確認此事,以便我可以把這個好消息告訴委員會。經過昨晚之後,我們需要一些強有力的激勵——昨晚那件事的詳情我還不甚清楚。在混亂之中,我忘了讚美海倫再次發表了一場精采的演說。我會在今天下午排練時向她致謝,不過,由於我們的時間總是不夠充分,所以,我在此正式表達,她很成功地讓每個人的注意力——幾乎是每個人——都集中在了波比的困境上。

二〇一八年七月一日,凱文・麥當納發送給莎拉－珍・麥當納的訊息:

09:33 凱文:
我從來都不知道希莉亞有「糞便恐懼症」。害怕便便?真荒謬。那她是怎麼生活的?

來自:莎拉－珍・麥當納
主旨:回覆:我的貝瑞
日期:2018年7月1日 09:34
致:喬伊絲・瓦佛德

別人的便便。顯然她能忍受自己的。

來自:莎拉－珍・麥當納
主旨:回覆:我的貝瑞
日期:2018年7月1日 09:37
致:喬伊絲・瓦佛德

不是的!抱歉,喬伊絲,那是我要發給凱文的。我在手機上切換不同的app⋯⋯是啊,是啊,是啊,另外那個訊息不應該被發出去的。手機在哈利手上,我當時正在用一個他下載的語音app。我沒有聽說那個人怎麼樣了——或者他是誰,因為從來沒有見過他。我得弄清楚他受傷的程度。貝瑞要小心,他可能會被控告。我自己從來沒有被攻擊過,但如果我被攻擊了,我一定會提告的。

莎拉－珍・麥當納

二〇一八年七月一日，莎拉－珍・麥當納發給凱文・麥當納的訊息：

09:40　莎拉－珍：
別人的便便。顯然她能忍受自己的。

來自：莎拉－珍・麥當納
主旨：號碼
日期：2018年7月1日　09:41
致：伊莎貝爾・貝克

　　關於昨晚的事，我需要聯繫莎曼莎。她的電話號碼是幾號？

來自：馬丁・海沃德
主旨：回覆：昨晚
日期：2018年7月1日　09:45
致：莎拉－珍・麥當納

　　是啊，那傢伙不停地叫嚷著一些莫名其妙的話。無疑是喝醉了，或者就是一個瘋子。幸好海倫和佩姬當時已經離開了。我們募集到了多少錢？布拉許先生的事真是個好消息。如果再來一筆五萬英鎊就更好了。等到莉迪亞回報資金的情況時，我們就可以全面啟動了。今天是「重大星期天」的排練日，也就是演出週的開始。今天下午，我需要為置景安排幾件事。此致，馬丁

二〇一八年七月一日，凱文・麥當納和莎拉－珍・麥當納之間發送的訊息：

09:45 凱文：
胡扯！那不是什麼恐懼症。那只是想逃避鏟屎的藉口！

09:46 莎拉－珍：
不要發訊息給我了！我正在車裡用電話處理一堆事，而哈利正在練習板球。你去睡覺吧。別忘了今天是重大星期天。

來自：卡洛・迪爾林
主旨：昨晚
日期：2018年7月1日 09:55
致：瑪格麗特・迪爾林

　　媽，你當時就在他們旁邊：那傢伙對馬丁說了什麼？不管他說了什麼，馬丁的臉色瞬間慘白，就像鬼一樣。卡洛

來自：瑪格麗特・迪爾林
主旨：回覆：昨晚
日期：2018年7月1日 10:18
致：卡洛・迪爾林

　　我什麼也沒聽到。那個人在馬丁耳邊低語，但貝瑞在馬丁來得及回覆之前就把他打倒在地了。去問莎拉－珍，如果你能讓她靜下來五分鐘的話，我可做不到。媽媽

二〇一八年七月一日，卡洛‧迪爾林和莎拉－珍‧麥當納之間發送的訊息：

10:20 卡洛：
你今天會帶哈利過來嗎？我們準備了他的最愛：美味的烤牛肉。媽媽

10:29 莎拉－珍：
今天是重大星期天。我們得從板球場直接去費爾維劇團，要很晚才能回家。我上週就告訴過你了。總之，你昨天見過哈利了。我知道貝瑞為什麼打那個人了。他和喬伊絲因為花草茶的費用發生了爭執。這種事只有在這裡才會發生。

10:41 卡洛：
你外婆昨晚幾乎沒有見到他。帶他過來待一個小時吧。他們不需要他在舞台上待一整天！還有，那不是他們打架的原因。那個人對馬丁說了些什麼，那才是貝瑞揍他的原因。晚點見。媽媽

來自：馬丁‧海沃德
主旨：莉迪亞‧德雷克
日期：2018年7月1日 14:19
致：葛蘭‧里斯維克

  我們需要告訴大家關於莉迪亞‧德雷克的事。我會接受責難，但大家會對我感到生氣，所以我需要家人的支持，而詹姆士一直都在醫院，他無法幫忙。你什麼時候可以過來？

來自：伊莎貝爾‧貝克
主旨：回覆：號碼
日期：2018年7月1日 09:42

致：莎拉－珍・麥當納

　　嗨，SJ，我全程都在場，我知道發生了什麼事，所以，你不用擔心莎曼莎。我現在不能寫太多。我睡在莎曼莎的沙發上，因為我們回到家的時候已經很晚了。我回家後就可以把我的筆電拿出來，到時再發郵件給你。希望哈利對昨晚發生的事不會太沮喪。我晚點再寫給你。愛你的，伊莎 xxx

二〇一八年七月一日，伊莎貝爾・貝克發給莎曼莎・格林伍德的訊息：

09:43
你醒了嗎？

09:59
你現在醒了嗎？

來自：伊莎貝爾・貝克
主旨：你好！
日期：2018年7月1日 10:29
致：莎曼莎・格林伍德

　　我不想起床，除非我知道你已經醒了。謝謝你讓我睡在沙發上。我幾乎沒怎麼睡，所以，我知道凱爾和阿尼還沒從醫院回來。你家的裝潢很漂亮。但沒有什麼來自非洲的東西⋯⋯我原本以為你會有一些記錄你在非洲那段時間的物品，就像阿尼給波比的那種小娃娃。他真體貼，雖然我不敢說我相信那東西具有什麼

兇手就在字裡行間　｜　231

療效。我希望他沒事。總的來說，我想他還沒準備好在演出時幫忙。我會發郵件給喬爾讓他知道，雖然他昨晚也在那裡，我估計他已經猜到情況了。我無意中聽到阿尼提到克勞蒂亞。你有建議他在聖安醫院找工作嗎，就像我說的那樣？只不過……我沒想到他會這麼焦躁不安。我覺得他還沒準備好要重回職場。

我也想要有一張這種桌子。我在宜家的目錄上見過。你的筆電甚至比我的還要舊！我一直想升級，因為新款的筆電比這些舊款的更安全，但實在太貴了，而且我的手機效率比筆電快多了。

我一直嚮往能有個陽台。想像著夏天的時候可以在陽台上吃早餐。柳橙汁、綜合莓果和可頌（只要我達到了我的理想體重），然後再來一杯黑咖啡——雖然我不太喜歡咖啡，特別是沒有牛奶的話。我要去看看我是否能安靜地把那扇滑門打開。我曾經看著他們建造這棟公寓，並且很好奇高樓層的景色是什麼模樣。阿尼認識馬丁嗎？我不明白他為什麼要對馬丁說那些話……

這裡真好——又是一個美麗的好天氣。可惜我們得待在室內排練。你說你會送我回去，讓我在排練前可以沖澡和換衣服，但你介意等我一下嗎，這樣我們就可以一起走進會堂？經過昨晚之後……我們不希望別人認為我們有激進的朋友，否則我們可能不會被選為下一部戲的演員。也許，我們可以一起決定我們要怎麼對別人說。我不是指說謊，但不管阿尼有什麼問題，那都是病人的隱私。再說，經過昨晚之後，人們有權知道發生了什麼事。瑜伽課程被嚴重打斷了。我只希望那不會影響募款金額……阿尼要在你們這裡住多久？無論他是不是服錯了藥，還是有未被診斷出來的精神狀況，也許，讓他搬到能被監控和支持的地方才是最好的。希望凱爾能解決這個問題。他知道回家的公車路線嗎？這裡真高。我可以看到托普斯磁磚那棟大樓。你醒來的時候讓我知

道。愛你的，伊莎 xxxx

來自：伊莎貝爾・貝克
主旨：你好！
日期：2018年7月1日 10:33
致：莎曼莎・格林伍德

　　很抱歉又發郵件給你，但我們今天是否應該在排練前志願去清掃葛蘭奇的草坪？每當意外發生時，我們都習慣叫外包公司來處理——再加上我們忙著送阿尼去急診室……你想想，現場大部分的人可能會覺得糞便是整件事最糟糕的部分。如果說在老人醫學科工作帶給了我們什麼的話，那就是讓我們對人體排泄物有了很高的容忍度。不過，對我而言，最糟的是他所說的那些話。他為什麼指控馬丁是個強暴犯？我現在在廚房裡安靜地泡茶。我會準備兩杯，希望你很快就會醒來。愛你的，伊莎 xxxx

二〇一八年七月一日，尼克・瓦佛德和貝瑞・瓦佛德之間發送的訊息：

12:02 尼克：
媽媽在嘮叨什麼？你又被捕了嗎？

12:09 貝瑞：
只是某個討人厭的傢伙把我惹毛了。他對媽媽發火，然後又開始挑釁馬丁，所以我把他狠狠教訓了一頓。那傢伙真的拉在褲子裡了。真噁心！媽媽說他會去告發，但他不會的。那沒什麼。你覺得我們可以逃過重大星期天的排練去看比賽嗎？

來自：馬丁・海沃德
主旨：奇怪的事件
日期：2018年7月1日 12:21
致：提許・巴托瓦

親愛的提許，

我們即將展開一個新階段的募款——希望這能比現有的募款活動更有成效，因為現有的募款已經達到了瓶頸。你之前詢問過關於莎曼莎・格林伍德的事。昨晚在波比的一項慈善活動上發生了一件奇怪的事。莎曼莎和一個我從未見過的邋遢男子在一起。他引起了一些人的不滿，當我們劇團的一名年輕人看似就要對他動手時，我不得不介入。我這輩子從來沒有見過他，提許，但他似乎認識我——也認識你。他說我是「巴托瓦的走狗」，還有「保護強暴者」之類的話。他顯然精神並不穩定，但他怎麼會知道你的名字？此致，馬丁

來自：提許・巴托瓦
主旨：回覆：奇怪的事件
日期：2018年7月1日 12:49
致：馬丁・海沃德

親愛的馬丁，

不管這個人是誰，幕後主使者都是莎曼莎・格林伍德。說來話長，但他說的不是我。我弟弟在中非共和國經營一家專科診所。他偶爾會和其他援助機構及個人發生衝突，這主要是因為他的工作性質和籌款的困難。我們通常都希望志工慈善單位能夠朝

著同一個方向努力，但那個地方的情況卻超出了我們的邏輯與認知。我們很難想像，但那是一個飽受戰爭蹂躪且沒有法律的世界。在那裡，生命的價值微不足道，真相也沒有機會被看見。對於有些人來說，這樣的世界可以剝去他們文明的外表，直到剩下的只有生存的本能。而莎曼莎・格林伍德就是其中之一。不要相信她所說的任何事。我很抱歉你被牽扯進來，但請不要擔心。專心在募款上，我會處理她的問題。提許

來自：提許・巴托瓦
主旨：
日期：2018年7月1日 12:53
致：莎曼莎・格林伍德

　　我知道你想做什麼，但你不會成功的。你現在不在班基。只要我活著，你就永遠無法對他造成影響。

來自：伊莎貝爾・貝克
主旨：回覆：號碼
日期：2018年7月1日 12:55
致：莎拉－珍・麥當納

　　嗨，SJ！希望你一切都好，並且對重大星期天充滿了期待。我們很快就要回到舞台上、站在聚光燈底下了！很抱歉這麼晚才發郵件給你。莎曼莎剛送我回家換衣服。她正在停車，並且會在車裡等我，所以我不能待太久。我知道莎曼莎和凱爾對阿尼發生的事感到非常尷尬。他是他們在非洲的朋友──他顯然不是非洲

人,但他曾和他們一起在那裡工作——他們正在幫他適應回來的生活。我不能說太多,因為他的醫療狀況是保密的,但請不要擔心——不管他昨晚對誰說了什麼,那都不是真正的他。他昨天稍早的時候被困在了一個朋友家裡。凱爾去接他,然後直接載他到瑜伽馬拉松的現場,所以他錯過了服藥,才導致失控。還有,昨晚是滿月,雖然這聽起來有點瘋狂,但每個月的這個時候,人的情緒都比較容易波動,我想這也解釋了貝瑞的反應。我可能已經說了太多,但希望這能解釋阿尼激烈的言詞。我們直接把他送到了聖安醫院,而沒有等救護車。他的頭部受到重擊,所以,他的傷勢可能比看起來要嚴重。血栓和頸部傷害都要很謹慎處理。莎曼莎和我兩點才回到家,我們會在一點鐘抵達會堂,但凱爾會遲到,因為他剛從醫院回來。阿尼的脖子沒事,但他們要他在醫院待到出院會議結束。我希望他能得到更合適的照顧,因為在草坪衝突發生以前,他的行為就已經令人擔憂了。不過,這些都是我私下告訴你的。我們都想要彌補昨晚的事。如果我們志願清掃草坪是否會有幫助?這是莎曼莎的主意,她向來都知道怎麼做才是最好的。我很希望哈利沒有被昨晚的事嚇到。一點鐘見,愛你的,伊莎 xxx

來自:莎拉−珍‧麥當納
主旨:回覆:號碼
日期:2018年7月1日 13:00
致:伊莎貝爾‧貝克

　　這說明了一切。瑪格達已經把草坪清理得非常乾淨了。也許她會很高興收到一些花?我們會確保未來的募款活動不會碰到滿

月。哈利沒事。

　　莎拉－珍・麥當納

來自：伊莎貝爾・貝克
主旨：回覆：號碼
日期：2018年7月1日 13:05
致：莎曼莎・格林伍德

　　你好！謝謝你等我。希望你已經把你的郵件都發完了。啊！我從浴室窗戶能看到你——你在講電話。我很歡迎你在我公寓裡等，不過，反正我就快好了。我發了一則簡短的訊息給莎拉－珍，讓她知道問題出在阿尼的藥，而不是他本人。那個波蘭女孩瑪格達已經把草坪清理乾淨了。如果能送花給她應該很不錯：你覺得怎麼樣？我可以向「盛開花坊」訂花，讓他們週一送到葛蘭奇——費用就由我們三個人分攤。

　　我一直在想凱爾在電話裡說的話。他說阿尼錯過了他的藥。如果沒吃藥會導致那樣的反應，你不覺得他需要適當的幫助嗎？我不是指他對馬丁說的話，也不是指他對喬伊絲做的事；他在那之前就已經有些不對勁了。你比我聰明太多，你一定也注意到了。我相信凱爾不會這樣，但我曾經讀過，長時間與精神科病人接觸的人有時會把混亂的行為視為正常。我快準備好去參加重大星期天了！愛你的，伊莎 xxxx

二○一八年七月一日，莎拉－珍・麥當納發送給凱文・麥當納的訊息：

12:59 莎拉－珍：
你一直沒說誰是克萊夫・韓德勒。我在那場瑜伽馬拉松的糞便風暴中忘了問你。是誰？

13:14 莎拉－珍：
你的手機關機了，你在睡覺，對嗎？醒醒！別吊我胃口！真是典型的你！現在，馬丁已經來開會堂的門了。重大星期天就要開始了。別遲到，不然我會讓喬伊絲去把你叫醒。我是認真的。

菲米
你清楚發生在瑜伽馬拉松上的事嗎?

夏綠蒂
嗯,很清楚。

菲米
很好。我只是關心一下。

夏綠蒂
謝謝。

菲米
你可以幫我總結一下嗎?拜託了。

夏綠蒂
莎曼莎、凱爾、伊莎和阿尼去參加瑜伽馬拉松。那晚的某個時候,阿尼和喬伊絲在賣茶的櫃檯起了爭執。她憤怒的兒子貝瑞跟著他到了草坪上,並且和他對質,當時大家正在草坪上做瑜伽。馬丁試圖讓他們冷靜下來,但阿尼卻對他發火。阿尼所說的話讓貝瑞把他打倒在地,導致他一度失去意識等等。最後,莎曼莎、凱爾和伊莎把阿尼送去了醫院。

菲米
他指控馬丁保護強暴犯,還說馬丁是「巴托瓦的走狗」。

夏綠蒂
那讓所有無意間聽到的人都感到很困惑。因為他們不知道我們知道的事。我們知道那和莎曼莎、提許以及丹在非洲發生的事情有關,而且,這也透露出莎曼莎已經和阿尼說過她對募款感到懷疑。

菲米
我要鄭重聲明,我不同意巴托瓦對非洲的看法:「在那裡,生命的價值微不足道,真相也沒有機會被看見。」這是一種西方的觀點,它以非洲最紛擾的地區來定義整個非洲大陸。

夏綠蒂
趁著我們在休息,我想問一下:馬丁在六月二十三日的最新狀況報告中明確表示波比即將失明。但那正是莎拉-珍為了讓樂團免費演出所說的話——我的理解正確嗎?

菲米
對的。馬丁是個感到絕望的人。他的外孫女病重。他覺得有責任要治癒她。他並沒有讓他的妻子分攤這份壓力。

夏綠蒂
我認同提許和凱文。海沃德家很成功,是有錢的地主。他們為什麼不自己支付波比的治療費用?

菲米
他們的開支很多，從這些通訊中可以看得出來。他們真的像我們以為的那麼富有嗎？

夏綠蒂
所以，這個社群的人——那些財務狀況遠不如海沃德家的人——還被要求要盡量捐款。

菲米
我們又回到了核心家族的話題。社會壓力讓人們感到脆弱。總之，海沃德家是這個社群的核心。他們雇用了很多社群裡的人。所以，這些人支持他們也是合情合理的。

夏綠蒂
莎曼莎、凱爾和阿尼都在非洲的動盪地區生活和工作過好幾年，目睹了各種難以想像的事情。我們這份資料裡的第一封郵件提到了「摘除眼球」，真是令人震驚！他們的經歷是否會影響到他們對一般人眼中所謂「普通事件」的解讀？

菲米
除此之外，在他們回來以前似乎就已經發生在莎曼莎身上的「困擾」，對他們也具有重大的影響。不管她和丹在那裡發生了什麼事，必須回來的人都是莎曼莎，而不是丹。她輸了。

兇手就在字裡行間 | 241

來自：伊莎貝爾・貝克
主旨：你好！
日期：2018年7月1日 14:22
致：莎曼莎・格林伍德

　　你在休息室還好嗎？我在格子棚架後面的後台。他們在這個場景上花了好長時間。海倫是唯一一個能抓準台詞和走位時間點的人。馬丁對每個人都很冷漠。凱文、SJ和約翰全都處於混亂的狀態。我注意到你和凱爾之間一句話也沒說。我只能說：別擔心。重大星期天向來都是這樣。每個人都很疲憊，也很擔心。我們已經排練了好幾星期，只想趕快上台演出。沒有觀眾、沒有氣氛，大家都很累。不只如此，我想貝瑞還在宿醉中……有人對你提起昨晚的事嗎？幸運的是，對那些聽不到現場發生什麼事的人來說，貝瑞才是挑釁者。我不小心聽到瑪莉安和丹妮絲的對話，她們說貝瑞應該被逮捕，還說「那些護士自己把他送去了醫院」，她們的語氣彷彿在暗示我們才是那晚的英雄！太棒了！希望下齣劇選角的人也能這麼想。那場瑜伽活動只募到了五百英鎊。對我來說，那似乎是一個不小的數字，但SJ聽起來很失望。凱文來了之後（他遲到了），她幾乎沒有和他說過話。你瞧，大家都感受到了演出週的壓力。希望你沒事。舞台上見！愛你的，
伊莎 xxxx

來自：莎拉－珍・麥當納
主旨：最新狀況
日期：2018年7月1日 14:28
致：艾瑪・庫魯克斯

艾瑪，你今天下午還好嗎？但願你睡得比我好，並且不需要在黎明時分開車去洛克里波斯觀看不到十一歲的小孩打板球。首先，讓我告訴你一個好消息。那個被貝瑞重重打倒的人已經沒事了。他是那些護士的朋友，因為忘了服用他的鎮定劑而引發了一連串的事件。他已經得到健康證明，稍後就可以出院了。貝瑞現在在重大星期天的排練上，彷彿什麼都沒發生過。對他來說，可能真的沒發生過什麼，因為我懷疑他在瑜伽馬拉松之前就已經開始喝酒了。但喬伊絲是不會接受這個說法的。現在來說說壞消息吧：凱文成功地讓他的共濟會朋友捐了五萬英鎊。我知道這當然很好，但他這位科技專家朋友發現了我們那個募款詐騙者的身分。我知道我可以信任你不會外傳，艾瑪，但那個人也在這齣劇裡，在這齣劇演完之前，我不能對任何人透露任何事。我們希望演出順利，這樣才能募集到最多的資金。這事很令人震驚，但在一切塵埃落定之前，我不會輕舉妄動的。

　　莎拉－珍・麥當納

來自：艾瑪・庫魯克斯
主旨：回覆：最新狀況
日期：2018年7月1日 14:35
致：莎拉－珍・麥當納

　　噢，SJ，你這個可憐的傢伙！那個人是誰？我認識嗎？說吧，我不會告訴別人的。我昨晚睡得很香甜，謝謝你，不過，接下來一段時間我恐怕無法再睡得這麼好了，因為汪汪明天就要回來了。馬丁明天一早會去爪子接牠，然後直接送牠過來。牠已經可以正常活動了，但我沒有信心可以照顧好一隻狀況不佳的小狗。我真的很想說牠應該被送到佩姬家，但波比週一要去醫院，

這讓我怎麼說得出口？詹姆士在陪奧莉薇亞，馬丁和海倫要忙於經營葛蘭奇⋯⋯我以為今天是重大星期天呢？艾瑪 x

來自：莎拉－珍・麥當納
主旨：回覆：最新狀況
日期：2018年7月1日 14:41
致：艾瑪・庫魯克斯

　　今天是重大星期天沒錯。我們正在模擬中場休息，看看每個人是否都來得及換裝。如果汪汪不舒服的話，你明天晚上可以不參加委員會會議。我會做會議紀錄，然後發給大家。是的，你認識這個詐騙者。我們都認識。我不明白那個人為什麼要這麼做，但我應該讓他自己解釋——在演出結束之後。

　　莎拉－珍・麥當納

來自：馬丁・海沃德
主旨：
日期：2018年7月1日 14:43
致：葛蘭・里斯維克

　　星期二。在他們的委員會會議之後、戲劇演出之前。如果你需要談什麼，直接過來找我。不要發送電子郵件。此致

來自：伊莎貝爾・貝克
主旨：別擔心！
日期：2018年7月1日 23:31

244　|　The Appeal

致：莎拉－珍・麥當納

　　你好，SJ！抱歉這麼晚打擾你——而且還是在重大星期天之後——不過，我只是想說：別擔心。每個人都知道你很出色，你今天表現得雖然不如平常，但這只會促使你在週二和週三的技術彩排及服裝彩排中表現得更好。你可以放心，沒有人會認為你不好。我發這封郵件只是想提醒你，莎曼莎依然對加入波比的募款委員會很感興趣。雖然現在通知她明天要開會有點晚了，不過，我永遠都可以把訊息轉達給她。我已經備妥我的筆記本和筆了。明天見！愛你的，伊莎 xxx

---

來自：莎拉－珍・麥當納
主旨：回覆：別擔心！
日期：2018年7月1日 23:32
致：伊莎貝爾・貝克

　　你明天不用來。我會做會議紀錄。
　　莎拉－珍・麥當納

來自：伊莎貝爾・貝克
主旨：回覆：別擔心！
日期：2018年7月1日 23:33
致：莎拉－珍・麥當納

　　嗨，SJ，沒關係的。我已經準備好了，而且詹姆士也說，他希望我幫他做會議紀錄。我們七點見。愛你的，伊莎 xxx

兇手就在字裡行間　｜　245

來自：莎拉－珍・麥當納
主旨：回覆：別擔心！
日期：2018年7月1日 23:34
致：伊莎貝爾・貝克

<u>我說不要來</u>。我們不希望你來，也不需要你在場。
莎拉－珍・麥當納

來自：克勞蒂亞・迪索薩
主旨：
日期：2018年7月1日 23:45
致：莎曼莎・格林伍德

　　凱爾已經告訴我阿尼說了什麼，並且告訴我你現在也知道了。噢，莎曼莎，我很抱歉你是這樣得知的。我不想找藉口。我不希望發生這樣的事。凱爾也不希望。我還沒有告訴麥克。他因為工作要去愛丁堡，現在壓力很大。我需要找個合適的時機告訴他。他什麼都沒懷疑，我真的不知道他會有什麼反應。我也得考慮孩子們的情況。拜託，莎曼莎，先不要說出去。我真的非常、非常抱歉。克 x

---

來自：席亞拉・薩瓦奇
主旨：阿諾・巴蘭柯爾
日期：2018年7月1日 23:49
致：凱爾・格林伍德

親愛的格林伍德先生，

　　我了解到你現在負責處理阿諾・巴蘭柯爾的事情。他將於明早出院，但醫院不會在沒有合適的成人監督他服藥的情況下釋出他的藥方。我也會致函他的全科醫生，建議社區精神健康團隊評估他的需求，並且提供戒毒支持。你應該能在接下來的六到八週內安排一次初步諮詢。你可以在他的出院通知裡找到所有必要的詳情。如果你有進一步的問題，請隨時打電話給我。

　　此致，
　　席亞拉・薩瓦奇
　　聖安醫院緊急精神健康護理師

來自：伊莎貝爾・貝克
主旨：為什麼？
日期：2018年7月1日　23:52
致：詹姆士・海沃德

　　噢，詹姆士，我好難過。莎拉－珍發了一封很不友善的郵件給我，她說我被禁止參加明天的委員會會議。我告訴她，你要我幫你做會議紀錄，但她仍然說我不能去。當我收到會議通知的郵件時，我正好和你以及奧莉薇亞在一起，所以你知道我有受到邀請。我不知道她為什麼要那麼說。我只是想幫忙。我從剛才起就一直在哭，而我明早六點鐘還要起床去上班。伊莎 x

二〇一八年七月一～二日，詹姆士·海沃德和莎拉－珍·麥當納之間發送的訊息：

23:54 詹姆士：
伊莎貝爾被禁止參加委員會會議是怎麼回事？

23:57 莎拉－珍：
天哪，我今晚能睡覺嗎？那封會議邀請郵件是不小心發給她的。我會做會議紀錄。上次她在場幾乎沒有什麼用。我不知道她為什麼難過——現在我只希望能有個平靜的夜晚。

23:59 詹姆士：
我了解你的意思，SJ，但伊莎非常體貼。她一直在幫忙募款，也總是關心奧莉薇亞的狀況，甚至還來醫院探望過我們。讓她參加應該沒什麼壞處，不是嗎？

00:03 莎拉－珍：
有壞處。在演出結束之前，我不會再討論這個話題，但我不希望伊莎貝爾參與募款的任何事情。不要再問我了，詹姆士，也不要對其他人提及此事，尤其是伊莎貝爾。

00:04 莎拉－珍：
希望奧莉薇亞一切安好。

> 伊莎是
> 克萊夫．
> 韓德勒

抄錄自莎曼莎和凱爾·格林伍德公寓裡發現的一張手寫便條：

致 5a 的夫妻：

　　聽到你們的關係出問題，整棟公寓的人都感到很遺憾，但我們有些人得要早起，所以需要充足的睡眠。如果你們能在晚上 11

點後,通過簡訊、訊息或者電子郵件來解決你們的爭執就太好了。

感謝,
你們辛勤工作的鄰居們

來自:拉維・巴托瓦
主旨:艾登菲爾德
日期:2018年7月2日 09:54
致:提許・巴托瓦

　　艾登菲爾德的付款有什麼問題嗎?他們的財務主管剛打電話給我:這個月的電匯款尚未到帳,他們需要在今天下班前收到,否則將會產生額外的費用。媽一直在問丹的情況。我說他很好。
拉維

來自:提許・巴托瓦
主旨:回覆:艾登菲爾德
日期:2018年7月2日 11:49
致:拉維・巴托瓦

　　外交暨聯邦事務部說,幾週來那個地區的電力一直不穩定,但如果有西方援助工作者出事的話,他們應該會知道。他們試圖要讓我安心,不過,丹並未參與那些大型組織,我不確定如果真的發生什麼事,我們要多久才能得到消息。我擔心到無法清楚思考了。告訴媽媽我有收到丹的消息,丹很快會寫信給她。我這週需要處理薪資,所以現金流有點問題。我會再重新匯款的。提許

在莎曼莎·格林伍德桌上發現的一封信。這封信估計是在二〇一八年七月二日左右寄達的：

請轉交：莎曼莎·格林伍德
無國界醫生
獵戶座大廈，3樓
喬里森街49號
布拉姆方丹 2017
約翰尼斯堡
南非

2018年6月27日

親愛的格林伍德女士，

　　當你在剛果共和國與無國界醫生合作期間，我是剛果共和國瓦特邦特遣部隊的一員。我們沒有見過面，但我從其他援助工作者那裡聽說過你。我把這封信寄給無國界醫生，希望那裡有人知道你現在的地址，可以把信轉交給你。希望我的消息不會讓你感到太過沮喪。

　　兩週前，由於叛軍和民兵的一場衝突，我們被迫往東撤離，最後來到了剛果共和國與南蘇丹交界的法拉傑。這是一個荒涼的鄉村地區，所以，當我們發現一個看似診所的營地時，我們感到非常驚訝。它位於從南蘇丹過來的主要難民逃難路線上，所以它的存在是可以理解的。然而，它已經荒廢了。我們進駐後設置了緊急淨水設備和基本的醫療設施。這個地區的人們使用林加拉語

和史瓦希里語,不過,我們的領隊瑟利馬剛好會說這兩種語言。她逐漸了解到那裡發生了什麼事。我很懷疑是否有其他人知道這件事,就算有,他們也未必會告訴你。我不希望你透過媒體知道這個消息——這就是我現在寫這封信的原因。

當地人說,援助工作者建立這間診所的時候,南蘇丹和剛果共和國之間的人民往來還很頻繁。他們試圖設立一個醫療中心,但他們與當地社區之間的關係很緊張。這可能是由於一般的動盪,或者是跨界難民潮所引發的,但診所經常受到隨機的襲擊,使得援助工作者難以控制局面。他們並未撤離該地的事實顯示出他們是獨立作業,而且無法獲得關鍵訊息。

診所的負責人被稱之為丹尼爾・班基,但這裡在稱呼一個人的時候,習慣使用此人的名字加上他所來自的地名(這裡的每個人都是從別的地方來的)。我相信他就是丹尼爾・巴托瓦,當他發現自己無法在中非共和國工作時,就東移來到了這裡。

在一場特別激烈的衝突之後,他們逃往南方,但途中遭到民兵綁架,並且越過邊界進入到南蘇丹。口耳相傳的消息在哪裡都不可靠,這裡也一樣⋯⋯但瑟利馬說,根據傳回來的消息,他們被帶到了一個民兵的營地,並在他們手中還有醫療物資時被迫留在那裡。那些物資最多只能撐上一個星期。一旦他們的物資用盡,不再具有價值時,他們就全部遇害了,細節我就省略不說了。

我一直在掙扎是否要寫這封信給你。你可能對他始終沒有被繩之以法感到憤怒,或者對他可能被視為英雄感到憎恨。你也可能認為他在某種程度上罪有應得。我不知道這個消息會對你造成什麼影響,但我認為你應該知道。我們一直試著要把這個消息傳遞出去,但這裡沒有人能夠派遣隊伍越過邊境去確認死亡消息或

者運回遺體，所以，我不知道他的家人是否已經知道他的遭遇。他沒有結婚。來班基為那場審判付費的那名女子是他的近親。

　　我希望你在家鄉已經安頓了下來。這並不容易，尤其是在你不得不以那樣的方式離開的情況下。還有一件事你也應該知道，班基和其他地區的援助工作者都對你懷有高度的敬意。諷刺的是，情況已經改變了。你無法相信有多少援助工作者被悄悄地重新分配到城市裡擔任行政工作。不要告訴我，他們接受這樣的安排是因為他們不知道這種作法的背後可能存在某些意圖或問題。只要有弱勢群體的地方，就有剝削他們的人和保護施暴者的人──因為揭發他們就等於揭發自己對這種行為的默許。也許，他們之所以對剝削造成的痛苦視而不見，是因為他們認為剝削所帶來的好處比壞處多……不管這些改變背後的根本原因是什麼，如果沒有你的挺身而出，這些改變都不會發生。謝謝你。

　　此致，

　　瑪莎・迪亞茲
　　瓦特邦，南非普勒托利亞

來自：伊莎貝爾・貝克
主旨：你好！
日期：2018年7月2日 13:07
致：凱爾・格林伍德

　　嗨，凱爾，很遺憾聽到莎曼莎身體不舒服。我希望她能盡快康復，以便參加明天的技術彩排。但願病毒沒有在演員之間傳播。天哪！我當然不會在她試圖想要休息的時候打擾她。不過，我很驚訝阿尼今天能待在家。你對此沒有問題嗎？我和莎曼莎提過，他似乎在瑜伽馬拉松失控之前就有些焦躁不安了。我雖然不像你們那麼有經驗，但他需要的幫助似乎超過了你和莎曼莎所能提供的。他說「見到克勞蒂亞」，那到底是什麼意思？他顯然還沒準備好回去工作。

　　我正在上班，但經過了「重大星期天」前後兩晚的失眠之後，我感覺就像殭屍一樣。其實我非常疲憊，並且已經告訴莎拉－珍我今晚無法參加委員會的會議，真可惜，因為詹姆士希望我能做會議紀錄，但我必須考量自己的演出表現，所以我得早點上床睡覺。私下告訴你，SJ也應該這麼想，因為她昨天在台上的表現糟透了──我實在找不出什麼好話來形容。截至目前為止，你還喜歡演出週嗎？我注意到你和莎曼莎比平時安靜。別擔心。隨著演出週的推進，我們會越來越團結，等到首演那天晚上，費爾維劇團將會成為一支合作無間的隊伍。愛你們兩個，伊莎xxx

---

來自：佩姬・里斯維克
主旨：謝謝
日期：2018年7月2日 15:50
致：提許・巴托瓦

兇手就在字裡行間　│　253

親愛的提許，我只是想讓你知道，不管你今天給波比的藥物是什麼，它都生效了！從我們回家之後，她就一直感到不舒服，並且發燒，只能待在床上。終於——這證明了化療藥物已經開始發揮作用了！我決定剃光她的頭髮。我們把這個過程當作一個遊戲，而她也非常喜歡戴她的假髮。總而言之，這比等頭髮自然掉落的創傷小多了。非常感謝你，佩姬和波比 xxx

二〇一八年七月二日，馬丁・海沃德和詹姆士・海沃德之間發送的訊息：

18:00 馬丁：
讓你知道一下：明天。葛蘭同意過來一趟。

18:02 詹姆士：
我認為也應該如此。他到目前為止什麼也沒做。奧莉薇亞今天狀況不太好。他們說「很快」會進行手術。

18:05 馬丁：
不要再發訊息了。如果有什麼你需要知道的，我會去你家或醫院找你。媽媽和我向奧莉薇亞送上最誠摯的祝福。

來自：莎拉－珍・麥當納
主旨：委員會會議
日期：2018年7月2日 21:59
致：馬丁・海沃德
抄送：詹姆士・海沃德

親愛的馬丁和詹姆士，

今晚，我們召開了一次簡短的會議，確定了演出之夜的募款

策略。附件是簡短的綱要。關於抽獎活動，我們目前已經募集到三千八百七十英鎊。我預計到週六晚上，這個數字會超過四千英鎊。再加上票房、商品等收益，我有信心這場演出能募集到超過五千英鎊。我知道科林已經把他的五萬英鎊轉入了資金帳戶。你能確認一下第一批藥物是否已經運送出來了嗎？他還希望在報紙上刊登他的捐款新聞，並且已經安排了一位記者朋友來撰寫這篇報導。我告訴他，你們會一直忙到演出結束，他也願意等到下週再進行報導。我知道這有點麻煩，但這種宣傳可能對其他高淨值人士具有拋磚引玉的作用。我會和佩姬聯絡，看看波比何時能再接受拍照。

　　莎拉－珍·麥當納

來自：馬丁·海沃德
主旨：回覆：委員會會議
日期：2018年7月2日 22:17
致：莎拉－珍·麥當納
抄送：詹姆士·海沃德

　　謝謝你，莎拉－珍。我明天會發給大家。此致，馬丁

來自：索尼婭·阿札里克柯
主旨：回覆：幫忙
日期：2018年7月2日 23:30
致：莎曼莎·格林伍德

親愛的莎曼莎，

　　很遺憾聽到這個消息。真的。你值得擁有上帝所能賜予的每

一分快樂。是的,我可以幫你爭取以某種形式回到中非共和國。也許等一年屆滿之後。如果你能自己前往約翰尼斯堡就更好了。關於那個消息,我只聽到一些未經證實的報告,但我並不感到驚訝。由於那裡很危險,所以我們已經不在該區活動了。那種情況對獨立工作者非常不利。我會在這裡調查一下情況,並隨時向你更新。

祝福你,索尼婭

索尼婭・阿札里克柯醫生,內外全科醫學士(奈及利亞)2008,
英國皇家婦產科醫學文憑
無國界醫生專案協調員

來自:蘿倫・莫爾登
主旨:做得好!
日期:2018年7月2日 23:41
致:伊莎貝爾・貝克

> *莎曼莎去非洲是為了這件事?她是要逃離這裡去非洲還是回返非洲⋯⋯這有什麼不同嗎?

噢,我・的・天。媽媽告訴我瑜伽馬拉松上發生了什麼事。她說你是個英雄,對付了一個酒醉又暴力的人,拯救了整個場面。真是個聰明的女孩!快說,發生了什麼事?有新男友嗎?開玩笑的!嘿,你猜怎麼著?我前幾天去找了一個靈性顧問。她說,我是個充滿激情的女人,但有一個障礙讓我無法發揮我所有的潛能,達到我所渴望的靈性滿足。我告訴她發生了什麼事,以及那件事對我造成了多麼糟糕的影響,但我走出來了,而且那是我做過最勇敢的事。我們無法去看演出,但讓我知道所有的八卦。親親,蘿 x

草稿箱：
來自：伊莎貝爾・貝克
主旨：回覆：做得好！
日期：2018年7月2日 23:45
致：蘿倫・莫爾登

　　「對我造成了多麼糟糕的影響」是什麼意思？那沒有影響到你，因為他們責怪的是我。我們是朋友，所以我不想告發你。我以為我們可以對外共同承擔責任，但是私底下，我們知道那是你做的。我以為你會因為心懷感激而永遠當我的朋友。當你告訴他們那是我做的時候，我簡直嚇壞了。你知道我當時無法對他們說出實話，因為那樣就等於承認我之前說謊了。就算我之前說謊，但你告訴他們事情是我做的，這個謊言比我的更糟糕。現在，你自己都相信了──那個錯是我犯的。你真的相信是我做的，或者你只是要在我的腦子裡改寫這段歷史，就像你在你自己的腦子裡改寫一樣？

來自：伊莎貝爾・貝克
主旨：回覆：做得好！
日期：2018年7月2日 23:53
致：蘿倫・莫爾登

　　那真的沒什麼。我不能說太多，因為這是保密的，不過，沒錯，我幫忙處理了所有的事情，帶那個人到醫院，讓他得到他需要的幫助。莎曼莎和凱爾沒有意識到他的狀況有多糟，但從我上車那一刻起，我就看出他有些不對勁。人在極端的情況下會說出

實話，這點真的很有趣。你知道我很會看人。我對克勞蒂亞的判斷是對的。伊莎

來自：凱文・麥當納
主旨：哈
日期：2018年7月3日 08:15
致：莎拉－珍・麥當納

他怎麼樣了？我出門前親吻了他，和他說再見，但當時太早了，他還在睡覺。如果他的情況沒有好轉，他可以不參加技術排練。馬丁會理解的。今天會有一位名叫朱利安・馬赫的人聯繫你：對他好一點——他是科林的記者朋友。

來自：克勞蒂亞・迪索薩
主旨：評鑑
日期：2018年7月3日 08:59
致：莎曼莎・格林伍德

親愛的格林伍德女士，

　　我需要幫你安排一次評鑑。請查看以下的空檔時段表，並勾選你最方便的時段。我會預約人力資源部門的格萊斯頓室，我們可以在那裡私下交談，不會被打擾。

　　此致，克勞蒂亞・迪索薩
　　人力資源部經理
　　聖安醫院

警方事故報告

日期：二〇一八年七月一日
地點：維多利亞花園42號，洛克里波斯
通報警員：瓦維克‧透納警員
犯罪詳情：非法入侵、偷竊、襲擊、實際人身傷害、非法拘禁
罪案編號：11346778-08

　　七月一日早上，警方在六十三歲的屋主羅伯特‧格林先生報警後抵達現場。警方到達時發現情緒激動的格林先生正在屋前的花園接受鄰居安慰。他告訴警方，他是這起入室盜竊／襲擊事件的受害者，對方在尋找一件多年前已被他售出的藝術品時虐待了他。尋找未遂之後，三名蒙面歹徒開始在屋裡翻箱倒櫃，竊取了現金、珠寶和其他的小型貴重物品。他們蒙住受害人的眼睛、塞住他的嘴巴，並把他綁在一台散熱器上。受害人指出，那些罪犯在前一天下午──二〇一八年六月三十日星期六──進到屋裡。他說，他們從落地窗進來，大約在屋裡停留了一個小時才逃離。受害人花了十六個小時才掙脫束縛，然後報警。

犯罪者描述：
男性1──白人、中等身材、深色頭髮、倫敦口音
男性2──白人、身材魁梧、聲音沙啞、倫敦口音
男性3──白人、體型偏瘦，講話緩慢（有一種拖長語調的感覺）、口音不明

備註：受害人提供了一份名單給警方，列出有哪些人可能以為他還擁有那件藝術品。由於他原本預計在那個週末出門旅行，他認為那些闖入者並未預期他會在家。他們似乎沒有攜帶武器；不過，他們使用屋裡的物品作為武器，包括一尊木製的小雕像和一根金屬古董長鞋拔。儘管身上有瘀傷，受害人仍然再三拒絕警方要他就醫的友善建議。受害人擁有大量的非洲手工藝品收藏。男性3準確地辨認出其中一個療癒娃娃，如圖所示，並將其盜走。這表示他對這類的文化和文物具有一定的知識或經驗。

＊ 受害人要求警方不要對媒體公布這起事件涉及暴力。在排除可能的脫手管道之前，初步新聞稿應該避免提供有關被竊物件的詳細資訊。

來自：普莉提・潘查爾
主旨：詢問 IB23436008 978PP
日期：2018年7月3日 09:43
致：莎曼莎・格林伍德

親愛的格林伍德女士，

　　我檢查了您的帳戶活動，發現有一系列的提款是使用您丈夫的提款卡和正確的密碼操作的。提款額度已達極限，導致當前帳戶透支，儲蓄帳戶也已經空了。由於該卡片並未報失，是否可能是您家中的其他人使用了這張提款卡？我們經常發現有人忘記自己曾經提款，過了一段時間才回想起來。在沒有更多證據顯示此事涉及犯罪之前，我無法批准調閱監視器素材進行耗時的搜尋。很抱歉無法提供進一步的協助。

　　此致，
　　普莉提・潘查爾
　　客戶服務部

來自：馬丁・海沃德
主旨：
日期：2018年7月3日 09:59
致：提許・巴托瓦

　　親愛的提許，我的認知是，有效成分至少還可以維持一個月。此致，馬丁

兇手就在字裡行間 | 261

來自：提許・巴托瓦
主旨：回覆：
日期：2018年7月3日 11:48
致：馬丁・海沃德

　　馬丁，我現在手上有很多事要處理。那些小藥瓶還能再維持一段時間，但我擔心拖久了會對藥物本身的品質造成影響。請考慮用你的資產申請貸款。傳統化療的藥物現在讓波比很不舒服，我不希望她的免疫系統下降到低於新藥物所需的標準。請隨時告知最新狀況。提許

來自：伊恩・拉維
主旨：丹尼爾・巴托瓦
日期：2018年7月3日 12:58
致：提許・巴托瓦醫生

親愛的巴托瓦醫生，
　　關於你來電詢問你弟弟丹尼爾・巴托瓦最後的行蹤，我只能告訴你，實地報告確認他在幾個月前已經離開了班基，從那時起就沒有人再見過他。他在為他的婦女健康診所申請資金遭拒之後不久就離開了。我不知道他為何讓你相信他仍在班基，但他可能已經前往東部的偏遠戰亂地區。也許他不希望你擔心。
　　如你所知，那個地區除了暴力衝突之外，也缺乏電力和水資源，因此，已經很少有援助機構還繼續駐守在那裡。當地的人口多半是流離失所的人、移民和從其他地方逃離戰亂而來的難民，因此，在資訊的傳遞上存在了文化和語言的障礙。儘管如此，我知道丹尼爾・巴托瓦不僅能在最艱難的情況下生存，還能在這種

環境中蓬勃發展。他在這方面的經驗豐富，同時具有充足的當地知識和語言技巧。我們還不需要做最壞的假設。

我已經詢問過我所認識的單位，你也可以透過你在國際發展部的人脈以及其他你認為可能會知道更多資訊的消息來源進行查詢。如果有任何確定的消息，我會立刻通知你。

祝好運，

伊恩・拉維
非洲事務處
外交暨聯邦事務部

來自：拉維・巴托瓦
主旨：回覆：轉發：丹尼爾・巴托瓦
日期：2018年7月3日 13:32
致：提許・巴托瓦

謝謝你轉發那封郵件給我，提許。真該死。我已經告訴媽媽說他有和你保持聯繫。這傢伙說不要做最壞的假設……聽著，我們了解丹。他即便掉到糞坑，爬起來時也總能帶著玫瑰的香味。這封郵件基本上就是這個意思。他為什麼沒有提到他已經離開班基？我以為他說他的資金已經恢復了？他肯定沒有考慮到我們，因為他這輩子除了他自己，從來都沒想過別人。在那個指控之後，他們讓他在班基待不下去了嗎？也許，這次他無法擺脫臭名了。別急。這幾年來，我們早就知道這種事隨時都可能發生。只要有機會，他會盡快和你聯繫的。拉維

二○一八年七月三日發布於洛克伍德公報線上版的一則報導,並於七月六日刊登於印刷版:

無情暴徒在光天化日下的入室盜竊事件中毆打六十三歲的老人

週六下午(六月三十日),三名穿著風衣的蒙面男子在洛克里波斯的維多利亞花園,伏擊了當時正在自宅中的六十三歲退休藝術品暨古董交易商羅伯特‧格林。警方表示,這些男子從房子後面進入屋裡,可能是通過位於葛林巷的板球場,並在屋內停留了大約一個小時,偷走各種小古董、珠寶和非洲工藝品。警方呼籲週六下午在該地區看到任何可疑情況的目擊者提供線索,特別是那些裝有監視器的住家和商店。三名男子均為白人,帶有英國口音,而且似乎對藝術和古董有一定的了解。

來自：伊莎貝爾・貝克
主旨：你好！
日期：2018您7月3日 13:40
致：莎曼莎・格林伍德

　　你好，莎曼莎！噢，很遺憾看到你今天又沒來上班。我今天真的會想念你，並希望你的肚子會好一點。如果沒有改善的話就讓我知道，我會在回家途中去 Boots 買點止瀉劑。你知道我們都怎麼說的：演出還是得繼續！今晚是技術彩排，明天是服裝彩排，然後就是週四的首演之夜了。天哪！哎呀！耶！前一分鐘我還感到緊張，下一分鐘卻興奮難耐。然後，我會想到下週此時一切就結束了，所以，我的心情又會變得沉重。我決定要在我的委員會會議紀錄本裡做一份新的清單，列出我們在這個夏天可以做的事情。慢跑和瑜伽首先浮現在我的腦海裡，至於其他的事，我們可以再討論。也許明天可以一起在橘園午餐？在此附上公報上一則小故事的連結，以防阿尼上週六去找他朋友時有看到任何情況。那是關於發生在洛克里波斯的一起入室盜竊案件——一名老人遭到毆打。我很高興聽到阿尼的新藥有效。希望你也認為現在讓他加入劇團有點操之過急了。讓我知道你是否需要止瀉劑。愛你的，伊莎 xxxx

---

來自：朱利安・馬赫
主旨：科林・布拉許
日期：2018年7月3日 13:59
致：莎拉－珍・麥當納

親愛的麥當納女士，

　　我正在幫公報撰寫一篇關於科林・布拉許向某個小女孩的慈善活動捐款的報導。我會拍攝一張科林和那個小女孩以及她母親的合影，最好是在醫院的病床上。她現在是光頭嗎？太好了，謝謝你幫忙安排。朱利安

來自：馬丁・海沃德
主旨：我的錯
日期：2018年7月3日 14:08
致：郵寄名單中的所有人
抄送：治療波比

親愛的各位，

　　我的每一封信都是以道歉開始。但這次的道歉遠比我想像的更為揪心和羞愧。雖然難以啟齒，但我要告訴你們，在你們如此盡心盡力為波比募款之後，我卻把其中的八萬英鎊丟失了。我大可責怪那個偽裝成投資銀行家的詐騙犯，因為她保證可以在短時間內籌集到可觀的資金，然而，是我自己一心想要相信她，並且把錢交給她。儘管我身邊的人都曾警告我，但我還是那麼做了，是我的錯。

　　大家都說，你不能誆騙一個誠實的人，然而，每一個詐騙的受害者至少都要為自己的貪婪負責。有了這次的經驗，我不得不

同意這點。我早已經知道，新的藥物組合所需要的二十五萬英鎊只是治療波比的起點。如果要讓她長期康復，我們至少需要四批藥物，也就是說我們總共需要一百萬英鎊。我想要盡快籌集到這些資金，而不再依賴那些好心人的辛勤付出，因為他們自己的生活已經有太多煩惱了。然而，就在我對能否達成目標感到絕望時，一名女子出現了，她說她可以提供幫助。

請各位明白，那些知道我在考慮什麼的人都試著勸我不要那麼做。其中包括了親愛的莎拉－珍，我很後悔沒有聽從她堅定的忠告。我兒子詹姆士和女婿葛蘭也都感到懷疑，在詹姆士於醫院陪伴奧莉薇亞期間，葛蘭一直都是我的堅強支柱。實際上是葛蘭揭穿了這場騙局，他昨天回到他在市區的舊公司，並且在前同事的幫忙下，試著查找我們已經投資的那個基金項目。結果毫無疑問地，那八萬英鎊已經消失了，而那個把我們家當成目標、冷血又工於心計的女人也消失得無影無蹤了。

我已經無話可說。真的非常、非常抱歉。此致，馬丁

來自：莎拉－珍‧麥當納
主旨：回覆：我的錯
日期：2018年7月3日 14:22
致：馬丁‧海沃德

親愛的馬丁，

我很遺憾。雖然這並未完全出乎意料，但我確實曾經希望你在莉迪亞‧德雷克一事上是對的，也希望她的參與能為資金帶來顯著的增長。我猜你已經報警或者打算要報警了？我原本打算等到演出結束後再提這件事，但科林最近幫我們識別出了用來發送

克萊夫‧韓德勒那些郵件的設備。也許他能幫你查出莉迪亞‧德雷克的真正身分（我猜那不是她真實的身分）。

莎拉－珍‧麥當納

二〇一八年七月三日，凱文‧麥當納發給莎拉－珍‧麥當納的訊息：

14:23 凱文：
該死！真是個傻瓜。警方有什麼消息嗎？我猜這不是她第一次這樣做了。我們得告訴科林。這會讓我們看起來好像是在向他要更多的現金。如果他可以補足那筆損失的錢就太好了，但我們不能指望他會這麼做。哈利剛才轉發了一款 PlayStation 新遊戲的促銷郵件給我，看來他已經好多了？

來自：莎拉－珍‧麥當納
主旨：回覆：科林‧布拉許
日期：2018年7月3日 14:46
致：朱利安‧馬赫

親愛的朱利安，

　　在你發來郵件之後，這個故事有了一些新的發展。科林可能還不知道這些情況，坦白說，在他如此的慷慨和支持之後，我很擔心要告訴他這個消息。我們的募款被詐騙了八萬英鎊。一名自稱莉迪亞‧德雷克的女子承諾馬丁‧海沃德，亦即波比的外祖父，她可以透過投資高風險、高報酬的基金，讓他的資金獲得豐厚回報。你可以想像，脆弱的他把募款活動籌集到的錢交給了她。有人竟然可以冷酷地從一個病童和一個痛苦的家庭身上竊取

錢財，這讓我感到很氣憤。你能否以某種方式揭露這場騙局，以警告其他潛在的受害者？這也許有助於為募款活動籌集到替代資金，並讓更多人知道此事。如果你有任何建議或者可以提供什麼幫助，我們都將不勝感激。

　　莎拉－珍・麥當納

來自：馬丁・海沃德
主旨：回覆：我的錯
日期：2018年7月3日　15:02
致：莎拉－珍・麥當納

　　你知道誰是克萊夫・韓德勒？是誰？是我們認識的人嗎？你為什麼一直沒有說？此致

來自：喬伊絲・瓦佛德
主旨：回覆：我的錯
日期：2018年7月3日　15:10
致：馬丁・海沃德

　　親愛的馬丁，如果某件事聽起來好到令人難以置信，那它很可能就不是真的。喬伊絲

來自：瑪莉安・佩恩
主旨：回覆：我的錯
日期：2018年7月3日 15:26
致：馬丁・海沃德

親愛的馬丁，怎麼會有人做這種事？而且還是一個女人！如果她打算從一個病童身上偷錢，那她自己一定沒有孩子。米克無法相信此事，我知道凱倫聽到的時候一定會很震驚。警方怎麼說？他們會追蹤那筆錢的去向，並且把它追回來的。我們知道，因為米克的堂兄幾年前也曾經和不良分子有所牽扯，當時警方就是這麼處理的。雖然那次的情況和這次完全不同。他只不過是從其他毒販那裡偷了東西，而且只是為了報復。噢，馬丁，請不要自責。你當時只是做了你認為最好的選擇。世界上有這種人存在並非你的錯。愛你的，瑪莉安、米克和凱倫 x

---

來自：伊莎貝爾・貝克
主旨：回覆：我的錯
日期：2018年7月3日 16:27
致：馬丁・海沃德

親愛的馬丁，很遺憾聽到這件事。我甚至無法想像擁有那麼一大筆錢，更別說擁有之後又失去。別擔心。這週的演出至少可以籌募一部分回來。此外，就算獲取波比的新藥比你想像中更耗時，至少她還能接受化療，而且摩爾山醫院腫瘤科的聲譽也很好。我受訓時曾經在那裡實習過，雖然後來就不曾再回去，但聖安醫院和摩爾山隸屬於同一個健康醫療信託，所以我知道各個不同部門的優缺點。我相信沒有人會責怪你試圖要盡快募足資金。

任何人在這樣的處境下也都會這麼做的。希望這不會影響到吾子吾弟的演出，因為為了呈現最好的演出，整個劇團一直努力至今。我知道莎曼莎、凱爾和我都非常興奮，並且為我們參與其中感到驕傲。你知道有這麼一句話：演出還是要繼續！愛你的，伊莎 xxx

---

來自：伊莎貝爾．貝克
主旨：你好！
日期：2018年7月3日 16:36
致：莎曼莎．格林伍德

　　嗨，莎曼莎！天哪！你看到馬丁的郵件了嗎？八萬英鎊付諸流水。那可是一筆鉅款！馬丁怎麼會掉入這樣的詭計裡！他向來都表現得很理性，而且一副掌控一切的樣子。這顯示出壓力和絕望可以讓人做出不同於平常的行為。我已經發了一封鼓舞的郵件給他，向他保證我們都會支持這次的演出。我們最不希望的就是演出之夜受到擾亂。我告訴他，反正波比正在進行化療，她並不是沒有接受任何治療。我不想明說，但這些新藥物有可能無法治癒她。幾個星期前，我的第一個反應就是，它們不會比既存的治療方式好。人們往往會被希望的潮流所左右，不是嗎？我很期待今晚的技術彩排。別擔心：那其實不是為了我們而進行的。那是為了讓燈光、音響和後台能夠相互配合。雖然服裝彩排要等到明天，但我打算提前穿上我的戲服。當我穿上對的服裝時，我就會更融入角色。想想看──後天就是首演之夜了，我會一整天都不停地發郵件給你，一次又一次地告訴你我有多麼緊張⋯⋯你也將一次又一次地告訴我，緊張會讓我的演出更出色，而那會讓我覺

得稍微好過一些——雖然只是幾分鐘而已！希望你和凱爾跟我一樣期待！很愛你的，伊莎 xxxxx

來自：杰奇・馬許
主旨：回覆：我的錯
日期：2018年7月3日 16:54
致：馬丁・海沃德

　　我現在需要拿回我捐給波比募款活動的錢。你知道該怎麼操作——逆向交易或其他的處理方式。反正我原本就沒打算捐那麼多，所以我並不是在討回捐款。這點很重要。
發送自我的 Samsung Galaxy S9

再也不會尿褲子了！神奇的防尿褲 peeproofpants.eu。不再滲漏或弄髒。現在就訂購，兩件只需一件的價格。peeproofpants.eu。你一定不會相信。

二〇一八年七月三日發布於洛克伍德公報線上版的一則報導：

追緝八萬英鎊癌症慈善募款詐騙犯
朱利安・馬赫報導

一筆為幼童治療癌症的慈善募款被詐取了八萬英鎊。兩歲的波比・里斯維克，圖為她和她的母親佩姬與本地歌手唐尼・蘇奇洛在募款活動啟動時的合照，在今年初被診斷出患有髓母細胞瘤，她最好的治癒機會據說是一款目前僅能在美國取得的新藥。為了籌募第一期治療所需的二十五萬英鎊，她的朋友和家人啟動了「治療波比」的募款活動，捐款也大量湧入。隨後，一名自稱莉迪亞・德雷克的投資銀行家找上了波比五十九歲的外祖父馬丁・海沃德，並且承諾能在短短三個月內讓資金增加到一百萬。馬丁・海沃德解釋說：「我想要盡快籌集到這些資金，而不再依賴那些好心人的辛勤付出，因為他們自己的生活已經有太多煩惱了。就在我對能否達成目標感到絕望時，一名女子出現了，她說她可以提供幫助。」然而，幾個星期後，這家人才發現德雷克女士連同她所收到的那筆八萬英鎊一起消失了。更多關於募款的資訊請見 www.wefund.com/acureforpoppy。

來自：朱利安・馬赫
主旨：回覆：科林・布拉許
日期：2018年7月3日 17:18
致：馬丁・海沃德

　　以下的連結是你丟失八萬英鎊的故事。我正在線上即時更新訊息，所以請盡快提供以下資訊：
- 處理這個案子的警方團隊名字以及他們的公開聯繫方式。
- 莉迪亞・德雷克的描述以及她提供給你的任何個人資訊：例如履歷、辦公室地址等。
- 你自己、波比和她母親看起來憂心忡忡的近照。
- 提供捐款詳細資料給想要捐款以彌補你們這筆損失的讀者。我在線上報導底下列出了網址，但對於我們的印刷版來說，提供郵寄地址會更好。

　　祝好，朱利安

來自：馬丁・海沃德
主旨：回覆：我的錯
日期：2018年7月3日 17:29
致：莎拉－珍・麥當納

　　一名記者聯繫了我。我正在閱讀一篇關於莉迪亞・德雷克的線上報導。

來自：莎拉－珍・麥當納
主旨：回覆：我的錯
日期：2018年7月3日 17:36
致：馬丁・海沃德

　　太棒了！希望這對我們有幫助：a）找到莉迪亞・德雷克；b）宣傳這起詐騙事件，這樣我們可以更快地把這筆錢募集回來。朱利安的速度真令我佩服。非常有效率。警方有什麼消息？他們知道布雷克女士這個人嗎？

　　莎拉－珍・麥當納

來自：馬丁・海沃德
主旨：回覆：我的錯
日期：2018年7月3日 17:40
致：莎拉－珍・麥當納

　　莎拉－珍，這篇報導必須立刻被撤掉。我不希望這件事被公開。這對我們或募款沒有任何好處。天哪！

來自：莎拉－珍・麥當納
主旨：回覆：我的錯
日期：2018年7月3日 17:49
致：馬丁・海沃德

　　馬丁，我知道你對於陷入騙局感到羞愧和丟臉，但這正是讓德雷克這種罪犯能被逮到的方式。也能讓其他人以後避免落入類似的騙局。無論你覺得多麼尷尬，這樣做都是有好處的——你看

看募款網頁——自從這則故事上線以來，新的捐款已經穩定地湧入了。不妨把這當作是募款過程的另一個階段。警方一定也建議你盡可能地廣泛宣傳這件事……你已經報警了吧，馬丁？

來自：馬丁・海沃德
主旨：回覆：我的錯
日期：2018年7月3日 17:53
致：莎拉－珍・麥當納

　　沒有。我不希望這件事被傳出去。聯絡他們，撤掉這則報導，把它從搜尋引擎中刪除，不管他們需要做什麼動作。我們不能讓警方插手調查。我很抱歉，但現在這是家務事了。我會封鎖朱利安・馬赫，也不希望你告訴他任何事。讓這件事過去吧。

二〇一八年七月三日，凱文・麥當納發給莎拉－珍・麥當納的訊息：

18:02 凱文：
我知道，但我們能怎麼辦？科林很樂意調查莉迪亞的郵箱代碼，所以我已經把她發給我的訊息轉發給他了。他認為她可能隸屬於一個更大的集團，並且會掩蓋她的足跡，不過，如果他發現什麼的話，他會讓我們知道的。如果能查到是誰的話，我們就在演出結束之後親自去報警。

來自：克勞蒂亞・迪索薩
主旨：評鑑
日期：2018年7月3日 18:02

致：莎曼莎・格林伍德

親愛的莎曼莎，

　　我把你沒有回覆我視為你不想和我見面。我了解，真的。你一定覺得糟透了，這也是可以預期的反應。凱爾告訴我關於發生在非洲的一切，我很遺憾。我只是想讓你知道，這對我們來說也同樣艱難。這幾週以來，凱爾和我也備感煎熬。相信我，如果我們可以分開的話，我們一定會的。我們的感情比我們的理智更為強烈。凱爾原本想要等你們的演出結束之後親自告訴你。他沒有人可以傾訴，所以在阿尼出現明顯的症狀之前，他向阿尼吐露了心聲。如果他知道阿尼會那樣脫口而出的話，他絕對不會說的。事已至此。我們現在都無能為力了。我保證，這個星期，我會告訴麥克和孩子們。他明天會回來，我得找到適當的時機。克勞蒂亞

來自：伊莎貝爾・貝克
主旨：你好！
日期：2018年7月3日 18:05
致：莎曼莎・格林伍德

　　你好，莎曼莎！很高興你身體好多了，可以來參加今晚的技術彩排。我現在在會堂外面，但這裡全都上鎖了。這讓我知道不應該提早半小時到。不過，這是一個溫暖又美好的傍晚，我可以坐在這裡，看著世界轉動。我一直在想克勞蒂亞的事，以及她沒有回你訊息的事實。你認為她和「那個人」是朋友嗎？是這樣的，今天下午休息的時候，我在員工休息室裡，蓋諾問我演出進

行得怎麼樣。「那個人」竟然站到我面前說:「蓋諾,我想知道關於你週末去做水療的一切……」她完全不讓我說話。(蓋諾原本可以說:「很抱歉,法蘭西絲,伊莎正要告訴我關於她演出的事。我可以稍後再和你聊水療的事」── 我知道要是你就會這麼說──但他沒有。)我只能站在那裡,聽著蓋諾告訴她關於水療的事,「那個人」一副驚訝的模樣,彷彿蓋諾去的地方是月球,而非只是一個有游泳池的飯店(我們都知道「那個人」負擔不起那種有游泳池的飯店)。也許,克勞蒂亞的郵箱地址出了什麼問題?你知道她丈夫在聖安醫院的公關部工作嗎?內部網絡上有他的名字。所以,如果需要的話,我們可以透過他了解狀況。

啊,馬丁來開門了。私下告訴你,他看起來很蒼白。我不會提起資金的事。他可能想要忘了此事。希望很快見到你和凱爾。很愛你的,伊莎

一張廉價的慰問卡寄到了提許・巴托瓦工作的摩爾山醫院,裡面有一段手寫的信息:

願班基爸爸安息

來自:提許・巴托瓦
主旨:卡片
日期:2018年7月3日 18:14
致:拉維・巴托瓦

第一張照片是卡片正面,第二張是卡片裡面。這張卡片以平信的方式寄到摩爾山醫院,上面蓋的是本地的郵戳。我沒有告訴

過任何人丹失蹤的事。如果卡片所說為真，為什麼會有人知道這件事，而我們卻不知道？誰會寄這種東西來？

來自：拉維・巴托瓦
主旨：回覆：卡片
日期：2018年7月3日 18:16
致：提許・巴托瓦

　　我在過來的路上。這看起來很冷酷無情，顯然有人知道什麼事。我們得讓媽媽對壞消息有心理準備。什麼都先不要做。等我到那裡再一起打電話。

來自：莎拉－珍・麥當納
主旨：汪汪
日期：2018年7月3日 18:00
致：艾瑪・庫魯克斯

　　汪汪怎麼樣了？我一直想要過來看看，但工作、演出和募款讓我抽不出空來。你並沒有錯過太多委員會會議的事。我們只是分配了演出當晚募款的職務。我現在坐在會堂外面的車裡，但我還不能進去，因為煩人的伊莎正在外面。詹姆士希望她昨晚做會議紀錄，但她和莎曼莎是朋友，所以我不想讓她接近委員會。啊，哈立德一家剛到了。如果你需要我媽媽在你來看演出時幫忙照顧汪汪，儘管開口。

　　莎拉－珍・麥當納

來自：艾瑪・庫魯克斯
主旨：回覆：汪汪
日期：2018年7月3日 18:05
致：莎拉－珍・麥當納

　　汪汪現在戴著一個巨大的護頸圈，但牠完全沒有調整自己的空間感。牠已經毀掉我最好的一件緊身褲（我花了十八英鎊在那間素食產品店買的），並且把一樓的油漆刮得到處都是。不用說，牠肯定已經好多了。我很想去看演出，並且很感激你媽媽願意幫忙照顧汪汪。我能打電話給她安排這件事嗎？我沒有聽說什麼八卦——你為什麼不歡迎莎曼莎？我以為她人很好。艾瑪

來自：莎拉－珍・麥當納
主旨：回覆：汪汪
日期：2018年7月3日 18:07
致：艾瑪・庫魯克斯

　　好，你可以打電話給媽媽。這件事已經過去了，但我們追查到那些詐騙郵件來自於莎曼莎・格林伍德的筆電。不過，在演出結束前，我不會提這件事。不要說出去。可憐的馬丁和海倫現在已經有夠多事情要面對的了。

　　莎拉－珍・麥當納

來自：艾瑪・庫魯克斯
主旨：回覆：汪汪
日期：2018年7月3日 18:08
致：莎拉－珍・麥當納

噢，我的天哪！那個護士從募款所得中詐騙了八萬英鎊？而她還要繼續演出？我簡直不敢相信！你為什麼不說點什麼，SJ？

來自：莎拉－珍‧麥當納
主旨：回覆：汪汪
日期：2018年7月3日 18:10
致：艾瑪‧庫魯克斯

　　不是，她沒有偷那些錢。那是莉迪亞‧德雷克。莎曼莎以假名發郵件給我們，說她會支付波比的治療費用，結果卻沒有付。我不知道她的動機是什麼。當時這件事很令人震驚，但比起後來最新的風暴就顯得微不足道了。還有，這全都取決於馬丁——等我有空見面時再聊。

　　莎拉－珍‧麥當納

來自：卡洛‧迪爾林
主旨：演出
日期：2018年7月3日 18:31
致：莎拉－珍‧麥當納

　　你告訴艾瑪我可以在她去看演出的時候照顧那隻臭狗嗎？我以為你要我幫忙販賣那些便宜貨和抽獎券……

來自：莎拉－珍‧麥當納
主旨：回覆：演出
日期：2018年7月3日 18:33
致：卡洛‧迪爾林

兇手就在字裡行間 | 281

抱歉，媽，你介意嗎？艾瑪被生病的汪汪纏住了。牠不能回家，因為波比的免疫系統比較弱。謝謝你。

莎拉－珍・麥當納

PS　不是便宜貨，而是「治療波比」的官方商品。

來自：卡洛・迪爾林
主旨：回覆：演出
日期：2018年7月3日 18:35
致：莎拉－珍・麥當納

你不需要在每封該死的郵件最後都附上你的全名和姓氏。
卡洛・蘿絲・迪爾林

來自：莎拉－珍・麥當納
主旨：回覆：演出
日期：2018年7月3日 18:36
致：卡洛・迪爾林

那是自動簽名。我試著要在私人郵件裡把它刪除，但總是忘了。我現在得關手機了——技術彩排就要開始了。

莎拉－珍・麥當納

來自：伊莎貝爾・貝克
主旨：你好！
日期：2018年7月3日 21:39

致：莎曼莎・格林伍德

　　我還在休息室。他們花在第一幕的時間太長了，我覺得十點以前都輪不到我上台。莎拉－珍說了什麼？她有提到委員會會議嗎？愛你的，伊莎xxxx

---

來自：伊莎貝爾・貝克
主旨：你好！
日期：2018年7月3日 21:49
致：凱爾・格林伍德

　　嗨，凱爾！幹得好！我聽到馬丁談到你的角色特性。今晚他沒有稱讚任何人，所以你應該覺得自己很幸運。莎曼莎在哪兒？愛你的，伊莎 xxxx

---

二〇一八年七月三日，詹姆士・海沃德和馬丁・海沃德之間發送的訊息：

22:00　詹姆士：
今晚做了一個緊急掃描。情況一度有點危急，但後來又穩定下來了。他們希望至少再等一天。我們讓雙胞胎在子宮裡多待一分鐘，他們存活的機會就越大。情況怎麼樣了？

22:03　馬丁：
不要發訊息。明早我會打給你。

22:04　詹姆士：
我是指技術彩排的情況。好吧，明天再聊。

來自：杰奇・馬許
主旨：回覆：我的錯
日期：2018年7月3日 22:22
致：馬丁・海沃德

　　你有收到我上一則訊息嗎？警方拿走了我的護照，他們要兩百美元。我真的非常非常需要把我的錢拿回來。我不知道你為什麼還沒有退款給我？

發自我的Samsung Galaxy S9

覺得寂寞嗎 慾火焚身的可愛女孩正在等你 性感女孩在線上等你 也可以親自見面

二〇一八年七月三日，凱文・麥當納和莎拉－珍・麥當納之間發送的訊息：

22:32 凱文：
你還好嗎？我離開去接哈利回家時，你看起來很沮喪。彩排沒那麼糟糕，不是嗎？你現在在哪裡？

22:50 莎拉－珍：
我正要離開。我原本不打算和她說話的，但我們在台下時，莎曼莎把我逼到角落。她開始談論馬丁和海倫。我告訴她我認識他們一輩子了，他們是我們家最親近的朋友，也是任何人都希望能認識的好人。她……好吧，她說了什麼不重要。結果我脫口而出地說，我們知道她就是那個冒牌捐款人。我說，我們之所以保持沉默，是因為我們希望演出對馬丁和海倫來說可以很順利，但我們不想再和她有任何往來。

就在她準備說什麼的時候,那個討厭的伊莎貝爾突然出現了,然後我們就沒再往下說了。我需要時間思考,所以就幫忙馬丁和喬爾收拾道具。海倫剛剛離開。波比的頭髮顯然已經掉光了,她現在戴了假髮。你可以想像,如果是哈利的話,我們會有什麼感覺?他們的臉上寫滿了壓力。馬丁說得沒錯。莎曼莎是個麻煩。

來自:伊莎貝爾・貝克
主旨:你好!
日期:2018年7月3日 23:28
致:凱爾・格林伍德

　　嗨,凱爾,希望你不介意我發郵件給你,但我只是想確認一下莎曼莎是否沒事。彩排之後,她幾乎沒有和我說話,我不知道莎拉-珍是否說了什麼?即便SJ說我不用去,但我昨天真的是自己決定不要去參加委員會會議的。我知道詹姆士希望我去,但那似乎只是一個簡短的會議。總之,我們應該把服裝彩排視為正式演出,這意味著一切即將從明天開始了!這就是我們幾個月來一直在努力、思考和擔心的目標。現在,一切都取決於最後這幾天了。我既興奮又緊張,既激動又害怕……我知道你們兩個一定也有同樣的感覺,所以,你們感到壓力是可以理解的。我真的累到可以睡上整整一週,但我知道我會在床上輾轉好幾個小時,試著入睡。我的意思是,請告訴莎曼莎不要擔心,一切都很好,這是演出進入到這個階段的必然現象!但願一切都很順利。愛你的,
伊莎 xxx

摘錄自瓦維克・透納警官的筆記本：

日期：二〇一八年七月三日
時間：23:35
罪案編號：11346778-08

　　一名女子來到洛克里波斯警局，提供了關於上述案件的資訊。她不希望自己的身分被記錄下來，但聲稱一個名叫阿尼・巴蘭柯爾的人在六月三十日星期六，也就是上述案件發生後不久，曾經持有一個非洲療癒娃娃。她目睹他把娃娃給了一個兩歲大的病童。該名女子表示，她是在看到新聞報導說有非洲工藝品在上述入室盜竊案件中被竊，才開始感到懷疑。她認出那個娃娃來自於中非地區，而她表示巴蘭柯爾先生對該地區也很熟悉。她進一步懷疑巴蘭柯爾先生涉及此案，因為他在六月三十日下午曾被困在洛克里波斯。她指稱巴蘭柯爾先生最近在獲知她的提款卡密碼後，曾從她的兩個銀行帳戶裡提取現金。巴蘭柯爾先生最近才從聖安醫院出院，現在正與她和她的丈夫同住在洛克伍德綠地附近。她描述他的行為符合精神病患及／或類鴉片成癮者的症狀，對於他目前所接觸的人，她也為他們的安全感到擔心。

來自：伊莎貝爾・貝克
主旨：你好！
日期：2018年7月4日 05:14
致：莎曼莎・格林伍德

  早安！想像一下明天此時我們的感覺！有時候，我覺得凱爾這幾天能休假很幸運，但另一方面，如果是我的話，我會坐在家裡越來越緊張。我喜歡讓自己暫時把事情忘記。我們兩個這週都上早班，這讓我鬆了一口氣──多虧了你。你還記得嗎？當我們第一次知道要參加演出時，我們都申請了早班，但「那個人」只批准了你的申請，而沒有批准我的？直到你為我去遊說她，她才改變了決定。你會是一個很棒的病房經理，莎曼莎。你有沒有再度考慮申請這個職位？如果克勞蒂亞真的能把「那個人」弄走，你就可以在秋天的時候上任了。然後，我們可以開始計畫我們的非洲之旅。你認為一年的時間足夠安排這樣的旅行嗎？我們可以在明年夏天的演出後出發，這樣，我們就能在十一月的演出之前回來排練。你看，我已經開始做行政工作了！阿尼好嗎？凱爾昨晚說他可能不會來看吾子吾弟的演出。真讓人鬆了一口氣！我相信他不會喜歡的。如果你不是一個常看舞台劇的人，那麼，坐下來看這麼嚴肅的作品可能會變成一種折磨。雖然我喜歡演這齣劇，但它沒有多少笑點。歡樂精靈就有趣多了。我很高興你在加入劇團之前先來看過歡樂精靈。我已經列出一些大堆卡司的喜劇作品，等詹姆士和奧莉薇亞以及他們的新生兒都脫離困境（希望如此）之後，我就會發給他。喜劇演起來有趣多了，而且，如果卡司眾多的話，我們被選上的機會也更大。莎拉－珍昨天對你說了什麼？你在和她交談過後一直很安靜，我不知道那是否和我有關？她最近為了募款非常辛苦，即便在最好的情況下，她也可能

會誤解一些事。我相信她只是在擔心演出而已。好了，該開始工作了！我需要暫時忘記接下來的事，否則，我甚至無法好好處理病人今天出院的相關事宜！休息時間見！愛你的，伊莎 xxxx

---

來自：瑪莉安・佩恩
主旨：警察
日期：2018年7月4日 07:43
致：喬伊絲・瓦佛德

　　發生了什麼事，喬伊絲？凱倫說那棟新公寓外面有警察。

來自：喬伊絲・瓦佛德
主旨：回覆：警察
日期：2018年7月4日 08:12
致：瑪莉安・佩恩

　　他們從六點就在那裡了。兩輛大廂型車和一輛汽車停在綠地上。他們全都穿著鎮暴裝備進去了，但到目前為止還沒有人出來。等一下……他們帶了一個人出來了。是那個在瑜伽馬拉松上企圖要從我這裡騙取買茶費用的傢伙。他正在大聲叫罵，而且只穿了一件短褲！我已經打開窗戶，看看是否能聽到他在說什麼。他們把他押進廂型車裡了。他一定是和那些護士一起住在五樓。警察得帶著盾牌爬上五樓，難怪花了那麼長的時間！噢，那個男護士現在出來了。他正在和一名女警說話……啊，警察走了，我不知道他這回是否企圖要從誰那裡騙錢。反正警方什麼也不會做。他只會受到小小的懲戒，然後接受諮詢。我不是在開玩笑，

瑪莉安，但我家貝瑞當時的做法是對的。你把烘焙的東西都準備好了嗎？我現在正在烤我的罌粟籽蛋糕。喬伊絲

來自：馬丁・海沃德
主旨：克萊夫・韓德勒
日期：2018年7月4日 08:23
致：提許・巴托瓦

　　親愛的提許，終於有點好消息了。我們已經查明「克萊夫・韓德勒」的真實身分了，就是你的「朋友」莎曼莎・格林伍德。在重新檢視那些郵件之後，我們發現她顯然企圖要獲取有關藥物來源的資訊。現在回頭看，一切都很明顯。你知道她為什麼要這麼做嗎？此致，馬丁

來自：提許・巴托瓦
主旨：回覆：克萊夫・韓德勒
日期：2018年7月4日 08:29
致：馬丁・海沃德

　　莎曼莎・格林伍德要為我弟弟的死負責。她指控他做了令人難以啟齒的事。說他虐待那些他最在乎的人：那些長途跋涉了好幾哩路——有些甚至是數百哩路——來找他治療的婦女和小孩。他們幫他取了一個意為「父親」的綽號，以表達他對他們的意義。他一生致力於要讓這個世界變得更美好。但她卻散播關於他的謊言，毀了他的名聲，讓他被逐出了他所愛、也愛著他的地方，直到他被迫遷移到沒有機會生存的荒蕪之地。但這是她的錯

誤。現在，我已經沒有什麼可失去的了。

來自：馬丁・海沃德
主旨：回覆：克萊夫・韓德勒
日期：2018年7月4日 08:34
致：提許・巴托瓦

　　親愛的提許，很遺憾聽到你弟弟的消息。在這個艱難的時刻，我們的心與你同在。此致，馬丁、海倫及我們一家人

來自：羅伯特・格林
主旨：謝謝你
日期：2018年7月4日 09:33
致：瓦維克・透納

　　親愛的透納警官，我現在好多了，謝謝你。我的伴侶剛從阿曼出差回來，所以，我不再獨自一人在家，這帶來了很大的不同。非常感謝你來探訪，並告知我有關入室盜竊案的最新進展。我希望你們逮捕的那個人可以供出他的同夥。我對他竟然知道療癒娃娃並把它送給了一個病童感到很好奇。這種行為和他在攻擊事件中所表現出的殘暴大相逕庭，因為他是三個人中最具侵略性的一個。一般認為，那個娃娃是一個祖先靈魂的象徵，而且已經存在了很久。是的，它就是我們熟知的海地及其他非洲移民地區所崇信的「巫毒」文化的直接起源。然而，撇開我們對靈魂信仰系統的聯想，那個娃娃是在一個女孩出生時製作的，目的是讓負面能量、詛咒和疾病遠離她。它一定已經完成了它的任務，因為

如果女孩不幸去世，這個娃娃應該早就被毀壞了。換句話說，娃娃的原始主人平安長大了——通常，在她生了第一個孩子之後就被視為長大了——然後把娃娃給了別人，甚至可能出售，因為這個娃娃被證明具有保護力量。有些娃娃「活」了很多年，保護了好幾代人。你可以想像，在中非地區，醫療保健的方式依然十分傳統，這些娃娃的力量也因此受到鄉下人民的高度信奉。長話短說，我希望那個小女孩能夠保留這個娃娃。它具有正面的能量，我相信她至少會喜歡玩這個娃娃。祝好，羅伯特・格林

二〇一八年七月四日 13:44，一通撥打到 999 的電話紀錄：

總機：緊急救助，請問需要什麼服務？
來電者：警察。
總機：你好，警方緊急救助。請問地址是？
來電者：聖安醫院，老人醫學科病房。
總機：發生了什麼事，來電者？
來電者：她遭到了攻擊。
總機：攻擊者還在那裡嗎？
來電者：是的。
總機：他們有受傷嗎？
來電者：〔無法聽清〕
總機：你需要救護車嗎？
來電者：不用，我們已經在醫院裡了。我們需要警察。
警方無線電：聖安醫院。
總機：能說明一下發生了什麼事嗎？
來電者：她被推進了隔離室，門被關上了。
警方無線電：她還在那裡嗎？
來電者：那是誰？
總機：警方。他們可以聽得到你，他們正在過去的路上。現在情況如何？
來電者：她們在隔離室裡。我可以聽到，但是窗戶〔無法聽清〕。
總機：是兩名護士打架嗎？
來電者：不是。她進來把她推進隔離室⋯⋯我可以聽到她們。她把門鎖上了。能開門嗎？推⋯⋯我可以聽到她在打她。噢，我的天啊⋯⋯

警方無線電：兩分鐘內抵達。老人醫學科容易找到嗎？

來電者：呃……我不清楚。你們是在主要入口還是克萊德銀行大道？

警方無線電：我們在巴士終點站。

來電者：靠克萊德銀行大道那邊嗎？

　　新聲音：誰在裡面，伊莎貝爾？

來電者：莎曼莎。是莎曼莎。我已經報警了。

　　新聲音：我們不需要警察！把電話給我。你真是沒救了。把電話給我！

來電者：〔新聲音〕有個女人正在和我們的護士吵架。她們鎖在一間邊間的病房裡。我相信我們能解決這個問題。

警方無線電：我們已經到了，在巴士終點站。

來電者：〔新聲音〕好吧。到聖安醫院位於克萊德銀行大道的側面入口來，就在巴士站後面。直接走到走廊盡頭，然後上樓梯。老人醫學科在三樓。

總機：你聽到了嗎？

警方無線電：是的，我們在入口了。有人能到入口來讓我們進去嗎？

來電者：〔新聲音〕去吧，伊莎貝爾──是你打給他們的，你去讓他們進來。好吧，有人去開門了。

總機：謝謝你。請問你的名字是？

來電者：〔新聲音〕法蘭西絲・透納。剛才和你說話的那個笨蛋是伊莎貝爾・貝克。

二〇一八年七月四日，葛蘭・里斯維克和馬丁・海沃德之間發送的訊息：

14:19 葛蘭：
警察在外面。該死，發生了什麼事？

14:20 馬丁：
他們當然會先到這裡來。佩姬在嗎？你能躲起來嗎？

14:20 葛蘭：
她和波比在廚房裡。我應該對她說什麼？他們在按門鈴了……該死，她去應門了。

14:58 馬丁：
一切都好嗎？他們走了嗎？

15:16 馬丁：
一切還好嗎？

15:45 葛蘭：
放輕鬆。你不會相信的。有人在瑜伽馬拉松上給了波比一個破舊的娃娃（那個和你說話的醉鬼）。我們把它收起來了——它顯然是二手的。結果，這個娃娃竟然是從一位私人藝術收藏家那裡偷來的，可能非常值錢！他們拍了娃娃的照片，並且取得了佩姬的聲明。娃娃的主人被告知它已經被送給了一個小女孩，於是同意她可以保留它。那娃娃具有療癒的特性。抱歉讓你擔心了。

15:49 馬丁：
結果好就好了。那個娃娃價值多少？

來自：伊莎貝爾・貝克
主旨：到底發生了什麼事？
日期：2018年7月4日 14:26
致：莎曼莎・格林伍德

噢，我的天哪，莎曼莎，你沒事吧？當蓋諾說你被攻擊的時候，我立刻打給了999。我對嚴重的事情向來都具有第六感。「那個人」企圖要搶走電話，但我沒有讓她得逞。她派我帶一名新住院的病人下樓去照X光，因為她知道我多麼想跟你一起去急診室。那個人是誰？我沒看到她從櫃檯走過來，只聽到門關上的聲音。我只知道是個女人，因為是蓋諾告訴我的。她是失去親人的病患家屬嗎？我們以前也遇過這種情況，但從未涉及暴力。你告訴凱爾了嗎？要我幫你發郵件給他嗎？他會想要過來接你的。噢，我的天哪，你覺得你還能參加演出嗎？希望你沒有傷得太嚴重。很愛你的，伊莎 xxxx

---

來自：伊莎貝爾・貝克
主旨：莎曼莎被攻擊了！
日期：2018年7月4日 14:30
致：凱爾・格林伍德

凱爾，發生了很可怕的事。一名女子衝進病房區攻擊了莎曼莎！我沒有親眼看見，但她把莎曼莎推進隔離室，然後把門鎖上。如果我沒有報警的話，不知道會發生什麼事。我不知道那個女人究竟是誰。誰會攻擊莎曼莎？根據蓋諾的說法，他們立刻就把這個女人從病房區帶走了。那時，我被派到樓下的X光室去，而我們的病房經理則把莎曼莎送去了急診室（她總是希望成為任

何戲劇性事件的焦點,讓自己受到稱讚),所以,我不知道她現在怎麼樣了。你能開車過來嗎?我真的希望莎曼莎沒事,也能參加今晚的服裝彩排。我好擔心。愛你的,伊莎 xxxx

---

來自:佩姬・里斯維克
主旨:太戲劇性了!
日期:2018年7月4日 15:14
致:艾瑪・庫魯克斯

　　嗨,艾瑪,我的寶貝汪汪還好嗎?警察今天來過我們這裡。那個在瑜伽馬拉松上打了貝瑞的人因為在洛克里波斯發生的一起入室盜竊案被捕了。不僅如此!他給了波比一個恐怖的髒娃娃。我們當時並未多想,只是立刻把它拿走了,以免娃娃上沾滿細菌。結果那個娃娃是一件貴重的藝術品,而且是從那個盜竊案件中偷來的。幸運的是,警察很喜歡波比,他們說她可以保留這個娃娃。或者是娃娃的主人說的?總之,他們人真好。雖然那個娃娃看起來很嚇人,附上照片,但它被稱為「療癒娃娃」。真高興我們沒有因為它的外觀就把它丟掉。給汪汪送上我的愛!佩 x

---

來自:艾瑪・庫魯克斯
主旨:回覆:太戲劇性了!
日期:2018年7月4日 15:30
致:佩姬・里斯維克

　　真噁心!看起來好邪惡。希望它不會半夜在屋子裡到處走動。他們有給狗用的療癒娃娃嗎?汪汪正躺在門口,因為太熱而

在喘氣，偶爾還會叫個幾聲對我發脾氣。牠的傷疤看起來還很紅，不過牠會把碗裡的食物全吃光，所以牠現在一定好多了。卡洛說她可以幫忙照顧汪汪，這樣我週五就能去看演出了。你會去嗎？艾瑪

來自：佩姬・里斯維克
主旨：回覆：太戲劇性了！
日期：2018年7月4日 15:36
致：艾瑪・庫魯克斯

　　會的，我三個晚上都會去看演出，葛蘭會在家帶孩子。我主要是為了支持媽媽、爸爸和募款才去的。希望一切對他們來說都能順利進行，不過，當你沒有參與其中時，這一切就不那麼有趣了。我真的很希望能參加演出。當波比被診斷出來時，我原本並不打算退出。畢竟，媽媽也沒有退出。但爸爸堅持說，如果我們兩個都繼續參加演出會顯得很奇怪。我相信我可以在她接受治療期間參加排練。唉，我只能等下一齣了。我們週五可以坐在一起。佩 x

摘錄自喬西・湯普森警官的筆記本：

日期：二〇一八年七月四日
地點：聖安醫院，老人醫學科病房
時間：13:55
罪案編號：無

　　在接到一通999的電話後，里姆・愛爾伯特警官和我發現被控的嫌疑人把自己鎖在了一間邊間的病房裡。里姆強行把門打開，發現有兩名女子正在地上打架——一名護士和另一位女性。我們把她們拉開，然後，我把那位女性帶離了病房。她沒有受傷，但不肯透露發生了什麼事或者為什麼會這樣。里姆和那名鼻子及額頭都在流血的護士交談。那名護士承認她認識那位女性，並表示這雖然是一場無端的攻擊，但「可以理解」。雙方都不想提出指控，在確認沒有人嚴重受傷後，我們就讓護士的一位同事帶她到急診室，並將另一名女性帶離現場。警方沒有採取進一步的行動。

菲米
莎曼莎是巴托瓦所說的「麻煩人物」，或者只是一個有原則的人，只要有助於匡正錯誤，就會勇敢發聲？

夏綠蒂
不過，這就是重點，菲米。她認為對的事未必真的就是對的。

菲米
那凱爾呢？他們和丹在非洲有衝突，後來出現在一家醫療信託機構，而丹的姊姊也在同一個機構工作……這肯定不是巧合。

夏綠蒂
這裡面存在著某種陰謀。我們需要找出誰參與其中……

菲米
巴托瓦是最難捉摸的。她對海沃德家感到厭惡，但又冷酷地依賴他們。真是奇怪。

夏綠蒂
巴托瓦來勢洶洶地到莎曼莎工作的地方攻擊她。想必她的情緒一定很激動。

菲米
巴托瓦去醫院攻擊莎曼莎？那不是巴托瓦。

> **夏綠蒂**
> 提許認為她弟弟的死是莎曼莎的錯。不然還會有誰攻擊莎曼莎？

菲米
克勞蒂亞。因為莎曼莎把克勞蒂亞和凱爾的婚外情告訴了克勞蒂亞的丈夫麥克。

> **夏綠蒂**
> 我漏掉了什麼嗎？莎曼莎是什麼時候告訴麥克的？

菲米
她沒有。

> **夏綠蒂**
> 那是誰告訴麥克的？

菲米
伊莎貝爾。讓我們繼續讀到最後吧。我們的時間不多了，我們可以把我們的推論整理在文件中給透納參考。

> **夏綠蒂**
> 好。我知道我做出的推論會很糟糕。

來自：伊莎貝爾・貝克
主旨：莎曼莎！
日期：2018年7月4日 17:12
致：馬丁・海沃德

親愛的馬丁，

  很抱歉在你忙著演出和其他事情的時候打擾你。我只是想讓你知道，莎曼莎今天在工作時發生了意外，現在，她的嘴巴腫了、眼圈發黑，額頭上還有一個傷口。誰會想到老人醫學科病房可能會這麼危險！你知道莎曼莎對演出非常投入，她今晚仍然打算來參加服裝彩排。我只是想提前告訴你，因為丹妮絲需要在化妝上製造奇蹟。我需要填寫人力資源部的意外報告，所以下班後我會留在醫院，希望這不會讓我遲到。凱爾到醫院來接莎曼莎，我和他談過，他明確地告訴我不用擔心，他們今晚都會去彩排。他看起來很擔心。私下告訴你，他們的朋友阿尼回到了他們的公寓，我認為他的個人問題所需要的幫助遠超過他們所能提供的。儘管如此，我們這週還是要忙於吾子吾弟的演出。我等不及要回到舞台的聚光燈底下，再度站在觀眾面前了。謝謝，馬丁！愛你的，伊莎 xxx

郡警警詢報告

摘錄自警方與阿諾・「阿尼」・巴蘭柯爾（於二〇一八年七月四日被逮捕）之間的詢答：

庫柏警佐：請告訴我們，你是什麼時候遇到這位先生的？

阿諾・巴蘭柯爾：是夏基帶我去見他的。夏基說他是個好人。我就相信了他。

庫柏警佐：那個海洛因毒販夏基……？

阿諾・巴蘭柯爾：對。但他錯了。他淘光了我的每一分錢。超過六千英鎊。但他說我得再給他更多。

庫柏警佐：這是你因為海洛因而欠夏基的一部分錢。

阿諾・巴蘭柯爾：對。

庫柏警佐：而你自己是從尚恩・格林伍德的帳戶取得了這些錢。

阿諾・巴蘭柯爾：誰？

庫柏警佐：你的朋友尚恩・格林伍德。雖然我懷疑他現在還是你朋友。

克洛威警佐：尚恩・凱利・格林伍德和莎曼莎・格林伍德的帳戶。

阿諾・巴蘭柯爾：噢，凱爾。對，凱爾・格林伍德。他不是……他是，他是朋友，但你知道當一個朋友做了某些你非常憎惡的事情時？在那種情況下，他既不是你的朋友，但仍然還是你的朋友？

庫柏警佐：對。

阿諾・巴蘭柯爾：在莎曼莎做了那麼多之後，不應該有人這樣對待她。

庫柏警佐：那麼，夏基帶你去了哪裡？

阿諾・巴蘭柯爾：我不知道，兄弟。某個偏僻的地方。像威斯努爾與我⑯裡的那種很老舊的地方。夏基說，如果我和這個柯瑞以及另一個叫葛瑞的傢伙一起完成一項任務的話，他們就會幫我償還我欠他的錢，然後他就不會再煩我了。

庫柏警佐：所以你有兩個選擇。還清你的毒品欠債或者——套用你自己的話——和這些人一起「完成一項任務」？

阿諾・巴蘭柯爾：對。不，我可以做那件事或者⋯⋯我不知道。我沒有辦法還錢。我的帳戶裡一毛不剩了。

克洛威警佐：格林伍德夫婦的帳戶。事實上，是兩個帳戶。一個活期帳戶和一個儲蓄帳戶。你把這兩個帳戶的錢都領光了，是嗎？

阿南德女士：我可以再和我的客戶談一下嗎？

—詢答中止—

阿南德女士：我的客戶想要做另一份聲明。

庫柏警佐：請說。

阿南德女士：尚恩・格林伍德，就是我說的凱爾，把他的提款卡和密碼給了我，並且允許我動用他名下的資金。

庫柏警佐：你有告訴他，你會把他和他妻子的每一分錢都領光，好支付你積欠的毒品債務嗎？

阿諾・巴蘭柯爾：無可奉告。

庫柏警佐：透過夏基，你見到了兩個你只知道名叫柯瑞和葛瑞的人。

---

⑯ 威斯努爾與我（Withnail and I）是1987年上映的一部英國黑色喜劇電影，講述1969年兩名失業演員威斯努爾和「我」在卡姆登鎮合租一間公寓的故事。

阿諾・巴蘭柯爾：無可奉告。

庫柏警佐：他們把他們的入室盜竊計畫告訴了你，他們打算要趁著屋主出國期間，偷取他所收藏的一幅由伊爾瑪・斯特恩❶所創作的世界。

阿諾・巴蘭柯爾：無可奉告。

庫柏警佐：他們需要你幫忙搬運那幅畫。

阿諾・巴蘭柯爾：無可奉告。

庫柏警佐：今年六月三十日下午，他們把你帶到洛克里波斯的維多利亞花園42號，你們三個從後門闖入，進屋搜尋那幅畫。

阿諾・巴蘭柯爾：無可奉告。

庫柏警佐：然而，你們進屋後發現你們原本以為不在家的屋主羅伯特・格林先生還在那裡。你們隨即攻擊了格林先生，把他綁起來，並且毆打他。

阿諾・巴蘭柯爾：不是我。

庫柏警佐：你做了什麼？

阿諾・巴蘭柯爾：我沒有那麼做。不可能。

庫柏警佐：我把你的話理解為，當柯瑞先生和葛瑞先生進行毆打和虐待時，你站在一旁觀看？

克洛威警佐：以下說明僅供記錄，巴蘭柯爾先生把他的椅子推離桌邊，用手抱住了頭部。

庫柏警佐：慢慢來，阿尼，不過，你越快告訴我們發生了什麼事，我們就能越快弄清是誰虐待了格林先生，而你也能越快回家。

克洛威警佐：巴蘭柯爾先生，當六十三歲的格林先生被兩個拿著鈍器的人毆打時，你在哪裡？

阿諾・巴蘭柯爾：四處觀看。讓我的目光到處遊走。你知道。不

304 | The Appeal

要看到現場的畫面。

克洛威警佐：以下說明僅供記錄，巴蘭柯爾先生現在用手掩住了他的耳朵。

庫柏警佐：那就是事情發生時你所做的行為嗎？你轉過頭去，搗住耳朵，這樣你就聽不到了？我想巴蘭柯爾先生在點頭。拿張衛生紙吧。給你。

克洛威警佐：那是點頭嗎，阿諾？

阿諾・巴蘭柯爾；嗯 — 嗯。對。

阿南德女士：我的客戶需要休息一下。

―詢答中止―

庫柏警佐：阿尼，我們已經談過當你在六月三十日下午抵達維多利亞花園42號時發生了什麼事。我們繼續往下吧。到了某個時候，柯瑞先生和葛瑞先生發現那幅畫不在那裡。然後發生了什麼事？

阿諾・巴蘭柯爾：無可奉告。

庫柏警佐：你是否參與了他們在屋裡進行的暴力和混亂的搜查，並幫助他們竊取了現金、手錶、古董戒指、飾品和一個非洲療癒娃娃？

阿諾・巴蘭柯爾：無可奉告。

庫柏警佐：你在非洲工作了三年，是嗎？你知道療癒娃娃是什麼嗎，阿諾？

⓱ 伊爾瑪・斯特恩（Irma Stern, 1894—1966）是一位南非藝術家，曾經在南非和歐洲（包括德國、法國、義大利和英國）舉辦了近百次個展，她的後印象派和表現主義風格獲得了國內和國際的認可。

阿諾・巴蘭柯爾：我沒有偷任何東西。我拿走了那個娃娃，但那不是偷竊。莎曼莎和凱爾認識一個病重的孩子。他們在為她募款。但錢無法治癒什麼。完全沒辦法。那個娃娃很老舊了。它具有很大的力量。它不屬於屋主。娃娃會保護小女孩。我是為了那孩子才拿走的。那個娃娃屬於她。

克洛威警佐：很遺憾，它屬於格林先生。他是買下那個娃娃的人。

阿諾・巴蘭柯爾：我以為如果我把娃娃給那孩子，也會讓我自己好一些。這樣做可以治癒我，讓我擺脫所有的血腥和憤怒，不再感到難受。

阿南德女士：我的客戶現在很焦慮。

克洛威警佐：小心！巴蘭柯爾先生摔到地上了。你沒事吧？

阿南德女士：沒事。我很好，謝謝。他只是……

阿諾・巴蘭柯爾：他們說我不應該和他談娃娃的事。說我還欠他們……然後把我扔下廂型車。把我留在路邊。

庫柏警佐：好，阿諾，我們休息一下。並且幫你找個醫生。

—詢答中止—

來自：伊莎貝爾・貝克
主旨：莎曼莎！
日期：2018年7月4日 17:31
致：克勞蒂亞・迪索薩

親愛的克勞蒂亞，

很抱歉打擾你。我在內部網路上找到了你的郵箱地址。我知道你是莎曼莎非常忠誠的朋友，所以我想告訴你，她今天在病房遭到了襲擊。我知道——這實在令人難以相信！我無法想像誰會做這種事。

我不在現場，但我們的病房經理目睹了整個過程，並且正在為人力資源部準備一份完整的事件報告。她形容那名女子為「一個瘋狂尖叫的女巫」，並說莎曼莎別無選擇，只能自我防衛。我一聽到騷動就立刻報警了。希望警方會採取必要的法律行動。不過就算他們不這麼做，聖安醫院對於員工之間的暴力也採取了零容忍的政策。此外，工作場合裡的暴力行為會導致立刻解職，坦白說，這也是那名女子咎由自取。我正在撰寫事件報告，並打算詳細記錄所有的情況。莎曼莎和我非常親近——無論是在工作上還是私底下，她都是我最好的朋友。當然，你也很了解她，雖然我聽說你最近和凱爾走得比較近。伊莎

來自：克勞蒂亞・迪索薩
主旨：回覆：莎曼莎！
日期：2018年7月4日 17:44
致：伊莎貝爾・貝克

不要說謊。你當時在場。我看到你了。躲在其他人後面。這就是你的一貫作風。保持沉默，但卻狡猾地躲在人們背後製造麻

兇手就在字裡行間 | 307

煩。如果你以為現在莎曼莎屬於你，那你就錯了。你「最好的朋友」莎曼莎已經計畫了好幾個月，想要把你弄離老人醫學科、把你趕出她的生活。她說你很黏人，就像一隻水蛭、一個吸血鬼。是莎曼莎求我安排那次摩爾山醫院的參觀行程，希望你能轉調到那裡。那是她的主意。她真的無法忍受你。你唯一的朋友希望你能離她的生活越遠越好。但她是個善良又慷慨的人。她認為你是一個悲傷寂寞、沒有人喜歡的倒霉鬼，她不想再打擊你。但我可不是善良慷慨的人，我很樂意告訴你實情。她知道你差點殺了人嗎？如果不是你的同事及時介入並把那個人救活的話，你早就被趕走了。我敢打賭你從未告訴莎曼莎這件事，因為你和她的共通點，也是唯一一個共通點，就是工作——而你甚至連這份工作都做不好。

來自：伊莎貝爾・貝克
主旨：回覆：莎曼莎！
日期：2018年7月4入 17:47
致：克勞蒂亞・迪索薩

　　參觀摩爾山醫院？我不知道你在說什麼。自從二〇〇九年在那裡的實習訓練結束之後，我就沒有再去過了。你顯然在嫉妒我和莎曼莎的友誼，並且企圖要用一系列的謊言來破壞我們的關係。但我們比你想像的堅強。伊莎

來自：伊莎貝爾・貝克
主旨：你好！
日期：2018年7月4日 18:02

致：莎曼莎・格林伍德

　　你好，莎曼莎，我下班後立刻衝到了急診室，當我聽說你已經出院回家時，我真的鬆了一口氣。凱爾來的時候我和他聊過，他說你今晚絕對會來參加彩排。太好了！你真是一位鬥士！我很不想說「我早就告訴過你了」，但我很擅長看人，而我向來都對克勞蒂亞心懷警覺。從我第一次在半馬上見到她，到今天看到警察把她從隔離室帶走，我一直都有這樣的感覺。我知道，她總是假裝很友善、樂於助人，但她既神經質又不穩定，所以，她的行為隨時可能變得不可預測。也許我們永遠也不會知道她攻擊你的原因。你一定感到很沮喪，但我們現在要專注在演出上。我知道馬丁、海倫和莎拉－珍會對你還能來參加彩排感到很佩服，因為你剛剛才在一場莫名其妙的暴力事件中淪為受害者。這顯示出我們對費爾維劇團和吾子吾弟有多麼投入。這對我們在下次選角時會有幫助。現在，我們可以開始計畫我們的非洲之旅了。就你和我。凱爾可以做他自己的事。明年此時，我們將會完成最後的準備工作，並且決定把那些T恤捐到哪裡——克勞蒂亞發瘋般的攻擊將會成為過去。我等不及今晚的服裝彩排了！想想看，我們只剩下四次演出，然後就結束了。參與演出是如此令人激動，但真正站在舞台上的時間卻如此有限。我正在收拾東西，準備要離開公寓了。待會兒見，愛你的，伊莎 xxxxx

---

來自：伊莎貝爾・貝克
主旨：你好！
日期：2018年7月4日 18:08
致：莎曼莎・格林伍德

很抱歉,這麼快就又發郵件給你。我剛想到一件事。我是否曾經告訴你,我為什麼會被困在老人醫學科十八個月?其實也沒什麼大不了的。我和我之前的朋友蘿倫原本在骨科工作。她很粗心大意,有一天,她不小心把布必卡因[15]加進一瓶點滴裡,導致病患休克。幸運的是,我及時發現了問題。問題是,她已經因為其他幾次失誤而受到了注意,所以這次的事件意味著她會立刻被解雇。我說我會和她一起承擔責任⋯⋯只不過,當我們接受事件報告的質詢時,她把責任完全推到我身上。她說她根本不在現場。她的行為讓我大為震驚,但她知道我不能告訴他們我第一次說的是謊話。幾週之後,她就和喬許在一起,然後離職了。我只能孤獨無助地待在老人醫學科,和「那個人」以及聖安醫院的一群人渣在一起工作。我以為她是我的朋友,但她卻背叛了我。所以,你的來到對我才會如此重要。你改變了我的生活。突然之間,我能看到我的前方有了未來,而不再是什麼都沒有。你不只是任何人都希望擁有的摯友:你改變了人們對我的看法。他們通常都無視於我的存在。但當我和你在一起時,他們會尊重我,因為他們尊重你,而你又尊重我。你我只需要彼此,不需要別人。永遠都不需要。很愛你的,伊莎xxxxx

二〇一八年七月四日,約翰・歐迪亞和馬丁・海沃德之間發送的訊息:

18:12 約翰:
現在誰來飾演蘇・貝里斯?這麼晚換演員很不妥。

18:15 馬丁
莎曼莎會飾演蘇。我知道她今天工作時出了一點意外，但聽說並不影響她的演出。發生了什麼我不知道的事嗎？

18:18 約翰：
在她騙走了你八萬英鎊之後，我以為她退出演出了。這件事由你決定吧。

來自：喬伊絲・瓦佛德
主旨：厚顏無恥的傢伙
日期：2018年7月4日 18:23
致：馬丁・海沃德

　　我真是不敢相信，馬丁。太無恥了！她從小波比身上偷走了錢，卻還能若無其事地和我們在舞台上一起演出！而且還帶了一個討厭的傢伙來搞亂瑜伽活動。他們跟這種人混在一起，難怪會偷走癌症慈善募款的錢。結果大家卻說是我兒子在製造麻煩！我希望警察能採取行動。喬伊絲

來自：馬丁・海沃德
主旨：轉發：厚顏無恥的傢伙
日期：2018年7月4日 18:29
致：莎拉－珍・麥當納

⓲ 布必卡因（Bupivacaine）是一種用於降低人體特定小區域知覺的局部麻醉藥，若在局部麻醉程序中用量過高，可能會引起中樞神經系統與心臟血管系統的急性毒性反應，特別是在不小心由靜脈注射給藥時。

現在似乎謠言滿天飛，情況很混亂。請參見下面喬伊絲發來的郵件。一些費爾維劇團的成員似乎相信莎曼莎就是莉迪亞・德雷克。我們能讓這些謠言暫時停止散播，直到演出結束再處理嗎？我確實想要和莎曼莎談談她為什麼要假冒克萊夫・韓德勒的事，但我們還是等吾子吾弟演出結束後再採取行動吧。此致，馬丁

來自：莎拉－珍・麥當納
主旨：轉發：厚顏無恥的傢伙
日期：2018年7月4日 18:34
致：馬丁・海沃德

那當然。我想不出那些謠言是怎麼來的。我會盡快和他們談談，把事情說清楚。

莎拉－珍・麥當納

來自：馬丁・海沃德
主旨：轉發：厚顏無恥的傢伙
日期：2018年7月4日 18:43
致：莎拉－珍・麥當納

說來真巧，莎曼莎和波比醫生的弟弟曾經一起待過非洲，根據提許所說，他們之間有過節（這個弟弟最近去世了），所以，我懷疑莎曼莎用假名聯繫提許是有原因的。也許，我們被捲入了某個現在已經結束的事件中。無論如何，我都很高興莎曼莎和凱爾參加了演出，讓我們確保服裝彩排能順利進行吧。此致，馬丁

來自：伊莎貝爾・貝克
主旨：阿尼？
日期：2018 年 7 月 4 日 19:27
致：凱爾・格林伍德

　　嗨，凱爾，很抱歉在你於後台等待上場時發訊息給你，但我剛聽到喬伊絲告訴丹妮絲說，阿尼今早被捕了。這是真的嗎？她說他和莎曼莎從波比的募款所得裡偷走了八萬英鎊，而莎拉－珍透過他們的郵件追查到了他們。我沒有說什麼，但我相信莎曼莎不會做這種事，即使阿尼真的那麼做了的話。我只是想讓你知道別人正在說些什麼。別擔心，我會親自向莎拉－珍澄清的。愛你的，伊莎 xxxx

來自：伊莎貝爾・貝克
主旨：莎曼莎？
日期：2018 年 7 月 4 日 20:11
致：莎拉－珍・麥當納

　　嗨，SJ，很抱歉打擾你。我注意到大家都不理莎曼莎，而且，我還在無意間聽到一些事情。我可以向你保證，莎曼莎絕對沒有參與偷取波比募款的事。我們經常在一起，不管是工作上還是私底下，所以，如果她有計畫要做那種事，我一定會知道的。她是我見過最誠實的人。不幸的是，阿尼我就不敢保證了，我相信阿尼現在已經被警方拘留了。私下告訴你，我鬆了一口氣。我不喜歡他在這麼不安的狀態下還住在莎曼莎家裡。我希望你能和大家解釋一下，告訴他們莎曼莎是清白的。伊莎 xxx

兇手就在字裡行間　｜　313

來自：莎拉－珍‧麥當納
轉推：回覆：莎曼莎？
日期：2018年7月4日 20:12
致：伊莎貝爾‧貝克

幾分鐘之前你就站在這裡。為什麼不直接對我說呢？

二○一八年七月四日，凱文‧麥當納發給莎拉－珍‧麥當納的訊息：

21:01 凱文：
我感覺快死了。真是的。我在演歡樂精靈時感冒了，現在演吾子吾弟又感冒了。希望你和哈利不會被傳染。莎曼莎看起來好像出了什麼大事。我試圖要和凱爾攀談，但他走開了。然後我看到他們兩個在棚架後面低聲交談。他告訴她不要「亂說話，否則她就再也見不到他」。她說她「現在別無選擇」。你知道我不愛八卦，但你覺得他是不是虐待她了？

二○一八年七月四日，喬爾‧哈立德發給希莉亞‧哈立德的訊息：

21:32 喬爾：
不用來彩排了。馬丁剛才取消了彩排，讓我們都回家。我正在鎖門。你不會相信發生了什麼事。

二○一八年七月四日，馬丁‧海沃德發給葛蘭‧里斯維克的訊息：

21:39 馬丁：
現在到家裡來。不要打電話。

314 | The Appeal

二〇一八年七月四日,馬丁‧海沃德發給莎拉－珍‧麥當納的訊息:

21:40 馬丁:
謝謝你的支持。海倫崩潰了。她很少哭……所以我才取消了彩排。我們甚至沒能彩排完半部劇本,就要直接進入首演了,但海倫太傷心了,我看得出她無法繼續下去。我會把發送給莎曼莎的郵件也抄送給你。再次感謝你。

二〇一八年七月四日,約翰‧歐迪亞發給馬丁‧海沃德的訊息:

21:40 約翰:
海倫還好嗎?從來沒看過她這樣。

二〇一八年七月四日,瑪莉安‧佩恩發給馬丁‧海沃德的訊息:

21:45 瑪莉安:
可憐的海倫。告訴她不要理會那個可怕的女人。怎麼會有人指控海倫這種事?她一定是瘋了。等我告訴米克,看看他會怎麼說。

二〇一八年七月四日,詹姆士‧海沃德和馬丁‧海沃德之間發送的訊息:

21:30 詹姆士:
我不想讓媽媽擔心,不過他們正在準備幫奧莉薇亞開刀。他們認為胎兒的狀況不佳,可能現在就需要剖腹產。

兇手就在字裡行間 | 315

21:31 馬丁：
好。你有空時打電話給我。服裝彩排並不順利。現在別擔心這件事了。致上我的愛給奧莉薇亞。

二〇一八年七月四日，莎拉－珍‧麥當納發給艾瑪‧庫魯克斯的訊息：

21:39 莎拉－珍：
艾瑪，我知道很晚了，但我可以來找你嗎？

來自：丹妮絲‧麥爾坎
主旨：海倫
日期：2018年7月4日 21:36
致：喬伊絲‧瓦佛德
抄送：瑪莉安‧佩恩

噢，女士們。我真為海倫感到難過。我們要不要湊點錢在盛開花坊買些花？我可以在明天早上訂購，然後在午餐休息時送到葛蘭奇。這只是一個小舉動，但能讓她知道我們有多麼愛她。上帝保佑她。丹妮絲

來自：馬丁‧海沃德
主旨：今晚
日期：2018年7月4日 22:44
致：莎曼莎‧格林伍德
抄送：莎拉－珍‧麥當納

親愛的莎曼莎，

今晚你的情緒失控，讓我們感到十分震驚。特別是在此之前，你似乎一直都是這個劇團裡認真努力的一員。一名新團員在沒有先經歷過後台工作就被選為演員是很不尋常的，但我們慷慨地為你和凱爾破例，歡迎你們的加入。業餘劇團需要忠誠的投入、奉獻和合作，但最重要的是，它需要信任——直到今晚之前，我都覺得我們可以信任你。我很遺憾你沒有早點表達出你真正的想法。

我只能對於部分費爾維劇團成員似乎認為你從募款所得中把錢拿走而致歉——我已經糾正過每個對我提及此事的人——然而，這個謠言之所以會產生，是因為你之前欺騙了我們，你承諾要支付藥物的費用。所以，你也必須為這樣的混淆負上一定的責任。我知道莎拉－珍和我自己都想私下和你討論這個問題，並且準備好要聽聽你的說法。我們也準備等到演出結束之後再這麼做。然而今晚，你讓我們別無選擇，只能公開談論這件事。我要鄭重聲明，克萊夫‧韓德勒事件是一場冷酷無情的騙局，讓一個已經承受太多痛苦的家庭受到了更多的煎熬。你說你那麼做是為了調查一件可能發生在其他地方的詐騙，但只怕這不能作為藉口。

今晚原本是大家最後一次彩排吾子吾弟的機會。然而，拜你之賜，所有的演員和工作人員都被剝奪了這個至關重要的機會，更別說你給海倫帶來的壓力和困擾了。

我妻子已經忍受了很多，不需要向你為她自己辯護。你可能認為波比的募款活動運作不佳，但我們已經在艱困的情況下盡了最大的努力。至於你對海倫提出的那些非常個人的指控，我不會浪費時間和你討論。但是，我要提醒你，費爾維劇團的大部分成員已經認識我們很多年了。如果你所言屬實，其他人早就會把事情連結起來並相信你。你也看到你自己有多少盟友了——即便你

自己的丈夫都不支持你——這顯示出你的言行有多麼離譜。

為了讓吾子吾弟順利登上舞台，許多人辛苦努力了好幾個月。如果你不打算繼續參與這次的演出，你將會讓這些人感到失望。然而，如果你明天沒有回來的話，我們也會克服這個難關，一如我們面對其他挑戰時一樣。我只要求你讓我們知道你的決定，因為你今晚離開彩排時並未明確表態。此致，馬丁

二〇一八年七月四日，馬丁·海沃德和佩姬·里斯維克之間發送的訊息：

22:47 馬丁：
費爾維劇團發生了激烈的爭吵。是一名情緒失控又多疑的演員。請打電話給媽媽，她仍然很沮喪。如果我們失去這名演員的話，你能加入嗎？這是個小角色，但以你的才華完全能勝任，只是你需要帶劇本上場。

22:49 佩姬：
我很樂意加入演出。可憐的媽媽。我現在就打電話給她。真是令人興奮！

22:55 馬丁：
詹姆士沒有回覆，奧莉薇亞可能已經進入手術室了，考慮到今晚發生的種種，暫時不要告訴媽媽。

來自：莎拉－珍·麥當納
主旨：回覆：今晚
日期：2018年7月4日 22:51
致：馬丁·海沃德

謝謝你把發給莎曼莎的郵件抄送給我。不過，她對募款的描述遠不止於「運作不佳」。她說那是一場「財務陰謀」，根本沒有實驗性藥物，波比正在摩爾山醫院接受常規化療。她還提到，波比的病歷保存在她醫生的私人紀錄系統裡，而不是醫院的系統中。她指控你在利用你外孫女的病情。她說，我們參與募款活動是因為被告知了某些消息，而那些消息完全是捏造的。她還說，如果你真的是詐騙受害者的話，那也只不過是栽在了自己擅長的把戲上而已。她是這麼說的。

莎拉－珍・麥當納

來自：馬丁・海沃德
主旨：回覆：今晚
日期：2018年7月4日 22:59
致：莎拉－珍・麥當納

所謂的「某些消息」指的是海倫的兒子。當她說出那句話的時候，你看到了海倫的神情嗎？那像是一個冷酷詐騙朋友和家人的人會有的神情嗎？還是像一個遭到不實指控打擊的人會有的神情？失去她的兒子是她生命中最悲慘的一件事。即便過了那麼多年，她依然每天都受到此事的影響。那是在我認識她之前發生的，早在佩姬和詹姆士出生之前就發生了，但我們卻覺得那就像發生在我們身上的事，這就是悲劇遺留下來的產物。莎曼莎在我們的老朋友面前公然說那是為了財務利益而刻意製造的謊言。她就在海倫覺得最自在、最安全的舞台上這麼說。我們在乎的不是指控本身——如果任何人有興趣知道的話，我們可以拿出相關的證據——而是被一個我們視為朋友的人所背叛。此致，馬丁

來自：莎拉－珍・麥當納
主旨：回覆：今晚
日期：2018年7月4日 23:11
致：馬丁・海沃德

　　你自己說，認識並且愛你們的人都不支持她。誠如你所指出的，就連凱爾似乎也不認為她說的是真的。當她衝出去的時候，只有那個伊莎貝爾去追她。我看到她們在停車場——莎曼莎甚至在對她大吼；她抓住伊莎貝爾的手臂，在她耳邊咆哮著什麼。那個女孩平時就很膽小，但她看起來甚至比平常更為震驚。我們現在面臨到了一個困境，那就是莎曼莎在劇中的角色。我知道你沒有把話說死，但我看不出在發生這種事情之後，她要怎麼再回來演出。

　　莎拉－珍・麥當納

來自：馬丁・海沃德
主旨：回覆：今晚
日期：2018年7月4日 23:29
致：莎拉－珍・麥當納

　　佩姬已經準備好要接替莎曼莎的角色了。她得帶著劇本上台，不過，約翰在缺席的朋友⑪裡也這麼做過，那不會對演出效果造成影響。我們不會在最後一刻因為莎曼莎的錯誤指控和多疑而取消演出，畢竟我們已經努力了這麼久。我怪我自己——我當時應該要聽提許的建議。此致

二〇一八年七月四日，凱文・麥當納和莎拉－珍・麥當納之間發送的訊息：

23:03 凱文：
你到底在哪裡？我睡著了。剛醒來，發現你不在。

23:06 莎拉－珍：
我在艾瑪家。我們在聊一些事。你不舒服，繼續睡吧。我晚點回去。

23:07 莎拉－珍：
謝謝你帶哈利回家。

23:07 凱文
問她關於海倫孩子的事。她知道那是真的還是假的嗎？

23:08 莎拉－珍：
正在和馬丁及艾瑪談。稍後再發郵件給你。

來自：莎拉－珍・麥當納
主旨：
日期：2018年7月4日 23:57
致：凱文・麥當納

　　那就是我來這裡的原因。我無法想像海沃德家會捏造這種故事，但莎曼莎為什麼要那麼說，如果沒有什麼根據的話？
　　我需要找一個比我更早認識他們的人談談，幸好我找到了。

⓳ 缺席的朋友（Absent Friends）是英國劇作家艾倫・艾克伯恩（Alan Ayckbourn）在1974年完成的一部喜劇作品。

兇手就在字裡行間 | 321

沒錯，海倫說的是實話。艾瑪說，在她們上小學的時候，佩姬曾經提到一個在她出生前就去世的哥哥。她還記得她們班上一個同學的父親去世時，老師談到了喪親之痛。當時，艾瑪問佩姬為什麼不提起她哥哥的事，但佩姬說，「噓，那會讓媽媽難過」，彷彿她被交代不要談論此事一樣──這解釋了海倫為什麼沒有告訴媽媽這件事，而媽媽還是她認識最久的老朋友之一。事情就是這樣。莎曼莎只是個麻煩製造者，我很遺憾自己之前被她騙了。

　　莎拉－珍・麥當納

來自：凱文・麥當納
主旨：回覆：
日期：2018年7月5日 00:07
致：莎拉－珍・麥當納

　　如果她希望我們因此就認為募款是「財務陰謀」的話，那效果正好相反。那個去世的孩子是真有其事，所以，募款一定也是真的。她到處散佈這種言論，難怪她會有黑眼圈。真不敢相信我們在沒有適當的服裝彩排下就要迎來首演之夜了。演出週本身的壓力難道還不夠大嗎？凱

來自：克勞蒂亞・迪索薩
主旨：
日期：2018年7月5日 00:09
致：凱爾・格林伍德

我在旅人客棧外面。就在那間大型 Tesco 旁邊的馬路和蜜罐巷的交叉口。似乎沒有人知道任何事，我也聯絡不上他。克 xxx

來自：馬丁・海沃德
主旨：凱爾？
日期：2018 年 7 月 5 日 00:11
致：莎拉－珍・麥當納

　　我剛想起來，凱爾也可能退出演出。我稍早的時候並沒有想到，因為他很明顯地不贊同她所說的話。但他們一起開車離開，彼此沒有交談……所以我不知道。如果他也退出的話，我們要怎麼辦？我們沒有多餘的男生了。雖然還有喬爾，但由他扮演法蘭克太老了。總之，有兩個人得帶著劇本上台勢必很糟糕。那會讓我們看起來像是佛維伊輕歌劇劇團。此致。馬丁

來自：阿尼・巴蘭柯爾
主旨：哈囉？
日期：2018 年 7 月 5 日 00:11
致：凱爾・格林伍德

　　你還醒著嗎？很抱歉今早發生的事。我獲得保釋了，現在在警察局外面。你知道怎麼從這裡回到公寓嗎？這裡有個巴士站，但時間表上都是塗鴉。這裡的巴士晚上有營運嗎？我可能會走回去。天氣還滿暖和的。天哪，警察真難纏。我好累，會直接上床睡覺。我有鑰匙，不用等我。

來自：蘿倫・莫爾登
主旨：你好！
日期：2018年7月5日 00:15
致：伊莎貝爾・貝克

　　哈囉，親愛的！媽媽聽說服裝彩排變成「那個新來的女孩」和馬丁之間的激烈爭吵。我猜那一定是你的朋友莎曼莎。你當時在場嗎？快告訴我發生了什麼事？媽媽說，她指控海倫說謊。她說海倫告訴大家她有個孩子多年前死於腦膜炎，但顯然並沒有這回事——那一切都是為了讓大家捐錢——不是為了波比的化療，而是為了挽救葛蘭奇。你很會看人，伊莎，你覺得呢？她說的可能是真的嗎？親親，蘿xx

來自：伊莎貝爾・貝克
主旨：回覆：你好！
日期：2018年7月5日 00:20
致：蘿倫・莫爾登

　　我在場，而且目睹了一切。那真的沒什麼大不了的。莎曼莎最近壓力很大。我不能談及細節，但她白天在工作時發生了一場意外，我想她可能因此而受到影響。她說了一些事—— 我相信那些可怕的事並不是真的。腦震盪有可能會潛伏，並且以微妙的方式改變人的思考過程。這可能會讓人和他們最親近的人反目。他們會說出自己無心要說或者連自己都不相信的話。等到早上的時候，莎曼莎就會沒事了。我會發郵件給馬丁和莎拉－珍，告訴他們不用擔心。伊莎

來自：馬丁・海沃德
主旨：莎曼莎・格林伍德
日期：2018年7月5日 00:18
致：提許・巴托瓦

　　親愛的提許，希望你在最近的喪親之痛中一切安好。我覺得應該要讓你知道，我們共同的朋友莎曼莎・格林伍德指控你和我們一起參與了一場「財務陰謀」。她在我們這個二十多人的業餘劇團面前提出了這個指控。而她所提出的證明充其量只是間接的。雖然我們的朋友和家人毫無保留地相信我們，但我無法保證這些指控不會傳到你那裡，因此你最好要有心理準備。我要鄭重聲明，我很後悔當初歡迎格林伍德女士加入我們的社交圈。你對她的評價完全正確。我建議我們將那些小藥瓶的運送推遲，直到這場最新的混亂平息為止。此致，馬丁

來自：提許・巴托瓦
主旨：回覆：莎曼莎・格林伍德
日期：2018年7月5日 00:19
致：馬丁・海沃德

　　〔不在辦公室　自動回覆〕
　　我因私出國，暫時無法回覆郵件。

來自莎曼莎和凱爾‧格林伍德座機語音留言中的一通留言紀錄：

嗨，莎曼莎，我是安蒂。你在嗎？不在。好吧，你提到過那個媽媽生病的事。我知道這看似一個不太重要的細節，不過……我冒險越過大西洋，然後發現了一些事。這真的很有意思。它解釋了其他的事，而且還不只如此。不過，這是那種你不能不知道、而且如果你能證實它的話，你一定得告訴別人的事。聽著，有空時打給我。你顯然現在不在，所以……再見。

來自：伊莎貝爾‧貝克
主旨：你好！
日期：2018年7月5日 00:34
致：馬丁‧海沃德
抄送：莎拉－珍‧麥當納

　　親愛的馬丁和莎拉－珍，很抱歉打擾你們。今晚彩排後我不知道該怎麼開口，只想說：別擔心。莎曼莎今天下午在工作時頭部遭到了重擊——也許不止一次。慢性腦震盪可能會影響到一個人思考的清晰度。我相信這解釋了她的行為為什麼脫軌，又為什麼會說出那麼嚇人的話。我不相信那些話，我也確定沒有人會相信。好消息是，這是一種短暫的症狀。我知道她會對這整件事感到後悔，而且肯定會在一早致歉。莎曼莎向來都會遵守諾言，並且不喜歡讓人失望，所以，我相信她明天會回到舞台上，演出也會按照計畫進行。但如果她決定不想再參加演出的話，我想在此提醒你，我已經和她一起排練了好幾個月。我可以輕易地進入蘇這個角色。還有，也許艾瑪、貝絲或佩姬可以讀莉迪亞的台詞？這是個非常小的角色，我相信她們會很容易就勝任的。如果凱爾

不想演出,也許,馬丁,你可以扮演吉姆‧貝里斯?我不是說他們兩人都會退出,但我向來都會超前部署。準備永遠都不嫌多。愛你的,伊莎 xxx

---

二〇一八年七月五日凌晨 12:09,詹姆士‧海沃德在社交媒體上的更新:

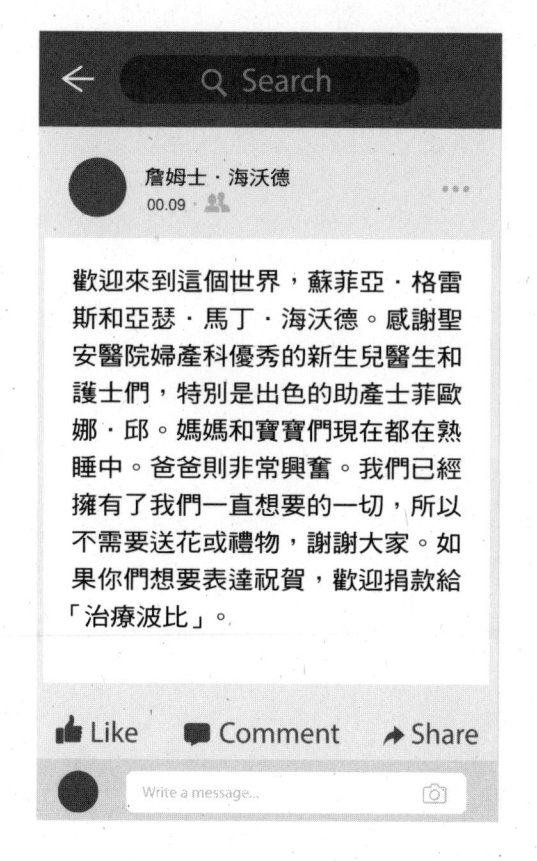

> 詹姆士‧海沃德
> 00.09
>
> 歡迎來到這個世界,蘇菲亞‧格雷斯和亞瑟‧馬丁‧海沃德。感謝聖安醫院婦產科優秀的新生兒醫生和護士們,特別是出色的助產士菲歐娜‧邱。媽媽和寶寶們現在都在熟睡中。爸爸則非常興奮。我們已經擁有了我們一直想要的一切,所以不需要送花或禮物,謝謝大家。如果你們想要表達祝賀,歡迎捐款給「治療波比」。
>
> 👍 Like　💬 Comment　➤ Share

奧路菲米・哈桑
夏綠蒂・哈洛德

親愛的兩位：

　　請注意：我們相信這則被復原的通訊是在謀殺發生之前寫的，而謀殺發生的時間介於二〇一八年七月四日晚上十一點到二〇一八年七月五日清晨四點之間。然而，由於屍體在將近二十四小時內都沒有被發現，所以，以下的通訊至關重要。因此，接下來你們必須自問：誰已經知道莎曼莎・格林伍德死了，而誰還不知道？

　　此致，

　　RT

　　羅德瑞克・坦納，御用大律師
　　資深合夥人
　　坦納＆德威有限責任合夥公司

菲米
這就對了。坦納相信我們可以解決這宗謀殺案。讓我們來搞定吧。

夏綠蒂
我覺得很不舒服。不確定是因為莎曼莎的死，還是因為這份責任太重大了。

菲米
我們無法改變罪行本身。就讓我們盡力來揭開真相吧。

來自：伊莎貝爾・貝克
主旨：你好！
日期：2018年7月5日　07:14
致：莎曼莎・格林伍德

　　嗨，莎曼莎，很抱歉打擾你。你今天會來嗎？我告訴法蘭西絲我會弄清你的情況。我告訴她，你昨晚彩排時生病了。這話多多少少是真的。我發了郵件給馬丁和莎拉－珍，讓他們知道昨天你的頭部受到了撞擊。你可能有輕微的腦震盪。經過這幾天的事情，沒有人會對你現在情緒低落或狀況不好而感到驚訝。總之，法蘭西絲的心情不好，所以，如果你能讓我知道你今天是否因病不能來上班，那對我們會很有幫助的。謝謝。愛你的，伊莎

來自：伊莎貝爾・貝克
主旨：你好！
日期：2018年7月5日　07:18
致：凱爾・格林伍德

　　嗨，凱爾，很抱歉打擾你。你可知道莎曼莎今天會不會來上班？她還沒到，病房經理正在問她人在哪裡。我說我會弄清楚的。愛你的，伊莎

來自：莎拉－珍・麥當納
主旨：恭喜
日期：2018年7月5日　08:45
致：詹姆士・海沃德
抄送：馬丁・海沃德

詹姆士，恭喜蘇菲亞和亞瑟的誕生。好棒的消息。我想，馬丁已經告訴你昨晚彩排發生了什麼事。如果凱爾今晚不會出現的話，你能唸吉姆的台詞嗎？也許不至於會到這一步。我對於莎曼莎是否會出現抱持開放的態度——反正她臉皮很厚。經過一番思考，我相信她的出現對演出是最好的，而演出是我現在最關心的事。我們先做好換人的準備，看看實際狀況如何再說。
　　莎拉－珍・麥當納

來自：馬丁・海沃德
主旨：回覆：恭喜
日期：2018年7月5日　08:59
致：莎拉－珍・麥當納
抄送：詹姆士・海沃德

　　謝謝你的建議，莎拉－珍。這正是我們現在的作法。此致，馬丁

來自：馬丁・海沃德
主旨：演出
日期：2018年7月5日　09:05
致：佩姬・里斯維克

　　媽媽說，她會帶波比去那個小動物園，所以你可以趁機多練習第一幕。當然，第二幕也很重要，但對於你在這麼短的時間內能記住多少台詞，我必須要實事求是。在前面的幾場戲裡，你最好能不看劇本，因為觀眾那時還在熟悉角色。到了後面的時候，

他們就會專注在媽媽和約翰的角色上了。再次謝謝你。此致，爸爸

來自：佩姬‧里斯維克
主旨：回覆：演出
日期：2018年7月5日　09:11
致：馬丁‧海沃德

　　噢，太感謝媽媽了。波比很喜歡那裡──特別是那隻大豬。為了練習第一幕，葛蘭今早四點就把我叫醒了。不只是台詞，爸爸，還有口音。等媽媽帶波比從動物園回來時，她能留下來幫我練習發音嗎？葛蘭可以帶波比去吃麥當勞的快樂兒童餐。噢，我的天，這實在太令人興奮了！佩姬 x

---

來自：尼克‧瓦佛德
主旨：緊急
日期：2018年7月5日　09:43
致：喬伊絲‧瓦佛德

　　媽，你幫我熨燙舞台襯衫時，記得把火爐架上那張摺好的紙放進襯衫前面的口袋裡。那是我的小抄，所以非常重要。我需要的其他東西全都在那個愛迪達的袋子裡──不要把它給忘了。你把袋子放到休息室的角落，靠近道具桌那邊，我應該能在七點前到那裡。我知道你喜歡八卦──我凌晨兩點被叫去旅人客棧。你知道凱爾和一個女人在那裡過夜嗎？不是莎曼莎。他們走過櫃檯的時候，我剛好在重新調整壓力。彩排發生的爭吵讓我不知道該

說什麼,所以我就低著頭,直到他們離開。他們看起來糟透了,就像有人死了一樣。如果你聽到其他消息,就告訴我一聲。晚上見。尼克

PS 別忘了那張紙和袋子。

來自:艾瑪・庫魯克斯
主旨:一切還好嗎?
日期:2018年7月5日 09:50
致:莎拉－珍・麥當納

　　你順利回到家了吧?那時候很晚了,但我能理解在那麼慘的彩排之後,你需要找人聊聊。很高興我不在現場。不然的話,我一定會像海綿一樣吸收掉所有的負面能量。可憐的海倫。她兒子的死是她最不願意提起的事。聽到這個話題在眾人面前被提起,而且還加上那麼多嚇人的指控,那一定很可怕。不過,我一直在思考你說的話,現在我明白莎曼莎為什麼那麼做了。你想想看,莎拉－珍,她只是一個護士。沒有錢、沒有房子、沒有孩子。她嫉妒海沃德一家;希望他們受苦,以報復他們擁有美滿家庭和特權的事實。她不希望波比的病情好轉,所以,她企圖要讓我們拒絕募款。她故意等到演出前夕才採取行動,這樣她就可以毀掉他們在乎的東西;也是我們都在乎的東西。嫉妒是一種極具毀滅性的情緒。說到毀滅,汪汪向你問好。今早,牠對著一群飛到花園裡的烏鴉不停地吠叫,看來牠一定好多了。我明天去看演出時,你媽媽依然願意照顧牠嗎?我知道佩姬現在超級興奮——她等不及要回到舞台上了!艾瑪 x

來自：莎拉－珍‧麥當納
主旨：回覆：一切還好嗎？
日期：2018年7月5日 10:01
致：艾瑪‧庫魯克斯

　　再次感謝你，艾瑪。你說得對，我確實需要聊聊。但我們還不知道莎曼莎和／或凱爾會不會繼續參與演出。我希望他們兩人都能回來，發揮他們的最佳表現，一如幾週前他們在試鏡時所承諾的那樣。雖然休息室的氣氛有些冷淡，但演出是我們現在的首要任務，尤其這次的演出還是一場關鍵的募款活動。我們不需要再和格林伍德夫婦有任何瓜葛，但我們需要吾子吾弟順利上演。關於莎曼莎的動機，你也許是對的。從正面來看，這給我們所有人上了一課，提醒我們以後對陌生人要保持警覺。更令人高興的是聽到雙胞胎平安出生的消息──這意味著如果凱爾沒有出現的話，詹姆士可以更輕鬆地抽出幾個小時。是的，媽媽很期待明天能照顧汪汪。再度謝謝你，艾瑪。莎拉－珍‧麥當納

來自：喬伊絲‧瓦佛德
主旨：昨晚
日期：2018年7月5日 10:16
致：瑪莉安‧佩恩

　　你絕對想不到發生了什麼事：凱爾和莎曼莎分手了！我家尼克今天凌晨兩點鐘看到他和另一個女人在旅人客棧。我還覺得奇怪，怎麼沒看到他們出門去上班呢。這也許就是她為什麼會說出那些關於海倫和募款的話。我能理解，因為你從孩子們的父親離

開之後就一直無法清晰思考。她對他和那個女人感到憤怒，所以就把氣出在了別人身上。你覺得他打她了嗎？那個黑眼圈和嘴唇上的傷看起來真的很嚴重，還好丹妮絲在化妝時把它們遮住了──工作上發生的意外，才怪！現在我知道不是她偷了募款的錢，所以，我可能晚點會去看看她的狀況。不過，有個好消息，瑪莉安：看來警方好像釋放了那個討厭的傢伙，他也走了──今早五點，他帶著他的旅行袋離開了，看樣子不會再回來──太好了，終於擺脫他了。喬伊絲

PS 詹姆士和奧莉薇亞的雙胞胎出生了。是一男一女。

來自：瑪莉安・佩恩
主旨：回覆：昨晚
日期：2018年7月5日 10:22
致：喬伊絲・瓦佛德

　　謝天謝地！希望他們倆都很健康。我是說雙胞胎。至於莎曼莎和凱爾，我注意到他們在最近幾次彩排中對彼此很冷淡，喬伊絲。你確定不是他們偷走了募款的錢嗎？她把矛頭指向海倫，有可能是因為她自己偷了那筆錢。米克說，當別人抓到你犯錯的時候，你的第一反應就是先指責別人。你和她接觸的時候要小心。
瑪莉安

來自：伊莎貝爾・貝克
主旨：耶！恭喜！

兇手就在字裡行間 | 335

日期：2018年7月5日 10:33
致：詹姆士・海沃德

你好，詹姆士，恭喜！真高興雙胞胎平安出生了。我從你的照片裡看到他們都在新生兒病房，但兩人都不需要呼吸輔助，這是一個很好的跡象。我不知道你爸爸是否有對你提及昨晚彩排發生的事？我想他應該有提過。我以為那件事已經過去了，但莎曼莎今早沒有來上班，私下告訴你，我現在覺得今晚她不會參加演出了，接下來幾晚也一樣。我對這種事向來都有第六感。我已經表示我很樂意擔任蘇・貝里斯的角色，然後把莉迪亞的角色留給替代演員。也許佩姬？很遺憾莎曼莎讓你失望了，特別是她和凱爾都是我的朋友，我很希望他們能順利融入費爾維劇團。請不要以為我相信莎曼莎說的那些關於你父母的話。我對這齣劇非常投入，也希望你知道，如果有任何我能幫忙的地方，請隨時告訴我。向奧莉薇亞、蘇菲亞和亞瑟致上我的愛，伊莎 xxx

---

來自：詹姆士・海沃德
主旨：回覆：耶！恭喜！
日期：2018年7月5日 10:40
致：伊莎貝爾・貝克

親愛的伊莎，謝謝你的祝福。我們全家都很好。奧莉薇亞在剖腹生產後有些痠痛。手術後有一段時間，他們不讓我進去看她和寶寶們，當時我感到既孤單又憂慮，不過，幸好現在一切都結束了。我們已經要求佩姬來飾演蘇的角色，她正在全力以赴地背台詞，媽媽（或者我應該說海倫奶奶）今天一整天都會協助她。

再次謝謝你的支持。你是我們這個團隊中不可或缺的一員。今晚見，詹姆士

來自：蘿倫・莫爾登
主旨：有什麼消息？
日期：2018 年 7 月 5 日　10:45
致：伊莎貝爾・貝克

　　哈囉，親愛的！有什麼最新的消息？媽媽說，在莎曼莎說了那些話之後，無論那些話到底是不是真的，他們當然都不會讓莎曼莎再參與演出。她的角色有多重？你可以接替她嗎？你絕對可以輕易上手的。喬許說他們不會取消演出，因為他們在佈景和道具上已經花了很多錢，所以不用擔心演出會取消，它會如期進行的。我真希望能親自去看。我並非想要看到演出出錯——只是想要支持大家而已。不過，我知道你會表現得很出色！祝你今晚好運，記得把一切都告訴我。親親，蘿 xxx

---

來自：伊莎貝爾・貝克
主旨：回覆：有什麼消息？
日期：2018 年 7 月 5 日　10:59
致：蘿倫・莫爾登

　　最新消息是莎曼莎回非洲去了。她離開彩排後特地來告訴我這件事，因為我們曾經是那麼親近的朋友。我們在停車場聊了很久，感覺很好。她向我道別，並祝福我等等的。這有點令人感傷，因為我們原本正在計畫要一起去非洲做慈善工作，但我發現

我的朋友都在費爾維劇團，因此我決定留下來。工作也沒有那麼糟糕。只要有機會，我就會申請調動。我很喜歡產科或血液科。不過，首要之務還是先完成演出。我現在不那麼緊張了。我知道我的台詞和走位。佩姬會讀莎曼莎的台詞，大家很快就會忘記她。我已經決定在週一午餐時間重新開始慢跑，而不要吃飯。我的節食計畫進行得很順利，我不想破壞它。我會讓你知道吾子吾弟的演出狀況，但我想應該不會再有什麼八卦了。伊莎

二○一八年七月五日，凱文‧麥當納和莎拉－珍‧麥當納之間發送的訊息：

08:02 凱文：
以1到10的程度來說，我現在是-3。也許是-4。

08:03 凱文：
頭痛欲裂、鼻塞、喉嚨痛、開始咳嗽。

08:04 凱文：
不敢大聲喊，以免情況變得更糟。我得保留僅剩的聲音。

08:05 凱文：
經過昨晚的壓力，感冒的病毒突變了。這是一種新的毒株。我是零號病人。

08:06 凱文：
謝謝你睡在沙發上，還在輪到我叫哈利起床時去叫他。你是全世界最棒的老婆。

08:07: 凱文：

一杯溫熱（不要太燙）的黑醋栗果汁會讓我覺得好一些。

08:08　莎拉－珍・麥當納：
好。以1到10來說，我是2。我幾乎沒睡，整夜都在擔心演出、募款和哈利的教育，到了清晨五點的時候，又想起二十年前的一些瑣事。我為什麼在壓力這麼大的時候還滿腦子亂想？演戲原本應該是一種嗜好啊。

08:12　莎拉－珍・麥當納：
趁我忘記之前趕快告訴你：昨晚我無意間聽到馬丁說，那個破壞瑜伽活動的人因為竊盜被捕了。他是那些護士的朋友。我在想：他們是否涉及了莉迪亞・德雷克的詐騙案。克萊夫・韓德勒的事件可能只是試水溫或者聲東擊西的策略。他們只需要一個朋友來扮演莉迪亞。總之，我認為都是那個膽小鬼伊莎貝爾害的：是她把他們帶進了費爾維劇團。

08:13　凱文：
還要一些布洛芬消炎止痛藥。記得不要太燙。

二〇一八年七月五日，馬丁・海沃德和詹姆士・海沃德之間發送的訊息：

08:11　馬丁：
很抱歉。我沒想到事情會變成這樣。我當時應該聽你的話。結果現在情況失控，變成了這樣。真是一團糟。

08:21　詹姆士：
爸，沒關係。不要再發訊息了。你今天下午就要見到你剛出生的孫子們了──我們到時再聊。我們會一起度過這個難關的。不用帶任何東西來給我們──見到你和媽媽對我們來說就夠了。

兇手就在字裡行間　│　339

來自：瑟利馬・肯尼亞
主旨：丹尼爾・巴托瓦
日期：2018年7月5日 11:57
致：提許・巴托瓦醫生

原文為法文──Google 翻譯

巴托瓦女士，

　　倫敦的非洲分部把你的聯絡資料給了我。我了解到你在詢問你弟弟丹尼爾・巴托瓦最後的下落。我只能告訴你我聽到的狀況。一名獨立工作者丹尼爾・班基與其他三名人道工作者在靠近法拉吉的地區遭到一支民兵組織綁架，並被帶過邊界進入南蘇丹，最終全數遇害。謹在此致上我的哀悼。願上帝保佑你。瑟利馬・肯尼亞

來自：提許・巴托瓦
主旨：回覆：丹尼爾・巴托瓦
日期：2018年7月5日 12:23
致：瑟利馬・肯尼亞

親愛的瑟利馬，

　　但他在法拉吉做什麼？他原本駐在班基。他的診所就在那裡。他已經在那裡九年了，對那個地區和那裡的人都非常熟悉。他告訴我他還在那裡。我需要弄清楚是什麼原因讓他離開班基，前往那麼危險的新地區。我試著要找出真相。請幫助我。提許・巴托瓦醫生

來自：瑟利馬・肯尼亞
主旨：回覆：丹尼爾・巴托瓦
日期：2018年7月5日 12:58
致：提許・巴托瓦醫生

原文為法文──Google 翻譯

巴托瓦女士，

　　對於你的損失，我深感遺憾。你可能不會喜歡我接下來要說的話。有人發現丹尼爾・巴托瓦和他的同伴對他們所照顧的女性和小孩做出不當行為。我見過幾名認識他的援助工作者，我知道儘管他的好名聲當之無愧，但也有一些非常糟糕的傳聞。我自己曾經見到一些帶著孩子的移民婦女，她們到他位於南蘇丹邊界的診所求助。她們可以藉由性活動來換取食物、住所和醫療照顧。我相信這種行為不是新近才發生的。這件事曾經受到調查，但只有一名人道工作者對此發聲，因此被認為證據不足。不過，認識並支持他的人都已經離開他所在的那個地區了。我相信他的診所也面臨財務困難。他和他的同事已經搬走了。再次對你的損失表示深切的遺憾。願上帝保佑你。瑟利馬・肯尼亞

來自：提許・巴托瓦
主旨：回覆：丹尼爾・巴托瓦
日期：2018年7月5日 13:13
致：瑟利馬・肯尼亞

　　你是在告訴我那些指控是真的嗎？我不是指「聽說那些指控是真的」，或者某人從「某個聽說過此事的人」那裡聽來的傳聞

可能真的發生過。我是說那些指控的內容真的屬實嗎？這對我來說非常重要，瑟利馬，因為我不能容許有任何懷疑。

來自：瑟利馬・肯尼亞
主旨：回覆：丹尼爾・巴托瓦
日期：2018年7月5日 13:29
致：提許・巴托瓦醫生

　　是的，女士，那對我來說毫無疑問是真的。那些婦女沒有必要說謊。遺憾的是，這裡有很多的問題，而那只是其中之一而已。願上帝保佑你。瑟利馬・肯尼亞

來自：費爾維劇團行政部
主旨：吾子吾弟
日期：2018年7月5日 13:39
致：現任團員

親愛的各位，

　　就是今天了：吾子吾弟的首演之夜。我們搭建了佈景、背熟了台詞、喝了茶、排練到我們所愛的家人還以為我們已經離家出走了，今晚八點，當大幕拉開時，一切的努力都會變得值得。這次的製作並不容易。在一路走來的過程中，我們克服了不少小問題，而今晚、明晚和週六晚上的演出將會讓觀眾享受其中。我們將在短暫的幾個小時裡，體驗到幾個世紀以來的演員都曾經歷過的激動和狂喜，這是一段超越時間、空間、語言和信仰的旅程。

　　佩姬・里斯維克和詹姆士・海沃德將會扮演需要替補演員的

角色,為了幫助他們做準備,我們將在六點鐘盡可能完整地排練一次。請盡快到場。我們昨晚的服裝彩排很不幸地提前結束,因此,這將是我們最後一次有機會解決那些最後一刻的小問題。請不要忘了把你們所需要的服裝和道具從家裡帶來。

一如往常,休息室的守則如下:

- 演員不在舞台上時,請務必留在休息室裡。禁止在劇院裡和觀眾寒暄,因為那會破壞我們在舞台上努力營造的意境。
- 休息室裡嚴禁抽菸、抽電子菸或者喝酒,直到演出結束。
- 手機必須關機,或(如果你有家務並且必須保持聯絡狀態的話)設為靜音。是的,手機禁令包括不准發簡訊、訊息、玩遊戲、上網、發郵件和瀏覽社交媒體。
- 演出時禁止在休息室裡交談,當舞台上處於一片安靜時,房間裡的任何聲音都會被聽到。
- 演出時請避免在後台沖馬桶。

最後,每場演出都還有一些票尚未售出,因此,如果有任何家人或朋友還沒買票的話,歡迎他們到現場購票。我只想說:享受吧!記住:如果我們享受表演,觀眾也會享受觀賞。

費爾維劇團委員會

來自：治療波比
主旨：吾子吾弟
日期：2018年7月5日 13:46
致：現任團員

親愛的各位，

　　接續馬丁的郵件，我想在此提醒大家，費爾維劇團推出的吾子吾弟是一次非常特別的製作，因為這是為了支持「治療波比」的計畫。由於我們最近損失了八萬英鎊，我們需要籌回這筆資金，讓波比的救命藥物治療計畫能夠重回正軌。

抽獎券

　　拜託、拜託、拜託，請繼續努力銷售抽獎券，最好是按「本」為單位來販售。Raido 4的卡麥隆・希爾佛德將會在週六的演出中場抽獎，因此還有幾天的時間來提升銷量。

商品和蛋糕

　　希莉亞和喬爾以及募款團隊將會銷售全系列的波比商品，喬伊絲還特別烤了罌粟籽蛋糕以及其他美味的食品，所有收益都將歸入我們的募款所得。

　　長話短說，請確保你們的朋友和家人來看演出時不僅要帶著他們的好胃口，還要記得帶上錢包。謝謝大家。

　　莎拉－珍・麥當納
　　「治療波比」活動協調人

菲米
我喜歡莎拉－珍，但她的正能量和投入可能遭人利用。她是一個不自覺的縱容者嗎？

夏綠蒂
她在我的嫌疑犯名單上。謀殺當晚，她外出到很晚，還睡在沙發上。別忘了，她輕而易舉地就對蘇奇洛撒謊說波比會失明。

菲米
她殺害莎曼莎的動機是什麼？

夏綠蒂
她是募款活動的支柱和對外代表。她動用了她所有的私人和工作上的關係。如果莎曼莎是對的，那麼，她就必須要對他們所有人承認她參與了這場大規模的詐騙，或者承認她蠢到被她的老朋友愚弄了。

菲米
她太實際、太公平了。她是唯一一個認真對待莎曼莎指控的人，她透過艾瑪進行調查，判斷莎曼莎的指控不是真的——然後才繼續往下走。

夏綠蒂
是啊，莎拉－珍做出了某個判斷，但她是否認為指控可能是真的？如果是這樣的話，那她自己就會成為嫌疑人，除非她讓指控者噤聲失去可信度。

菲米
巴托瓦的嫌疑更大。或者她雇用了別人。她把丹的死怪罪在莎曼莎頭上，發誓要報復。她找人殺了莎曼莎，然後才發現丹一開始就是有罪的。

夏綠蒂
謀殺之後，伊莎的改變最大。她原本向每個人保證莎曼莎沒事，還說莎曼莎那些話都是無心的，但後來卻改口說「莎曼莎已經去了非洲，再也不會回來」。

菲米
因為莎曼莎被這個團體摒棄了嗎？伊莎希望受人喜歡，勝過於她想要當莎曼莎的朋友。她在一夜之間決定了自己的忠誠所在。

夏綠蒂
伊莎是那種看似安靜懦弱無能的人，但實際上卻暗中耍陰謀。她毀了克勞蒂亞，然後還洋洋得意。

菲米
我們來談談佩姬。佩姬總是能如願以償。她想要參加演出。接下來剛好就有一個角色需要替補，而她「非常興奮」能夠飾演這個角色。她是個公主，就像她母親一樣。

夏綠蒂
這和參與演出無關。莎曼莎之所以被殺，是因為她有可能摧毀某人或某事。誰會因為她的指控而蒙受最大的損失？

菲米
誰是安蒂，那個七月五日在莎曼莎的電話答錄裡留言的人？所謂不能「不知道」的事是指什麼？

來自：瑪莉安・佩恩
主旨：蛋糕
日期：2018年7月5日 15:51
致：喬伊絲・瓦佛德

　　我們十分鐘後就要出發了。把你的蛋糕箱拿到門口——米克不能把車停在轉彎處，所以，他不會熄火。你和莎曼莎說過話了嗎？你還好吧？

來自：喬伊絲・瓦佛德
主旨：回覆：蛋糕
日期：2018年7月5日 15:59
致：瑪莉安・佩恩

　　沒有，瑪莉安，她不在家。電梯沒來，我只能氣喘吁吁地撐著我嘎嘎作響的腳踝爬上那些樓梯。當我終於到他們家門口時，沒有人來應門。我把耳朵貼在門上仔細聽，但屋裡安靜得像墳墓一樣。當一個地方沒人的時候，你能感覺得出來，我發誓沒有人在家。我不能再多說了，因為烤箱裡還有一批蛋糕。我甚至懷疑她昨晚有沒有回來。如果她已經搬走了，我也不會驚訝。你告訴米克在廂型車裡多留一點空間——我這次帶了三個箱子——我們需要為波比籌募更多的款項。喬伊絲

來自：馬丁・海沃德
主旨：今晚
日期：2018年7月5日 16:02
致：佩姬・里斯維克
抄送：詹姆士・海沃德

好消息。我遇到了助理牧師，拿到了備用鑰匙，所以，我們現在可以在四點半就進到會堂了。我不會再發郵件給劇團的人；讓我們自己排練佩姬的場次吧，因為我們知道她鐵定需要上場。六點鐘的時候，我們看看凱爾是否會出現──如果他沒出現的話，那麼詹姆士也需要上場。我已經打電話並且也發訊息給凱爾了，他沒有回覆，所以，你們倆今晚很可能都得上台。爸爸

來自：佩姬‧里斯維克
主旨：耶！
日期：2018年7月5日 16:08
致：艾瑪‧庫魯克斯

　　太好了！我今晚肯定會上台飾演蘇‧貝里斯了。真不敢相信我的運氣：我原本還對舞台念念不忘，並且羨慕那些能上台的人。你曾經說過向宇宙祈求，然後等待回應，就是這個意思嗎？如果是的話，我打算以後要向宇宙多提出一些要求！佩姬 x

來自：莎拉－珍‧麥當納
主旨：今晚
日期：2018年7月5日 16:11
致：凱爾‧格林伍德

　　親愛的凱爾，你打算來參加今晚的演出嗎？這不僅是排練數月以來的高潮，也是一項為波比募款的大型活動。不管你對這個劇團和劇團成員有什麼看法，我們依然會把一個病重的小女孩當作重心，如果你在乎她是否能康復，那麼請你今晚務必前來，在你的角色上發揮最佳演出。我會親自確保沒有人會對你昨晚的言

論抱持敵意。演出和募款才是現在最重要的事。

莎拉－珍・麥當納

來自：莎拉－珍・麥當納
主旨：回覆：今晚
日期：2018年7月5日 16:29
致：凱爾・格林伍德

　　凱爾，我向你保證我在聽。我現在不想爭論這件事，但莎曼莎錯了。我已經認識海沃德家一輩子了。我母親在懷我姊姊的時候認識了海倫，當時海倫正懷著詹姆士。馬丁當時還在倫敦的金融區工作──幾年之後，他賣掉他的公司，買下了葛蘭奇。在佩姬蹣跚學步的時候，他們創立了費爾維劇團。我們看著他們白手起家，經歷了逆境和順境，建立起了他們的事業和一個珍貴的社群團體。他們不只是我們的朋友。即便他們失去了財產，他們也絕對不會欺騙我們，而事實上他們並未失去財產。他們手中的確沒有一百萬，但誰會有呢？我可以把莎曼莎的失控歸因於她的壓力。她顯然在工作上遭到了襲擊，你們的關係也出現了問題──是的，大家會八卦──而你現在又說你朋友偷了你們的錢；好吧，在他破壞了瑜伽活動之後，這倒也不令人驚訝。然而，你們自己被騙並不代表我們也被騙了。拜託你們，這麼多人付出這麼多心血要讓這次的演出呈現最好的成果。就算你們再也不會見到我們，也請你們今晚務必前來，讓它成為你們最棒的演出。

莎拉－珍・麥當納

來自：莎拉－珍・麥當納
主旨：氣死了

日期：2018年7月5日　16:34
致：凱文・麥當納

　　氣死我了！我剛透過郵件和凱爾溝通。他似乎站在莎曼莎那一邊，即便他說他試著要阻止她說出來，而且他已經搬離了他們的公寓。他們是怎麼回事？他說他不知道她人在哪裡，也不知道她今晚是否會來。還有，你聽聽這個：他引用他們親愛的朋友偷了他們一大筆錢的事實，來為他們對馬丁和海倫的指控找藉口，這個朋友就是那個在瑜伽活動中製造混亂的傢伙。真是令人驚訝！我都要氣死了。我氣我自己多過氣他——我以為一封友善的郵件可以說服他們兩個今晚出現。現在，只怕我們的首演之夜會由兩個替補演員上場了。莎拉－珍・麥當納

來自：凱文・麥當納
主旨：回覆：氣死了
日期：2018年7月5日　16:46
致：莎拉－珍・麥當納

　　科林打電話給我。他的人透過莉迪亞・德雷克的郵件識別碼，追蹤到葛蘭奇內部網絡中一個名為「瑪格達」的裝置，這是內部人士所為。我用感冒為由提早下班，很快就會到家了。這次的演出結束時，我一定會很高興的。凱

來自：莎拉－珍・麥當納
主旨：莉迪亞・德雷克
日期：2018年7月5日　16:52
致：馬丁・海沃德

兇手就在字裡行間　｜　351

我們找到莉迪亞・德雷克了！科林追蹤她的郵件到一台名為「瑪格達」的電腦。我很遺憾。這表示你們在葛蘭奇的員工是這件事的幕後主使。你懷疑過她嗎？我一直認為她是一個非常熱心又有效率的人。現在我們知道為什麼了。她可能是為一個大型幫派工作的內奸。不過，至少警察現在有線索了。我還沒問科林他是否願意和警方聯繫，不過我假設他會願意。至於他們是否能追回我們的錢，那就是另一回事了。今晚我什麼都不會說。我們不希望任何人私自逞兇。這次的演出從排演至今就像在坐雲霄飛車一樣。

莎拉-珍・麥當納

二〇一八年七月五日，馬丁・海沃德、葛蘭・里斯維克和詹姆士・海沃德之間發送的訊息：

16:53 馬丁：
一個問題才剛平息，另一個問題就又浮上檯面。我轉發了SJ的郵件給你們。

16:56 詹姆士：
葛蘭，你可以回覆莎拉-珍嗎？因為爸爸正在和佩姬與媽媽一起排練，所以他現在無法討論這件事。你只需要告訴她先不要說出去——我們一家人會在演出之後共同處理這個問題等等的。輕描淡寫就好。謝謝。

來自：葛蘭・里斯維克
主旨：轉發：回覆：莉迪亞・德雷克
日期：2018年7月5日 17:00

致：莎拉－珍・麥當納

　　親愛的莎拉－珍，科林能幫我們查出這件事真好，但瑪格達是一個很常見的波蘭名，所以未必是我們的那位瑪格達。不要告訴任何人。我們一家人會在演出之後共同處理這個問題等等的。謝謝，葛蘭。

來自：莎拉－珍・麥當納
主旨：回覆：轉發：回覆：莉迪亞・德雷克
日期：2018年7月5日　17:11
致：葛蘭・里斯維克

　　那絕對是你們的瑪格達。那台電腦連接的是葛蘭奇的內部網路。我已經告訴馬丁我不會透露任何消息，但請你們千萬要提防她。她隸屬於一個複雜的幫派，這個幫派有能力在金融區設置辦公室，並且雇用訓練有素的人來欺騙他。她有權限接觸葛蘭奇的帳戶嗎？凱文建議讓她繼續待在她目前的職位上，不要讓她知道你們已經發現她的行為，但要監視她的網上活動和日常行蹤。看看是否能藉此找出這個幫派的其他成員。她在盜取了那筆資金之後仍然留在那裡工作，這意味著他們可能還有進一步的詐騙計畫。

　　莎拉－珍・麥當納

來自：葛蘭・里斯維克
主旨：回覆：轉發：回覆：莉迪亞・德雷克
日期：2018年7月5日　17:13
致：莎拉－珍・麥當納

沒事的，SJ，我們正在處理。他們以前的前台也曾經監守自盜過。馬丁知道該怎麼對付這種人。

來自：莎拉－珍・麥當納
主旨：回覆：轉發：回覆：莉迪亞・德雷克
日期：2018年7月5日 17:19
致：葛蘭・里斯維克

　　這不只是監守自盜。這個人從你女兒的募款裡偷走了八萬英鎊。不過好吧，沒關係。我們還是先專注於演出吧。
　　莎拉－珍・麥當納

二〇一八年七月五日，丹妮絲・麥爾坎和喬伊絲・瓦佛德之間發送的訊息：

18:26　丹妮絲：
凱爾來了！他正在停車。他自己一個人。他看起來很低落。你能告訴馬丁嗎？我的菸還沒抽完，要不然我會自己告訴他。

18:29　喬伊絲：
我會的。凱爾現在在哪裡？他在做什麼？

18:35　丹妮絲：
他已經停好車了，但他只是坐在車裡，透過擋風玻璃看著一面磚牆。可憐的傢伙。我不知道那個莎曼莎是不是給了他不少麻煩。遭到背叛的女人比魔鬼還可怕。啊！他下車了。我從來都沒注意到他走路一瘸一拐的。不要告訴我他居然在首演之夜受傷了！好了，我抽完菸了。準備一壺咖啡吧，喬伊絲，我們有得聊了。

來自：伊莎貝爾‧貝克
主旨：你好！
日期：2018年7月5日 18:46
致：詹姆士‧海沃德

　　你好，詹姆士，很遺憾你終究還是不會上台演出。不過，我們都很高興凱爾來了。我還沒有機會親自和他交談，但我一直在觀察他，他似乎有點心不在焉。別擔心。我完全相信他會全力以赴地演出。他的朋友阿尼昨天稍早因為偷竊被捕，私下告訴你，凱爾能擺脫他真是太好了。然而，我認為凱爾將此視為自己的失敗。但有些人你就是幫不了——他們得找到自己的路。佩姬真是太棒了！她能在幾個小時裡背熟台詞、掌握口音，這顯示出她是多麼出色的演員。海倫一定感到很驕傲。稍早，我看到她們兩人在舞台上，我很驚訝她們是如此地相似。我們很幸運能擁有她們和你們。沒有海沃德一家，就沒有費爾維劇團，如果我的生活裡沒有這個劇團，那我就一無所有了。很抱歉這麼囉嗦，但我現在越來越緊張，儘管我的角色在剛才走位時表現得很順利。這是個好徵兆。緊張會讓你的演出更加出色。我允許自己每場演出都吃一塊喬伊絲的罌粟籽蛋糕，不過只能在我下台之後吃。這是給我自己的獎勵。觀眾很快就要入場了，休息室裡瀰漫著期待的興奮感。就像馬丁說的，這就是國家劇院開演前的氣氛，或者加冕街[20]直播時的感覺。在莎士比亞還在世的年代以及古希臘劇場時期，演員一定也有這樣的感受。雖然我們只是一個在教堂會堂裡演出的業餘小劇團，但那並不重要。觀眾才是一切。 我不知道自

---

[20] 加冕街（Coronation Street）是一部英國經典肥皂劇，於1960年12月9日首播，是英國電視史上播放時間最長、收視率也最高的劇集。

己是喜愛還是討厭這樣的時刻。或者兩種感覺都有。可惜奧莉薇亞不能來看演出，但剖腹產之後，她會需要至少兩天的時間來休息。向你們四個致上我的愛，伊莎

來自：詹姆士‧海沃德
主旨：回覆：你好！
日期：2018年7月5日 18:50
致：伊莎貝爾‧貝克

　　親愛的伊莎，看到凱爾真是讓我大大地鬆了一口氣。我知道爸爸也是。祝你今晚的演出好運。由於我現在不需要上台了，我打算在半小時內趕回醫院。如果奧莉薇亞能如我們所希望的那樣在週六出院，我也許能在那天晚上去看演出，不然就只能靠你告訴我演出的情況以及其他消息了。你一直沒見到莎曼莎，是嗎？

來自：伊莎貝爾‧貝克
主旨：回覆：你好！
日期：2018年7月5日 18:51
致：詹姆士‧海沃德

　　沒有。

來自：莎拉－珍‧麥當納
主旨：T恤
日期：2018年7月5日 19:18
致：喬爾‧哈立德
抄送：希莉亞‧哈立德

我現在在休息室，不能出去，因為觀眾已經開始入場了。我寫這封郵件是為了祝你們今晚的募款活動一切順利，特別是抽獎券的銷售。我們還有好幾百張沒賣出去，所以，請盡量讓每個觀眾都買一張。如果你們需要更多商品，葛蘭奇還有很多存貨。讓馬丁去幫你們拿，不要找瑪格達。說到T恤，我真希望我當時訂製的是XXL，而不是XL。大家都喜歡穿得寬鬆些。明早我會打電話給供應商。

　　莎拉－珍・麥當納

來自：喬爾・哈立德
主旨：回覆：T恤
日期：2018年7月5日 19:22
致：莎拉－珍・麥當納

　　別擔心，SJ。你現在可以專注於演出。一切都在掌控中。我們有穩定的客源，不會有問題的。祝好運。喬爾

來自：蘿倫・莫爾登
主旨：祝你好運！
日期：2018年7月5日 19:25
致：伊莎貝爾・貝克

　　哈囉，親愛的！祝你好運。我會在大幕掀起時想著你──還是晚上八點嗎？你現在也許已經關機了（我記得馬丁對休息室有嚴格的規定），但我還是會透過精神電波向你傳遞正能量。佩姬準備好蘇・貝里斯的角色了嗎？要在臨時通知下把台詞背好真是

件不容易的事。你已經排練了那麼多次，我相信你一定可以輕易地進入那個角色。至於佩姬，她可以讀你的台詞。不過，馬丁知道怎麼做最好，你無論扮演什麼角色都會很出色的。媽媽買了今晚的門票，所以，如果她能在你們的支持群眾中找到你的話，她會和你打招呼的。親親，蘿 x

---

來自：伊莎貝爾・貝克
主旨：回覆：祝你好運！
日期：2018年7月5日 19:28
致：蘿倫・莫爾登

　　謝謝。希望你媽媽會喜歡今晚的演出。我還沒關手機。我現在躲在道具箱和服裝架之間，所以，沒有人注意到我在用手機。我現在真的很緊張。每個人都穿上戲服，也化好了妝。海倫真是太棒了。如果我扮演像凱特・凱勒那樣戲分重、要求又高的角色，我一定會嚇壞了，但她竟然還在和丹妮絲、佩姬與凱文聊天，好像一切都很正常。約翰正在休息室裡踱步。你可以看得出來他很想抽菸。瓦佛德家的男孩在廁所旁邊用凱文的手機看足球賽，而且瘋狂地在偷抽電子菸，讓空氣裡充滿了水果味。莎拉-珍坐在我對面。她假裝在看劇本，但我偶爾會看到她從劇本上方盯著我。我發送這封郵件後就得關機了。哈利真貼心。他很高興地在寫作業，彷彿幾分鐘後不用上台一樣。佩姬正在和大家說笑，好像她從一開始就參與了演出。私下告訴你，她穿那套老土的戲服沒有我適合。瑪莉安花了很多時間為她修改。不過就像你說的，馬丁知道怎麼做最好。好了，SJ又在看我了，我最好就此打住。深呼吸……終於到了這一刻。伊莎

二〇一八年七月六日發布於線上的首演之夜評論：

費爾維劇團演出的吾子吾弟
南方世界裡的重大危機👏👏👏👏
撰稿人：亞曼達‧巴許漢

亞瑟‧米勒建構劇本的方式，就像一名雕塑家把一團沒有固定形狀的黏土塑造出一件3D作品一樣。他讓我們看到基本的形狀。然後彎曲、拉伸它的輪廓，並在轉動的過程中呈現不同的角度，逐步揭露出作品精緻的細節，直到我們能夠自行看出其真正的樣貌。

米勒的吾子吾弟於一九四七年首次上演。在一個美國小鎮的中心，喬伊和凱特‧凱勒靠著他們的航空事業和在二戰中賺得的錢，享受著舒適的生活。他們的兒子克里斯從西部戰線歸來，成為了英雄，但他們另一個兒子賴瑞卻在「行動中失蹤」了三年。凱特拒絕接受任何殘酷的事實，她相信賴瑞依然還活得好好的，並且很快就會回來。當賴瑞的女友安‧迪維爾和她的弟弟喬治回到小鎮時，喬伊的商業行為真相終於曝光，揭露出來凱勒家的另一面。

甫於今年年初將諾爾‧寇威爾的歡樂精靈搬上舞台的費爾維劇團，在馬丁和詹姆士‧海沃德的共同導演下，慎重地推出了米勒的經典之作。台詞多於動作意味著演員需要在節奏掌握和情感表達上承受更大的壓力。曾在歡樂精靈中將艾薇拉一角的喜劇笑點掌握得淋漓盡致的海倫‧格雷斯－海沃德，在今晚的演出中展示了她同樣精湛的戲劇天賦。

她所扮演的凱特‧凱勒是一位樂於活在幻想中的女人，她遠

離了那些令人不安的現實，然而，現實卻逐漸進逼，直到她在一次震驚的悲劇轉折中不得不獨自面對。凱特的最後幾場戲讓我看得幾乎不敢呼吸，這充分展現了格雷斯－海沃德的舞台魅力以及她在這個深具挑戰性的角色上有多麼地投入。她無可挑剔的演技和約翰‧歐迪亞不相上下，後者飾演的喬伊表面上友善快活，但在真相被揭露時卻深陷痛苦。當然了，掌握美國口音是成功演出本劇的重要關鍵，如果有人告訴我這兩位演員真的都來自於美國，我會完全相信的。

很不幸地，這個業餘劇團裡的所有演員在本次演出中並非都如此出色。我注意到有幾處語調失誤和偶爾出現的英式母音。莎拉－珍‧麥當納扮演的安是一名肩負著痛苦與憤怒使命的女子，但她那不穩定又心神不寧的演出讓我難以信服。尼克‧瓦佛德飾演安的弟弟喬治，一名只想和喬伊對抗的新手律師，他的表現顯然需要更多的練習。他最具說服力的演出是與凱勒家生還的兒子克里斯對峙的那幾場戲，飾演克里斯的是他現實生活中的弟弟貝瑞。

凱勒家的鄰居為觀眾提供了深入的洞察以及（少許的）輕鬆的緩解。凱文‧麥當納扮演了長年在感冒中的醫生吉姆‧貝里斯，他的表現顯然深具說服力。佩姬‧里斯維克成功地飾演了吉姆的妻子，她的表現令人稱讚，因為在原來的演員退出後，她僅用了半天的時間排練這個角色。

相對於凱勒家的是魯貝家。費爾維劇團的新成員凱爾‧格林伍德在他的處女秀中難免有些緊張，他飾演了跛腳的業餘占星師法蘭克。這個看似笨拙的傻瓜其實是一個聰明、自私又懦弱的人，他逃避了兵役，選擇了和喬治平凡無奇的前女友莉迪亞共組家庭。

值得一提的是年輕的哈利‧麥當納，他以細膩的演技扮演了當地的厚臉皮男子伯特，成功地取悅了全場觀眾。他一字不差的台詞和令人信服的口音，讓我相信他將會成為費爾維劇團的明日之星。

　　喬爾‧哈立德設計的簡約佈景並未搶走演員們的風采，而瑪莉安‧佩恩和丹妮絲‧麥爾坎精心打造的一九四〇年代服裝和化妝，也成功地將我們帶回到那個時空。

　　最後，沒有人能錯過整晚都全力以赴的募款團隊，他們提醒了我們這次製作所承擔的重大意義。演員們的努力都是為了幫視力受損的波比‧里斯維克籌集資金，以支付她治療腦癌所需要的美國藥物。我祝福他們的募款以及吾子吾弟最後兩晚的演出圓滿成功。

來自：希莉亞‧哈立德
主旨：哎呀
日期：2018年7月5日 22:39
致：莎拉－珍‧麥當納

那是刻意營造的戲劇性暫停，還是你忘了台詞？當這種事發生時真是太可怕了。你會覺得自己讓大家失望了。你似乎不像平時的你，SJ，你還好嗎？海倫的演出真是令人屏息，所以，沒有人會以為你想藉由故意的暫停來壓過她的表現。以凱文的狀況來說，他的表現還不錯。哈利也很棒。他在舞台上看起來就像一個小女孩。總之，今晚的銷售明細如下。我讓團隊把重點放在推銷抽獎券上，結果見到了成效。明晚我不需要更多商品，除了蛋糕之外。希莉亞

來自：卡洛‧迪爾林
主旨：首演之夜結束
日期：2018年7月5日 22:43
致：莎拉－珍‧麥當納

該死的希莉亞簡直要把我逼瘋了。我不希望我的每一個舉動都被過度要求和批評，也不想讓我犯的錯誤在眾人面前被大聲指出——而我在銷售上的功勞卻被偷走。我在職場上也會遇到這種事，但至少我有薪水可領。我知道她總是想到什麼就說什麼，這也被視為她的特質，但我根本不在乎她怎麼想，特別是她的想法不符合事實的時候。她向來都嫉妒我和海倫的友誼。這在她對我的態度上表露無遺。不管她怎麼說，我都靠自己賣出了十七張抽獎券——比任何人都多。我不在乎汪汪有多臭，明天我會高高興

興地照顧牠。對了，你在台上的表現非常出色。你是最棒的。媽媽

來自：莎拉－珍・麥當納
主旨：回覆：首演之夜結束
日期：2018年7月5日 22:52
致：卡洛・迪爾林

　　謝謝。我根本沒有進入角色。我們發生了很多事。我感到筋疲力盡。希莉亞是出於好意，她為募款付出了很多努力。她無意要冒犯你。我不認為如此。總之，我們需要的是喬爾。他是很棒的佈景設計師，而他們是一對二人組。我得帶哈利回家了。謝謝你明天幫忙。SJ

來自：喬爾・哈立德
主旨：搭便車？
日期：2018年7月5日 23:01
致：伊莎貝爾・貝克

　　你在哪裡，伊莎？希莉亞和我在等著鎖門。我不知道你沒開車，直到我看到停車場都空了。晚上這個時間的公車太可怕了。我們可以載你一程。我們可不希望再失去一名演員⋯⋯謝幕之後，你的親友很快都離開了嗎？我沒看到有人等著要向你道賀。
喬爾

來自：伊莎貝爾‧貝克
主旨：回覆：搭便車？
日期：2018年7月5日 23:04
致：喬爾‧哈立德

　　我很樂意搭便車——非常感謝你！我在舞台右側，就在棚架後面。我只是在離開之前享受一點安靜的時光。我現在就過來。今晚我沒有親友來看演出。我預期他們都會在明天或週六才來。我不介意。這樣壓力會小一點。幸運的是，我的表現還算順利。凱爾的台詞講得有些結巴，莎拉－珍看起來像鬼一樣，口音也失誤了好幾次。她在募款上花了太多精力，沒有專心投入她的角色，結果就變成這樣。我現在就過來了……愛你的，伊莎 xxx

來自：貝絲‧哈立德
主旨：你們在哪裡？
日期：2018年7月5日 23:39
致：喬爾‧哈立德

　　你們在哪裡？我以為你和媽媽在鎖門後會直接回家？x

來自：喬爾‧哈立德
主旨：回覆：你們在哪裡？
日期：2018年7月5日 23:44
致：貝絲‧哈立德

　　在回家的路上。我們讓那個話不多的女孩伊莎搭便車，這樣她就不用搭公車回家，但我們真希望剛才沒有讓她搭便車。我們

為她感到難過。自從莎曼莎離開之後，她沒有和任何人說過話，而且她認識的人也沒有人來看演出。我們以為她會想回家，但她卻要我們送她去莎曼莎位於洛克伍德另一頭的公寓，在這麼晚的時候！ 她說她有東西要給凱爾。你媽媽告訴她，凱爾已經離開了，現在和另一個女人住在旅人客棧。我說，不管他落下了什麼，她都可以明晚再交給他，但她堅持要去，所以我們就把她送到那裡。我們現在在那座大紅綠燈口，很快就到家了。愛你的，爸爸 xx

PS 別擔心：我沒有違規，是媽媽在開車。

二〇一八年七月六日00:12，一通撥打到999的電話紀錄：

總機：緊急救援，請問需要什麼服務？

來電者：救護車。

總機：誰受傷了？

來電者：莎曼莎。

總機：那個人有呼吸嗎？

來電者：〔聽不清聲音〕洛克伍德高地下城區。在那棟新公寓後面。把救護車停在公寓前面，然後繞到側面來。

醫護人員：我知道那個地方。我們在路上了。

總機：你能告訴我那裡發生了什麼事嗎？

來電者：她在灌木叢底下。

總機：她在呼吸嗎？檢查一下她是否在呼吸。

來電者：沒有。她死了。

總機：如果她還在呼吸的話，你需要檢查一下。這非常重要。

來電者：她已經在那裡一整天了。她沒有動。

醫護人員：還有三分鐘就到了。

總機：她發生了什麼事？你能告訴我嗎？

來電者：她從陽台上掉下來了。

總機：多高？

來電者：〔聽不清聲音〕很高。

總機：請問你叫什麼名字？

來電者：我叫……你可以從那裡看到托普斯磁磚。

奧路菲米・哈桑
夏綠蒂・哈洛德

親愛的兩位，

　　以上是呈交到第一次聽證會上的所有通訊紀錄。記住：這些「對話」的發送人只打算把它們發給他們要說話的對象。我們可以假設其他人從來都不應該聽到這些對話，更遑論是法庭——然而，我們的假設是對的嗎？無論有心還是無意，這些人都留下了證據。在無須坐上證人席的威脅下，他們自由地說出了這些話——但他們並未保證這些都是實話。我相信這裡面存在著為什麼莎曼莎・格林伍德會在二〇一八年七月六日被發現死在她公寓的陽台下方，並且已經在那裡躺了將近二十四個小時的主要關鍵。死亡原因是多處受傷，這些傷勢符合從五樓摔下來的結果，並且具有致命性。此外，她的屍體在臉上和軀幹都有一些輕微的傷勢，但根據法醫表示，這些很可能是前一天在聖安醫院遭到襲擊造成的。所以⋯⋯

1. 誰殺了莎曼莎・格林伍德？
2. 在她死之前的幾個小時，她告訴了三個人三件事。哪三個人？哪三件事？
3. 誰知道她將會出事？
4. 在她的屍體被發現前，有誰知道她遇害了？
5. 誰被錯關在監獄裡？為什麼？

我們必須在本週把我們的案子提交給上訴法院，所以我們沒有多少時間了。

我需要一份探討這些問題的文件。請提出證據，並對你們支持或反對的特殊理論和嫌疑人提供清晰合理的論證。你們全新的觀點對此案非常重要。我相信有一個無辜的人此刻被關在了牢裡，但我不是特立獨行的人——我需要你們也看到我所看到的。

如果你們可以解開以下的謎題，那就比我在第一次聽證會上做到的還要多：有三個人不是他們自稱的那個人。三個人偽裝成別人。其中一個甚至根本不存在。為了幫助你們，珊卓拉已經整理好一份清單，列出牽涉到這個案子的所有人。請參考附件。她是根據這些人主要的社交群來分類，而不是按他們姓名的字母順序來排列。我不想要求她重做，因為從她的態度看來，那應該是一份耗時費力的工作。

最後，以下是法庭得到的一些資訊，但它們在這些通訊裡並沒有被清楚提到：

1. 在正式的紀錄上，莎曼莎是因為健康問題而被迫辭去她在海外的志工職務。
2. 莎曼莎和凱爾在中非共和國的時候感染了慢性C型肝炎，兩人都在醫囑下使用控制病情的干擾素和抗病毒藥物。他們兩人都沒有對聖安醫院透露此事。尚恩·「凱爾」·格林伍德後來遭到停職，並且辭職。
3. 伊莎貝爾·貝克在聖安醫院骨科病房錯把靜脈注射藥物施打到一名病患身上，導致該病患需要急救復甦，因而被處以十八個月的紀律觀察。
4. 莎曼莎·格林伍德死亡那晚，格林伍德家的公寓並沒有被強行入侵的跡象。

我期待明早九點前收到你們的文件。

此致，

RT

羅德瑞克・坦納，御用大律師
資深合夥人
坦納＆德威有限責任合夥公司

PS 還有一件事你們需要知道。從格林伍德家的陽台看不到托普斯磁磚大樓。

人員名單

費爾維劇團

馬丁・海沃德，五十九歲，費爾維劇團主席暨葛蘭奇鄉村俱樂部
　　聯名共有人
海倫・格雷絲－海沃德，六十二歲，費爾維劇團秘書暨葛蘭奇鄉
　　村俱樂部聯名共有人

詹姆士・海沃德，三十六歲，他們的兒子
奧莉薇亞・海沃德，三十三歲，他的妻子

佩姬・里斯維克，三十三歲（娘家姓氏為海沃德），他們的女兒
葛蘭・里斯維克，三十一歲，她的丈夫
波比・里斯維克，兩歲，他們的女兒
汪汪，三歲，他們的狗

莎拉－珍・麥當納，三十四歲（娘家姓氏為迪爾林）
凱文・麥當納，三十七歲，她的丈夫
哈利・麥當納，十歲，他們的兒子

卡洛・迪爾林，六十一歲，莎拉－珍的母親
瑪格麗特・迪爾林，八十八歲，卡洛和雪莉的母親，莎拉－珍的
　　外祖母
雪莉・迪爾林，六十三歲，卡洛的姊姊，莎拉－珍的姨媽

伊莎貝爾・貝克，二十九歲，聖安醫院老人醫學科護士

蘿倫・莫爾登，二十九歲，聖安醫院老人醫學科前護士
喬許，三十歲，她的男友

蘿倫的母親，約五十七歲

凱爾・格林伍德，三十四歲，聖安醫院精神科護士
莎曼莎・格林伍德，三十四歲，聖安醫院老人醫學科護士

喬伊絲・瓦佛德，六十三歲，費爾維劇團茶水員暨葛蘭奇的退休
　　前台
尼克・瓦佛德，三十三歲，她的兒子
貝瑞・瓦佛德，二十八歲，她的兒子
哈里，六十二歲，喬伊絲的伴侶

約翰・歐迪亞，五十六歲，財務長

丹妮絲・麥爾坎，五十九歲，服裝暨化妝師
史蒂夫・麥爾坎，六十歲，她的丈夫

瑪莉安・佩恩，四十八歲，服裝暨化妝師
米克・佩恩，五十一歲，她的丈夫
凱倫・佩恩，二十六歲，他們的女兒

杰奇・馬許，二十三歲，正在旅行中

喬爾・哈立德，五十四歲，舞台設計師
希莉亞・哈立德，五十五歲，他的妻子
貝絲・哈立德，十六歲，他們的女兒

葛蘭奇高爾夫鄉村俱樂部

瑪格達・庫查，二十四歲，前台

艾瑪・庫魯克斯，三十二歲，瑜伽教師，佩姬最好的朋友

克里斯・維金森，六十八歲，會員
瑪莉恩・維金森，六十七歲，他的妻子

蓋文・賀提，三十歲，會員

聖安醫院
法蘭西絲・透納，三十九歲，老人醫學科病房經理

蓋諾，二十七歲，老人醫學科護士
萊莉，二十五歲，老人醫學科護士

克勞蒂亞・迪索薩，三十六歲，人力資源部
麥克・迪索薩，三十七歲，市場經理，她的丈夫
蘇菲，十一歲，他們的女兒
馬可，九歲，他們的兒子

希拉蕊・穆維，二十六歲，人力資源部經理（暫代產假中的經理）

席亞拉・薩瓦奇，四十歲，精神科護士

摩爾山醫院
提許・巴托瓦醫生，五十一歲，腫瘤顧問醫生
拉維・巴托瓦，五十三歲，她的哥哥
丹尼爾・巴托瓦醫生，四十三歲，他們的弟弟

尤娜，三十二歲，克勞蒂亞的人力資源部朋友

澤琪・班哲明，三十九歲，腫瘤科病房經理

海外志工團體

索尼婭‧阿札里克柯，三十四歲，無國界醫生專案協調員
阿諾‧「阿尼」‧巴蘭柯爾，三十三歲，前志工護士
克莉絲汀‧巴蘭柯爾，六十四歲，他的母親
艾莉莎‧史卡圖斯卡醫生，三十七歲，前志工醫生
坦雅‧史崔克蘭德醫生，三十四歲，前志工醫生
阿拉斯代爾‧海恩斯，四十七歲，前志工後勤經理
瑪莎‧迪亞茲，三十五歲，現任志工外展工作者
伊恩‧拉維，三十九歲，非洲事務處，外交暨聯邦事務部
瑟利馬‧肯尼亞，二十七歲，現任志工外展計畫負責人

警方／法律代表

里姆‧亞伯特警官，二十二歲
喬西‧湯普森警官，二十二歲
庫柏警佐，三十七歲
克洛威警佐，四十三歲
阿南德女士，三十三歲，當值律師
魯伯特‧阿拉代斯，五十三歲，馬丁‧海沃德的律師

其他

奈吉爾‧克勞利，五十七歲，樂團團長，別名唐尼‧蘇奇洛
史黛拉‧康沃爾，三十三歲，弦樂四重奏團長
卡麥隆‧希爾佛德，六十七歲，Radio4 機智問答節目主持人
班‧泰勒，五十歲，羅賓森環保公司首席執行長
克萊夫‧韓德勒，年齡不詳，本地企業家

卡勒姆・馬克戴德，四十四歲，本地建商
莉迪亞・德雷克，年齡不詳，財務顧問
科林・布拉許，年齡不詳，本地企業家
朱利安・馬赫，四十四歲，本地記者，科林・布拉許的朋友
安德莉雅・莫利，三十二歲，系譜專家
羅伯特・格林，六十三歲，古董商
普莉提・潘喬，年齡不詳，本地銀行客服
葛拉漢・奧斯夏特，六十一歲，本地社區志工
諾爾・伯頓，五十四歲，企業情報顧問

菲米
我們可以一起整理那份文件。快速地來回討論一下。

夏綠蒂
坦納為什麼對這個案子那麼感興趣？是因為內疚嗎？

菲米
我建議我們把所有的嫌疑人合併起來，幫每個人建立一份檔案，列出我們的想法、觀察，以及有利與不利的證據。

夏綠蒂
還有他們之間的關係。伊莎和莎曼莎之間有些奇怪。

菲米
海沃德家。他們在策劃著什麼，但那和莎曼莎的謀殺案有關嗎？巴托瓦也一樣。我不信任她。

夏綠蒂
有一個人不存在。應該是兩個吧？克萊夫·韓德勒和莉迪亞·德雷克。

菲米
有三個人偽裝成別人。莎曼莎假裝成韓德勒。瑪格達假裝成德雷克。第三個是誰？

> **夏綠蒂**
> 莎曼莎假扮成伊莎去摩爾山醫院參觀。由於伊莎並不特別聰明,所以問題是:她們是在合作嗎?

> **菲米**
> 伊莎並非笨蛋。當她有動機時就會變得狡猾。

> **夏綠蒂**
> 這麼說如何:這不是預謀的,這只是一起單純的事件。莎曼莎沒有被謀殺。那是意外或者自殺。

> **菲米**
> 我要開始撰寫文件了。給我一個小時。

莎曼莎・格林伍德的謀殺案

致羅德里克・坦納御用大律師的探索性文件,
法學院,實習第一年
撰稿人:菲米・哈桑,夏綠蒂・哈洛德

引言

在人性備受考驗的險境中生活了八年之後,莎曼莎・格林伍德終於回到了「家」,但卻不幸淪為了暴力的受害者,這種暴力絲毫不亞於她在戰亂的中非所見證到的那種暴力。她被形容為一名「誠實、勤奮、具有原則且不畏發聲」的女士。這種無畏似乎可能導致她遭到謀殺。在這份文件中,我們將檢視導致格林伍德女士死亡的事件,以及那些認識她和自認為認識她的證人彼此之間錯綜複雜的關係。

在列出我們認為有嫌疑的人之前,我們想要先確認有五個環環相扣的群體:

- 費爾維劇團和他們所製作的亞瑟・米勒經典劇作吾子吾弟。
- 聖安醫院和摩爾山醫院的醫療人員。
- 為波比・里斯維克治療癌症所發起的募款活動。
- 兩個緊密相連的家族:海沃德家和里斯維克家、迪爾林家和麥當納家。
- 和非洲相關的因素,以及一個在地球另一端的世界如何能有如此深遠的影響。

莎曼莎・格林伍德

當莎曼莎來到洛克伍德時,在很多層面上,她都是個外來者。拜伊莎貝爾之賜,她和凱爾發現他們處在一個嚴格又完整的社會階級最底層。他們的人道志工經歷和其他人的生活經驗相去甚遠,甚至被視為無足輕重。在這裡,生活圍繞著兩個關係緊密的家族打轉:一個是海沃德家和里斯維克家,另一個是迪爾林家和麥當納家。一個人和核心家族——海沃德家——的親近程度,決定了此人的社會地位。例如,雪莉・迪爾林的地位不夠高,因此在舞會上無法坐在主桌。

一個大型、富有且具有影響力的家族是一個強而有力的單位。海沃德家是成功、聰明的商人。他們雇用很多本地人,並經營了一個引人注目的劇團。他們在社群和他們的員工中備受尊敬。莎拉－珍提到,在波比的舞會中,每個人都無償地辛勤工作。與此同時,希莉亞和喬爾也在葛蘭奇志願服務,而艾瑪則會照顧佩姬那隻生病又麻煩的狗。希莉亞和卡洛爭相要贏取海倫的友誼。被核心家族視為有價值的人就可以在這個社群中提升社會地位,從而獲得更大的自信和自尊。

我們看到某些不隸屬於這個社會階級的人——像是奈吉爾・克勞利——就沒有那麼多的同情心或者不願付出額外的努力。同時,我們也看到,至少在一開始的時候,莎曼莎和凱爾都希望成為這個世界裡的一員。儘管不感興趣,他們還是加入了費爾維劇團,而且,當他們知道波比生病之後,立刻就利用自己的醫療人脈來尋求幫助(四月二十七日)。莎曼莎很快就決定要參加一場半馬比賽募集贊助,並且為了幫助海沃德家,而在四月三十日建議馬丁去遊說國會(這件事後來讓他認為她對權威極度不信任)。

我們在分析莎曼莎的行為時，必須將她過去的經歷納入考量。在班基，她試圖要揭露真相，但卻遭到了質疑和封殺。我們懷疑她對丹・巴托瓦的指控可能是她的前線醫療志工工作被停職的真正原因，即便官方說法是因為健康問題。

當莎曼莎來到聖安醫院時，她依然堅持要「糾正她視為錯誤的事」，此一決心似乎並未因為她最近的經歷而有所減退。四月二十二日她首度與克勞蒂亞見面時，她列出了她眼中老人醫學科的所有問題。她若非沒有從吹哨者的命運學得教訓，就是雖然已經學得教訓，但仍然堅定地準備再次冒險。到了五月十八日第二次會面時，她已經在利用克勞蒂亞來獲取關於提許・巴托瓦的資訊了。

馬丁認為莎曼莎不信任權威，當年，她在質疑權威時，對方卻團結一致，讓不法行為逃過懲罰，因此，她會有不信任的心態也不足為奇吧？他們來到丹・巴托瓦的姊姊所任職的醫療保健信託集團肯定不是巧合。如果莎曼莎的用意是要讓巴托瓦名譽掃地，以報復她在班基捍衛丹的作法，那麼，她的行為是否就能被理解，她的指控也不需要被認真以對？她看到的問題是否並不存在，而她挑起的是非也只是在無中生有？在這些通訊的早期，伊莎認為「比起格林伍德夫婦在海外的生活，英國似乎有些無聊」。莎曼莎是否下意識地捏造出興奮和戲劇性的故事來取代她在非洲所失去的一切？

五月十八日，莎曼莎向英國醫學會舉報了提許，隨後又在六月五日提供波比舞會的節目單作為證據。她想方設法要讓提許難堪。

我們也注意到，為了要揭露更深層、更重大的真相，莎曼莎不惜說謊和欺騙。雖然我們無法接觸到莎曼莎的個人郵件，但

我們確實直接聽到了她的聲音。五月三十日，她透過克萊夫·韓德勒的「聲音」表示，雖然他使用海外帳戶「並不是『非常合法』，這是一個漏洞，但為了更大的利益，我願意鑽這個漏洞」。在這一系列的通訊中，莎曼莎欺騙了海沃德家、克勞蒂亞、伊莎貝爾和其他人，全都是為了追求「更大的利益」。當她在七月四日的服裝彩排上與海沃德家對峙時，她顯然已經蒐集到大量她認為有力的證據，足以證明他們為了保住自己的事業和生活方式而詐騙了他們忠實的朋友。但她的判斷正確嗎？

莎曼莎對劇團說了什麼，她說的是正確的嗎？

毫無疑問地，莎曼莎·格林伍德在吾子吾弟的服裝彩排上對費爾維劇團所說的話正中要害。「鮮少哭泣」的海倫露出了傷心欲絕的痛苦，而馬丁則感到極度不安——也許是因為莎曼莎的指控，也許是因為他妻子異常的反應——以至於他完全放棄了那場至關重要的彩排。所有人都堅定地站在海倫這邊。我們相信，莎曼莎遭到謀殺的主要關鍵在於那天晚上她揭露了什麼。然而，她的話有多正確？她所說的話又會讓誰受到最大的損失？

從莎拉─珍那裡，我們得知莎曼莎聲稱她知道以下的事情：

- 募款活動是一場「財務陰謀」。
- 沒有所謂的實驗藥物。波比正在摩爾山醫院接受傳統化療。
- 波比的醫療紀錄沒有保存在醫院。
- 海倫並沒有一個死於腦膜炎的兒子，不像她自己所說的那樣——這是為了讓這個社群參與募款活動所編造的故事。

這些通訊裡並沒有提到這點,但如同我們後面將會提到的,波比「失去視力」的故事正是這個手法的翻版。

- 如果馬丁真的是詐騙的受害者,那也是活該,因為他自己就欺騙了所有人。莎曼莎似乎對莉迪亞‧德雷克的故事感到懷疑。
- 馬丁後來把莎曼莎對募款活動的評價簡化為「運作不佳」,似乎是想要稀釋她的指控力道。

我們想要探討莎曼莎聲稱的這些事情。

利用募款活動來謀取個人私利的行為有多嚴重?是誰在這麼做?

我們一致同意,有人把波比的募款資金挪為私用,是馬丁、提許還是兩人皆是?如果兩人都有的話,那他們是否是同謀?目前,我們無法確定海沃德家和里斯維克家的其他成員是否也參與了這場騙局。

馬丁和提許都背負有沉重的財務責任。但這兩個孰輕孰重:他們對財務的擔憂還是募款?募款活動在短期內就籌集到了鉅額的現金。他們看到了這點,然後發現他們找到解決財務問題的管道了嗎——他們相信這筆現金流還會源源不絕進來嗎?果真如此的話,我們就能看出在那之後,要他們不再從募款所得裡把錢拿走是多麼地困難,特別是當他們可以躲在努力說服朋友和家人的莎拉-珍後面。這就是橫財的魔咒⋯⋯

如果我們幫波比即將失明的「謊言」畫出一個發展圖表的話,我們也許可以發現一些跡象。這個謊言一開始是出於善意。五月十八日,莎拉-珍一定得說服奈吉爾‧克勞利免費在波比的舞會上演出。她既沒有時間再去找另一個樂團,也希望募款所得

的資金能盡量不被用在活動開支上。起初,她告訴克勞利,波比是他的粉絲,並且總在化療時聽他的音樂。這個無傷大雅的謊言並沒有說服克勞利改變心意。結果,在克勞利似乎不為所動的情況下,波比即將失明的情緒性謊言脫口而出。雖然憑空捏造了謊話,但莎拉－珍很誠實地告訴海沃德家自己做了什麼,並對自己撒了這個漫天大謊感到不安。海沃德家卻覺得這個窘境很有趣,為了有助於募款活動,馬丁也樂於讓這個「謊言」繼續下去。沒有人提議要向克勞利說出實情。

無可避免地,波比即將失明的消息開始傳開來。伊莎貝爾相信海沃德家一定「誤解」了情況。而莎曼莎在搜尋資料之後認為,海沃德家過於強調了他們最擔心的化療副作用。她們兩人都有足夠的醫學知識來懷疑失明的說法。

海沃德家注意到,提及失明的話題會讓募款的金額增加。募款的最新狀況報告裡不斷暗示波比失去了視力:「我們也面臨到她的視力將會受到影響的事實——這讓她還能看見的每一天都讓人感到更加心酸。」(六月九日)然而,葛蘭也曾經質疑,當人們看到波比顯然沒有失明時會怎麼想:「我們不希望人們在如此慷慨支持我們的時候,卻覺得自己被騙了。」(六月三日)如果這真的是預謀的騙局,他還會這麼說嗎?我們懷疑,在這個謊言對奈吉爾奏效之後,海沃德家開始認為這種「小謊」在募款過程中是可以接受的。

六月二十三日,馬丁在發送給募款團隊的更新報告中提到克萊夫・韓德勒的詐騙事件,並明確表示波比的化療已經「導致掉髮和失明」。我們一致相信,波比並沒有失去視力——後來,我們得知她也沒有掉髮,然而,佩姬卻在七月二日幫她剃光了頭髮,因為人們「預期」癌症病童會變成光頭——他們是冷酷地在

操控他們的朋友,還是他們自己也相信了這個好用的謊言。

對於他們募集了多少資金以及實際需要多少錢,馬丁的態度變得越來越含糊。他向來都是一個仔細又有效率的人,但透過這些通訊,我們可以看到他對於莎拉－珍要求提供一個確定的數字有多麼不願意回應。他的兒子詹姆士把他「不耐煩的含糊態度」歸因於壓力。然而,當我們認為馬丁可能處於壓力之下時,例如在七月四日莎曼莎於服裝彩排失控之後,他卻在給莎曼莎和莎拉－珍的郵件中展現出清晰的思路和深思熟慮過的冷靜。他的壓力和焦慮是否可能來自於「財務上的欺騙」,而非來自於和劇團有關的任何事?

我們還有另一個想法。海沃德家的確秉持著誠信行事,但提許‧巴托瓦卻在欺騙他們。莎曼莎‧格林伍德早先曾經質疑提許在波比所需的藥物治療上對海沃德家並不誠實。克萊夫‧韓德勒的詐騙事件讓整個募款活動的用意受到質疑。莎曼莎在班基目睹了巴托瓦讓她弟弟免於遭到不當行為的指控。這可能影響了她對巴托瓦所有言行的看法,然而,提許願意扭曲事實以保護她的弟弟,並不代表她就一定會詐騙海沃德家或謀殺莎曼莎。同樣地,莎曼莎對提許懷恨在心,也不意味著提許並沒有詐騙募款。

我們兩人都同意一點:當馬丁於七月三日揭露關於莉迪亞‧德雷克的真相時,他、詹姆士和葛蘭已經達成了共識,他們全都參與了某種陰謀——而海倫、佩姬和奧莉薇亞顯然完全不知情。海沃德家的女性似乎不需要承擔任何壓力以及財務責任。馬丁曾經多次告訴詹姆士和葛蘭不要讓海倫知道發生了什麼事。

馬丁顯然精心挑選了一個時間點來告訴劇團關於德雷克詐騙的事:「星期二。在他們的委員會會議結束、但在排練之前。不要發送郵件。如果你需要談什麼的話就過來。」(七月一日)馬

丁曾經數度告訴他兒子和女婿不要發送郵件，這就是其中的一次，他顯然擔心郵件會被用來當作對他們不利的證據。我們也注意到馬丁在六月二日發給詹姆士的一封郵件裡只有一行字：「我知道你的意思。謝謝你。」這封令人好奇的郵件是為了回應詹姆士提及與波比一起留下回憶的建議。我們認為馬丁之所以感謝他，是因為詹姆士提醒了他，如果他們的計畫被發現的話，這些通訊紀錄可以作為對他們有利的證據。

提到證據，我們看到七月四日葛蘭在警察來訪時露出了恐慌。馬丁說：「他們當然會先到這裡。佩姬在嗎？你能躲起來嗎？」當警察只是想要看那個療癒娃娃時，他們明顯地鬆了一口氣。他們在隱藏什麼？

最後，莎拉－珍·麥當納在七月三日對凱文說：「他們的臉上寫滿了壓力。」但這壓力是否僅僅來自於波比的病情，還是也包括了一場已經超出這個家庭所能控制的財務詐騙？

那些實驗性藥物究竟是否存在？

這個問題就是莎曼莎於五月二十日和三十日假扮克萊夫·韓德勒欺騙海沃德家的背後原因。她為什麼要如此殘酷地耍弄一個在情感上已經備受壓力的家庭？這似乎不像她的作風。如果我們繼續閱讀這些通訊，我們會發現她的主要目的是為了找出那些藥物在美國的具體來源。莎曼莎在五月二日問過馬丁和提許，但沒有得到回答；她也問了她在醫界的人脈，同樣也沒有答案。因此，她訴諸了這種不正當的手法，也許她並沒有意識到這麼做會對海沃德家帶來多大的傷害。

五月三十日，莎曼莎以韓德勒的身分告訴提許，需要資金購買藥物是個謊言，目的是為了操控海沃德家。如果莎曼莎當時說

中了要害，提許勢必當下就放棄了，因為她知道自己的計畫已經被揭穿——而且是被一個不畏說出真相的人。因此，如果募款活動是一場詐騙的話，海沃德家某程度上一定也參與其中。

莎曼莎成功地扮演克萊夫·韓德勒也發揮了另一個始料未及的功能。這讓她後來策劃了一場更為精心的騙局——她假裝伊莎貝爾到摩爾山醫院搜尋醫療紀錄。

波比在摩爾山醫院接受傳統化療——那麼，她的醫療紀錄為什麼沒有被保存在醫院裡？

我們可以肯定地說：波比的藥物是透過希克曼導管注射到她的胸腔，她每週都要到摩爾山醫院的腫瘤科接受兩次這樣的治療。藉由利用克勞蒂亞，莎曼莎在六月二十二日假裝成伊莎貝爾潛入摩爾山的系統。她並沒有找到波比的治療紀錄。雖然我們並不知道這是否是醫院典型的作法，或者只是出於單純的原因——畢竟，波比是提許·巴托瓦私人的病患之一——但莎曼莎將此視為不尋常的事實是不容忽視的。莎曼莎在離開英國八年之後，是否還會知道現在都有些什麼治療途徑，或者她的專業經驗是否足以讓她對一名資深腫瘤科顧問醫生的決定做出判斷，對此，我們兩人的看法並不一致。

海倫是否真的有一個死於腦膜炎的兒子，或者那只是一個為了要讓整個社群參與募款的故事？

莎曼莎在六月二十五日諮詢了一名系譜專家，所以，我們可以推測她就是海倫在詹姆士之前並沒有孩子的消息來源。我們還不清楚莎曼莎為什麼要調查這件事，但安德莉雅·莫利很可能就是莎曼莎遇害那晚在她的電話答錄機上留言的那個「安蒂」。莎

兇手就在字裡行間　｜　385

曼莎經常因病請假或者休假。但她的健康狀況真的如我們所知的那樣不理想，或者她請假和休假其實是為了去見安德莉雅，或者兩者都有可能？

在莎曼莎於服裝彩排上失控之後，這個問題似乎一直在莎拉－珍的腦海裡揮之不去。總的來說，艾瑪的證辭說服了莎拉－珍，也說服了我們。然而，在缺乏進一步的證據之下，我們無法對這個問題進行全面的探討。

馬丁編造莉迪亞・德雷克詐騙的故事能為他自己帶來什麼好處？

如同我們所見，「財務陰謀」的指控很可能是真的，無論其真實程度有多少。然而，莎曼莎對莉迪亞・德雷克的詐騙提出了質疑，而我們卻看不出馬丁有什麼理由要假裝自己被騙了。我們更傾向於相信，是貪婪讓他相信了莉迪亞・德雷克的「承諾」──至於這個「貪婪」是為了治療波比，還是為了他自己的財務利益，我們還無法確定。不過，這讓人想要問：誰是莉迪亞・德雷克？

莎曼莎和伊莎之間是什麼關係？

雖然我們只拿到了單方面的通訊，但我們可以看出伊莎貝爾・貝克是如何變成了一個黏人、難纏的朋友。不過，透過她，我們得知關於莎曼莎的一些關鍵事實，特別是當詹姆士──少數幾個同情伊莎的人──問她莎曼莎是什麼樣的人時。從伊莎的回答，我們推論出：人們會聽莎曼莎的話、她和每個人都處得來、她能把事情搞定。這些特質在班基卻帶來了反效果，在服裝彩排時也同樣適得其反。我們觀察到一個有趣的現象，當伊莎貝爾「說話」的時候，就像她在六月六日把委員會會議紀錄發給每個

人的時候那樣，大部分的人對她都不加理睬。莎拉－珍甚至對她說——「沒有人在乎你的想法。」伊莎在社會階級裡的地位不夠高，以至於她沒有立場發聲。另一個讓我們感到困惑的地方是，伊莎是吾子吾弟的演員陣容裡唯一沒有在七月六日的線上劇評中被提及的名字。即便在舞台上，伊莎也不被人注意。

莎曼莎告訴克勞蒂亞她渴望擺脫伊莎，但這是真的嗎？莎曼莎利用克勞蒂亞和伊莎貝爾執行了一次大膽的欺騙計畫，導致她做出了直接的指控，而她的指控很可能成為了她死亡的原因。莎曼莎要求克勞蒂亞幫「伊莎貝爾」安排一趟摩爾山醫院的參觀行程。只不過她給克勞蒂亞的郵箱地址是假的。假裝成伊莎貝爾的莎曼莎接受了參觀邀請，並見到了澤琪，但卻在參觀途中偷跑去查找波比・里斯維克的治療計畫和醫療紀錄。我們這麼說的主要證據來自於澤琪對「伊莎貝爾」的描述，她形容她見到的那個伊莎貝爾「健談且對一切都感到興趣」。而我們所知道的伊莎貝爾則恰恰相反。

我們不知道為什麼莎曼莎不直接用自己的身分去參觀摩爾山醫院。我們認為，她擔心提許・巴托瓦會聽到她的名字，因此覺得偽裝更為安全。

以下是莎曼莎覺得自己必須不斷調整的欺騙行為。她必須告訴伊莎貝爾，她和克勞蒂亞談過要將法蘭西絲（「那個人」）調離老人醫學科的事。伊莎貝爾因此在六月二十三日和二十五日不斷追問此事。莎曼莎還必須在六月二十六日對克勞蒂亞謊稱自己生病，如此一來，克勞蒂亞才不會去參加瑜伽馬拉松，也才不會遇到伊莎貝爾——因為伊莎完全不知道參觀的事。在參觀過摩爾山醫院之後，莎曼莎必須讓她們保持距離。當莎曼莎和克勞蒂亞的關係危及到她和伊莎的關係時，莎曼莎不得不顧及伊莎逐漸減

弱的友誼。儘管莎曼莎可能覺得伊莎是個負擔，她依然想把伊莎留在身邊，依然想要利用她，並且避免她心存報復。

我們相信，當莎曼莎只是一心專注在揭露更重大的真相時，她並沒有意識到自己的行為可能帶來的長期後果。

我們很容易把注意力集中在莎曼莎對伊莎的看法，但我們也應該考量到伊莎對莎曼莎的感受。她的需要感近乎一種佔有，而佔有欲不就像愛恨之間只有一線之隔一樣嗎？佔有欲的愛——如果這能被稱之為「愛」的話——可以在一瞬之間改變方向。當伊莎在六月十三日看到莎曼莎和克勞蒂亞在橘園共進午餐時，她寫了一封未寄出的郵件，郵件最後寫著「我討厭克勞蒂亞、我討厭我自己，我討厭……」那個沒有寫出來的字，我們認為應該是「你」，也就是莎曼莎。伊莎依賴莎曼莎以獲得自己的社會地位和自尊，但依賴也會引發憎恨。

我們仔細討論了伊莎在七月一日觀察到的一個奇怪又不準確的說法——從格林伍德家的陽台可以看到托普斯磁磚大樓，以下是我們的闡述。在瑜伽馬拉松結束的隔天早上，伊莎在格林伍德家的客廳閒晃。就在那一刻，伊莎真正觸及到了莎曼莎的生活。

在阿尼和貝瑞發生爭吵時，凱爾和莎曼莎把他們的朋友從混亂中拉開，就在那個時候，阿尼脫口而出地告訴莎曼莎凱爾和克勞蒂亞在交往。我們相信伊莎也聽到了。伊莎形容自己是喜歡超前部署的人。但我們可以看出她也是一個機會主義者。因此，我們認為當機會來臨時，伊莎極有可能用了莎曼莎的電腦——老舊到不需要輸入安全密碼就可以使用——發了一封郵件給麥克·迪索薩。她佯裝成莎曼莎，告訴他關於這段婚外情的事，讓莎曼莎和克勞蒂亞的友誼遭到了致命的一擊，也為她的宿敵製造麻煩。

我們還認為，托普斯磁磚大樓可以從公寓的其他地方看到，當伊

莎聲稱自己在陽台時，她真正的所在之處其實就在那裡。

伊莎一定料想不到她的郵件會導致克勞蒂亞在七月四日攻擊莎曼莎。我們相信克勞蒂亞可能在攻擊中責備莎曼莎把事情告訴麥克，因為她曾經乞求莎曼莎為了他們的孩子不要這麼做。莎曼莎可能就是在這個時候發現伊莎是這件事的始作俑者。我們知道莎曼莎在服裝彩排之後對伊莎說了嚴厲的話，就連莎拉－珍都為伊莎感到難過。但她說了什麼？也許她告訴伊莎，她知道是伊莎發郵件給麥克。或者她從來都沒有喜歡過伊莎，她只是假裝自己是伊莎的朋友。她說的話可能令人震驚，但伊莎病態的「愛」有可能因此轉為恨，甚至導致她最終殺人嗎？等到翌日早上，伊莎的忠誠已經堅定地轉向了他們的社群，而他們對她的態度充其量只是漠不關心。

莎曼莎的用意是什麼？

我們相信，當莎曼莎發現凱爾和克勞蒂亞有婚外情的時候，她決定要返回中非共和國。只是她無法做到，因為在凱爾把他們的密碼告訴阿尼之後，阿尼已經於六月二十五日把他們的錢全部偷走了。這件事帶來的沮喪、婚姻的結束、遭到克勞蒂亞的攻擊以及需要不斷處理伊莎貝爾的佔有欲，是否導致了莎曼莎情緒失控？我們確信是她的失控讓她走向了悲劇的結局。

菲米
我很擔心這花了我們太多的時間。我們甚至還沒寫到一半。我們是不是陷入了細節,而忽略了大局?

夏綠蒂
我想不會的。截至目前為止,我覺得還不錯。只是話有點多而已。我們需要展現出我們已經討論過各種可能性。

菲米
我們需要回答那些該死的問題。回到坦納的信。他問了五個問題,還有一些雜七雜八的東西。

夏綠蒂
如果我們只是回答問題的話,我們幾乎就無法深入探討那些潛在關係了。

菲米
聽好了。誰殺了莎曼莎・格林伍德?凱文・麥當納。莎曼莎告訴三個人三件事:她告訴劇團關於募款的事,告訴伊莎她知道是伊莎告訴麥克關於克勞蒂亞的事,並且告訴凱爾她要回去非洲。莎拉-珍知道會發生這樣的事。艾瑪在屍體被發現之前就知道莎曼莎死了。凱爾被關進了監獄,因為最親近的人通常都會被懷疑為兇手。

> **夏綠蒂**
> 安蒂留給莎曼莎的訊息裡提到有件事她不能不知道？那是她在七月四日晚上參加服裝彩排時，安蒂留下的訊息。

> **菲米**
> 聲東擊西。凱文希望莎曼莎離開，因為他把很多共濟會的熟人都扯進了募款活動中。他在公寓裡和她對峙，發生了衝突，結果莎曼莎死了。SJ跑去找艾瑪尋求不在場證明，但最後凱爾卻被起訴了。

> **夏綠蒂**
> SJ會像她為海沃德家說謊那樣掩蓋謀殺案嗎？

> **菲米**
> 會的。所以，有三個人不是他們自稱的那個人：韓德勒實際上是莎曼莎、德雷克是葛蘭，而凱爾是尚恩。有三個人偽裝成他人：莎曼莎偽裝成伊莎，伊莎偽裝成莎曼莎，阿尼偽裝成凱爾。有一個人並不存在：我不知道是誰。韓德勒和德雷克都是不存在的人。

> **夏綠蒂**
> 葛蘭是德雷克？詐騙他岳父又騙取他自己女兒的募款，或者他們全都是一夥的？

> **菲米**
> 六月二十六日的時候，他準備讓汪汪安樂死，然後再對他妻子說謊。真是太殘酷了。

夏綠蒂
你真是太厲害了。我覺得自己好像是多餘的。

菲米
才不是呢。好了,我們要幫文件換個新的切入點。主要的嫌疑人,加上每個人背後的動機。

夏綠蒂
希望我們對托普斯磁磚大樓的看法是正確的。否則,我們看起來就會像是先射箭再畫靶。既然莎曼莎已經知道克勞蒂亞背叛了她,就不可能再和她繼續當朋友,那麼伊莎為何還要告訴麥克關於克勞蒂亞不忠的事?

菲米
為了要讓克勞蒂亞和莎曼莎反目成仇。她這麼做確實也奏效了。一開始的時候,效果甚至超出了伊莎的預期——它讓克勞蒂亞攻擊了莎曼莎。但後來卻也讓莎曼莎和伊莎翻臉。我相信服裝彩排後,她們在停車場最後的對話內容也和這件事有關。

> 註解〔菲米1〕：
> 夏，以下是根據你的修正建議調整過後的文件。主要嫌疑人，以及外圍嫌疑人。

誰殺了莎曼莎・格林伍德？

我們有四名主要嫌疑人。以下的順序排列不具任何意義。

尚恩・「凱爾」・格林伍德

大部分被謀殺的女性都是被她們的丈夫或伴侶所殺。凱爾被迫離開他夢想中的醫療援助工作，並且發現很難適應回到英國的生活。他和克勞蒂亞的關係已被公開。他的知己阿尼背叛了他，阿尼不只偷走他的錢財，還讓他在新的社交圈中感到尷尬，並以最殘酷的方式向他的妻子透露他和她的朋友有外遇。然而，凱爾可以看出阿尼的狀況不佳，並感到自己對他有責任。此外，凱爾自己也患有C型肝炎，但他對雇主隱瞞了這一點。我們從莎曼莎和凱爾的鄰居於七月二日留給他們的紙條中得知，他們經常在夜裡爭吵。凱爾不希望莎曼莎在服裝彩排時說出任何事，並威脅她如果她那麼做的話會有什麼後果——她將再也見不到他。

凱爾和克勞蒂亞在七月五日凌晨兩點過後，被尼克・瓦佛德看到一起走進當地的一間汽車旅館，當時他的神情看起來「就像有人死了一樣」。隔天，除了回覆莎拉－珍的一封郵件之外，凱爾失去了聯繫。他在首演之夜瘸著腿出現。他的演出被形容為「緊張」。

耐人尋味的是，凱爾在給莎拉－珍的郵件裡表示，他同意莎曼莎在服裝彩排上所說的話，但他覺得莎曼莎不應該說出來。他

是否意識到說出實話曾經一度毀了他們的生活？所以他不希望重蹈覆轍。

服裝彩排之後，凱爾和莎曼莎回到家中，他們發生了爭吵和打架，然後——無論是否是預謀——莎曼莎從他們的陽台墜樓而死。凱爾逃跑了，他和克勞蒂亞會合，後者因為麥克震驚地發現她的婚外情而感到驚慌，他們因此躲到旅人客棧。儘管發生了這些事，凱爾仍然履行了他對演出的承諾。他是一個言而有信的人，或者他只是擔心消失無蹤會讓人懷疑他是殺了他妻子的嫌疑犯？

透過他人動手的提許・巴托瓦

莎曼莎・格林伍德和提許・巴托瓦之間的仇恨就像一條受到污染的河流，貫穿在她們斷斷續續的故事之間。提許在班基的時候贏得了勝利，雖然她對莎曼莎「企圖要做的事」心懷怨恨，但在這個階段，她並沒有強烈的動機要置莎曼莎於死地。莎曼莎公然與提許為敵——用她自己的本名寫信給提許，質疑提許對海沃德家所說的話，彷彿要讓提許知道她就在附近監視著她。然而，提許似乎相信真相站在自己這一邊，並且不認為莎曼莎是個威脅。

然而，丹・巴托瓦在南蘇丹的死改變了這個局面。突然之間，提許有了致命的報復理由。在班基的時候，她支持她弟弟反駁莎曼莎對他行為不端的指控，並成功地讓那些控訴遭到撤銷，有可能是付錢平息了這件事。然而，那個案子的結果讓他被迫搬遷到情勢更不穩定的地區，終至遇害。丹和提許贏得了那場戰役，但卻輸了整場戰爭。提許將丹的死亡怪罪於莎曼莎，這並非毫無根據。

不過這還不是全部。在海沃德家募款活動的早期，莎曼莎就懷疑提許對這家人並不誠實。如果那個實驗性藥物確實存在，如果提許真的有意要為波比進口這些藥物，她為什麼不公開藥物的來源？提許肩負著巨大的財務責任。她需要支付父母昂貴的療養院費用，公司的現金流也有問題，還要援助丹的診所。我們相信，如果莎曼莎懷疑提許對海沃德家撒謊是正確的，那麼，真相被揭露的威脅，加上為丹的死進行報復，是否可能促使提許雇用一名殺手在她出國時謀害莎曼莎。這名殺手從建築物外部爬上五樓，在公寓裡或者陽台上等待莎曼莎回家。凱爾把莎曼莎送到家之後就去和克勞蒂亞會面，因而沒有進入公寓。當莎曼莎回到家時，她遭到入侵者襲擊，然後被推下陽台，企圖讓她的死看起來像是一場意外或自殺。

至於那名入侵者的身分，我們認為是尼克・瓦佛德，因為事發當晚他就在這一帶，隔天又明確地指示他母親要如何處理他的袋子。

凱文・麥當納

凱文和莎拉－珍・麥當納在波比的募款活動上投入了大量的時間、精力和專業。如果莎曼莎的懷疑是正確的，那麼，他們不僅被自己的老朋友所騙，還在不知不覺中讓他們的家人、工作上的熟識和朋友圈也受到了欺騙。他們相信，一旦向這些重要人物承認自己受騙將是一種極大的羞辱。

在莎曼莎試圖要對莎拉－珍吐露真相但失敗後，她決定對整個費爾維劇團說出一切。我們相信，莎曼莎無法說服莎拉－珍是因為她偽裝成克萊夫・韓德勒，當她的欺騙行為遭到麥當納家發現之後，莎曼莎的處境就開始變得不利。

當大部分的劇團成員拒絕相信莎曼莎的指控，並且毫不懷疑地和海沃德家站在同一陣線時，莎拉－珍卻在私底下認真地看待這些指控。然而，她的重點卻放在我們認為最無關緊要的一項指控上：海倫謊稱她在詹姆士之前曾經有過一個死於腦膜炎的兒子。在艾瑪證實了海倫的說法之後，莎拉－珍和凱文於是認為莎曼莎所說的一切全都是謊言。然而，實際上並非如此……

凱文意識到莎曼莎對募款活動的看法有可能是正確的，加上他已經把許多共濟會成員牽扯進募款活動之中，於是，他在服裝彩排那晚到莎曼莎的公寓去找她，並殺了她。當時，莎拉－珍在艾瑪家，她相信凱文在家睡覺。我們也相信凱文在事後告訴了她。如果莎曼莎的指控在他們現有的朋友圈之外傳開來，那麼，麥當納家蒙受的損失將不亞於海沃德家。

阿尼・巴蘭柯爾

阿尼在抵達洛克伍德之前就已經迷失了自己。他放棄了他的護士生涯、在全世界漂泊、染上海洛因毒癮、和他的家人疏遠。然而，格林伍德夫婦並未收到他母親的警告郵件。等到他們發現阿尼的問題有多麼嚴重時，他已經偷走了他們的六千英鎊——顯然是他們大部分的存款。由於凱爾在六月二十五日把他們的密碼告訴了阿尼，因此，他們似乎不太可能從銀行拿回這筆錢。這也讓莎曼莎在發現凱爾外遇之後無法返回非洲。

從他的郵件來看，阿尼給人的印象是一個懶散的流浪者，也許迷失又懶惰，但對任何人都不構成威脅。然而，我們相信他還有另一面——因此，他母親才會警告格林伍德夫婦，他和他們在非洲認識時的樣子已經大不相同。我們看到他在六月三十日的瑜伽馬拉松上如何試圖在茶點攤位誆騙喬伊絲的錢，並且用不加控

制的激烈言詞激怒了貝瑞與馬丁。然而,最能反映出阿尼性格的觀察來自於七月四日的入室盜竊案受害者羅伯特・格林,他形容阿尼為「野蠻」,並且說他是三名攻擊者中「最具侵略性」的一個。

莎曼莎在七月三日告訴警方,阿尼持有一個非洲療癒娃娃,那個娃娃與在入室盜竊案中被偷走的那個相同,她也告訴警方阿尼偷走了他們的錢。謀殺當晚,阿尼在被警方釋放後返回格林伍德家。我們相信他自己進入了公寓,質問莎曼莎舉報他的行為,或者遭到莎曼莎指控偷了他們的錢。我們認為,阿尼在兩人的對峙中無法控制自己的攻擊性,結果導致莎曼莎悲劇性的死亡。翌日早上五點,他被人看到帶著他的背包離開了公寓。

這些人也許是我們的主要嫌疑人,但我們認為其他人也有嫌疑——他們全都有可能殺害莎曼莎的動機。再次聲明,他們的排列順序並無特定意義。

伊莎貝爾・貝克

莎曼莎和凱爾一來到洛克伍德,伊莎貝爾就把他們鎖定為潛在的新朋友。她的策略很適合用情感性的詞彙來形容,例如:她「伸出爪子」抓住了他們,或者「緊緊附著」在他們身上。然而,她大部分的通訊裡顯示出來的都是她的佔有欲,而非真正的友誼。伊莎貝爾在社交上既孤立又寂寞,費爾維劇團是她生活的重心。她大部分的自尊來自於她的工作,我們可以看得出來,她是一名盡職的護士,喜歡幫助和安慰別人,即便沒有人要求和珍惜她的幫忙和安慰。她很快就看出阿尼是個麻煩人物,這證明了她具有敏銳的觀察力。海沃德家在四月二十一日波比的診斷結果

出來之後收到了許多郵件，我們認為伊莎貝爾的郵件是其中最得體的。

伊莎貝爾失去了她的朋友蘿倫——在情感上失去了，因為蘿倫在弄錯點滴的事件中背叛了她；在實質上也失去了，因為蘿倫離開聖安醫院，與喬許一起搬走了。我們相信，伊莎貝爾試圖用莎曼莎來取代蘿倫。當她發現她和莎曼莎在一起的生活遠比和蘿倫在一起要好得多時，她開始變本加厲，彷彿深怕她也會失去她的新朋友。克勞蒂亞的出現讓伊莎貝爾在六月十日再度翻開她的藍皮書，將無法透過其他大量通訊郵件發洩出來的負面和激進情緒全都寫進藍皮書裡。

伊莎貝爾既不成熟，在社交上也很笨拙。她在與人交談上似乎有困難，而其他人對她也不熱誠。她很快就在情感上依賴起莎曼莎，並且企圖要讓莎曼莎不和其他潛在的朋友往來，例如莎拉－珍和海倫。因此，當莎曼莎終於收回她的友誼和支持——服裝彩排完在停車場的時候——伊莎貝爾變得焦慮又惱火。這是一種「如果我不能擁有莎曼莎，那麼，誰都不能擁有她」的心態嗎？我們相信，伊莎貝爾在那天晚上跟蹤莎曼莎回家，並在凱爾前往旅人客棧和克勞蒂亞會合時進入公寓，結果兩人發生了爭吵，莎曼莎也遭到殺害。伊莎貝爾在莎曼莎死後二十四小時的通訊裡，明顯地出現了和過去極為不同的態度。更不用說她在隔天那通999的電話裡，似乎很清楚地知道莎曼莎已經在她家陽台下方躺了多久。此外，伊莎貝爾似乎很快就繼續了她的步伐，並且期待沒有莎曼莎的生活。她甚至表示願意取代莎曼莎在吾子吾弟裡的角色。

海沃德家：馬丁、詹姆士、葛蘭

　　海沃德－里斯維克家族的男性被三件事所驅動：家庭、金錢，以及讓他們的女性家人處在一種嬰兒般的無憂無慮裡。如果他們是謀殺莎曼莎的兇手，那麼我們必須假設，當她說波比的募款是一個「財務陰謀」時，她說對了。如果他們利用了募款的錢財來支撐他們失敗的事業和維持他們奢華的生活，那麼，他們殺害莎曼莎的動機應該是為了要把她的指控限縮在他們忠實的社交圈內，因為這個圈子裡的人並不相信這些指控。

　　如果我們假設這個三人組確實具有動機，想要讓莎曼莎不再妨礙他們，我們就必須考量莎曼莎死的那晚，他們都在哪裡。詹姆士和奧莉薇亞在一起，她因為生產而住在聖安醫院。馬丁提前結束了狀況不佳的服裝彩排。那晚稍後，他和莎拉－珍互通了郵件，之後，他寫信給莎曼莎，就她的指控表明了他的立場以及她與費爾維劇團未來的關係。我們不確定葛蘭是否在服裝彩排現場。然而，佩姬說「為了練習第一幕，葛蘭在四點鐘把我叫醒」。因此，葛蘭在清晨四點的時候是醒著的，並且當下就知道佩姬需要接替莎曼莎在劇中的角色。但我們無法確定這是因為他知道她已經死了，還是因為他知道她可能不會參與演出。無論是哪一個原因，他在那個關鍵的時刻都還醒著。

入室盜竊的歹徒

　　莎曼莎舉報阿尼，阿尼隨後對警方供出了他犯罪同夥的名字。阿尼也許是被迫加入那起犯罪事件以償還他所積欠的毒品費用，但這起犯罪事件背後的主謀顯然是更龐大的犯罪組織。他們密謀要偷取一幅畫作，這表示他們和全球性的犯罪組織有關聯，所以，如果他們發現報警的人是誰，那麼莎曼莎無疑就會陷入險

境。我們確定阿尼有可能被迫告訴他們是誰舉報了他,以及她住在哪裡。這和阿尼在莎曼莎遇害那晚的某個時間點回到公寓,以及他被人看見在翌日清晨永遠離開了格林伍德家也許有關,也或許無關。

自殺／意外

　　一如凱爾和阿尼,莎曼莎從非洲回來之後也有適應上的問題。她罹患了C型肝炎,而她必定向她的雇主隱瞞了這點。她被困在氛圍不佳又老舊的老人醫學科;她的同事想要獲得關注、黏人又深具佔有欲;她的丈夫打算離開她、和一個她以為是朋友的人在一起;一個她試圖要幫助的人卻偷了她的錢,讓她無法逃離她所處的環境。她一直努力要融入一個社群,然而這個社群卻在她試圖阻止他們落入詐騙陷阱時抨擊了她。我們還發現了另一個主要的因素:莎曼莎服用的抗病毒藥物——利巴韋林——具有罕見的副作用:「自殺意念」。莎曼莎在服裝彩排那晚回到她的公寓時,是否對她個人的生活感到絕望,也對她想要幫助別人和糾正世界上的錯誤受到阻礙而感到心灰意冷?如果是的話,那麼,利巴韋林的影響可能對她最終致命又衝動的決定起到了決定性的作用。

　　與此同時,以上任何一名嫌犯都有可能意外地造成莎曼莎的死亡。七月四日至五日的晚上天氣溫暖宜人。如果陽台的門當時是打開的,那麼,任何爭吵都可能在陽台發生,最終導致莎曼莎的悲劇結局。

> **註解〔菲米1〕:**
> 我們有遺漏什麼嗎?對了,你對利巴韋林提出的論點很棒。

> **夏綠蒂**
> 為什麼馬丁／詹姆士／葛蘭只是外圍嫌疑人？他們應該在主要嫌疑人名單上才對。

> **菲米**
> 你看馬丁在莎曼莎失控之後發給SJ和詹姆士的郵件。他聽起來很坦率、很公正，並未因為被揭露而感到害怕或者心懷戒備。

> **夏綠蒂**
> 你依然認為巴托瓦是募款詐騙背後的主謀嗎？

> **菲米**
> 是的。但尼克・瓦佛德呢？我還無法確定。

> **夏綠蒂**
> 莎曼莎已經很接近真相了。她的失控扮演了催化劑的角色，但究竟催化了什麼？

> **菲米**
> 「有一個人根本不存在」。在這些通訊中不存在的人就是海倫。

> **夏綠蒂**
> 莎曼莎和凱爾也是……

> **菲米**
> 沒錯，但我們知道他們有發送郵件，因為有的郵件是回覆給他們的。

> 夏綠蒂
> 好吧。你這麼說所為何來？

菲米
海沃德家，他們正在製作的這齣劇。儘管發生了這一切——從波比生病到莎曼莎的指控——沒有什麼能阻礙這齣劇的演出，一切都圍繞著海倫。海倫這樣、海倫那樣，每個人都愛海倫。馬丁：台上台下她都是我們的女主角。詹姆士：如果這齣劇裡沒有一個重要的女性角色，費爾維劇團就不會選擇這個劇本了。他母親「屬於舞台」。伊莎：她是如此地耀眼奪目，一場戲裡只要有她在，其他人都顯得黯淡無光。凱文：她住在一個仙境裡，在那裡，她永遠都在舞台的中央。如果海倫是如此出色的演員，能夠在那個「要求極高」的角色上「全心投入」，並且呈現出「無可挑剔」的演出——那麼，這個女人到底是誰？

> 夏綠蒂
> 說得好。莎曼莎懷疑海倫的某件事⋯⋯她為什麼要諮詢一位系譜專家？

菲米
那個「根本不存在」的人有可能是海倫的兒子，就像莎曼莎說的那樣。她在認識馬丁之初曾經告訴馬丁，她是一個失去孩子的母親，然後就一直活在這個謊言裡。佩姬和詹姆士都相信她。

夏綠蒂
她對莎曼莎揭露這件事的情緒性反應可能是謊話被揭穿的真實反應。或者只是另一種表演。這是否給了她殺害莎曼莎的動機?

菲米
別忘了佩姬。她和海倫「如此相似」。兩人都很自戀,對舞台也都極度迷戀。兩人都受到她們的伴侶保護,讓她們免於面對現實。她們兩人都參與了謀殺嗎?

菲米和夏綠蒂的推論分析

推論1

誰殺了莎曼莎・格林伍德？**葛蘭・里斯維克**——為了阻止她散播那些指控。

誰知道她將會出事？**馬丁和詹姆士・海沃德**——因為他們參與其中。

誰在她的屍體被發現前就知道她遇害了？**佩姬和海倫**——因為她們需要重新選角和排練演出。

誰被錯關在監獄裡？為什麼？**凱爾・格林伍德**——因為他和莎曼莎最親近。

推論2

誰殺了莎曼莎・格林伍德？**凱爾・格林伍德**——在一場悲劇性的爭吵中。

誰知道她將會出事？**克勞蒂亞・迪索薩**——因為她就在現場。

誰在她的屍體被發現前就知道她遇害了？**阿尼・巴蘭柯爾**——因為他事後回到了公寓，但隔天早上又逃跑了。

誰被錯關在監獄裡？為什麼？**伊莎貝爾・貝克**——因為她迷戀的對象拒絕了她。

推論3

誰殺了莎曼莎・格林伍德？**提許・巴托瓦雇用的某個人**——為了限縮莎曼莎的指控所造成的影響。

誰知道她將會出事？**拉維・巴托瓦**——因為提許和他在中非

處理丹遇害死亡的事。

誰在她的屍體被發現前就知道她遇害了？**馬丁・海沃德**——因為提許告訴了他。

誰被錯關在監獄裡？為什麼？**凱爾・格林伍德**——因為他和莎曼莎最親近。

推論 4

誰殺了莎曼莎・格林伍德？**凱文・麥當納**——為了保住他的專業自尊。

誰知道她將會出事？**莎拉－珍・麥當納**——因為她和凱文都參與其中。

誰在她的屍體被發現前就知道她遇害了？**伊莎貝爾・貝克**——因為她在事發後不久到莎曼莎的公寓，發現了屍體。然而，不知道是因為震驚或其他原因，她回到家之後，隔天仍然維持著正常的生活步調。

誰被錯關在監獄裡？為什麼？**凱爾・格林伍德**——因為他和莎曼莎最親近。

推論 5

誰殺了莎曼莎・格林伍德？**阿尼・巴蘭柯爾**——在一場悲劇性的爭吵中。

誰知道她將會出事？**莎曼莎・格林伍德**——因為她知道阿尼想要報復她向警方舉報了他。

誰在她的屍體被發現前就知道她遇害了？**凱爾・格林伍德**和**克勞蒂亞・迪索薩**——因為他們回到了公寓，但出於害怕被視為有罪而保持了沉默，不過……

誰被錯關在監獄裡？為什麼？**凱爾・格林伍**德。

在莎曼莎死前幾個小時，她告訴了三個人三件事。誰？什麼事？
　　1. 她告訴劇團，海倫和募款活動都是騙局。
　　2. 她告訴伊莎，她從來都沒有喜歡過她，也不想再當她的朋友，因為她用莎曼莎的郵箱告訴麥克有關克勞蒂亞的事。
　　3. 她告訴凱爾，她要回到非洲。

　　有三個人不是他們自稱的那個人。克萊夫・韓德勒、莉迪亞・德雷克、瑪格達・庫查。
　　三個偽裝成別人的人。莎曼莎偽裝成克萊夫・韓德勒，莎曼莎偽裝成伊莎，伊莎偽裝成莎曼莎。
　　一個根本不存在的人。海倫死去的兒子。

菲米
我會把這些文件合併起來,這樣坦納就能收到前言、嫌疑人的檔案,以及五個推論的概要。你能加點什麼來作為結語嗎?例如,「莎曼莎・格林伍德不畏發聲。我們也應該如此。」同時指出我們手上只有通訊資料的事實。但不要讓它聽起來好像是我們在找藉口。

夏綠蒂
「在這種社區的小群體裡,社會階級嚴格,人們具有強烈的忠誠度,怨恨也會被放大。陌生人會受到懷疑,人們對你的評價往往取決於你的朋友是誰。在這樣一個微觀的世界裡,一般的規則也許並不適用。單從這些通訊資料來看,我們知道莎曼莎・格林伍德致力於追求真相。她不會希望無辜者因為她遭到謀殺而被關進監獄,也會希望犯罪者能受到懲罰。我們只能通過確保正義得到伸張,並且讓大眾看到這一點,來回應她死亡的悲劇。」

菲米
太棒了。

夏綠蒂
發出去了。我們睡覺吧。

奧路菲米・哈桑
夏綠蒂・哈洛德

親愛的兩位，

　　我收到了你們的文件，並且會在適當的時候詳細閱讀。我真的很期待。如同在那些通訊裡提到的，有一些事是你們不能不知道的。一旦知道了，你們公正理解這個案子的機會將會受到影響。

　　在此同時，這裡有一些復原的通訊，你們也許會覺得有意思。這些資料在第一次聽證會時尚未復原，因此，它們對你們的初步回應並沒有影響。這些通訊有些是在謀殺之前寫的，有些則是在謀殺之後，不過，它們都是按照時間順序排列的。

　　在我必須提出上訴之前，我會再和你們聯絡。

　　此致，

RT

　　羅德瑞克・坦納, 御用大律師
　　資深合夥人
　　坦納＆德威有限責任合夥公司

來自：諾爾・伯頓
主旨：我們能再次幫忙嗎？
日期：2018年5月3日 10:10
致：提許・巴托瓦

親愛的巴托瓦女士，

我們最近成功地為雲彩之王股份有限公司提供了一段時間的服務，並相信我們的服務對您和您的業務有所幫助。

** 老客戶在五月、六月和七月享有優惠價格 **

我們專精於各種形式的企業情報，從數位鑑識到訴訟前準備都在我們的服務範圍之內。我們和一個國際調查網絡有密切的合作，能夠在全球各地追蹤和查找個人，包括查詢過往的犯罪紀錄和財務概況。我們期待再次與您合作，歡迎隨時聯繫我們。

此致，
諾爾・伯頓
紅鷹諮詢有限公司

來自：提許・巴托瓦
主旨：
日期：2018年6月13日 14:55
致：馬丁・海沃德

馬丁，我在和任何人展開合作之前都會先徹底調查過。我從不相信你根本沒有錢。不管在什麼情況下，像你這樣資源豐富又

聰明的人總能找到賺取更多錢的方法。如果你不履行按月付款的承諾，我就會採取行動。波比的藥物也會因為氧化而受到損壞。

來自：馬丁・海沃德
主旨：回覆：
日期：2018年6月13日 15:02
致：提許・巴托瓦

　　我從未承諾過每月付款。我們的募款速度只能這麼快。你明知我們家的處境有多麼艱難。你會收到你的錢——這點我可以保證。

來自：提許・巴托瓦
主旨：回覆：
日期：2018年6月13日 15:10
致：馬丁・海沃德

　　我們的家庭處境都很艱難。你有很多資產可以出售，如果募款籌資的速度不夠快，你就應該出售這些資產。我之所以同意這麼做，只因為你給過我堅定的保證。

來自：馬丁・海沃德
主旨：回覆：
日期：2018年6月13日 15:13
致：提許・巴托瓦

堅定？一切都拿去抵押貸款了。我已經沒有剩下任何資產。你知道那是什麼感覺。你認為我最初為什麼會提出這個建議？你以為我在波比生病的時候找上你只是偶然嗎？我同樣也會先徹底的調查。

來自：葛拉漢・奧斯夏特
主旨：嗨
日期：2018年6月11日 20:34
致：馬丁・海沃德

親愛的馬丁，

　　我們已經好幾星期沒有見到你了，我們相信那表示一切都很順利。我寫這封郵件是想了解你是否準備好幫助一名剛展開復原旅程的新成員，就像我在幾個月前為你所做的那樣。這個角色提供了健康的友誼。它能提供積極的支持，特別是在復原的十二個步驟中最容易感受到困難的壓力期間。這是一種一對一的關係，存在於不同復原階段的個體和個體之間，同時也有助於你們自我幫助。這不是強制性的，但由於你進步很多，因此，你是我想到的第一位潛在的新支持者。我們有一名特定的新成員，我相信你們會是很合適的搭檔。如果你願意參加週四的聚會，我可以介紹你們認識。

　　讓我知道你的想法，
　　葛拉漢
　　福伊戒賭互助會

來自：克勞蒂亞・迪索薩
主旨：
日期：2018年7月5日 08:58
致：麥克・迪索薩

  麥克，請告訴蘇菲和馬可「媽咪很好，她很快就能見到你們了」。我很抱歉，麥。真的很抱歉。我原本想要親自告訴你，但她卻先說了。她說不是她，但還會有誰呢？我要你知道，我完全理解你為什麼這麼做，但把氣出在蘇菲和馬可身上是不對的。他們的朋友、學業、社團和愛好都在這裡，而且他們幾乎不會說葡萄牙語。讓他們和你母親相處幾天，然後回家來，到時候我們再坐下來討論：你、我和凱爾。我們會找到一個對大家都合適的解決方案，並且談談我們接下來要怎麼做。拜託你。克 x

---

來自：阿尼・巴蘭柯爾
主旨：再見
日期：2018年7月5日 09:53
致：凱爾・格林伍德

  我只是想和你道別。我覺得我應該離開，到其他地方重新開始。警察以為我住在你家，所以，他們可能會想知道我去了哪裡。你就說你不知道。我自己也不知道，也許我會去遠東或者南美？我現在在保釋中，所以沒有護照會有點麻煩。我也許會和幾個朋友待在北方一陣子。看看我是否能回到正常生活或什麼的。希望你和莎曼莎一切都好，如果我讓情況變得尷尬，那我很抱歉。我曾經希望生活能像在班基時那樣。我猜我們回不去了。一切都改變了。我愛你們。阿尼

二〇一八年七月五日，葛蘭‧里斯維克發給詹姆士‧海沃德的訊息：

05:00 葛蘭：
我告訴佩姬了。她很興奮。前幾天她才說她很想念參加演出的感覺。

來自：提許‧巴托瓦
主旨：
日期：2018年7月5日 21:24
致：莎曼莎‧格林伍德

親愛的莎曼莎，

　　我從來沒想到我會寫這封信。我才來到班基幾天，但我已經在改變了。我已經很久不需要適應新的環境了。這裡的景物依舊。但人事已非。丹死了。我們需要一支任務小組越過邊界去把他帶回來，但目前沒有人同意做如此冒險的事。當我在這裡等待的時候，人們會來告訴我關於他的事情。你知道的，每當有人死的時候，他們就是這麼做的。他們不會公告死訊，只是透過一個人告訴另一個人，然後口耳相傳。我早忘記這些了。

　　關於他的事，你是對的。我不想相信。我仍然不願相信。但現在，我見過了太多人。他們都比我還了解他。他們口中的那個人不是我曾經有過的弟弟。也許這裡的生活改變了他，但我擔心事實並非如此──以前，他可能隱藏了他黑暗的一面，但這個地方給予了那些黑暗面機會和許可。然而，在他給我的信件中，他卻始終如一。你能從信件中得知的似乎就只有那麼多。文字能夠掩蓋一個人的本質。

我很抱歉，去年你所說的話沒有被認真對待，也很抱歉你不得不經歷那場審判——如果把那場慘敗稱之為「審判」是合適的話。請理解我只是誠心誠意地在保護我的家人而已。我還不會回英國。還有，記得和海沃德家保持距離。
　　提許‧巴托瓦醫生

來自：瑪格達‧庫查
主旨：電腦
日期：2018年7月6日　07:54
致：馬丁‧海沃德

　　嗨，馬丁，今早我遇到了一個問題。我的電腦啟動時一切正常，但我的郵件紀錄卻全都不見了。發件箱和收件箱都是空的。就連垃圾桶也是空的。電腦系統在損壞後能被復原嗎？我丟失了和建築商、供應商以及會員的溝通紀錄。我不知道發生了什麼事。瑪格達

來自：馬丁‧海沃德
主旨：回覆：電腦
日期：2018年7月6日　08:58
致：瑪格達‧庫查

　　我相信是病毒刪除了郵件紀錄。我會讓科技公司檢查一下。此致，馬丁

來自：莎拉－珍・麥當納
主旨：伊莎貝爾
日期：2018年7月7日 12:03
致：凱文・麥當納

　　她躲在架子後面，飛快地在她的手機上打字。她在發簡訊給誰？應該不是朋友。她沒有朋友。根據希莉亞的說法，她連一張演出門票都沒有賣掉。還把她分配到的抽獎券幾乎全數退回。我不知道詹姆士為什麼堅持要讓她參與歡樂精靈或這齣劇的演出。我告訴過你，我看到莎曼莎那晚和她發生爭執。你有什麼看法？

　　莎拉－珍・麥當納

來自：凱文・麥當納
主旨：回覆：伊莎貝爾
日期：2018年7月7日 12:44
致：莎拉－珍・麥當納

　　她總是跟在莎曼莎後面，似乎很在乎她所說的每一句話，她沒有其他朋友了。當莎曼莎失控的時候，伊莎跟著她離開了服裝彩排。你跑出去，看到她們在外面爭吵。當時我正在安慰海倫。然後，我就帶哈利回家，並且因為感冒上床休息了，而你則去了艾瑪家討論募款並且探視汪汪。反正，我是這麼告訴警察的。聽起來合理嗎？

聖安醫院婦產科印製的一張裝飾卡片：

> **送子鳥報告**
> 特別為奧莉薇亞和詹姆士・海沃德送來
>
> **蘇菲亞・格雷斯・海沃德**
> 生於 2018 年 7 月 4 日　晚上 10:25
>
> **亞瑟・馬丁・海沃德**
> 生於 2018 年 7 月 4 日　晚上 10:27
>
> 菲歐娜・邱代表送子鳥簽署
> 洛克伍德聖安醫院婦產暨新生兒科

來自：伊莎貝爾・貝克
主旨：你
日期：2018 年 7 月 6 日　05:18
致：蘿倫・莫爾登

　　我不會再寫信給你了。我甚至不知道一開始我為什麼會寫信給你。你從來都不是我真正的朋友。我唯一的真朋友已經離開了，我現在要重新開始。那意味著我要把那些無法給我養分的人從我的生命中剔除。我打算報名瑜伽課程——這次是在實體健身房裡的正式課程，不是線上的瑜伽。我會繼續保持我的健康飲食計畫，每星期也會進行兩次午餐慢跑。一旦我可以申請轉調科別，我就會那麼做。等到費爾維劇團在九月再度聚會時，我將會是一個全新的我，並且為冬季的演出準備好了。不管我有沒有被選上，我都會去參加排練，也許和喬伊絲一起泡茶，或者幫忙演

員背台詞。如果佩姬參加演出的話，我可以幫忙照顧波比。如果波比的病情沒有好轉，他們可能會更願意找一個接受過醫學訓練的人來照顧她。未來有很多美好的事物在等著我。所以，我不會再寫信給你了。伊莎

菲米
所以,馬丁是個成癮者。

夏綠蒂
賭徒。六月十一日有一封來自戒賭互助會的郵件。五月二十一日有一份紀錄顯示他在賭博。當詹姆士隨口提及此事時,他的反應很糟糕。他負債累累。

菲米
他也是個冒險者。儘管他看起來似乎很謹慎和冷靜。他有金融界的背景,而金融世界本質上就是賭博,不是嗎?還有,這也可能是一種對壓力的反應。

夏綠蒂
債務並非總是以金錢來償還的。就像阿尼和鯊魚。巴托瓦利用班基之行來掩護自己,同時威脅馬丁幫她「處理」莎曼莎的事。

菲米
他們的對話和波比的藥物無關。那是某種暗號嗎?

夏綠蒂
她的悔恨似乎是真的。但她後悔的是沒有相信莎曼莎,反而相信了丹?還是後悔她讓莎曼莎遇害,而莎曼莎從頭到尾都是對的?

菲米
「和海沃德家保持距離」。這是威脅還是警告?或者是作為萬一警察找上門時的保險措施?

夏綠蒂
關於他們的未來,克勞蒂亞並沒有把莎曼莎納入他們的家庭「對話」裡。她一定知道莎曼莎死了。

菲米
克勞蒂亞和伊莎都聲稱是莎曼莎的好姐妹,但莎曼莎一走,她們就立刻往前邁進了。真的完全沒有留戀。

夏綠蒂
我認為阿尼已經被排除在嫌疑人名單之外了。我猜他回到公寓時,公寓裡沒有人。莎曼莎死在外面,兇手也已經走了,他在公寓待了一夜,隔天一早就離開了。他完全不知道發生了什麼事。

菲米
那兇手是誰?

夏綠蒂
麥當納夫婦。凱爾被錯判了。

菲米
是馬丁,他受到巴托瓦的指使。麥當納夫婦被錯判了。

兇手就在字裡行間 | 419

> **夏綠蒂**
> 有罪的是麥當納夫婦。伊莎被錯判。他們陷害了她。

> **菲米**
> 克勞蒂亞才是兇手。凱爾被錯判,他為了保護她而認罪。

> **夏綠蒂**
> 啊啊啊啊啊!證據呢?我們應該要分析那些通訊,而非只是在編造故事。

> **菲米**
> 我們先看看坦納對我們的文件有什麼看法再說吧。真希望我沒有在第一行裡使用「險境」這個詞。這樣太情緒化,也太戲劇性了。我應該用「邊緣」的。用字真的很重要。

奧路菲米・哈桑
夏綠蒂・哈洛德

親愛的兩位，

我已經看過了你們的文件。解開托普斯磁磚謎團的人可以得到一份獎品。是的，你們說得沒錯。那棟令人敬仰的磁磚大樓可以從格林伍德家客廳裡一扇朝北的小窗看到，那扇窗戶就位於伊莎貝爾非常欣賞的那張宜家書桌上方的壁龕裡。當她提到「我能看到托普斯磁磚」時，她必定是坐在那張書桌前，才能看到那個標誌。她發送郵件的時間符合麥克・迪索薩收到某一則訊息的時間，而麥克聲稱那則訊息是從莎曼莎的郵箱地址發送出來的。該訊息告訴迪索薩，他的妻子克勞蒂亞和凱爾・格林伍德有外遇。伊莎貝爾在發送郵件之後，立刻將郵件從發件箱裡刪除，並封鎖了麥克的郵箱地址，以防莎曼莎收到來自麥克的郵件。麥克也刪除了他收到的檔案，因此，這份通訊紀錄無法被取得。

第二份獎品要頒給發現利巴韋林副作用的人。

不過，你們需要重新檢視那些通訊紀錄，仔細思考誰是那個根本不存在的人。這涉及到佐證的問題。

整體來說，你們表現得很好，不過，有一個角度你們並沒有注意到。那就是莎曼莎的死對誰最有利。我認為這點比莎曼莎揭露的事會讓誰蒙受最大的損失更為重要。謀殺的主要動機有四種：愛／性、金錢、噤聲和報復。報復排在第四是有原因的。單純為了報復的謀殺並不常見，因為這種動機所帶來的利益既模糊，又不具實質價值。大部分策劃謀殺並付諸行動的人，都期待從中獲得某種實質的好處，而不是僅僅想要對過去的事做出沒有

實際意義的反應。

這些問題，我們明天再討論。

此致，

RT

羅德瑞克・坦納，御用大律師
資深合夥人
坦納＆德威有限責任合夥公司

菲米
看來似乎確實就是伊莎貝爾。說也奇怪。除了表現出善解人意的性格之外,莎曼莎的死對她有什麼好處?

夏綠蒂
幾乎沒人喜歡伊莎。我們只看到了她的郵件。她一定有什麼我們還沒從通訊紀錄裡發現的事情。

菲米
蘿倫喜歡她。詹姆士喜歡她。就我們所知,莎曼莎一開始也喜歡她。費爾維劇團應該也還算喜歡她,才會讓她參加兩齣劇的演出。

夏綠蒂
這個社群責怪最不受歡迎、最格格不入的人,並且把罪名加諸在此人身上?我們看到莎拉－珍和凱文就是這麼做的,也許是因為他們殺害了莎曼莎,但也不一定。他們希望兇手是伊莎,因為他們把其他人都視為朋友。

菲米
有可能是伊莎對莎曼莎的異常依戀,讓陪審團相信她可能為了要讓自己的生活往前邁進、為了擺脫這種迷戀而殺了莎曼莎嗎?我們可以看到她立刻就向前邁進了。

> **夏綠蒂**
> 我依然認為是麥當納夫婦陷害了伊莎。你不覺得在這些事件的發展過程中,他們兩人的關係變得越來越緊密嗎?當SJ看著伊莎在休息室裡發簡訊給蘿倫時,她一定在構思著什麼邪惡的計畫。

> **菲米**
> 此外,那個根本不存在的人證實了一件事,但我們還沒看出來。你有什麼想法?

> **夏綠蒂**
> 艾瑪向莎拉－珍證實了海倫的故事。

> **菲米**
> 艾瑪的存在一定是真的。馬丁為了汪汪的事發過郵件給她。

> **夏綠蒂**
> 汪汪!汪汪真的存在嗎?該死,那一整件關於獸醫的事是不是在暗指其他事情?

> **菲米**
> 如果是的話,那麼,莎拉－珍一定也牽涉其中。還有她母親。但應該不是,因為汪汪和她母親都是由其他人提到的。

> **夏綠蒂**
> 一個暗號!暗號、暗號、暗號。你之前提到暗號的時候,我做了一份筆記。給我一分鐘。不要發訊息給我。我會分心。

菲米
好。去找吧。

夏綠蒂
找到了。一個暗號。只存在於提許和馬丁之間的一個簡單的代號。想像一下，當他們提到「小藥瓶」的時候，其實是在指「檔案」[21]。「小藥瓶的內容物會在兩個月內氧化，所以我建議盡快付款。」真正的意思是：檔案的內容會在兩個月內被曝光（物質暴露在空氣中會「氧化」）。所以快點付錢吧。

夏綠蒂
六月二十三日：「那些小藥瓶還在波士頓，在你完成付款之前無法取得。如果繼續延遲付款的話，我擔心波比的健康狀況會進一步惡化。」取得意指「東西握在你手上，不落入他人之手」。如果你不付款的話，就得面對後果。

夏綠蒂
「那些小藥瓶能再保存一段時間，但我擔心延遲付款會讓內容物的完整性受到影響。」她已經準備好要繼續等待，但不管那些檔案的內容是什麼，一旦曝光將會讓事情變得更糟。

---

[21] 小藥瓶（phial）與檔案（file）同音。

兇手就在字裡行間 | 425

夏綠蒂
在馬丁和提許的通訊紀錄裡，他唯一一次提到「小藥瓶」的事，是在莎曼莎指控這是一場「財務陰謀」之後：「我建議我們把運送小藥瓶的計畫延後，直到這場最新的風暴消散。」他希望延後他們的安排，直到莎曼莎不能再從中阻撓為止。該死！消散──從陽台消散……

夏綠蒂
我要說：實驗性藥物並不存在。波比透過巴托瓦的私人診所到摩爾山醫院接受國民保健署提供的治療。不過，財務陰謀也不存在。提許在勒索馬丁。她幫助他募集資金，並且和他串連起來欺騙他們的社群，但所有的錢都歸她。那就是馬丁的財務狀況這麼糟糕的原因。

菲米
夏綠蒂，你火力全開了。巴托瓦的行為有跡可尋。她在五月三日的郵件中，威脅說要告訴聖安醫院莎曼莎從非洲回來的「真正原因」。她知道莎曼莎患有Ｃ型肝炎。那麼，提許知道關於馬丁的什麼事呢？他是個賭徒嗎？

> **夏綠蒂**
> 海沃德家帶著一個病重的小女孩來到提許的私人診所，並且決心要治癒她。提許透過紅鷹諮詢的諾爾・伯頓調查了馬丁的商業事務，然後從中看到了機會。她挖出了什麼？一宗不正當的交易、逃稅、債務，還是外遇？我的重點是：莉迪亞・德雷克是個騙局，但那是馬丁詐騙了提許——為了把部分的波比募款所得轉回到他自己手中。起初，他試著在提許不知道的情況下重新聯繫克萊夫・韓德勒，但莎曼莎已經刪除了那個電子郵件帳號。因此，莉迪亞・德雷克應運而生。他從瑪格達在葛蘭奇的電腦發送這些郵件——這樣他就有東西可以轉發給SJ。只不過馬丁並不是太有創意。他從吾子吾弟裡借用了莉迪亞這個名字；德雷克則來自於劇本的出版商——你看看SJ於四月二十日寫給他的郵件。她抱怨德雷克經典版的劇本費用太高。當他意識到SJ和凱文可以追蹤電子郵件時，他感到驚慌失措，並在隔天早上刪除這些郵件以掩蓋他的蹤跡——導致全然無辜的瑪格達十分沮喪。

> **菲米**
> 幹得好。你瞧，你可以做得到。夏綠蒂。

> **夏綠蒂**
> 讓我們假設我是對的。提許知道關於馬丁的某些不法行為。詹姆士和葛蘭一定也有所知悉。海倫和佩姬一如往常地什麼也不知道。如果「只是」外遇或賭博，他應該會想要隱瞞詹姆士和葛蘭？所以，一定涉及了更大的非法行為……

菲米
好,先把SJ和凱文放到一邊。這樣一來,海沃德家就變成了我們主要的嫌疑人——莎曼莎不知道關於勒索的事,但如果她揭發募款活動是一場騙局的話,那麼,不管提許知道海沃德家什麼秘密,都會被莎曼莎在無意中曝光。

夏綠蒂
伊莎為什麼會入獄?

菲米
麥當納家還是有可能陷害她。他們未必知道那些「檔案」裡有什麼,或者有檔案的存在。但是他們和海沃德家的關係非常密切。他們會本能地保護這個核心家庭。

奧路菲米・哈桑
夏綠蒂・哈洛德

親愛的兩位,

　　發生了一點事。我一整天都卡在了金融區。不過,我最不希望的就是取消會議。我應該要學習使用你們手機上那種對話泡泡的訊息功能了。請你們其中一位聯繫珊卓拉,幫她在我的手機上設置這個功能。謝謝你們。

　　此致,

　　RT

　　羅德瑞克・坦納, 御用大律師
　　資深合夥人
　　坦納＆德威有限責任合夥公司

夏綠蒂
拜託,重新建立一個新的群組,不要把他加入這個群組。否則他會看到我們之前討論過的所有內容。

菲米
我和珊卓拉說過了。她說 WhatsApp 是一種「程式」。

> 羅德瑞克・坦納,御用大律師
> 親愛的

> 羅德瑞克・坦納,御用大律師
> 兩位

> 羅德瑞克・坦納,御用大律師
> 謝謝你們的

> 羅德瑞克・坦納,御用大律師
> 不見了

> 羅德瑞克・坦納,御用大律師
> 那三個點點點是什麼,怎麼沒有問號

> 羅德瑞克・坦納,御用大律師
>]

> 夏綠蒂
> 等到你準備好要發出訊息的時候再按輸入鍵。你看到的三個點點點是代表有人正在打字。

> 菲米
> 這是非正式的溝通媒介,坦納先生。不用太擔心標點符號。

> 夏綠蒂
> 你會習慣的。

羅德瑞克‧坦納，御用大律師
我是珊卓拉。坦納先生會口述。我沒用過這個。你們要有點耐心。後來提供的那些通訊紀錄有改變你們對這個案子的看法嗎？

菲米
有，馬丁‧海沃德現在是我們的主要嫌疑人。葛蘭和詹姆士是他的共犯。伊莎貝爾被陷害入罪，因為她迷戀被害人，而且是相對的局外人。

夏綠蒂
我們相信募款活動是一個財務陰謀，提許‧巴托瓦一直藉此來勒索馬丁。馬丁捏造了莉迪亞‧德雷克的騙局，以挪用八萬英鎊的募款所得，避免這筆錢全數落入提許手中。他需要比預期的時間更早付款給建商，此外還有訴訟費和賭博的習慣。

羅德瑞克‧坦納，御用大律師
很好。莎曼莎的死對誰有好處？

夏綠蒂
海沃德家、提許、麥當納家都能因為莎曼莎的死亡而受益。

菲米
凱爾。他可以自由地和克勞蒂亞在一起。反之亦然。伊莎貝爾。她可以擺脫她的異常依戀，往前邁進。

羅德瑞克・坦納，御用大律師
我說過有三個人偽裝成別人。你們正確地指出一個是莎曼莎——她假裝成伊莎貝爾去查看摩爾山醫院的治療紀錄。另外，伊莎貝爾冒充莎曼莎發送了一封郵件。我相信後來還有一個關鍵人物公然偽裝成別人。克萊夫・韓德勒與莉迪亞・德雷克不是他們自稱的那個人——還有另一個人也不是。這讓我想起根本不存在的那個人。

夏綠蒂
我能問：「誰是誰」對原案有什麼影響嗎？

羅德瑞克・坦納，御用大律師
我相信它會造成誤判。偽裝成別人顯示出此人有欺騙的習慣。

菲米
所以其中一次的欺騙行為牽涉到伊莎貝爾？

羅德瑞克・坦納，御用大律師
是的，其中一次。

菲米
坦納先生，關於伊莎貝爾，有什麼是我們應該知道的嗎？從她的通訊紀錄來看，她具有善解人意的性格。從好的方面來說，她善良、友好、樂觀又單純。她害羞、孤單且受抑鬱困擾，也拙於社交，但即便如此，為什麼她還會被視為嫌疑犯，更別說被定罪了？

> **夏綠蒂**
> 她主要的「罪行」是她對莎曼莎的迷戀。不過,她並不是那種嚴重的跟蹤狂。

菲米
她沒有聰明到可以策劃一場謀殺。

羅德瑞克・坦納,御用大律師
真的嗎?她聰明到足以愚弄了你們兩個。

羅德瑞克・坦納,御用大律師
回去從頭把那些通訊紀錄再看一次。這回,你們要記住,蘿倫・莫爾登其實是伊莎貝爾。看看這會如何改變你們的觀點。

菲米
蘿倫?她不是也在舞會上嗎?那她母親和喬許的存在又怎麼說?

> **夏綠蒂**
> 我想弄清楚一點,坦納先生:從來都沒有一個叫做蘿倫的人?她沒有在聖安醫院工作過,也沒有參加過費爾維劇團?

羅德瑞克・坦納,御用大律師
從來都沒有。蘿倫・莫爾登並不存在,也從來都不存在。和她有關的人也同樣不存在。如果你喜歡的話,你可以把她稱之為第二自我。

菲米
伊莎貝爾以一個她已經交惡的假想朋友的身分發郵件給自己?那個假想朋友背叛了她,還和男友一起逃跑了?

夏綠蒂
天啊,真他媽的糟透了。

羅德瑞克・坦納,御用大律師
她的性格非常複雜。

夏綠蒂
抱歉,坦納先生。我不是有意說髒話。我只是說得太順口了。

羅德瑞克・坦納,御用大律師
我們相信蘿倫取代了伊莎貝爾的藍皮書。你們再研究一下那些通訊郵件,看看是否能理解為什麼。好了,我已經透露了這一點,我不會再多透露什麼了。你們可以再重新審視一下這個新資訊會如何影響你們的嫌疑人名單。別忘了你們還沒找出來的那個偽裝者。

夏綠蒂
所以是她創造了蘿倫。這很詭異,但其他人的動機更有說服力;這依然沒有讓伊莎貝爾在莎曼莎的謀殺案裡成為明顯的嫌疑人。

> **羅德瑞克・坦納，御用大律師**
> 確實。她很可能原本並非主要的嫌疑人，如果不是因為一件事的話。那就是，她認罪了。

> **羅德瑞克・坦納，御用大律師**
> 還有，她至今仍然堅稱是她做的。我會把紀錄轉發給你們。

> **菲米**
> 有證據顯示她是無辜的嗎？

> **羅德瑞克・坦納，御用大律師**
> 那就是我在問你們的。

郡警警詢報告

摘錄自警方和伊莎貝爾・貝克的詢答：

阿南德女士：我要宣讀一段預先準備好的聲明。

庫柏警佐：請宣讀。

> **阿南德女士**：我叫伊莎貝爾・貝克。我要對二〇一八年七月四日至五日晚上莎曼莎・格林伍德的死亡負責。在費爾維劇團的服裝彩排之後，我搭乘公車前往莎曼莎的公寓，打算和她討論我們即將去非洲旅行的事。當我抵達時，我們發生了爭吵，她從陽台上跌了下去。我驚慌失措地跑回家。我希望她沒事，但我注意到她隔天並沒有來上班。七月五日晚上，她也沒有到教堂會堂參加演出。演出結束後，喬爾和希莉亞・哈立德讓我搭便車到莎曼莎的公寓。在那裡，我發現了莎曼莎的屍體躺在陽台下方，然後就撥打了999。

庫柏警佐：謝謝你。伊莎貝爾，莎曼莎・格林伍德知道你在七月四日晚上服裝彩排後要去她的公寓嗎？

貝克女士：無可奉告。

庫柏警佐：但有人在彩排後看到你和格林伍德女士在一起。根據這名證人的說法，「莎曼莎對著伊莎貝爾大聲咆哮，彷彿對她非常生氣。莎曼莎隨後大步離開，伊莎貝爾獨自留在了停車場。她〔意指你〕看起來非常沮喪。」這樣說正確嗎？

貝克女士：無可奉告。

克洛威警佐：莎曼莎說了什麼嚴重的話，以至於你把她推下陽台？

阿南德女士：這不在聲明中。貝克女士並沒有說她把格林伍德女士推下陽台。

克洛威警佐：你們爭吵的事情有多嚴重，以至於格林伍德女士會從陽台上摔落下去？

貝克女士：無可奉告。

庫柏警佐：你說你那晚去格林伍德女士的公寓，是為了和她討論你們去非洲旅行的計畫？但事實上並沒有這樣的旅行計畫，對嗎？

貝克女士：無可奉告。

庫柏警佐：格林伍德女士自己在計畫回非洲擔任無國界醫生的志工。你並不在這個計畫中。

貝克女士：無可奉告。

庫柏警佐：那是她在停車場對你說的話嗎？

貝克女士：無可奉告。

庫柏警佐：或者她說了別的事？

貝克女士：無可奉告。

庫柏警佐：我們已經看過監視器的畫面，你在夜晚搭乘公車穿越整個洛克伍德，這一定有什麼原因。根本沒有什麼旅行計畫。那你為什麼還要去找她？

貝克女士：無可奉告。

庫柏警佐：為什麼不發簡訊或郵件？

貝克女士：無可奉告。

庫柏警佐：你可以隔天上班時再和她談。為什麼當時要去她的公寓？

貝克女士：無可奉告。

庫柏警佐：如果你不告訴我們，我們可能會假設你去那裡是為了傷害格林伍德女士，因為情況看起來就是那樣。你能理解我們的困境嗎？

克洛威警佐：你在七月四日去格林伍德女士的公寓，是不是打算殺害她？

貝克女士：無可奉告。

—詢答中止—

> **夏綠蒂**
> 常常有人會認罪,但他們不一定會被定罪。

> **菲米**
> 沒錯。犯罪事實。一定有證據顯示是她做的。

> **夏綠蒂**
> 坦納暗示沒有證據顯示不是她做的。

> **菲米**
> 如果在一宗謀殺案裡,一個有機會和動機的人舉手承認自己有罪,那麼,還有人會努力去查證他們是否真的有罪嗎?

> **夏綠蒂**
> 那麼,如果我們認為伊莎貝爾是無辜的——她認罪的動機是什麼?

> **菲米**
> 眾人的關注。她的名字會和莎曼莎連結在一起,她依然迷戀著莎曼莎。

> **夏綠蒂**
> 她是為了替別人掩蓋嗎?

> **菲米**
> 誰?為什麼?她什麼時候決定要為此人掩蓋的?就在謀殺之後,她還期待著未來……她可沒有把十年的牢獄時間算進去。

> **夏綠蒂**
> 那是因為震驚過度。這種事確實會發生。有些人在經歷一些可怕的事情之後,例如殺害他們最要好的朋友,還能繼續過著正常的生活。

> **菲米**
> 我們需要回頭重新讀一下伊莎和蘿倫往來的郵件。

> **夏綠蒂**
> 逃避!就是這個字。沒錯,我們來重讀吧……

> **夏綠蒂**
> 你讀完了嗎?真不敢相信我們之前沒注意到這點。四月十七日,「蘿倫」說「我這個年紀還要通宵熬夜,哎唷」哎唷!這是伊莎的口頭禪。

> **菲米**
> 當你知道蘿倫實際上是伊莎時,你就能看出她如何利用自己內心的恐懼,以及如何緩解這樣的恐懼。

> **夏綠蒂**
> 她創造了一個人作為發洩自己怨恨的對象。這個人為了男友而離棄她;在工作上背叛她;只有需要八卦時才聯繫她;最終離開了她。她們之間早期往返的那些郵件——伊莎的態度很隨便,也很冷淡。

兇手就在字裡行間 | 441

菲米
她創造了一個社會地位甚至比她還要低的人。

夏綠蒂
蘿倫告訴伊莎她「母親」聽來的事情,但事實上那是伊莎無意中聽到的。伊莎藉由「別人告訴她」而非自己偷聽,來提升自己的地位:例如,葛蘭奇的建築工人說了些什麼。伊莎在六月三十日寫給莎曼莎的郵件中提到在YouTube上看瑜伽教學,到了七月二日,蘿倫就突然寫信給伊莎提到了靈性的問題。

菲米
她和蘿倫的對話是她在現實生活中不可能和別人會有的對話。我們甚至不知道,莎曼莎和她的對話是否也具有同等的親密程度。大多數的人則沒有時間搭理她。

夏綠蒂
蘿倫提升了伊莎的自信,因為她強化了伊莎希望為真的事。例如擁有朋友或參與劇團的演出。她把工作上的錯誤怪罪於蘿倫。這樣一來,她就不會覺得自己是個失敗者,而是把自己當成了烈士。

菲米
真是奇怪。不過,蘿倫的郵件內容仍然無法讓我確定伊莎是否有罪。

> **夏綠蒂**
> 那可能會是問題所在。看來情況不妙。一個會給假想朋友寫信的人可能會被視為精神不穩定,並且會在現實生活中殺害拒絕他的人。特別是這個人還自己認罪了。

菲米
我們知道為什麼坦納對這個案子如此投入嗎?似乎攸關個人。

羅德瑞克・坦納,御用大律師
根據當時可以取得的證據,他在說服伊莎認罪的過程中起到了關鍵作用。現在,他需要找到真相。所以,沒錯,這攸關個人。我們目前正致力於將她的罪名減輕到誤殺。然而,我相信她是完全無辜的。但在我採取動作之前,我需要其他聰慧的人也認同我的看法。

菲米
抱歉,坦納先生,我不知道你還在這裡。

> **夏綠蒂**
> 坦納先生。我能問一下嗎,伊莎貝爾是個怎樣的人?

羅德瑞克・坦納,御用大律師
我會形容她為一個倖存者。我們一向都認為倖存者既堅強又英勇。但現實從來都不美好,也不令人敬佩。有些人倖存下來是靠著欺騙別人,有些人是靠著自我欺騙。還有一些人則拒絕接受現實。

菲米
伊莎貝爾是哪一種？

羅德瑞克・坦納，御用大律師
我會把格林伍德女士的屍體被發現後的一些通訊紀錄發給你們。我們就按照平時那樣週五見吧。

來自：馬丁・海沃德
主旨：悲傷的消息
日期：2018年7月6日 14:10
致：現任團員

親愛的各位，

　　在震驚和悲傷的心情下，我要告知各位莎曼莎・格林伍德突然去世的消息。我不清楚詳細情況，但你們之中很多人可能已經知道，莎曼莎在週三那天非常沮喪，離開彩排時情緒也很焦慮。我們不知道昨晚她為什麼沒有來參加演出，但現在看起來，她似乎是在離開我們之後不久就突然去世了。我相信大家都會和我一起，向凱爾表達我們最真摯的哀悼。

　　在我們知道發生了什麼事之前，佩姬就已經替補了莎曼莎的角色，現在看起來，唯有繼續演出才是正確的作法，這既秉持了「演出還是要繼續」的精神，也是在向莎曼莎以及她過去幾個月來為排練所付出的努力致敬。她是一位新團員，我們對她了解不多，但她是個友善又熱心的人，也是一名深具潛力的演員。我們將會在悲傷中懷念她。

　　凱爾已經勇敢地同意在接下來的幾個晚上繼續演出他的角色。我要對他表達誠摯的感謝，並呼籲所有團員在此悲傷且充滿挑戰的時刻齊心支持他，我相信各位都會這麼做的。此致，馬丁・海沃德

來自：約翰・歐迪亞
主旨：回覆：悲傷的消息
日期：2018年7月6日 14:32
致：馬丁・海沃德

　　謝天謝地，我們已經找了佩姬來替補。約翰

來自：莎拉－珍・麥當納
主旨：莎曼莎
日期：2018年7月6日 14:44
致：喬伊絲・瓦佛德

　　喬伊絲，格林伍德家現在是什麼情況？
　　莎拉－珍・麥當納

來自：喬伊絲・瓦佛德
主旨：回覆：莎曼莎
日期：2018年7月6日 14:51
致：莎拉－珍・麥當納

　　喔，莎拉－珍，真可怕。他們架設了一個白色的帳篷。大家都說她是自己跳樓的。但有可能是他把她推下去的。她在最後一次彩排的狀態。黑眼圈、瘀青、傷口。還有，他和另一個女人跑了。殺了她比離婚要便宜。喬伊絲

來自：莎拉－珍‧麥當納
主旨：回覆：莎曼莎
日期：2018年7月6日 14:57
致：喬伊絲‧瓦佛德

　　週三那天晚上，我看到莎曼莎在離開會堂之後和那個安靜的女孩伊莎發生了爭執。有可能是她，你不覺得嗎？
　　莎拉－珍‧麥當納

來自：喬伊絲‧瓦佛德
主旨：回覆：莎曼莎
日期：2018年7月6日 15:02
致：莎拉－珍‧麥當納

　　伊莎？喔，不可能，她連對一隻鵝大聲叫都不敢。如果不是他，那麼莎曼莎可能是自殺的。我有一個叔叔就自殺了。那真的很令人沮喪，即便我並不喜歡他。等你到了我這把年紀，生活中悲傷的事就會接踵而來。喬伊絲

來自：安德莉雅‧莫利
主旨：哈囉
日期：2018年7月6日 15:09
致：莎曼莎‧格林伍德

親愛的莎曼莎，
　　我不停地在想那件事。讓我知道他說了什麼。他是否有可能自己也不清楚所有的細節？如果醫療專業人員被愚弄到那種程

兇手就在字裡行間 ｜ 447

度,那麼,任何人都有可能成為受害者。小心謹慎可能會比較明智。

安蒂

來自:馬丁・海沃德
主旨:悲傷的消息
日期:2018年7月6日 15:13
致:提許・巴托瓦

　　親愛的提許,我很抱歉在你已經有很多事情要處理的時候還發給你這個悲傷的消息。不過,我想你應該要知道,我們共同的朋友莎曼莎・格林伍德去世了,顯然是她自己造成的。我知道你過去和她不和,但我想你應該要知道這件事。此致,馬丁

來自:提許・巴托瓦
主旨:回覆:悲傷的消息
日期:2018年7月6日 15:47
致:馬丁・海沃德

　　這真的是個悲傷的消息。我最近才發訊息給她,但她似乎並沒有收到。我現在在中非共和國,還無意回去。馬丁,我真希望你能在這裡看看這是個什麼樣的世界。你會很慶幸自己並不在這個世界的中心。它會讓你心懷感恩。你可能會因此而珍惜你所擁有的,而非你所想要的。我在這裡待得越久,就越覺得自己屬於這裡。事實上,我可能永遠不會回去了。提許

來自：馬丁・海沃德
主旨：回覆：悲傷的消息
日期：2018年7月6日 15:53
致：提許・巴托瓦

可是，提許，還有波比的藥物問題。接下來怎麼辦？她會繼續在摩爾山醫院接受化療嗎？

來自：提許・巴托瓦
主旨：回覆：悲傷的消息
日期：2018年7月6日 15:54
致：馬丁・海沃德

那是你想要的嗎？

來自：馬丁・海沃德
主旨：回覆：悲傷的消息
日期：2018年7月6日 15:59
致：提許・巴托瓦

你知道不是。我正在處理一個狀況，僅此而已。可是，波比需要某種治療。我應該怎麼對海倫和佩姬說？

來自：提許・巴托瓦
轉推：回覆：悲傷的消息
日期：2018年7月6日 16:00
致：馬丁・海沃德

　　告訴她們你應該告訴她們的。你會想出辦法的。

來自：馬丁・海沃德
主旨：回覆：悲傷的消息
日期：2018年7月6日 16:03
致：提許・巴托瓦

　　提許，請不要在這個時候拋棄我。我需要你的幫助。不管你是否留在那裡，你仍然需要錢。

來自：提許・巴托瓦
主旨：回覆：悲傷的消息
日期：2018年7月6日 16:04
致：馬丁・海沃德

　　我不需要你的錢。

來自：馬丁・海沃德
主旨：回覆：悲傷的消息
日期：2018年7月6日 16:05
致：提許・巴托瓦

那麼，把那些小藥瓶寄給我。

來自：提許・巴托瓦
主旨：回覆
日期：2018年7月6日　16:07
致：馬丁・海沃德

　　不。那些小藥瓶會安全地留在波士頓⋯⋯除非你又聯繫我。再見了，馬丁。

來自：莎拉－珍・麥當納
主旨：莎曼莎
日期：2018年7月6日　15:43
致：艾瑪・庫魯克斯

　　艾瑪，我需要你的建議，這次是很認真的。馬丁的郵件暗示莎曼莎是自殺的，但我認為她是被謀殺的。你記得伊莎嗎，那個在委員會會議上很安靜的女孩？她非常崇拜莎曼莎，總是跟在她身邊，買東西給她，緊緊纏著她。當莎曼莎衝出服裝彩排現場時，伊莎也跟了出去。過了一會兒，我自己走到外面，然後看見了她們。莎曼莎抓住伊莎的手臂，對著她咆哮。我聽不到她們在說什麼，但伊莎看起來非常沮喪。她回到室內，收拾好她的袋子就離開了。隔天她發郵件給馬丁，一派輕鬆自若地說她可以替代莎曼莎的角色！我想，伊莎那晚跟蹤莎曼莎回家，然後殺了她。我應該報警嗎？
　　莎拉－珍・麥當納

> **菲米**
> 馬丁面對危機時再度表現得非常冷靜。

> **夏綠蒂**
> 提許退出了他們的協議。但馬丁把這稱之為拋棄。這真的是勒索嗎?他看起來像是心甘情願的受害者。

> **菲米**
> 這好像是某種交易,但雙方的權力似乎並不平衡。馬丁需要提許比她需要他更多。

> **夏綠蒂**
> SJ希望每個人都認為伊莎有罪。

> **菲米**
> 我要說,海倫是最後一個「不是他們自己自稱的那個人」。我認為,莎曼莎發現了她的真實身分,這某種程度上導致了自己的死亡。

> **夏綠蒂**
> 證據呢?

> **菲米**
> 莎曼莎特地去諮詢安德莉雅有關海倫的事。安德莉雅「安蒂」說「小心謹慎比較明智」,因為即便醫生都可能被愚弄。他們「必須要把某件事說出來」。但莎曼莎說出來之後就被殺了。

夏綠蒂
就像在非洲時那樣。只不過她在那裡遭到了驅離。而在所謂更「文明」的這裡，她卻被殺害了。

菲米
兩個社群，一個為了治癒一名病童而募款，另一個治療戰爭中的受害者。兩者都善良又充滿關懷，都致力於做著他們相信是正確的事。然而，兩者都拒絕看到問題的所在。它們的解決之道都是讓指出錯誤的人噤聲。

菲米
因為不這麼做的話就得承認自己容忍虐待、將施虐者當成英雄、將一片土地變為戰區、落入詐騙的圈套、被朋友欺騙，或者反過來欺騙你的朋友。而承認這些事情並不容易。

夏綠蒂
我知道你對西方援助非洲有很強烈的感受。不要讓它影響你在這個案子上的公正性。關於讓情感影響判斷，你經常對我說什麼？

菲米
因為一旦你承認了這些事，你會怎麼做？你要如何彌補這樣的事？這不是還錢、出資援助或收拾殘局這麼簡單的問題。傷害已經造成。破裂的信任是金錢無法修補的。安蒂說，有些事你不能不知道。是啊，有些事情是不能被原諒的。

夏綠蒂
我們看看坦納週五怎麼說吧。

兇手就在字裡行間 | 453

菲米
我們已經快要得出結論了。只不過有一件事我們還不清楚。今晚,我會把所有的資料再重新看過一遍。

菲米
醒醒!

菲米
快點,醒醒!

菲米
夏,你還醒著嗎?我明白了——坦納說的那件事。這改變了一切。

夏綠蒂
嗯。是什麼?

菲米
服裝彩排那晚,莎曼莎根據她自己和朋友的醫學知識,把她所發現的關於海倫和馬丁的一切,以及其他一些事情,全都告訴了費爾維劇團的人。這震驚了所有人。不是因為她所說的話,而是因為她竟然說了出來。這個社群並不習慣質疑海沃德家。不管他們知道或懷疑什麼,他們都寧可繼續容忍欺騙,而不願提出質疑。他們當場全都否定了莎曼莎,除了伊莎以外。莎曼莎在停車場拒絕了伊莎。從那一刻起,莎曼莎就變得孤獨無助了。那天晚上,馬丁發郵件給莎曼莎和莎拉-珍。他提到了莎曼莎的情緒失控,並討論了演出的事。

> **夏綠蒂**
> 好,這個部分我們都已經知道了。

> **菲米**
> 他冷靜、公平,並且掌控了一切——因為莎曼莎已經攤牌了,而她並沒有掌握到他最害怕被人知道的那件事。莎曼莎回到家,聽到安蒂的留言,然後回電給她,並且發現了安蒂要說的是什麼。她必須告訴別人。所以她打給了馬丁,告訴他。這件事稍後再說。先回到幾週前……

> **菲米**
> 基於對提許·巴托瓦的不信任,很可能再加上她對這個小社群的局外人看法,以及她對海沃德家在這個社群中居於最高地位的觀察,莎曼莎一直認為這整件事是一個「財務陰謀」。她讓安蒂調查海倫是否謊稱她有個死去的兒子。但她無法負擔全面調查的費用,因此只要求安蒂查詢死亡紀錄。結果英國並沒有他的死亡紀錄。莎曼莎因此認為那個已逝的小男孩從來都不存在,那只是為了要博取同情和資助。她幾乎是對的,但她最終還是錯了。

兇手就在字裡行間 | 455

菲米
安蒂對這個案子很感興趣,或者她只是喜歡莎曼莎,誰知道呢。出於某些原因,她繼續調查了海倫的過去。但她並不是第一個這麼做的人。記得提許和她的盡職調查嗎?我們假設她調查了馬丁的事業背景,但海倫是葛蘭奇的聯合董事,因此,提許雇用來調查他們財務狀況的公司也主動調查了她的背景。安蒂「越過大西洋」去調查,結果她和提許一樣,也發現海倫有一個死去的兒子——只不過他並非死於腦膜炎;他有一個為了博取關注而刻意讓他生病的母親,直到有一天,她悲劇性地殺了他。

夏綠蒂
代理型孟喬森症候群⑫?他們現在把它稱為「捏造或誘導疾病」。當時這種疾病應該比較鮮為人知⋯⋯等到這種疾病被發現的時候已經太晚了。真是悲劇。

菲米
這就是提許手中的「檔案」內容:來自美國的檔案,海倫在那裡出生,也在那裡因為謀殺她的長子而被捕。誠如報紙的劇評所言,她的美國口音逼真到讓人相信她可能真的來自美國。

夏綠蒂
菲米,你在說的是我認為你在說的事嗎?

夏綠蒂
她遭到審判而且被定罪了?

菲米
也許有，也許沒有，不過，那份「檔案」裡有足夠的證據，可以讓人重新看待這個充滿魅力、人見人愛、受人尊敬又處處受到保護的女人。

菲米
不僅沒有實驗性藥物，波比甚至根本沒有生病。

菲米
不管海倫曾經企圖對她的長子做什麼，她都開始在波比身上故技重施。

夏綠蒂
可惡！你在哪裡找到證據的？

菲米
這和莎曼莎在摩爾山醫院讀取資料庫時所做的事有關。只是她當下並沒有意識到。還有，你看一下，馬丁在形容波比的癌症將會對他們家產生什麼影響時是怎麼說的。他重複說了幾次「悲劇遺留下來的產物」將會在他們家留下永遠的「傷痕」。這兩個詞都是直接引用自一封描述癌症病童之死的真實信件。由於他的外孫女並沒有、也從來沒有罹患過末期癌症，他只能藉由這種資料來獲悉類似的情感。我有好幾頁的筆記——正在發郵件給你……

㉒ 代理型孟喬森症候群（Munchausen syndrome by proxy）是照顧者故意誇大或捏造受照顧者的生理、心理、行為或精神問題，甚至促成這些問題發生的一種心理疾病，簡而言之就是虛構別人的症狀。

兇手就在字裡行間 | 457

致：夏綠蒂‧哈洛德
主旨：新推論的後續
來自：菲米‧哈桑

　　坦納告訴我們，那個不存在的人是佐證的關鍵。當我們聽到那個人是蘿倫時，我們認為這和伊莎貝爾有關。因為，以「假想朋友」的身分存在，讓蘿倫成為了伊莎貝爾的品格證人，也許還可能導致了伊莎貝爾被判有罪。然而，我相信他希望我們注意到的是蘿倫證實了哪些關於波比的事。我再三重讀了這些通訊紀錄——裡面沒有任何獨立證據能證明波比生病，並且真的正在接受化療，除了蘿倫在四月二十四日和五月三十一日的郵件裡提到的內容之外，或者更確切地說，那是伊莎貝爾憑藉她略優於常人的醫學知識捏造的。海沃德家、里斯維克家和提許‧巴托瓦實際上都參與了這場騙局——沒有任何證據提到波比的希克曼導管和化療療程，什麼都沒有。事實上，我們知道佩姬在七月二日剃光了波比的頭髮，好讓她可以戴上假髮。

　　當莎曼莎在摩爾山搜尋治療紀錄時，她消失了很長一段時間。只不過她並未發現波比的紀錄，因為那裡並沒有這樣的紀錄，所以，一定有其他東西讓她在資料庫待了很久。我相信那是佩姬的紀錄。莎曼莎發現，佩姬小時候曾因小病小痛而多次住院。其他人在他們的通訊紀錄裡也曾經提到這點：六月九日，瑪莉安‧佩恩告訴卡洛‧迪爾林說：「我記得佩姬小時候身體不好，先是氣喘，後來又有胃部問題。」在安蒂使用海倫為人所知的姓名搜查她的醫療紀錄遭遇困難時，莎曼莎曾經順帶向安蒂提到佩姬的醫療史。直到安蒂擴大搜尋範圍，將海倫的蹤跡追溯到美國，真相才開始浮出水面。「你提到關於那個媽媽生病的事……我冒險跨越大西洋，結果發現了一些資料。」

莎曼莎的錯誤在於她以為馬丁不知道他的妻子有這種心理狀況的過往歷史。我相信他不僅知道，還用這一點來製造能讓他和提許利用的財務機會。我們已經看到這個家庭如何保護海倫免於承受現實的壓力——我認為這是為了讓她的症狀不要復發。當馬丁因為嗜賭、奧莉薇亞的試管嬰兒以及葛蘭奇的法律問題所帶來的財務壓力而陷入困境時，他再也無法向海倫隱瞞這些焦慮。試想一下，她因此而開始故態復萌，而這次她的對象是波比。

　　當海倫捏造了波比的症狀時，馬丁必須要盡快採取行動。他並未考慮為妻子尋求幫助，因為那意味著他們必須承認她可怕的真實狀況以及她過往的歷史。因此，他尋找了一名財務壓力極大的醫生，因為這樣的人更容易受到橫財的誘惑。他找到了提許；她的父母住在五星級的療養院，她在非洲的弟弟耗盡了她的錢財，她的業務收入也不穩定，這讓她成為最理想的合作夥伴。他要求她「假裝」為波比治療，但要確定海倫不會讓孩子的健康受損。為了回報她在專業操守上的妥協，提許可以從他打算用來解決自己財務問題的募款活動中獲得利益。

　　他在七月六日表示自己「正在處理一個狀況」。我相信自從他在佩姬小時候發現海倫的狀況以來，多年來他一直在處理這個問題。莎拉－珍說，當佩姬還在學步時，他就成立了費爾維劇團，而根據瑪莉安的說法，佩姬的健康狀況在這個時候有了明顯的改善。一旦海倫有了一個可以讓她成為焦點的地方，她可以在那裡尋求她所需要的關注，她就不再讓她的女兒生病了。費爾維劇團是一個重要的社群團體，但它對海沃德家的意義更為重大：它讓他們變成一個親密又和諧的家庭。

　　莎曼莎並未想到這一點。她怎麼會想到呢？她聽伊莎說，蘿倫和她母親曾經看到波比在摩爾山醫院接受治療。誰會讓自己的

孩子或孫子生病呢？這讓我想到了佩姬。我們已經看到這對母女有多麼親近。她們是否都有同樣的心理特徵？佩姬曾經遭受的虐待──她母親在她小時候故意讓她生病，當年，沒有人會質疑或干預這種狀況──是否影響了她現在的行為模式？她顯然和海倫一樣熱愛成為焦點，而其他的家庭成員也同樣將她保護在她自己的快樂世界裡。

因此，馬丁創造了一個海倫和佩姬可以投入的局面。如此一來，他就可以開始為不存在的實驗藥物進行募款，並且籌集他急需的現金。只不過事情很快就超出了他所能控制的範圍。馬丁並不知道這個社群在幫助他和他的家庭上能做到什麼程度。募款活動迅速擴大，現金收入也源源不絕。隨之而來的是更多的謊言、更多的欺騙，甚至更大的壓力，以及更多的管理問題，更遑論提許的問題了。

馬丁向提許透露了他妻子的狀況，但提許進行了自己的「盡責查證」，並將這個富有家庭的爆炸性秘密轉為自己的優勢。她雇用紅鷹諮詢公司調查他們的背景，發現了海倫的真實身分，並獲得了她涉及自己長子死亡的證據。這是海沃德家不想讓他們的友人知道的事。

知識就是力量，提許利用她的知識確保她是募款活動唯一的受益者。他們很快就在最糟的方式下彼此依賴。鄭重聲明，我不相信波比去做「化療」時有被施予藥物──提許捏造了整個過程。她甚至在七月二日讓波比感到不舒服，以便讓佩姬相信化療正在生效。當她退出這個計畫時，馬丁說「波比需要某種治療」，彷彿這個小女孩如果沒有接受任何醫療，海倫和佩姬就會不滿意。

那麼，馬丁是單獨行動，還是詹姆士與葛蘭也參與其中？我

懷疑他們兩人是否從一開始就知道這個計畫。相信腦膜炎故事的葛蘭參與這個計畫，因為他認為這是讓他們家族脫離一時財務困境最快的權宜之計——他的失業問題是他加入的主因；五月二十二日，他收到班‧泰勒的郵件表示他們不會再與他續約。在此同時，詹姆士則顯得不太願意。我不確定他是否更希望他母親能尋求專業幫助？在詹姆士和馬丁早期的通訊中，他們對彼此的態度冷淡得像冰一樣。五月十九日，詹姆士在寫給伊莎的郵件中說：「我從來都不想參與此事。一開始，我試著要說服他們不要這麼做。」我們當時以為他說的是演出，但事實上他指的是募款活動——這場騙局——他是在違反自己意願的情況下被捲入其中的。

詹姆士拒絕參加波比的舞會。這家人對他缺席的理由撒了謊。他們說，他和奧莉薇亞在照顧波比，但實際上照顧波比的是貝絲‧哈立德。我試著要確認詹姆士被迫加入他父親這個計畫的時間點。那是在莎曼莎去找馬丁，聲稱提許在欺騙他們的時候。馬丁在六月一日寫道：「我不知道怎麼辦或者應該轉向何方。我對其他的事情感到很抱歉。我知道你的感受，但我們需要你站在我們這一邊。」對於像馬丁這樣的人來說，這已經是真情流露了。從那時候起，詹姆士就變成了共謀者。這違背了他自己的判斷，但他明白他的試管嬰兒也是問題的來源之一，而他整個家族的健康、財富和未來的幸福，現在全都仰賴這個欺騙的計畫、募款行動和這齣劇的演出。

詹姆士堅持要把莎曼莎和凱爾排除在募款委員會之外，當莎拉－珍反對時，詹姆士也說：「不要回覆，爸爸，讓我來處理。」此時，馬丁已經開始依賴詹姆士的情感支持和實際幫助。然而，當詹姆士因為奧莉薇亞身體不適而在七月五日去醫院照顧奧莉薇

亞時，不善於表達的葛倫就需要盡到自己為這個家族的責任，並且回覆莎拉－珍的郵件。總而言之：

　　誰殺了莎曼莎·格林伍德？**馬丁·海沃德**，為了阻止這個家族的秘密被揭露。

　　誰知道她將會出事？**葛蘭·里斯維克**，他協助了馬丁，並且在詹姆士和奧莉薇亞在醫院時，有效地取代了詹姆士的位置。

　　誰在莎曼莎的屍體被發現之前就知道她遇害了？**詹姆士·海沃德**，因為馬丁在雙胞胎出生後告訴了他。

　　誰被錯關在監獄裡？為什麼？**伊莎貝爾·貝克**，因為她是一個安靜、笨拙、處在這個社會階級最底層的局外人，並且具有證據確鑿的異常迷戀和複雜的心理狀態。不知道為什麼，那晚她剛好也在莎曼莎的公寓裡。

> **夏綠蒂**
> 沒有跡象顯示出海倫在詹姆士小時候讓他生病嗎？

> **菲米**
> 沒有。但當時馬丁在金融區有份工作。我們可以說，海倫當時覺得有足夠的安全感，可以正常生活。一旦情況開始不穩定，她才會再度出現狀況。

> **夏綠蒂**
> 好。不過，實際的兇手有可能是馬丁、葛蘭、詹姆士這三個人之中的任意組合。

> **菲米**
> 理論上是的。但詹姆士當時和奧莉薇亞與雙胞胎在醫院裡。那一整晚的事他都沒有參與。葛蘭在清晨四點鐘叫醒佩姬，告訴她她要接替莎曼莎在劇中的角色。但我不相信葛蘭有馬丁那樣的動機。我們無法確認馬丁在發送郵件給莎曼莎和SJ之後的行蹤。隔天，他對詹姆士說整件事是「該死的混亂」。但我也不認為他們在說話的同時就確定莎曼莎已經死了──即便他們可能有所懷疑。

> **夏綠蒂**
> 詹姆士問伊莎是否有看到莎曼莎。她說「沒有」。伊莎的郵件裡只有兩個字？那比她那些冗長的郵件更強而有力。她那晚為什麼在莎曼莎的公寓？她沒有告訴警方原因。

兇手就在字裡行間 | 463

菲米
這就是我們要弄清楚的。也許她想要和莎曼莎談談她們在停車場討論的事。隔天，她告訴希莉亞和喬爾說，她有東西要交給凱爾。

夏綠蒂
那是謊話。她想要「發現」屍體，然後報警。我們不停地聽到海倫有多麼喜歡成為焦點。但伊莎也是。她甚至說，她等不及要「回到舞台的聚光燈底下」。

菲米
她是否和海沃德家說好要去發現屍體？詹姆士和伊莎比他們自己意識到的更為親近。他們有一種連結。當他想要得知關於莎曼莎的資訊時、當他說「我從來都不想參與此事」時，他都找了伊莎傾吐。他數度向莎拉—珍和馬丁為伊莎辯護。詹姆士在他的家族裡也是局外人——他是否認同伊莎這個社交局外人？坦納形容伊莎是個「倖存者」，但那不是什麼好話。她是否欺騙自己說，她那麼做是最好的，那是為了她的朋友詹姆士和核心家族的利益？

夏綠蒂
謀殺發生之後，詹姆士對伊莎說了什麼？「再次謝謝你的支持。你是我們這個團隊中重要的成員。」

菲米
關於坦納所熱衷的「誰是誰」的問題,我們並沒有更新的發現。如果海倫是第三個「不是他們自稱的那個人」,那麼,我不知道後來「誰又偽裝成別人」。完全沒有概念。

夏綠蒂
這點我們要再想想,還有,謀殺那晚,伊莎為什麼在莎曼莎的公寓?

菲米
我們看看坦納怎麼說吧。也許我們已經做出了正確的判斷,不需要再管誰是誰的問題了。

菲米・哈桑
夏綠蒂・哈洛德

親愛的兩位，

　　關於我們今天的會議：謝謝你們。你們已經確認了我相信是本案關鍵之所在，現在，我們可以繼續往前了。在此複述：海倫是最後一個「不是他們自稱的那個人」。雖然紀錄零零散散，但我們知道她原名海倫・凱考利－格雷斯，於一九五六年生於麻薩諸塞州波士頓郊區一個名為博克斯伯勒的富庶小鎮。她在一九七三年二月嫁給了肯尼斯・安德森。一九七三年八月，大衛・肯尼斯・安德森出生。這個孩子在一九七八年八月死於腎衰竭和呼吸併發症。在醫生向法醫表達他們的懷疑之後，海倫・安德森遭到故意誤殺的指控，但至今她依然處於開放定罪中。審判在一九七九年舉行。證據雖然驚人，但卻都是間接證據。根據各方的說法，海倫在證人席上所表現出來的悲痛極具說服力。原本的懷疑遭到了動搖。同情接踵而至。此時出現了法律技術性的問題，法官因此停止了審判。海倫自由了，但在那個小社群裡，太多的證據讓她的名聲難以維持下去。她的婚姻於一九七九年告終，她也在一個新的國家重新開始。

　　到了一九八〇年，一名叫做海倫・安德森的女子住在離這裡不遠的林伯橋，雖然，在一九八一年和馬丁・海沃德結婚的人卻叫做海倫・格雷斯。一九八二年，詹姆士出生，一九八五年，佩姬出生。他們知道他們的母親曾經在美國有過另一段生活嗎？那個長兄的事情顯然曾經被提起過，但他們是否知道完整的故事則還有待確認。馬丁是什麼時候發現真相的？也許是在愛上一個他

相信的女人、並且和她組建家庭之後才發現的。但那時已經太遲了。

你們很努力，我也覺得我們很接近真相了，但還差一點點。如同之前承諾過的，附件是伊莎貝爾對於她在服裝彩排那晚去格林伍德家的解釋。這充分說明了莎曼莎和伊莎貝爾的關係是如何結束的。一如這個案子的其他部分，答案就隱藏在字裡行間之中。

伊莎貝爾的謀殺罪名取決於她是否蓄意要殺害莎曼莎。我們有信心可以讓這個案子改判為誤殺。然而，我相信伊莎貝爾那晚甚至沒有進入格林伍德家的公寓。進去的是別人。所以這次的上訴才會如此至關重要。

你們對馬丁・海沃德提出了很好的論點，但請閱讀附件中他的聲明，再看看你們的想法是否仍然一樣。由於你們已經從有限的資料中取得了一些進展，我要再提供給你們一些聲明，也許你們會覺得這些聲明很有意思。至於那個最後的偽裝者，我依然堅持要你們要把他找出來。我相信這點非常重要。

在提出上訴的最後期限之前，我無法再和你們碰面，請使用WhatsApp來溝通你們的想法。因此，請和珊卓拉聯絡。

此致，

RT

羅德瑞克・坦納，御用大律師
資深合夥人
坦納＆德威有限責任合夥公司

郡警警詢筆錄

摘錄自警方與伊莎貝爾・貝克的詢答：

阿南德女士：我想要宣讀一份進一步的聲明。

庫柏警佐：好的。請宣讀。

阿南德女士：我想起來了，七月四日晚上我為什麼會去莎曼莎・格林伍德的公寓。我手上有格林伍德女士的一件物品，所以想要歸還。這件物品是一個布做的彩色肩背包，上面有傳統的非洲風格裝飾。格林伍德女士幾週前把它借給我，之後她說我可以把背包留著。

庫柏警佐：謝謝你。如果她說你可以留著，為什麼你還想歸還那個背包？

貝克女士：無可奉告。

庫柏警佐：為什麼那麼晚去那裡？你可以隔天上班時再給她。

貝克女士：無可奉告。

克洛威警佐：那個肩背包現在在哪裡？以下說明僅供記錄，貝克女士正試圖在與當值律師溝通。

阿南德女士：我的客戶想要休息。

—詢答中止—

阿南德女士：我的客戶想要做一份進一步的聲明。

庫柏警佐：請說。

阿南德女士：格林伍德女士在離開服裝彩排時，她表示後悔把那個背包給我。我感到震驚和難過，所以當下並沒有立刻想到要還給她。她離開之後，我才想到要盡快把背包還給她，所

以我就搭公車去她的公寓。當我到達那裡時，我們發生了爭吵，就像我在之前的聲明中所說的那樣。

克洛威警佐：謝謝你，阿南德女士。所以，這個背包現在在格林伍德女士的公寓裡？

貝克女士：無可奉告。

克洛威警佐：你到那棟公寓去歸還背包。莎曼莎讓你進去。「背包在這裡」──你把背包交給她……然後你們發生了爭吵，結果莎曼莎……接下來我們都知道了。這樣的描述正確嗎？

貝克女士：無可奉告。

克洛威警佐：莎曼莎的公寓裡沒有吻合這個描述的背包。我們的警官現在正在搜索你的公寓。我們可以稍等一下，看看有什麼結果。

庫柏警佐：在此同時，我們可以繼續往下。在你原始的聲明中，你說你「驚慌失措地跑回家」。然而，你卻把陽台的門關上並且上鎖。這不是一個驚慌失措的人會做的事，對嗎？那是冷靜又深思熟慮過的舉動。

貝克女士：無可奉告。

庫柏警佐：是你建議你們兩個到陽台去的嗎？晚上到陽台似乎有點奇怪。

貝克女士：無可奉告。

庫柏警佐：你一路跑回家？跑了五哩多。

貝克女士：無可奉告。

摘錄自警方稍後和伊莎貝爾・貝克的一份警詢：

阿南德女士：我的客戶想要做一份進一步的聲明。
庫柏警佐：請說。
阿南德女士：當格林伍德女士和我在交談時，她建議我們到陽台去，因為她的鄰居曾經抱怨公寓裡聲音太大。我一定是在那之後自動關上並鎖上了陽台的門。我已經規律地跑步好幾個月了，我是在驚慌中跑回家的。
庫柏警佐：謝謝你。你認得這個嗎，貝克女士？〔證物編號·000967〕這是一個布製的彩色肩背包，上面有傳統的非洲裝飾。
貝克女士：無可奉告。
庫柏警佐：我們發現它掛在你臥室的門後。如果你去莎曼莎・格林伍德的公寓時帶著這個背包，那麼，你一定是又把它帶回家了，對嗎？
貝克女士：無可奉告。
庫柏警佐：也許你在殺了她之後決定要把這個背包帶回家，不過，如果你真的那麼想要這個背包，你一開始就絕對不會到那裡去歸還了。我認為你到那棟公寓不是為了歸還這個背包。我認為你去那裡是為了殺害格林伍德女士。你把她引誘到陽台，然後把她推下陽台，導致她死亡。事後，你鎖上陽台的門，然後冷靜地走回家。
貝克女士：無可奉告。

郡警警詢筆錄

摘錄自警方和馬丁・海沃德的詢答：

庫柏警佐：謝謝你前來，海沃德先生。我了解到你的律師想要代表你發表一份聲明。

阿拉代斯先生：謝謝你。我叫馬丁・海沃德，我自願就莎曼莎・格林伍德在二〇一八年七月四日至五日晚上死亡的事發表一份聲明。我這麼做是因為格林伍德女士在被發現死亡之前不久，曾經和我公開爭吵，所以我希望澄清事實。七月四日晚上，我從六點鐘開始就在聖約瑟夫社區會堂，為費爾維劇團的劇作吾子吾弟進行服裝彩排，我是該劇的導演。然而，我被迫在九點十五分左右提前結束彩排，因為莎曼莎・格林伍德公開指控我妻子和我用不當手段為我們的外孫女籌集治療腦癌的資金。她的指控並不正確，也毫無根據，但卻讓我妻子和我們的老朋友們感到很沮喪。我想要化解那樣的場面，所以我取消彩排，讓大家回家。鎖好會堂之後，我妻子和我在九點四十五分回到家。她上床去看書，而我則發了郵件給莎曼莎・格林伍德和莎拉-珍・麥當納，談了那場災難性的彩排，然後又關心了我們的兒子詹姆士，他當時和他的妻子在聖安醫院。他們的雙胞胎當晚出生了。我也發了郵件給我們的女兒佩姬，讓她打電話給我妻子，因為她還很難過。由於對那晚發生的事感到焦慮，並且對自己是否處理得當感到不安，所以，那晚我大部分的時間都透過我在線上撲克平台StarlightPoker的帳戶玩撲克牌。如果警方需要的話，我可以提供我的硬碟和其他設備。我知道費爾維劇團有幾名成員在

與警方交談時提到，我外孫女的募款被一個名叫莉迪亞‧德雷克的女人詐騙了八萬英鎊。我很樂意澄清這並不是真的。不過，這是他們無心的誤解，不需要警方介入。

庫柏警佐：謝謝你。阿拉代斯先生。海沃德先生，你是什麼時候發現格林伍德女士死了？

海沃德先生：星期五，當住在格林伍德家對面的喬伊絲‧瓦佛德打電話給我妻子的時候。

郡警警詢筆錄

摘錄自警方和尚恩·格林伍德的詢答：

庫柏警佐：謝謝你前來，尚恩。

格林伍德先生：叫我凱爾。

庫柏警佐：為什麼？

格林伍德先生：叫尚恩的人太多了。我父親、他父親、我母親的父親、我叔叔，還有一個同父異母的哥哥——太複雜了。我一直都叫做凱爾。

庫柏警佐：我們了解現在對你來說很艱難，所以不會耽誤你太久。你能告訴我，你最後一次見到你妻子莎曼莎是什麼時候？在哪裡？

格林伍德先生：在我們的公寓外。我⋯⋯我們大約在九點、九點半左右離開會堂。然後開車回家。我們在公寓外的車裡坐了一會兒。然後她就下車進去了。

庫柏警佐：你有和她一起進去嗎？

格林伍德先生：沒有。

庫柏警佐：為什麼沒有？

格林伍德先生：我們分手了。

克洛威警佐：你們結束了關係。什麼時候？

格林伍德先生：就在那個時候。她說她會盡快回到中非——呃，中非共和國。我開車走了，然後⋯⋯就這樣。

庫柏警佐：你沒有進屋去拿你的衣服或⋯⋯？

格林伍德先生：沒有。

克洛威警佐：為什麼？

格林伍德先生：我無法面對。

庫柏警佐：那似乎很突然。

格林伍德先生：其實不是。

庫柏警佐：你們曾為無國界醫生工作，對嗎？你們為什麼回來？

格林伍德先生：我們看到了太多。

克洛威警佐：暴力？

格林伍德先生：我們看到惡人互相包庇。你無法擺脫這種事。莎曼莎就做不到。但她也無法放下。她到這裡是為了盯著她。看看她到底是什麼樣的人。看看是誰會做那種事。他們的生活裡一定還有其他腐爛的部分。果不其然。但當我寄卡片給她時，莎曼莎說那是惡意的、是為了報復。我說我們什麼也做不了，我們僅剩的就只有惡意了。然後鄰居又抱怨我們。

庫柏警佐：那是什麼時候的事？

格林伍德先生：幾個星期以前。

庫柏警佐：星期三晚上，你去了哪裡？

格林伍德先生：旅人客棧。克勞蒂亞。她丈夫知道我們的事。他已經知道好幾天了，但他沒有說出來。他幫自己和孩子們訂了飛往葡萄牙的機票。換了鎖，並在她上班時發簡訊告訴她，房子已經託售了，他們不會回來了。

庫柏警佐：克勞蒂亞是你的女友，那天稍早她在你妻子工作的地方攻擊了她？以下說明僅供記錄，格林伍德先生點了點頭。

格林伍德先生：莎曼莎發郵件給克勞蒂亞的丈夫，告訴他關於我們的事。惡意和報復，是嗎？她不知道什麼時候應該閉嘴。抱歉。但是，如果她什麼都沒說的話，她現在就還會活著。你不需要說出來，不是嗎？你可以什麼都不管。即便事情是錯的。即便那些事讓你所在之處臭氣熏天。那不是你的問

題,也不是你的事,也不是你應該去糾正的。

克洛威警佐:這裡有衛生紙……

格林伍德先生:我告訴過她:放手吧。我說,人們並非總是想要知道真相。真相太複雜、太痛苦或什麼的……那是我最後一次挽救我們關係的機會。我無法再經歷一次。當你採取那樣的立場時,沒有人會和你站在一起,相信我。我告訴她:如果她說出任何事,她就再也見不到我了。但那不足以阻止她。她還是去了,也說了出來。

克洛威警佐:說什麼?莎曼莎說了什麼她不應該說的?

格林伍德先生:關於募款的事。

庫柏警佐:所以她錯了嗎?

格林伍德先生:錯?不!他們把那孩子罹癌的事情利用到了極致。天知道他們賺了多少,可是……那又如何?那又如何?如果人們想要把錢丟給海沃德家,那就讓他們去吧。

克洛威警佐:所以…… 如果我說錯了的話請糾正我。那晚,你告訴莎曼莎,如果她說出她對募款的看法,你們的關係就會結束。她說了。所以,那晚當你們回到公寓時,你讓她下車,然後就開車離開,去找克勞蒂亞了。

庫柏警佐:格林伍德先生點了點頭。

格林伍德先生:如果我和她一起進屋的話,她就不會那麼做了。

克洛威警佐:凱爾,我能問你的腳是怎麼受傷的嗎?

格林伍德先生:克勞蒂亞需要衣服。她的鑰匙無法開門。我們得從樓上的窗戶強行進屋。我失足了,從車庫的屋頂摔下來。吵醒了鄰居。我們凌晨兩點多才回到汽車旅館。

庫柏警佐:那隔天呢,星期四。你做了什麼?

格林伍德先生：去找律師。

庫柏警佐：你要離婚？

格林伍德先生：不是。我陪克勞蒂亞去的。她想要知道如果麥克留在葡萄牙的話，她要如何把孩子帶回來。

庫柏警佐：我相信你三個晚上都參加了演出？

格林伍德先生：是的。不管那麼做有沒有用。

庫柏警佐：在這種情況下，如果你覺得自己無法繼續演出，他們也能找到別人來替代你。你為什麼還是繼續演完了？

格林伍德先生：不想讓他們失望。他們都付出了很多努力。而且這次的演出是為了幫那個孩子募款。

郡警警詢筆錄

摘錄自警方和尼克拉斯・瓦佛德的詢答：

庫柏警佐：謝謝你前來，瓦佛德先生。你知道你為什麼在這裡嗎？

瓦佛德先生：知道。

庫柏警佐：一名女子被發現死在你家對面的綠地，在這種情況下，我們會約談附近所有曾經有過類似犯罪紀錄的人，以排除他們的嫌疑。

瓦佛德先生：我從來沒殺過人。

克洛威警佐：我們知道……

庫柏警佐：我們知道。但你曾經在二〇〇七年對你當時的女友進行人身攻擊而遭到定罪……

克洛威警佐：而且你又認識死者。

瓦佛德先生：她是劇團的成員。我不認識她。

庫柏警佐：業餘劇團是一種奇特的嗜好，不是嗎？

瓦佛德先生：不盡然。

庫柏警佐：我的意思是，你看起來不像演員，尼克拉斯。

瓦佛德先生：我們這麼做是為了媽媽。她說演戲能讓我們不惹麻煩。

庫柏警佐：你最後一次見到莎曼莎・格林伍德是什麼時候？

瓦佛德先生：在服裝彩排上。

庫柏警佐：她有任何異常的行為嗎？

瓦佛德先生：沒有。

克洛威警佐：很顯然地，她和馬丁・海沃德發生了口頭爭吵。你

有看到嗎？

瓦佛德先生：沒有。

庫柏警佐：那次彩排最後取消了。你不知道為什麼？

瓦佛德先生：我只是很高興可以早點回家。

庫柏警佐：你離開教堂會堂之後做了什麼？

瓦佛德先生：回家。我在午夜的時候打卡上班。不到凌晨兩點就出勤去工作了。

庫柏警佐：沒錯，你在旅人客棧。為什麼在那裡？

瓦佛德先生：瓦斯漏氣。鍋爐壞了。我在那裡待了一個小時。這全都在我的出勤紀錄裡。

克洛威警佐：你母親喬伊絲告訴我們，你看到凱爾‧格林伍德和一個不是他妻子的女人在那裡——他妻子就是死者——他們看起來很不安。

瓦佛德先生：不。那可能是他。我不確定。媽媽總是誇大其詞。

庫柏警佐：凱爾有看到你嗎？

瓦佛德先生：如果那個人是他的話。我不知道。

庫柏警佐：這個可能是凱爾的人有和你說話嗎，或者你有和他說話嗎？

瓦佛德先生：沒有。

克洛威警佐：暫時沒有其他問題了。謝謝你的協助。

瓦佛德先生：我很樂意幫忙。

郡警警詢筆錄

摘錄自警方和阿諾·巴蘭柯爾的詢答：

克洛威警佐：你的嘴唇腫起來了，阿尼。怎麼回事？

巴蘭柯爾先生：警察來的時候。我一定是摔倒了或什麼的。

克洛威警佐：很遺憾。

庫柏警佐：我們不會佔用你太久的時間。你很快就可以回福伊監獄了。

巴蘭柯爾先生：謝謝。

庫柏警佐：你最後一次看到莎曼莎·格林伍德是什麼時候？

巴蘭柯爾先生：不記得了。為什麼這麼問？

庫柏警佐：這很重要。你最後一次看到莎曼莎·格林伍德是什麼時候？

巴蘭柯爾先生：也許……上週。我一直在抽大麻，所以……為什麼這麼問？

克洛威警佐：莎曼莎週三晚上死了。她從她的陽台上摔下來。

庫柏警佐：啊。好吧。

克洛威警佐：〔對值班警員〕能給我們一個桶子嗎？麻煩你。

—詢答中止—

庫柏警佐：你還好嗎？可以繼續嗎？

巴蘭柯爾先生：嗯－嗯。

庫柏警佐：你不知道？巴蘭柯爾先生在搖頭。

巴蘭柯爾先生：凱爾呢？

庫柏警佐：凱爾很沮喪，你可以想像得到。

巴蘭柯爾先生：那個人。他不知道自己擁有什麼。

克洛威警佐：你最後一次在莎曼莎的公寓是什麼時候，阿尼？

巴蘭柯爾先生：我走回去，在某個地方轉錯了彎，但還是進去了……我不記得了。

庫柏警佐：你在七月五日午夜剛過時從這裡被釋放了。你是說你步行了七哩路回到那間公寓？

巴蘭柯爾先生：對。

克洛威警佐：你自己有鑰匙？巴蘭柯爾先生在點頭。

庫柏警佐：你是幾點鐘抵達公寓的？

巴蘭柯爾先生：很晚。凱爾在哪裡？莎曼莎。喔，不會吧。她不是……自己那麼做的吧？

庫柏警佐：你到的時候，莎曼莎在公寓裡嗎？別再這樣了。拿張衛生紙。阿尼，專注一點，這樣你就能幫我們弄清楚她發生了什麼事。

巴蘭柯爾先生：屋裡沒人。我就想：「他們輪夜班。」我躺了一會兒。收拾我的東西。天亮時就離開了。

克洛威警佐：你到達公寓的時候，裡面很亂嗎？不亂。

庫柏警佐：你有注意到任何事——有任何不尋常的事嗎？沒有。

克洛威警佐：你有看到任何人，也許在停車場或綠地上？沒有。

庫柏警佐：陽台的門當時是開著還是關著？

巴蘭柯爾先生：關著。我沒有碰陽台的門。我不喜歡陽台。我只是躺在沙發上。

庫柏警佐：你在天亮時離開，即便你還在保釋中，而且還因為嚴重入室盜竊而即將出庭？巴蘭柯爾先生在點頭。

巴蘭柯爾先生：對不起。

庫柏警佐：有人向警方舉報了這件事。你知道是誰嗎？巴蘭柯爾

先生聳聳肩作為回答。

克洛威警佐：阿尼，你殺了莎曼莎・格林伍德嗎？

巴蘭柯爾先生：什麼？噢，你在說什麼鬼？不會吧！原來如此。我不會再多說了。我要找當值律師。凱爾……

克洛威警佐：〔對值班警員〕你可以打電話給阿南德女士嗎，麻煩你。

庫柏警佐：凱爾？凱爾怎麼了？

巴蘭柯爾先生：無可奉告。

郡警警詢筆錄

摘錄自警方對伊莎貝爾・貝克的詢答：

庫柏警佐：莎曼莎掉落陽台之後，你做了什麼？
貝克女士：無可奉告。
庫柏警佐：你探出陽台去看她掉在哪裡、她是否沒事？
貝克女士：無可奉告。
庫柏警佐：你打電話叫救護車了嗎？
貝克女士：無可奉告。
庫柏警佐：你確實叫了救護車，不過是在將近二十四小時之後。隔天傍晚，七月五日，喬爾和希莉亞・哈立德開車送妳到莎曼莎的公寓。你說你想去那裡，因為你「有東西要給凱爾」。他們告訴你凱爾不在家，但你堅持要去。你想要給凱爾的是什麼？
貝克女士：無可奉告。
克洛威警佐：或者那是個謊話？
貝克女士：無可奉告。
克洛威警佐：你沒有什麼要給凱爾的，但你想要成為發現莎曼莎的那個人。在做了那麼多的計畫並且付諸行動之後，你認為自己應該成為眾人關注的焦點。
阿南德女士：警佐……
貝克女士：無可奉告。

夏綠蒂
警方約談了尼克‧瓦佛德，但沒有約談葛蘭‧里斯維克或者麥當納家？

菲米
我注意到凱爾和伊莎都有提到莎曼莎打算自己回非洲。這一定是她死前告訴大家的事情之一。這表示凱爾和克勞蒂亞沒有殺害莎曼莎的動機。反正他們現在已經「自由」了。

夏綠蒂
莎曼莎在舞會上給伊莎的那個肩背包在這裡突然被提及。如果伊莎真的是為了歸還它而去公寓的話——我認為她確實是要去歸還包包的——那麼，莎曼莎一定是在彩排之後對她說了什麼驚天動地的話。

菲米
我也是這麼想的。「你發郵件給麥克‧迪索薩，騙他說你是我。我不喜歡你，從來都不喜歡。我要自己去非洲，而不是和你去。我不想再和你說話。」伊莎稍早之前曾經說，那個背包讓她想起莎曼莎，所以，一旦莎曼莎拒絕了她，她就想讓那個背包從她的生活中消失。那麼，她為什麼沒有歸還呢？

夏綠蒂
我們現在知道克勞蒂亞為什麼攻擊莎曼莎了。也明白為什麼莎曼莎說那次攻擊是「可以理解的」。在攻擊的過程中，她們互相指控。克勞蒂亞說：「我要求你不要告訴麥克，但你還是告訴他了……」莎曼莎說：「那不是我。」克勞蒂亞不相信她，凱爾也是。這一定對他的最後通牒造成了影響。

兇手就在字裡行間 | 483

菲米
凱爾寄了慰問卡給提許,告訴她丹死了。然而,莎曼莎卻因此對他生氣。儘管提許做了那些錯事,她依然不會那樣對待提許。這解釋了她為什麼對伊莎告訴麥克關於凱爾和克萊蒂亞的事感到那麼憤怒。

夏綠蒂
她真的是一位「有原則的女士」。

菲米
坦納認為伊莎那晚沒有進入莎曼莎的公寓。她依然可能是為了尋求關注才認罪的。

夏綠蒂
她的指紋在公寓裡被發現,但她前一個週六才在那裡過夜,我們知道那時她在公寓裡到處窺探。

菲米
她真的跑了五哩路回家嗎?馬丁和凱爾都有可信的聲明,即便不是強有力的不在場證明。尼克・瓦佛德沒有向警方提供任何資訊。但那並不代表他就是兇手。

夏綠蒂
阿尼呢?他至少需要兩個小時才能走完七哩路——然後又至少轉錯了一個彎。等他抵達時,莎曼莎已經死了,兇手也把陽台的門關上、鎖上,然後離開了。那使得在十點三十分或稍晚一點抵達的伊莎貝爾成為最符合在謀殺發生時出現在公寓的人。

菲米
莎曼莎回到家時收到了安蒂的留言。我們是否認為她立刻就回覆了,即便她丈夫剛結束他們的關係並開車離開了?我們需要一個時間表。給我一分鐘。

夏綠蒂
伊莎貝爾到了莎曼莎的公寓,但並沒有進去。困惑和焦慮讓她在屋外徘徊。沒有人看見她。隔天早上,她發郵件說一切都很好。她等待、觀察,度過了心靈上的黑夜。就在那時,她遇到了兇手。

莎曼莎・格林伍德的謀殺案
事件時間軸

在缺乏確切時間點的情況下,我只能略估。這些略估的時間全都基於每個人的聲明和通訊紀錄。

二〇一八年七月四日星期三

6 a.m. 之前	莎曼莎離開她的公寓去上早班。伊莎貝爾也輪值早班。凱爾這週休假,所以他在家。
6 a.m. 之後	阿尼在格林伍德夫婦的公寓被捕,並被帶走。在早上的某個時段,麥克發簡訊告訴克勞蒂亞,他正帶著他們的孩子前往葡萄牙。
1:44 p.m.	克勞蒂亞在病房區攻擊了莎曼莎。伊莎打電話報警。
2:20 p.m.	警察到里斯維克家拍攝那個療癒娃娃的照片。凱爾到醫院接莎曼莎,並帶她回家。
6 p.m.	費爾維劇團進行服裝彩排。
6-9 p.m.	安蒂在莎曼莎的電話答錄上留言,告訴她如果她能證實某件事,她們就必須把這件事告訴別人。
9 p.m.	莎曼莎在整個劇團面前質問馬丁與海倫。彩排被迫中止。莎曼莎離開現場,伊莎尾隨其後,但莎曼莎在停車場和伊莎發生衝突。伊莎大受打擊地回到會堂。
9:15 p.m.	莎曼莎和凱爾開車離開會堂,返回他們的公寓。伊莎離開會堂,搭乘公車去莎曼莎的公寓。凱文・麥當納帶哈利回家,然後因感冒而上床睡

	覺。
9:30 p.m.	莎拉－珍去找艾瑪，討論莎曼莎的指控；她很晚才回到家，所以就睡在沙發上。
	馬丁和海倫回到家；海倫在心煩意亂之下上床睡覺。
	馬丁在接下來的兩個小時裡發了郵件和簡訊給莎曼莎、提許、莎拉－珍和佩姬；後來他聲稱自己「當晚大部分的時間」都在玩線上撲克。
9:45 p.m.	莎曼莎和凱爾回到公寓。凱爾沒有進屋，直接就開車離開了。莎曼莎進到公寓，收到安蒂的留言。
	奧莉薇亞被送進手術室。
10 p.m.	伊莎聲稱她到莎曼莎的公寓，在那裡和莎曼莎發生爭吵，然後不小心把莎曼莎推下陽台。伊莎表示自己事後跑了——或者至少是用走的——五哩路回家。
10:30 p.m.	詹姆士和奧莉薇亞的雙胞胎出生。

二〇一八年七月五日星期四

12 a.m.	詹姆士宣布他的雙胞胎出生了。阿尼獲得保釋，並被警方釋放；他走路回到格林伍德的公寓，途中至少轉錯了一個彎。我們無法確定他抵達的確切時間，但我們相信那絕對是在案件發生之後。
	伊莎發送郵件向所有人保證莎曼莎會沒事，她說莎曼莎說的那些話並非本意，並且會在隔天晚上參加演出。
2 a.m.	尼克看到凱爾和克勞蒂亞到達旅人客棧。在此之

	前,他們曾經去過克勞蒂亞家,試圖闖進屋內拿取她的物品。
4 a.m.	葛蘭叫醒佩姬,告訴她關於她需要演出的事。
5 a.m.	喬伊絲看到阿尼離開格林伍德家的公寓。
6 a.m.	伊莎抵達醫院上早班。
	凱爾一整天都和克勞蒂亞在一起,諮詢律師。
	海倫帶波比到動物園,然後協助馬丁和葛蘭幫忙佩姬替補莎曼莎的角色。
4:30 p.m.	海沃德家抵達會堂進行彩排。
6 p.m.	費爾維劇團的其他成員抵達會堂。凱爾遲到,腳也跛了,不像平時的他。
8 p.m.	大幕拉起。
11:30 p.m.	希莉亞和喬爾送伊莎到格林伍德家的公寓。

二〇一八年七月六日星期五

12 a.m.	伊莎打電話到999說她發現了莎曼莎的屍體,並說屍體已經在那裡整整一天了。

> **羅德瑞克・坦納，御用大律師**
> 謝謝你們提供的時間表。如果你們在判斷誰是最後一個偽裝者的同時能把時間表一併納入考量的話，我希望你們能得到和我一樣的結論。

> **菲米**
> 我們沒有葛蘭的不在場證明，只知道清晨4點他在家裡告訴他的妻子說她要參加演出。他怎麼會知道的？沒有任何跡象顯示他並未涉入謀殺。

> **夏綠蒂**
> 莎曼莎死於晚上十一點到清晨四點之間。伊莎貝爾和阿尼宣稱他們在那段期間都在公寓裡。然而，阿尼一定比較晚到，他應該是在兇手離開之後才到的。這將謀殺發生的時間範圍縮小到晚上十一點到凌晨一點之間。

> **菲米**
> 雙胞胎出生於晚上十點三十分。這個時間很早。比我原本認為的要早。坦納先生，最後一個偽裝成別人的人是不是奧莉薇亞？

> **夏綠蒂**
> 奧莉薇亞？我們甚至從頭到尾都沒有看到她發出的通訊紀錄或訊息。她在生產——兩個寶寶——剖腹生產。她完全失去了意識。

菲米
她可能做了局部麻醉。到了午夜的時候,她發布消息——以詹姆士的名義——宣布孩子出生了。她形容自己「在熟睡中」。詹姆士把他的手機留在醫院給她。他人在莎曼莎家。

夏綠蒂
莎曼莎沒有打電話給馬丁告訴他關於海倫的事——她打給了詹姆士!

菲米
沒錯!在她和馬丁於彩排上發生爭執之後,她為什麼還要打給馬丁?她懷疑他知道海倫的事。她並沒有懷疑詹姆士。她信任他。但她必須告訴他的事情——他母親殺了他的哥哥,而且現在正在讓他姪女生病——是極度敏感的。她不想在電話中告訴他。她在晚上十點左右打給他說:「關於你母親,有一件事你一定得知道。」我想,她提到凱爾已經離開了,她自己剛剛才發現這件事。

夏綠蒂
詹姆士嚇壞了。他已經聽說彩排的狀況很糟,他知道莎曼莎盯上了他們。他也從伊莎貝爾那裡得知莎曼莎有多麼頑強;人們會聽她的話,她不會放過任何事。他可以嘗試說謊、賄賂或脅迫,但在一個孩子的健康面臨危險之下,他知道莎曼莎不可能保持沉默。

菲米
雙胞胎出生之後，他就請奧莉薇亞幫忙。在謀殺發生之前，她就知道了，因為在謀殺發生時，她必須以詹姆士的身分在社群媒體上發布消息。

夏綠蒂
詹姆士從醫院開車到莎曼莎的公寓。並在晚上十一點三十分到十二點之間抵達。她讓他進屋，把她和安德莉雅發現的事告訴他。但他早已知道關於他母親的事實。佩姬並不知道，但他知道——而他必須保護他家族的名聲、社會地位和內部的凝聚力。

菲米
莎曼莎建議他們到陽台上談，因為鄰居曾經抱怨過……詹姆士聽完她必須說的事，並在確定沒有其他人知道之後將她推下陽台，接著冷靜地關上並鎖上陽台的門，然後再回到醫院。

夏綠蒂
警方調查了莎曼莎的通話紀錄。

菲米
詹姆士說，莎曼莎打電話告訴他說她隔天不會參加演出。他在公寓外遇到伊莎。她一直坐在那裡，在陰影底下發送電子郵件說莎曼莎隔天早上就會沒事了，又說莎曼莎所說的話全都不是她的本意——特別是她對伊莎說的話。他發現伊莎是他在犯罪現場的目擊者，因此他必須讓她站在他這一邊。他告訴她發生了什麼事，說服她不要報警，要她表現得和平時一樣，並且承認是她殺了人。但為了讓她這麼做，他承諾了她什麼？

兇手就在字裡行間 | 491

> 夏綠蒂
> 他向她傾吐。但他並未把一切都告訴她——他沒有提到海倫和募款的事。他只說那是意外,他說莎曼莎建議他們到陽台去,因為鄰居會抱怨,當他們爭吵時,莎曼莎從陽台摔了下去。伊莎過去從來不曾被這個核心家庭當作密友。她同意保守秘密。還記得她想像和蘿倫在一起的情節嗎——如果她們一起保守一個秘密的話,她們就永遠都會是朋友。然後,他就開車送她回家。

> 菲米
> 詹姆士回到醫院,打電話給馬丁,告訴他莎曼莎已經死了。馬丁打給葛蘭,說佩姬需要練習莎曼莎的角色。我不認為葛蘭知道真正的原因。在屍體被發現以前,只有馬丁和伊莎知道發生了謀殺。這些電話紀錄只反映了一個家庭彼此分享寶寶誕生的喜悅。如果他們交叉分析手機定位的話,他們會發現詹姆士整晚都在醫院,伊莎則在莎曼莎的公寓。詹姆士是否要求伊莎隔天去找屍體?

> 夏綠蒂
> 如果他希望如此的話,他一定會親自開車送她過去?他們可以說他們是為了要去看朋友。但我並不認為如此,我想,一旦伊莎接受了莎曼莎死亡的事實——事實上她很快就接受了,因為她異常的依戀從來都無關乎莎曼莎,而只關乎她自己——她就讓自己變成了焦點,好嚐到受人矚目的感覺。就像她在克勞蒂亞攻擊莎曼莎時報警一樣。

菲米
詹姆士沒有預料到伊莎會承擔罪名。他一定是把希望寄託在了自殺的判決。她為什麼要認罪？為什麼要承認自己沒有犯下的罪行？

夏綠蒂
回到蘿倫的部分。伊莎想像了一個情境，在那個情境裡，她為一個犯下嚴重錯誤的朋友感到同情。如果事情被發現，這個朋友將得面對嚴重的後果。她同意分擔罪責，這意味著這個朋友從此虧欠了她。她們的友誼因此受到了保證。她之所以認罪是為了保證她在這個核心家庭裡的地位。

菲米
詹姆士是新手父親。他一直都很支持伊莎。在此同時，莎曼莎則完全拒絕了伊莎。凱爾離開莎曼莎和克勞蒂亞在一起。蘿倫並不存在。等我一下……

菲米
有了。如果我說錯了請糾正我，不過：
誰殺了莎曼莎·格林伍德？詹姆士·海沃德。在她死之前，她告訴了三個人三件事。她告訴伊莎，她不想再和她做朋友；她告訴凱爾，她要回到非洲；她告訴詹姆士，她知道波比根本沒有生病。
誰知道她將會出事？奧莉薇亞·海沃德。
誰在莎曼莎的屍體被發現之前就知道她遇害了？
伊莎貝爾·貝克和馬丁·海沃德。

兇手就在字裡行間 | 493

菲米
誰被錯關在監獄裡？為什麼？伊莎貝爾‧貝克，因為她被誤導要保護這個核心家庭，所以承擔了罪名。
有三個人不是他們自稱的那個人：克萊夫‧韓德勒、莉迪亞‧德雷克、海倫‧格雷斯－海沃德。
三個偽裝成別人的人：莎曼莎偽裝成伊莎、伊莎偽裝成莎曼莎、奧莉薇亞偽裝成詹姆士。
一個根本不存在的人：蘿倫‧莫爾登。

夏綠蒂
坦納先生，我們現在和你的推論很接近了嗎？

菲米
你的 WhatsApp 有問題嗎？

夏綠蒂
如果沒有反應的話，就先關掉那個app，然後再打開。你的手機可能太舊了。

菲米
你還在嗎，坦納先生？

羅德瑞克‧坦納，御用大律師
我是珊卓拉。坦納先生暫時離開了。他要先調整一下情緒，很快就回來。

用戶SueB在海外志工協會的社群留言板上發布了以下貼文

二〇一八年四月十日

SueB

  親愛的海外志工朋友們，我在中非共和國、剛果民主共和國和南蘇丹擔任醫療志工之後回到了英國。我和我的伴侶不得不離開，這全都是因為我的原因，我希望一切能夠順利。這並不容易。我們參加了一個本地的劇團來幫助我們適應新環境，但那裡有一個女人讓我感到不安，我也不清楚為什麼。當我們第一次見面時，我覺得背脊發涼。沒有明顯的原因。那就好像她一直都在演戲，在隱藏什麼。很難用言語形容。其他人都看不出來。他們全都很喜歡她。你們是否覺得海外志工的經歷讓你們現在無法認同某些人？

二〇一八年四月十七日

SueB

  我一直很忙，無法經常查看這個留言板，但我很感謝大家的好意和訊息。很高興知道其他人也有自己的問題。我決定放輕鬆，接受重新適應需要時間的事實。祝福你們。

二〇一八年四月二十六日

SueB

  醫界的朋友們。有沒有人知道關於髓母細胞瘤的新療法或研究？聽說美國有一種新的藥物組合正在進行測試。

二〇一八年四月二十七日
SueB

　　謝謝大家——我也沒有。如果有人聽到任何消息，請讓我知道。一個朋友的孩子剛被診斷出來。謝謝。

二〇一八年五月二十九日
SueB

　　金融界和財務界的朋友們：你們知道富人要如何把大筆資金捐贈給一個群眾募資活動嗎？我想了解相關術語、不同的捐贈方法和過程等等。私訊我。

二〇一八年五月三十日
SueB

　　我急需了解關於一個海外帳戶的資訊。我有一個很長的號碼、IBAN和BIC代碼，還有其他參考資料。你們能告訴我這些資料是否透露出有關帳戶擁有人的哪些訊息、是否合法等等？任何資訊都可以。私訊我。

二〇一八年六月九日
SueB

　　有人能推薦一名研究者嗎？我需要了解某個人的背景，看看此人是否在三十年前或更早之前曾經有過一個孩子。這不是關於認養的問題。應該找研究者還是什麼樣的人？不要推薦太貴的。只接受私訊。謝謝。

二〇一八年七月四日

SueB

　　謝謝，海外志工朋友們，謝謝你們的幫助和支持。很抱歉沒有一一私訊回覆你們。這裡發生了太多事情。致所有幫助過我的人：我找到了我在尋找的東西。我的心情非常沉重，但知道最糟糕的真相總比因為相信謊言而感到快樂要好。我不屬意這裡。我即將要回家了。

　　用戶SueB在二〇一八年七月四日21:51刪除了該帳號。

　　通話紀錄顯示，莎曼莎・格林伍德的手機於二〇一八年七月四日21:52撥打了一通電話到詹姆士・海沃德的手機，但該通電話直接轉入了語音信箱。

來自：費爾維劇團行政部
主旨：夜幕降臨
日期：2018年8月18日 10:03
致：現任團員

親愛的各位，

　　首先，感謝本月初抽空祝福我六十歲生日快樂的每一位。經過這麼多年，海倫依然為我安排了驚喜——這次是一趟夏威夷之旅，我們在那裡和海豚共泳，並在珍珠港欣賞落日。這絕對是一個難忘的生日。我們希望你們在不用排練的暑假期間也過得很愉快。

　　是時候把我們心思轉到費爾維劇團十一月的製作了。在經過仔細考慮之後，我們決定選擇艾姆林・威廉斯的經典驚悚之作夜幕降臨[23]，來反映漫長又險惡的冬夜。我將擔任導演，詹姆士會協助我。這部黑暗、緊張的劇作有許多不同的角色，因此，無論你的年齡或經驗如何，都歡迎參加九月九日星期日以及九月十日星期一的試鏡之夜。一如既往，我仍然要求父母們把幼童留在家中。我們無法指望小朋友能安靜地坐上兩個小時。如果你們需要輪流參加試鏡——媽媽在一個晚上、爸爸在隔天晚上……我們也可以進行安排。

　　如果你們有朋友或家人有興趣加入我們友善熱情的團體，請帶他們一起來。海倫會安排非常特別的試鏡後飲料和小點心，稍後會提供更多詳細資訊……

　　關於我們的上一部製作，吾子吾弟。那不是一段輕鬆的旅程，但我們最終抵達了我們的目的地。你們可以從報紙的評論得知，這齣劇獲得了極大的好評，而且連續三晚座無虛席，證明了它在商業上也取得了成功。包括票房收益在內，我們為波比的募

款籌集到了將近四千英鎊,這都要感謝莎拉-珍・麥當納和她全心投入的募款團隊。

這讓我想到,就在幾個月以前,我們還以為我們絕對沒有機會宣布這個消息。海倫和我欣喜若狂地在此告訴各位:我們親愛的波比已經康復了!這個星期,她在摩爾山醫院的新醫生表示她已經「沒有問題」了。薩伊德・馬札赫醫生在本月初幫她做了一系列的血液和骨髓檢測,以及詳細的腦部掃描。他發現她的腫瘤已經消失,血液中也沒有腫瘤標記。這絕對是我們想都不敢想的好消息。

我要把這一切歸功於發展出這種高效化療的科學家們。我也要感謝我們身邊那些優秀且熱心奉獻的醫生們,他們日復一日免費地幫病患診斷和治療。有些人可能會提及祈禱的力量。我們知道,自從波比在春天診斷出癌症之後,很多朋友都在為她祈禱。在此,我要感謝大家。但我知道,海倫和佩姬對波比奇蹟式的康復有進一步的解釋。

在六月的瑜伽馬拉松上,波比收到了一個很特別的禮物:一個來自非洲的療癒娃娃。這個由木頭和布製成的非凡小雕像在非洲被用來對抗負面的能量,從而促進身心的健康。在波比接受化療期間,我們對這個娃娃並沒有太在意,只是把它放在波比床頭上方的架子上,讓它在夜裡守護著她。

直到最近,當馬札赫醫生對波比的癌細胞如此快速且完全消失感到驚訝時,我們才開始尋找可能的解釋⋯⋯當然,這也可能

㉓ 夜幕降臨(Night Must Fall)是英國劇作家艾姆林・威廉斯(Emlyn Williams, 1905-1987)創作的心理驚悚劇,1935年5月31日在倫敦公爵夫人劇院首演,該劇在倫敦上演了436場;並於1936年9月28日在紐約百老匯上演,共演出64場。後於1937年改編成同名電影。

純屬巧合。不管你選擇相信什麼，波比都已經恢復成去年此時那個吵鬧、充滿活力的小女孩，我們為我們的家人和朋友感到無比驕傲，是你們的祝福、幫助、支持和積極的態度，帶領我們度過了充滿挑戰的這幾個月。我們由衷感激，海倫和我要向大家致上我們最誠摯的謝意。

關於「治療波比」的募款活動和我們為了那款實驗性藥物所籌募的資金——慶幸的是她現在已經不再需要這些了，我們全家共同決定要把這筆錢捐給不同的兒童癌症慈善機構以及類似的公益團體，讓其他沒有波比這麼幸運的小孩也能從中受惠。這些款項都已經捐出，募款活動也宣告結束。

我們期待不再糾結於過去，重新開始。因此，歡迎大家在週日晚上試鏡之後來到葛蘭奇的水岸廳，和我們一起慶祝生活、愛與未來，讓我們共同期待這個充滿挑戰的一年能在快樂、健康、無憂無慮中結束。

此致，

馬丁・海沃德

來自：提許・巴托瓦
主旨：你能幫忙嗎？
日期：2019年8月18日 10:03
致：索尼婭・阿札里克柯

親愛的阿札里克柯女士，

　　我是一名駐在中非共和國蒙各巴附近一個獨立醫療中心的醫生。強納森・紐貢給了我你的聯絡資料。他說你和莎曼莎・格林伍德是很親近的朋友，她曾經在你的機構裡當過幾年的志工，他也告訴我，如果有人能回答我的問題，那一定就是你了。簡而言之，我曾經被告知，格林伍德女士去年在她英國的家中悲劇離世。然而兩週前，我卻在這裡看到了她。

　　當時是一大清早。烏班吉河面上還瀰漫著一片薄霧，但我相信我沒有看錯。我才剛打開候診室的門鎖準備進行晨間診療，突然感覺到有人從我身後靠近。然而，當我轉身時，並沒有人如此靠近我。等我調整視線看向遠方時，我才注意到她靜靜地站在河的對岸。她的臉上沒有特別的表情，但她似乎在觀察我。我感到渾身發涼，彷彿從頭到腳都罩上了一層冰冷的薄紗。我移開目光，再次看向對岸，想確定那是否只是景象造成的錯覺。然而，她依然在那裡。我和她對視了很長一段時間，直到我不得不轉過頭去。當我再次回頭時，她已經消失了。

　　當時，我很樂意把這解釋為海市蜃樓，也許是瘧疾藥物的副作用——直到昨天我在這裡治療一位女士時，我才發現事情並非如此。她到的時候身體情況很差，她從波亞伯一路走到這裡，對這裡的任何人都不熟悉。當我在路邊治療她的時候，她的目光越過我的肩膀，盯著一個點，然後問我，「那個白人女士是誰？」我回頭看了一下。什麼也沒有。「她還在那裡。」那位女士說。

我笑著安慰她說，顯然有人在看護她。這時，她不安地看著我說：不，那個白人女子正在看著你。接著，她低聲說了好幾次「sara banga」。Sara banga 。Sara banga。那意味著「要小心」。

阿札里克柯女士，目前，這個地區並沒有白人援助工作者。還有，這位女士對格林伍德女士的描述和我那天在河畔見到的人完全一致。關於她的死，我是否被誤導了？如果是的話，有件事我一定要告訴她，我不知道你是否能告訴我她現在在哪裡，或者至少幫我轉達我希望能和她談談？

致上我最誠摯的問候，
提許・巴托瓦醫生

來自：索尼婭・阿札里克柯
主旨：回覆：你能幫忙嗎？
時間：2019年8月19日 16:17
致：提許・巴托瓦醫生

親愛的巴托瓦女士，

只怕對你來說為時已晚。莎曼莎・格林伍德確實在一年前去世了。我們英國辦公室的一位代表參加了她的葬禮，並告訴我們現場有多麼悲傷。根據我和她的通訊，我知道她原本有意回到中非共和國繼續工作。知道她已經來到這裡，我感到很安慰。

我可以向你保證，如果你希望能和她說話，你是可以那麼做的，因為不管你做什麼或者身在何處，請務必相信一件事：她在看著你。

Sara hanga,

索尼婭‧阿札里克柯醫師,內外全科醫學士(奈及利亞)
2008,英國皇家婦產科醫學文憑
無國界醫生專案協調員

二〇二〇年一月十四日發布於洛克伍德公報線上版的一篇報導，後於一月十七日刊登於印刷版：

涉及慈善詐騙的外祖父遭到判刑

來自洛克伍德上城區的馬丁・海沃德在一場偽造的慈善募款活動中獲取了超過二十萬英鎊的淨收入，六十一歲的他今天（一月十四日）被判入獄，刑期六年。

海沃德先生在二〇一八年告訴他的朋友和家人，他的外孫女波比，現年四歲，罹患腦癌，唯有一種索價一百萬英鎊的治療方法可以治癒她。

在海沃德先生及其家人的鼓勵下，當地的社群捐出了他們辛苦賺來的現金，並且舉辦了為期五個月的募款活動。

事實上，那個孩子的健康狀況良好。

當金錢源源不絕地湧入時，海沃德先生利用這些資金償還了債務，並且興建了一座泳池，同時編造更嚴重的謊言來維持大眾對募款活動的關注。他甚至欺騙當地的醫療專業人士，讓他們證實他外孫女的病況。

當地一名母親莎拉—珍・麥當納說，「這個社區的人們感到非常震驚」，她聲稱自己受騙舉辦了幾場活動。「我們甚至遭到誤導，以為那個小女孩已經失明，但這全都是一個殘酷的把戲。」

當地的樂團團長唐尼・蘇奇洛聯繫了公報，表達了他對上週的有罪判決感到「震驚」。

「我的樂團和我,以及本地的社群成員,我們放棄了時間和金錢來幫助一個需要幫助的孩子。怎麼會有人編造這樣的謊言,實在令人難以置信。」

一開始,海沃德家的其他成員也被扯進這起詐騙案,包括他三十七歲的兒子詹姆士、六十三歲的妻子海倫與三十四歲的女兒佩姬,然而,在海沃德先生堅稱這個詐騙計畫完全是他個人所為、是他矇騙了家人之後,他們所受到的指控全都遭到撤回。

辯護方主張被告當時身陷憂鬱和賭博成癮,因此提出了無罪抗辯。

在上週的審判中,陪審團並未接受被告的主張。

林伯特法官在宣判時表示,「你冷酷地欺騙了那些和你最親近的人。你利用他們的善良和對你的感情來為自己獲取最多的錢財。」

這個案子和護士莎曼莎・格林伍德之死有關,她在二〇一八年從她公寓的陽台摔落致死。與格林伍德女士在洛克伍德聖安醫院共事的伊莎貝爾・貝克承認犯下謀殺罪,並於二〇一九年一月被判處無期徒刑。然而,她的律師對於她的定罪提出了質疑,並聲稱已從第一次審判時未提交的通訊紀錄中發現了新證據。此案將於下週在上訴法庭審理。

二〇二〇年一月二十二日發布於洛克伍德公報線上版的一則報導：

護士謀殺案：男子被捕

　　一名三十七歲的男子因涉嫌於二〇一八年謀殺護士莎曼莎・格林伍德而遭到逮捕。

　　格林伍德女士於二〇一八年七月五日在洛克伍德高地下城區墜樓身亡，時任聖安醫院護士的她在死亡前原本打算以醫療志工的身分出國。在去年的審判中，她的同事伊莎貝爾・貝克承認犯下謀殺罪行並被判處無期徒刑，但在她昨天於上訴法庭獲釋之後，警方於洛克伍德上城區逮捕了這名男子。

來自：伊莎貝爾・貝克
主旨：你好！
日期：2020年1月23日 12:27
致：菲米・哈桑

你好，菲米，

很抱歉打擾你。希望你不介意我寫郵件給你。聽證會之後，我們沒有機會交談，但坦納先生在法庭上提到了你和他的另一位實習生（夏綠蒂？）。我不記得他是怎麼稱呼你的，但他用的是「見習律師」之類的稱呼。總之，聽起來很厲害。我只是想對你在我這個案子上所做的努力表示感謝。你能從幾封信件和電子郵件中找出問題所在，實在是太聰明了。我無法想像自己也能那麼有智慧。不過，要閱讀那麼多文字一定很無聊——再次感謝你！

我希望詹姆士不會入獄。他不知道我打算承擔罪責。我們原本以為大家會認為她是自己跳下去的。但我越想越覺得不能把這件事交由運氣來決定。現在的警察很聰明。我以為如果我說我是不小心把她推下去的，一切就會很快平息。莎曼莎和我體型相仿，我們發生了爭吵——這種事可能發生在任何人身上。當他們開始說這是謀殺而非意外時，保護詹姆士就變得更加重要了。

他真的不是故意的。雙胞胎還那麼小，海倫又住院了，馬丁也陷入那麼多麻煩，因此，詹姆士在家中的角色比以往任何時候都來得重要。他們整個家族、費爾維劇團——現在全都仰賴他了。我這麼說不算是說謊。那天晚上也很可能是我和莎曼莎在陽台上。她是一個既惱人又挑釁的人，如果你問我的話，我會說那個安全欄杆對五樓的高度來說實在太矮了。據我了解，事發之後，他們很快就把那些新公寓的欄杆全都換成了整面的塑膠玻璃。

給這麼多人帶來這麼多的麻煩讓我感到有點不好意思。我不知道要如何報答你們，尤其是我還沒有工作，並且還需要找到永久的住所。坦納先生提到，開發商已經獲准在葛蘭奇原址興建公寓。你能想像那裡的景色嗎！海沃德家的房子顯然也被收回了，而且可能會改建成公寓。我想要住在其中一戶，但我的社工認為我最好搬到一個全新的地區。

如果我無法在醫院找到Band 4等級的職位，那麼在療養院工作也可以。我現在並不挑剔，但理想的話，我希望能搬到一個有劇團積極活動的地方。那是認識和結交新朋友的好方法。雖然只是作為興趣，但參加劇團需要付出很多時間，演出時也可能要面對很大的壓力，但總體來看，你能遇到一些平常不會遇到的有趣人物。我認為柯尼馬許女子監獄也是如此，但關於那段過去，我已經拋諸腦後了，現在我只關注未來。

私下告訴你，菲米，我很認真在考慮完全轉換職業生涯。過去幾個月讓我對法律系統有了全新的認識。這個行業看似崇高又優雅，但我遇到幾個非常普通的人，看到他們讓我不禁思考「我也能做到嗎？」我不是說我想成為法官或穿法袍的人，而是助理或個人特助。我很有條理，而且喜歡助人，所以我相信我會成為一個有用的人。在我面臨困境的那段期間，我曾經數度覺得法庭和劇場很像。它們都有舞台、觀眾和演員──只是律師知道自己的台詞，而證人則是即興演出。一旦我找到地方安頓下來，我會立刻報名上課，取得法律秘書的證書。哇！我剛想到了一個很棒的主意。我想到了要用什麼方式來回報你們對我這個案子所提供的幫助！

坦納先生說你是一個「聰明又有才智的獨立思考者」，未來大有可期。我希望能在不久的未來以法律秘書的身分累積一些工

作經驗。我可以幫你打字、整理檔案、接收留言⋯⋯在我為自己未來的職業生涯獲取寶貴經驗的同時,我會回報你為我所做的一切。我們現在還不需要說定,但讓我們通過郵件保持聯絡,一旦我開始上課,我會通知你。我很期待最終能和你見面。沒有什麼比一個全新的開始更令人興奮了,這是完全空白的一頁,只有未來等著我去開創!

衷心的祝福
伊莎 xxx

感謝

整整一年多的時間,只有我的經紀人——謝爾大地聯合公司的露西・法希特和蓋雅・班克斯知道我在寫書。沒有他們的睿智、誠實和不懈的支持,我是絕無可能完成的,我對他們充滿了無盡的感謝。

很高興和我的編輯瑪莉安娜・潔維絲以及她在 Viper 的團隊合作,是他們讓《兇手就在字裡行間》在紙頁上活了起來。這個團隊包括格雷米・霍爾、曼蒂・格林菲爾德、美術指導史蒂夫・潘頓,以及來自 Kid Ethic 的馬克・史汪和來自 Crow Books 的露西・艾文。

我也要感謝 Sky TV 戲劇部主任卡麥隆・羅切。如果不是他建議我寫一本小說,你們現在就不會讀到這本書;同時要感謝 Triforce Creative Network 的費雪和米妮・艾爾斯,是他們於二〇一七年說服卡麥隆成為我的導師。

曾經於一九七二至二〇一三年期間在諾霍特的拉格倫劇團擔任成員的人,不管你們是否意識到,你們都在我的生活、職業生涯和這本書中扮演了重要的角色。我希望 The Appeal 能如我所預期的那樣,傳達出我對社區劇團的敬意,因為這些劇團帶給了人們許多的歡樂。

沒有我親愛的朋友暨第一位寫作伙伴莎朗・艾斯比,我就不會寫下當初那部劇本,是那部劇本引領我走上創作這本小說的道路。同時,我也要對她的女兒蘿雪兒・葛里芬,以及史都華、艾

娃、菲斯，特別是貝絲表達敬意，因為他們的募款活動點燃了這個故事的靈感。

提到《兇手就在字裡行間》的靈感，我就必須提到全球各地的醫療志工，他們付出了自己的時間、專業，甚至生命，來幫助處於險境的人們。我對那些分享經驗的人永遠心存感激。

我想，我不會有更多的篇幅來逐一列出我的感謝名單，因此，我想趁這個機會感謝這些年來和我一起合作與研究探討的作家和創意專業人士。其中包括蘇‧卡萊頓、海瑟‧瓦利斯、阿曼達‧史密斯、羅斯‧奧利維、亞當‧羅斯頓、卡爾‧提比特、凱特‧布洛克、羅絲‧施奈爾、伯尼絲‧瓦芬登、瑪麗亞瑪‧艾維斯－莫巴、提索科‧班巴洛夫以及寶拉‧B‧史塔尼克。

非常感謝我的朋友們，感謝他們的慷慨、包容，以及從不間斷的支持。他們曾經在嚴寒酷暑中擠身在酒吧或倉庫裡，坐在簡陋的板凳上觀賞實驗劇場，並在演出結束時告訴我他們度過了多麼美好的時光。其中包括我的老朋友艾莉森‧赫恩與莎曼莎‧湯瑪森、我的同好卡洛‧李文斯通與溫蒂‧穆哈、和我情同姐妹的安‧薩佛瑞以及我在拉格倫劇團的老朋友凱斯‧貝克、菲力希提‧考克斯、泰瑞和蘿絲‧魯塞爾，無論台上台下，他們都是我珍貴的朋友。

最後，我要永遠感謝我的靈魂伴侶蓋瑞‧史特林格，感謝他一直以來的愛、支持和鼓勵，並且從來不曾建議我去找份像樣的工作。

Storytella 227

兇手就在字裡行間
The Appeal

兇手就在字裡行間/珍妮絲.赫蕾特(Janice Hallett)作；李麗珉譯. -- 初版. -- 臺北市：春天出版國際文化有限公司, 2025.01
面； 公分. -- (Storytella ; 227)
譯自：The Appeal
ISBN 978-957-741-979-8(平裝)

873.57   113016873

版權所有·翻印必究
本書如有缺頁破損，敬請寄回更換，謝謝。
ISBN 978-957-741-979-8
Printed in Taiwan

THE APPEAL by JANICE HALLETT
Copyright: © JANICE HALLETT, 2021
This edition arranged with Sheil Land Associates Ltd.
through BIG APPLE AGENCY, INC., LABUAN, MALAYSIA.
Traditional Chinese edition copyright:
2024 SPRING INTERNATIONAL PUBLISHERS, CO., LTD
All rights reserved.

作　者	珍妮絲・赫蕾特
譯　者	李麗珉
總編輯	莊宜勳
主　編	鍾靈
出版者	春天出版國際文化有限公司
地　址	台北市大安區忠孝東路四段303號4樓之1
電　話	02-7733-4070
傳　眞	02-7733-4069
E－mail	bookspring@bookspring.com.tw
網　址	http://www.bookspring.com.tw
部落格	http://blog.pixnet.net/bookspring
郵政帳號	19705538
戶　名	春天出版國際文化有限公司
法律顧問	蕭顯忠律師事務所
出版日期	二○二五年一月初版
定　價	580元
總經銷	楨德圖書事業有限公司
地　址	新北市新店區中興路二段196號8樓
電　話	02-8919-3186
傳　眞	02-8914-5524
香港總代理	一代匯集
地　址	九龍旺角塘尾道64號 龍駒企業大廈10 B&D室
電　話	852-2783-8102
傳　眞	852-2396-0050